백작가의 비밀스런 시녀님

I

백작가의 비밀스런 시녀님 I

1판 2쇄 찍음 2024년 12월 13일
1판 2쇄 펴냄 2024년 12월 23일

지은이 | 백주아
펴낸이 | 정 필
펴낸곳 | (주)뿔미디어

출판등록 | 2002년 9월 11일 (제1081-1-132호)
주소 | 경기도 부천시 소향로17, 303호(상동, 두성프라자)
전화 | 032)651-6513 팩스 | 032)651-6094
E-mail | dahyangs@naver.com
블로그 | http://blog.naver.com/dahyangs
비북스 | http://b-books.co.kr

값 12,000원

ISBN 979-11-6565-578-5 04810
ISBN 979-11-6565-577-8 04810 (SET)

백작가의 비밀스런 시녀님

Count's a Secret Maid

I

백주아 장편 소설

FEEL PREMIUM EDITION

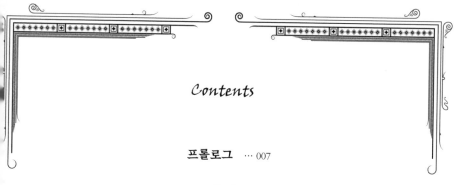

Contents

프롤로그

여긴 삐거덕거리는 소음마저 음산한 곳이었다. 한 걸음 한 걸음 걸을 때마다 구둣발 소리가 요란하게 울렸다. 그래서 더욱 조심스러웠다.

나는 허리를 살짝 굽힌 채 빠르지도 그렇다고 느리지도 않은 속도로 걸음을 내디뎠다. 그러다 익숙한 방문 앞에 다다라서야 타닥 멈춰 섰다.

문을 열기 전에 숨을 골랐다. 후, 후, 후, 짧은 심호흡 끝에 문고리를 잡고 돌렸다.

복도보다 더 어두운 방 안의 그림자가 흘러나왔다. 온통 시꺼메서 아무것도 보이지 않는 방은 들어가는 것조차 망설여진다. 그러나 나는 익숙하게 안으로 들어가 긴 커튼을 열어젖혔다. 눈이 감길 정도로 강한 빛줄기가 들이쳤다.

눈부셔. 그래도 끝까지 커튼을 걷고 뒤돌았다.

그 순간 뭔가가 얼굴 옆으로 빠르게 날아왔다.

쿵! 창틀에 부딪고 튕겨져 나가 바닥에 나뒹구는 건 탁상시계였다. 난 그걸 흘끗 보곤 시선을 앞으로 돌렸다.

창문에서 가장 멀리 떨어진, 그림자가 짙게 내려앉는 구석에 있는 침대. 그 위엔 시트를 뒤집어쓴 둥근 형체가 보였다. 유일하게 튀어나와 있는 손이 시트 끄트머리를 꽉 움켜잡고 있다. 공포에 떠는 기색이 역력하다.

"나가."

탁하게 갈라진 한마디가 흘러나왔다. 그 속에 짙은 노기가 배어 있다.

난 듣는 척도 안 하고 바닥에 떨어진 탁상시계를 집어 들었다. 못이 튀어나오고, 나무 면이 뜯겨 나간 모양새가 딱 봐도 망가졌다. 못 쓰겠다는 결론을 내리고 들고 있던 새 시트 위에 올렸다. 그러곤 난장판인 방 안을 쓱 훑었다.

식기는 깨져서 산산조각이 났고, 그 조각마저 바닥에 위험하게 널브러져 있다. 거기엔 포크와 수저도 함께였다. 조각난 건 식기뿐만이 아니었다. 이 방에 있는 물건 중 성한 것이 없었다.

나는 한 걸음씩 걸어가며 바닥에 떨어진 것들을 집어 들었다. 내 발소리를 따라 둥근 형체가 움찔움찔 떤다.

"나가."

다시 한번 목소리가 울렸다.

난 또다시 그 말을 무시하며 침대 앞에 다다랐다. 뭐가 그리 불안하지 침대 위에서 들썩거리던 형체가 참지 못하고 옆에 있는 협탁 위를 더듬더니, 곧 뒤로 물러났다. 던질 물건이 없으니 도망을 택한 거다. 하지만 도망이라 봤자 결국 침대 위일 뿐. 벽에 딱 붙어 앉은 모습이 애처롭기까지 했다.

그 모습을 위아래 훑곤 손을 뻗었다. 그걸 알아챘는지 매섭게 쳐 낸다.

"만지지 마."

어련하실까. 이번에도 못 들은 척 재빨리 시트를 잡아당겼다. 그러자 시트를 뒤집어쓰고 있던 형체가 휘청이며 모습을 드러냈다.

헝클어진 금빛 머리카락과 당황해 돌아간 목, 어깨선에 톡 튀어나온 뼈가 보였다. 내 시선은 그 아래를 쭉 훑어 내려갔다. 옷 안에 가려진 몸이 얼마나 말라 있을지 굳이 확인하지 않아도 알 수 있다.

다시 시선을 올리자, 가까이서 본 그의 얼굴에 땀이 맺혀 있다. 손을 뻗자 다시 매섭게 쳐 낸다.

"만지지 마!"

뒤이어 벼락같은 고함이 터졌다.

"나가라고 했지! 나가! 꺼져!"

거친 욕설이 나오자 결국 깊은 한숨을 흘렸다.

남자의 창백한 얼굴은 열기로 붉게 달아올랐다. 각질 돋은 입술이 씩씩 거친 숨을 토한다. 그러면서도 내게 뺏기지 않으려고 손끝이 하얗게 변할 정도로 시트를 움켜잡고 있다.

"꺼져. 제발 꺼지라고!"

"진정하세요, 주인님."

"나가! 가, 꺼지라— 허억!"

아니나 다를까, 남자의 숨소리가 힘겨움을 띠기 시작했다. 달아올랐던 얼굴이 다시 창백해지더니, 곧 가슴을 움켜잡고 괴로워한다.

난 빠르게 그를 품에 안은 뒤, 주머니에서 호흡기를 꺼내 입에 물렸다. 그러곤 등을 조심히 쓸어내리며 말했다.

"천천히, 숨을 쉬세요."

내 말을 들은 그가 숨을 고르기 위해 노력했다. 호흡기로 공기를 들이켜며 들이쉬고, 내쉬기를 반복하자 거칠게 움직이던 가슴팍이 점차 잦아든다. 잠시 동안 그 모습을 지켜보다 호흡기를 입에서 떼어 냈다.

"하아, 하아."

"이제 괜찮으실 거예요."

어느새 그의 얼굴은 땀범벅이었다. 젖은 금빛 머리카락이 내 옷자락 위로 흐트러졌다. 잘했다는 의미로 그의 머리칼을 쓸어 주었다. 그러자 질끈 감겨 있던 눈꺼풀이 힘없이 떠졌다. 살짝 하얀빛을 띠는 에메랄드빛 눈동자가 내게 향했다.

그 순간 내 몸이 뒤로 밀려 났다.

"으악!"

눈 깜짝할 새 나는 침대 아래로 쿵! 굴러떨어졌다.

치맛자락이 발라당 뒤집히며 속바지가 고스란히 노출됐다. 허공에 뜬 양다리를 버둥거리자 그 위로 얼굴 하나가 불쑥 튀어나왔다.

멍하니 정면을 보던 시선이 차츰 아래로 내려갔다. 그럴 리 없을 테지만, 꼭 날 보는 것 같았다. 여전히 지나치게 창백하고, 여전히 지나치게 잘난 얼굴이 시야에 가득 찼다.

촉촉이 젖은 그의 입술이 조용히 벌어진다.

"나가."

내 얼굴에 실금이 그어졌다. 암튼, 개자식.

백작가의 지랄맞은 주인님

나는 가진 것 없이 태어나 가진 것 없이 자라난 소작농의 딸이다. 그나마도 형편이 여의치 않아 입에 풀칠하기도 힘들 지경에 이르렀다.

하루 벌어 하루 먹는, 지독한 가난. 그 속에서 버둥거리는 게 내 삶의 전부였다.

웃긴 건, 그 와중에도 자식은 다섯이라.

찢어지는 가난을 참지 못해 어미는 홀로 도망쳤고, 남은 아비는 날마다 술 먹고 폭력을 일삼았다.

그의 손에 젖먹이 막내는 맞아 죽고, 넷째는 굶어 죽고, 둘째는 사창가에 팔려 가고, 그나마 셋째는 얼굴이 예뻐 금이야 옥이야 키웠더라. 잘 키워 귀족 가문의 도련님께 시집보내 팔자 좀 펴 보겠다는 심보였다.

그리고 첫째인 못생긴 나는, 그나마 살림살이를 잘해 곁에 두었다.

나의 하루는 음식 하고, 빨래하고, 청소하고, 셋째 시중들고, 오후에는 시내에 있는 마크 아저씨 빵집에서 일하고, 밤에는 아비의 폭력에 두들겨 맞고.

숨 한 번 돌릴 틈 없는 힘든 삶이었다.

못생긴 얼굴은 퉁퉁 부어 더 못생겨졌고, 한창 성장기 때 다리가 부러져 키도 자라다 말고 뚝 멈췄다. 못생긴 난쟁이. 동네 아이들은 날 그렇게 불렀다.

지옥이 있다면 지금이라 생각했다. 나날이 때깔이 곱고 아름다워지는 셋째가 부러웠고, 아비의 폭력을 버티기 힘들었다. 죽고 싶어 목을 맨 적도 여러 번이었다. 그때마다 재수가 없어 아비에게 걸리거나 길 가던 사람에게 걸리거나, 숨넘어가기 직전에 밧줄이 끊어져 살아남았다.

여긴 내 감옥이고, 나는 죄목도 모른 채 벌받는 죄수였다. 아니, 차라리 진짜 감옥살이가 더 나을 지경이다.

아비가 날 사창가에 팔지 않은 건 집안 살림을 할 사람이 필요하다는 이유였다. 허나 반은 거짓말이라. 아무것도 모른 채 손가락 빨던 어린 나를 사창가에 팔려다 못생겼다는 이유로 싼값을 부르자, 팔지 않고 집안일을 가르쳤다는 건 동네 아낙네들의 수다를 통해 알고 있었다.

어미는 아비를 악마 새끼라고 불렀다. 나는 그 뒤를 이어 아비를 그리 불렀다. 앞으로의 내 삶은 저 악마 새끼에 의해 좌지우지될 것이다.

이것이 비극이 아니면 무엇일까.

하지만 신은 끝까지 날 저버리지 않았다.

내 자라지 않던 키가 기적처럼 한 뼘 커지고, 푸석한 앞머리가 못난 얼굴을 가리고, 꽃다운 나이라 부르기 시작할 때 한 노신사가 마을에 방문했다. 이런 작고 구석진 마을에 머리부터 발끝까지 귀티가 흐르는 노신사가 왜 방문했는지는 모른다.

마을을 돌아다니던 그가 때마침 길목을 지나가던 나에게 손짓했던 게 계기였다.

"따님을 고용하고 싶습니다."

노신사는 금화가 든 꾸러미를 내밀며 정중히 제안했다. 금화에 정신이 팔린 아비는 마른침을 한 번 삼켰다. 아비의 비열한 머릿속은 눈앞의 노신사와 탁자에 놓인 금화 꾸러미를 보곤 빠르게 돌아갔다.

아비는 당장 꾸러미를 낚아채고 싶어 움찔거리는 손을 움켜잡고 표정을 갈 무리했다.

"신사님. 제 미천한 딸아이가 신사님의 눈에 든 건 감지덕지한 일이나 배운 거라곤 빌어먹는 일뿐이라 미숙한 부분이 많습니다. 혹여나 나중에라도 맘에 안 드신다면······."

"그건 염려 마십시오. 혹여 마음에 차지 않는다고 하더라도 이걸 다시 돌려 달라 하지 않겠습니다."

노신사가 금화 꾸러미를 아비 쪽으로 쓱 밀며 차분히 대답했다. 그에 아비가 급격히 올라가는 입꼬리를 억지로 내리곤 옆에 앉아 있던 날 바라봤다. 마치 사랑하는 딸아이를 보는 듯한 시선이라 소름 끼쳤다.

"얘야, 아비는 너의 생각을 존중한단다. 돈이야 있으면 좋으나 너보단 중요 하지 않다. 편하게 네 생각을 말해 다오."

그러면서 큰 손으론 내 마른 손목을 움켜잡았다. 뼈가 뒤틀릴 정도로 강한 악력이었다. 겉으로 보기엔 소중한 딸아이를 걱정하는 아비의 얼굴이지만, 눈 은 금화에 멀어 사납게 번뜩였다.

노신사 또한 고요히 내 의사를 기다렸다. 여기서 거절의 뜻을 내비치면 노신 사는 다른 계집을 찾아 떠날 것이고, 아비는 모난 딸아이를 벌하듯 날 때려죽 일 것이다.

"가겠습니다."

"아가."

아비는 감격에 찬 얼굴로, 울음기가 밴 목소리를 뱉으며 날 끌어안았다. 등 을 느긋이 쓸어내리는 손길에 난 뿌리치고 싶은 욕망을 억눌러야 했다.

그길로 채비를 하고 노신사를 따라나섰다. 내 짐은 달랑 가방 하나가 전부였 다. 가진 옷가지도 물건도 별게 없었다. 다만 매일 입던 흙먼지가 뒤덮인 누더기 옷이 아니라 예쁜 꽃이 수놓인 원피스를 입었다는 것만은 평소와 달랐다.

"잘 가렴. 조심하고."

문 앞에서 배웅하던 아비가 내 어깨를 다독였다. 그 손길엔 신사의 비위를 잘 맞추라는 무언의 압박이 들어 있었다.

아비의 옆에 서 있던 셋째 앨리샤가 날 보곤 픽 웃었다.

"잘 가, 언니. 오래오래 있다 와."

다시는 돌아오지 마. 앨리샤가 입만 벙긋거리며 말을 덧붙였다. 그러나 내가 별다른 반응을 하지 않자 앨리샤는 미소를 지우고 불퉁하게 입술을 내밀었다.

난 그런 앨리샤를 향해 딱 한마디를 내뱉었다.

"그 예쁜 얼굴 잘 관리하렴. 넌 그거밖에 볼 게 없으니까."

"뭐야?!"

씩씩거리는 앨리샤를 뒤로하고 몸을 돌렸다.

노신사를 따라간 곳은 눈이 휘둥그레질 정도로 큰 대저택이었다. 내가 살던 마을에서 가장 부유한 영주님의 저택보다도 훨씬 더 크고 웅장했다. 와아. 나는 순수한 감탄을 내뱉고 노신사를 따라 안으로 들어갔다.

"오셨습니까."

단정한 차림새를 한 중년의 여자가 노신사를 맞이했다. 노신사는 고개를 한 번 끄덕이곤 중절모를 벗었다.

중년 여자가 노신사 뒤에 서 있던 날 알아채고 물었다.

"이 아이는?"

"앞으로 주인님의 시중을 들 아이라네."

주인님? 내가 의문을 품고 노신사를 바라보자, 그가 앞으로 오라며 내게 눈 짓했다. 쭈뼛거리며 앞으로 나오자 중년 여자는 날 위아래를 훑으며 마치 평가 하는 듯한 시선을 보냈다. 그에 긴장된 난 마른침을 삼키고 얌전히 기다렸다.

"그렇군요."

괜찮은 평가가 내려진 건지, 중년 여자가 고개를 끄덕이곤 몸을 돌렸다. 곧이어 노신사도 반대편으로 몸을 돌린다. 난 양쪽으로 갈라지는 두 사람을 번갈아 보다가, 여자 쪽을 따라갔다.

다행히 내 선택이 맞았는지 그녀가 내게 말을 건넸다.

"소개가 늦었군요. 전 이 저택의 여성 사용인들을 관리하고 있는 이자벨라입니다. 앞으로 이곳에서 일하는 동안 저를 두 번째로 많이 접하게 될 겁니다."

"저, 첫 번째는 누구죠?"

"그야 앞으로 모시게 될 주인님이죠."

아까 노신사가 했던 말이다. 난 이곳에 오면서 내가 어떤 일로 고용이 되었는지 알지 못했다. 돈에 눈먼 아비는 물을 생각조차 없었고, 어차피 따라야 하는 난 굳이 궁금해하지 않았다. 그게 어떤 일이든, 만약 끔찍한 일이라 할지라도 따라갔어야 했으니까.

"제가 부인을 뭐라고 불러야 할까요?"

"그냥 이자벨라라고 부르십시오."

"네, 이자벨라 님."

난 그녀의 이름을 머릿속에 새겼다. 그러다 아차 싶어 말을 이었다.

"제 소개가 늦었습니다. 폴라입니다."

"그래요, 폴라. 뭘 할 줄 압니까?"

"간단한 청소나 빨래 같은 집안일을 할 줄 압니다. 돈 계산도 조금 할 줄 알고, 글도 좀 쓸 수 있습니다. 돈 계산을 하려면 기본적으로 알아야 해서요."

"그렇군요."

그리 말하는 이자벨라는 무덤덤했다. 그 반응에 도리어 난 초조해졌다. 쓸모없다고 생각되면 어쩌지. 다시 집으로 돌아가라고 하면? 쫓겨날까 싶어 겁이 났다.

앞서 걸어가는 이자벨라의 걸음이 꽤 빨랐다. 나는 혹여 그녀를 놓칠까 봐 잽싸게 걸음을 내디뎠다.

그렇게 이자벨라를 따라 모퉁이를 돌고 돌아 어떤 문 앞에 다다랐다. 때마침 문이 열리며 젊은 여자가 다급히 나오다 이자벨라를 보곤 멈춰 서서 허리를 숙였다. 그 뒤를 따라 나오던 갈색 머리 여자도 놀란 표정으로 급히 걸음을 멈추곤 고개를 주억거렸다.

"이, 이자벨라 님."

"뛰어다니지 말라고 했을 텐데요."

"죄송합니다. 정말 죄송합니다."

"다음부턴 주의하세요."

그녀들의 조심스러운 시선이 이자벨라에게서 그 뒤에 서 있는 내게 닿았다. 나도 따라 눈을 마주치려는 찰나 이자벨라가 한 걸음 옆으로 움직여 내 시야를 막았다. 그리고 그녀들에게 얼른 제 구역으로 가라고 명령했다.

난 재빠른 걸음으로 멀어지는 그녀들을 눈으로 좇았다. 그사이 이자벨라가 문을 열고 누군가를 불렀다.

"레니카."

"네, 이자벨라 님."

키가 크고 성숙한 분위기를 가진 여자가 다가왔다. 이자벨라는 내 등을 밀어 앞으로 나가게 했다.

"이 아이에게 맞는 옷이 있을까요?"

레니카의 눈이 날 훑었다. 잠시 고민하는 듯하더니 이내 고개를 끄덕였다.

"체격이 작군요. 딱 맞진 않아도, 얼추 맞는 게 있을 것 같습니다."

"다행이군요. 형식을 완벽하게 갖출 필요는 없습니다."

"네, 어디 담당인가요?"

"앞으로 주인님을 담당할 겁니다."

예상치 못한 대답이었는지 레니카의 눈이 커다래졌다. 놀란 듯한 시선이 다시 날 샅샅이 훑는다. 그 반응에 더욱 긴장되어 마른침을 몇 번이나 삼켜 냈다.

잠시 후, 차분해진 레니카가 알겠다고 말한 뒤 다시 안으로 들어갔다.

얼마 지나지 않아 검은 원피스 한 벌 꺼내 온 레니카가 그것을 내 몸에 댔다. 치수를 가늠하는 듯 몇 번 더 사이즈가 다른 검은 원피스를 가져오더니 그중 하나를 건네줬다. 새하얀 앞치마와 속바지도 함께였다.

"머리는……"

레니카가 내 얼굴을 가린 기다란 앞머리를 보고 인상을 썼다. 나는 유일하게 가려지지 않은 입술을 뻐끔거렸다. 이자벨라가 잠시 날 보더니 괜찮다 말하곤 다시금 걸음을 내디뎠다. 난 뒤뚱거리며 그녀의 뒤를 따랐다.

이자벨라는 다시 복도를 걸어갔다. 난 연신 주변을 두리번댔다. 걸어가는 내내 문이 열린 방 안이나 모퉁이, 한쪽 구석에서 일하는 사람들이 눈에 들어왔다. 반대편에서 걸어오던 사람들은 이자벨라를 보면 고개를 깊이 숙였다.

조금 시끄러운 소음이 주변에서 울려 퍼져 왔다. 그러다 소음이 점차 잦아들더니 다시 고요함이 흘렀다. 타닥, 타닥, 타닥. 규칙적이고 안정적인 발소리가 그나마 침묵을 깨뜨려 주었다. 난 가방 손잡이를 놓치지 않게 꽉 쥐곤 이자벨라를 흘끗거렸다.

"폴라, 어디까지 이야기를 듣고 이곳에 왔는지요?"

"절 고용하시겠다는 말만 듣고 왔습니다."

"그럼 자세한 설명은 듣지 못했겠군요."

"네."

나는 고개까지 끄덕이며 대답했다. 이자벨라의 걸음은 여전히 적정 속도 이상으로 빨랐다.

"여긴 명망 높은 벨루니타 가문의 저택입니다. 그리고 폴라는 앞으로 이 저택의 주인님이신 빈센트 벨루니타 님의 시중드는 일을 모두 도맡아 하게 될 겁니다."

"저, 모두라면…… 저 혼자 하는 건가요?"

"그렇습니다."

순간 말을 잃었다. 그녀를 따라 복도를 지나면서 다소 많은 수의 사용인을 보았다. 여기까지 나를 데려온 마차꾼, 잘 관리된 정원의 정원사, 마구간의 마부, 똑같은 복장의 여자들과 남자들. 아마 그 외에도 더 많은 사용인들이 있다는 건 보지 않아도 알 수 있었다.

그런데 나 혼자 주인님 시중을 들어야 한다고? 주인님이면, 굉장한 분 아니신가?

이걸 물어야 할지 말아야 할지 고민했다. 그러다 입술을 달싹였다.

"저, 정말 다른 분은 더 없으신지요."

"없습니다. 뭔가 필요한 게 있으면 바로 내게 말하면 됩니다."

"제가 혼자 할 수 있을까요? 주인님이신데."

결국 싫은 소리를 내뱉고 말았다. 그러자 이자벨라의 걸음이 뚝 멈췄다. 그녀의 등에 얼굴을 박고 나 또한 멈춰 섰다.

뒤돌아서 나를 바라보는 이자벨라의 얼굴엔 여전히 표정이 없었다.

"폴라. 잘 들으세요. 앞으로 주인님 시중은 폴라 혼자 들 것이고, 추가 인원은 없습니다. 그게 싫다면 이대로 저택에서 나가는 걸 권유드립니다. 자신 없다고 해도 마찬가지입니다. 후에 앓는 소리를 낸다면 처벌을 면치 못할 겁니다."

이자벨라가 차분히 경고했다. 못 할 거 같으면 이대로 떠나라. 그 묵직한 경고에 난 떨리는 입술을 꾹 다물었다.

그리고 깨달았다. 앓는 소리 따위는 다신 해선 안 된다는 걸.

난 허리를 깊게 숙였다.

"죄송합니다. 다음부턴 주의하겠습니다."

다행히 이자벨라는 더는 뭐라 하지 않고 다시 몸을 돌렸다. 난 숙였던 허리를 펴고 그녀의 뒤를 졸졸 쫓았다.

"매사에 행동거지를 조심한다면 어려운 일은 없을 겁니다."

"네."

나의 대답을 끝으로 더 이상 이어지는 말은 없었다.

잠시 후, 문이 보였다. 이 저택에 들어올 때 이용했던 문보다는 작았다. 뒤쪽에도 문이 있는 건가? 이자벨라를 따라 그 문을 지나쳐 저택 밖으로 나갔다. 그러자 한편에 끝이 어디인지도 모를 정도로 넓고 녹음이 싱그러운 정원이 펼쳐졌다.

와아, 나도 모르게 감탄이 새어 나왔다. 마차에서 스치듯 보긴 했지만, 제대로 보니 잘 가꿔진 정원은 너무도 아름다웠다.

멍하니 시선을 빼앗기고 있다가 홀로 걸어가는 이자벨라를 발견하곤 뒤늦게 정신을 차리며 허겁지겁 그녀를 따라갔다.

어디로 가는지 궁금했지만 그녀가 아무 말도 하지 않았기에 나도 말없이 뒤따를 수밖에 없었다. 괜히 물어봤자 더 안 좋은 소리만 듣게 될 것 같았다.

이자벨라가 향한 곳은 저택 뒤편이었다. 멀리 있는 작은 저택이 눈에 들어왔다. 우리의 목적지는 저곳인가 보다.

마냥 걸어가기엔 조금 지칠 듯한, 까마득해 보이는 거리였다. 그래서 당황한 내게 그녀는 길이 아닌, 다른 쪽으로 날 인도했다. 저택 옆쪽에 있는 숲이었다.

이자벨라를 따라 수풀을 헤치며 걷다가 다리가 저릿해질 즈음에야 숲 밖으로 나왔다. 어느새 저택 앞에 당도해 있었다.

아니, 어떻게? 나는 놀라서 조금 전에 빠져나온 수풀을 돌아보았다. 지름길 같은 건가. 그러다 다시 눈앞의 저택을 눈에 담았는데 이곳은 별채인지, 조금 전의 저택보다는 크기가 작았다. 그러나 내 눈엔 두 저택 모두 똑같이 크고 화려해 보였다.

안으로 들어가자 아까보다 더더욱 조용한 분위기가 느껴졌다. 큰 저택도 보이는 사람들에 비해 기척이 적은 편이었으나, 여긴 기척은커녕 사람이 사는지도 모를 정도로 음산했다.

"이곳엔 최소한의 사용인만 머물고 있습니다."

아, 착각이 아니구나. 나는 고개를 끄덕이며 반응했다.

복도 끝으로 걸어간 이자벨라가 계단을 올랐다.

"아침 식사는 오전 6시, 점심 식사는 12시 정오에, 저녁 식사는 오후 6시에 준비될 겁니다. 시간에 맞춰 부엌에서 식사를 받아 주인님께 가져다드리면 되고, 후식은 점심때 나오니 그때 챙겨 드리면 됩니다. 그리고 청결 유지에 각별히 신경 쓰세요. 침대 시트는 아침마다 꼭 갈아 드려야 하며, 옷도 마찬가지입니다. 전날 나온 빨랫감은 한 번에 모아 아침마다 별채 뒷문으로 가져오세요."

"네."

"기본적인 물품은 이곳에 준비되어 있지만 그 외에도 필요한 부분이 있다면 내게 말하세요. 최대한 준비하겠습니다. 어려운 일도 마찬가지입니다."

"네."

"참고로, 모든 일은 한 번에 처리해야 합니다. 한 번에 못 했다고 해서 다시 돌아가서 마저 처리하려고 하지 마세요. 주인님은 그런 부분에 예민하셔서 최대한 조심해야 합니다. 옆에 없는 사람처럼 행동하세요."

"알겠습니다."

그녀의 말을 머릿속에 새기며 난 연신 머리를 주억거렸다. 옆에 없는 사람처럼, 내겐 가장 쉬운 일이었다.

또다시 계단을 오른 뒤 복도를 지나쳐 가장 맨 끝 방 앞에 멈춰 섰다.

"끝으로 한 가지 더 당부하겠습니다."

문을 열기 전 이자벨라가 다시 날 돌아봤다. 난 그녀의 어깨 너머에 있는 문을 훔쳐보다가 한 걸음 뒤로 물러났다.

"이제부터 보고 듣는 모든 건 입단속을 해야 할 겁니다. 사소한 말 한마디 내뱉는 것도 조심하고, 어떤 걸 보고 듣든 아무런 반응도 하지 마세요. 귀담아 듣지도 마시고요. 괜히 입방정을 떨었다간, 단순히 처벌을 받는 걸로 끝나지 않을 겁니다. 아시겠습니까?"

의외의 말이었다. 하지만 그것 또한 내게는 숨 쉬는 것만큼이나 쉬운 일이다.

"네, 명심하겠습니다."

내가 단호히 대답하자 몸을 돌린 이자벨라가 천천히 문을 두드렸다. 똑, 똑, 똑. 그리곤 주인님의 부름을 기다렸으나 방 안에서는 어떠한 소리도 들려오지 않았다. 이러한 반응에 익숙한지 이자벨라가 다시 한번 문을 두드렸다.

똑, 똑, 똑.

"들어가겠습니다, 주인님."

여전히 들어오라는 허락은 들려오지 않았지만 이자벨라는 능숙하게 문고리를 돌렸다. 끼익— 열린 문틈으로 어둠이 흘러나왔다.

완연히 어둠에 젖은 방 안은 한 치 앞도 보이지 않았다. 게다가 공기도 서늘하고, 이상한 냄새도 났다.

난 코를 부여잡고 인상을 찡그렸다. 그러다 재빨리 얼굴을 폈다. 아무런 반응도 하지 말라고 했는데. 슬쩍 이자벨라를 바라보니 다행히 그녀는 내게 시선을 두지 않은 채였다. 난 손을 내리고 최대한 숨을 참았다.

그런데 이자벨라가 방 안으로 한 걸음 내딛던 순간.

와장창!

"헉!"

순식간에 날아온 뭔가가 벽면에 부딪치며 깨졌다.

나는 본능적으로 양팔로 머리를 감싸며 몸을 웅크렸다. 그러자 더 이상 날아오는 물건이 없는지, 주변은 다시 조용해졌다. 그제야 감았던 눈을 살며시 떴다. 나와 달리 이자벨라는 미동도 없이 아까 서 있던 자세 그대로였다. 그녀의 신발 옆에는 깨진 유리 조각이 나뒹굴고 있었다. 깨진 건 유리컵이었다.

난 휘둥그레진 눈으로 그 유리 조각들을 보다가 다시 이자벨라를 올려다봤다. 그녀가 또 한 걸음 움직이자 이번에도 어둠 속에서 뭔가가 튀어나와 벽면에 부딪쳤다. 팍! 둔탁한 소리를 내며 떨어진 건 베개였다.

뭐야, 이건? 나는 웅크렸던 몸을 일으키고 방 안을 살폈다. 방 안은 여전히 시꺼멓지만, 그사이 어둠에 익숙해진 눈이 흐릿한 형체를 잡아냈다.

이자벨라가 창가로 다가가 커튼을 걷자 막혀 있던 빛줄기가 방 안을 비췄다. 창문까지 열자 시원한 공기가 밀려들어 오며, 그제야 숨통이 트였다.

창문의 맞은편, 빛이 채 닿지 못한 구석에 침대가 하나 놓여 있었다. 그리고 그 위에는 시트가 둥글게 솟아나 있다. 나는 시트 밖으로 튀어나온 팔을 보곤 그게 사람이란 걸 깨달았다.

이자벨라가 침대 가까이 다가갔다. 시트가 움찔거리더니 슬금슬금 뒤로 물러난다. 그래 봤자 도망갈 공간은 없었다.

"일어나셨습니까, 주인님."

"……나가."

노기가 섞인 탁한 목소리가 흘러나왔다. 이자벨라가 정중히 두 손을 모은 채 말했다.

"저녁 식사를 들이겠습니다. 드시기 편한 걸로 준비했으니 건강을 생각해서 서 다 드셔 주세요."

"나가!"

둥근 몸이 빠르게 움직여 협탁 위에 있던 꽃병을 집어 던졌다. 이자벨라가 살짝 고개를 틀자, 바로 옆을 스친 꽃병은 그대로 바닥에 부딪치며 깨졌다.

경악스러운 상황에 난 입을 떡 벌렸지만 정작 이자벨라는 무덤덤했다.

"꽃병을 새로 가져오겠습니다."

"필요 없어. 오지 마."

"그리고 앞으로 주인님을 모실 아이를 데려왔습니다."

이자벨라가 내게 눈짓했다. 그때까지 문가에 서서 경악하고 있던 난 표정을 갈무리하고 그녀의 옆으로 다가가 섰다.

가까이서 본 침대 위의 사람은 생각보다 몸집이 컸다. 그리고 성인 남자였다. 얼굴까지 꽁꽁 가린 채였지만 조금 전에 들은 목소리와 언뜻 본 형체로 추측할 수 있었다.

"처, 처음 뵙겠습니다. 주인님."

"이 아이가 앞으로 주인님의 시중을 들 겁니다. 필요한 게 있으시면 이 아이에게 말씀해 주세요. 바로 준비하겠습니다."

"잘 부탁드립니다."

나는 양손을 맞잡아 배에 대고 허리를 굽혔다. 그러나 들리는 대답은 하나다.

"꺼져."

게다가 더 거칠게 돌아왔다.

난 움찔 어깨를 떨며 이자벨라를 흘끗 올려다봤다. 그녀는 아랑곳하지 않고 말을 이었다.

"저녁 식사를 가져오겠습니다."

그녀가 문 쪽으로 몸을 돌렸다. 이곳에 왔을 때와 마찬가지로 조금의 변화도 없는 걸음걸이였다. 내 심장은 충격에 벌렁거리는데 태연한 이자벨라의 모습에 몰래 감탄하며, 재빨리 그녀를 따라 몸을 돌리려던 순간이었다.

갑자기 불쑥 나온 손끝이 이번엔 협탁 위, 접시에 놓여 있던 칼을 더듬었다. 천천히 칼을 집어 드는 걸 발견하곤 놀라 다시 그쪽으로 몸을 돌렸다.

"그거 잘못 맞으면 죽어요!"

그 손을 붙잡으려고 했다. 그런데 급하게 뛰쳐나가서일까, 미처 아래를 보지 못했다.

내 몸이 바닥에 늘어져 있던 시트를 밟고 미끄러졌다. 어? 어? 하는 사이에 시야가 뒤집어졌다. 허공을 휘젓던 손이 뭔가를 붙잡았던 것도 같다.

뒤로 쓰러지는 내 몸 위로 뭔가가 날 덮쳤다. 뒤통수를 바닥에 찧는 고통을 느끼기도 전에 묵직한 체중이 내 가슴을 짓눌렀다. 캑, 혀를 내밀고 눈을 질끈 감았다.

"주인님!"

다급하게 외치는 이자벨라의 목소리에 난 나를 덮친 사람이 주인님, 빈센트란 걸 깨달았다.

놀라 눈을 번쩍 떴다. 바로 코앞에 얼굴이 보였다. 짙은 눈썹과 그 아래 에메랄드빛 눈동자, 오뚝한 콧날, 거칠어진 도톰한 입술, 흔히 말하는 지나가다가 한 번쯤 돌아볼 법한 잘난 얼굴이. 나도 모르게 어버버할 정도였다.

그런데 좀 이상했다. 나 못지않게 놀란 듯한 빈센트가 갑자기 양옆을 두리번거린다. 에메랄드빛 눈동자가 애먼 곳을 향해 있다.

아니, 자세히 보니 눈동자 색도 좀 이상했다. 살짝 허연빛을 띤다.

그의 양손이 내 얼굴 쪽으로 다가왔다. 긴 손가락 끝이 얼굴을 덮은 머리카락을 건들자, 화들짝 놀라 그를 밀치고 뒤로 물러났다. 바닥에 쿵 찧는 소리를 듣고 나서야 내가 무슨 짓을 했는지 깨달았다.

빠르게 빈센트를 살피는데, 뒤로 넘어간 그가 이번엔 바닥을 더듬기 시작했다. 제법 다급한 손길이었다.

이상함을 감지한 내가 눈가를 좁히자 이자벨라가 빈센트를 부축했다. 빈센트의 손이 다급히 자신을 일으켜 세우는 이자벨라를 더듬었다. 그러다 주춤거리며 몸을 폈다. 그때까지도 얼굴이 이리저리 휙휙 돌아갔다.

마치 꼭.

"눈이……."

눈이 안 보이는 사람처럼.

그에 빠르게 돌아가던 얼굴이 뚝 멈췄다. 이자벨라가 매섭게 날 쏘아봤다. 그제야 내가 말실수를 했다는 걸 깨달았다.

당황한 내가 뭐라 말하기도 전에 빈센트의 얼굴이 험악하게 변했다. 곧이어 그가 큰 고함을 내지르며 손에 집히는 대로 물건을 내 쪽으로 던지기 시작했다.

와장창! 쿵! 쾅! 무차별적인 공격에 난 속수무책으로 당했다. 양팔을 들어 그 공격을 막아 보려 했지만 소용없었다. 어느새 내 곁으로 다가온 이자벨라가 그런 내 팔뚝을 붙잡고 일으켜 세웠다. 이런 상황이 익숙한 듯 이자벨라는 놀란 기색조차 없었고, 나 혼자 기겁하며 총총 뒤를 따랐다.

방 밖으로 나와 이자벨라가 문을 닫고 나서야 소란이 끊겼다. 나는 쿵쿵 뛰는 심장을 움켜잡았다. 웬만해선 잘 놀라지 않던 심장이 요동을 친다.

"많이 예민하십니다. 앞으론 주의하세요. 특히 입조심."

"……네."

내 대답에 이자벨라는 별말 없이 몸을 돌렸다. 멀어지는 그녀를 보며 한숨을 쉬었다. 앞으로의 생활이 평탄하지 않을 거란 예감이 들었다.

그리고 그날, 기껏 들고 간 식사가 빈센트의 손에 뒤집어지는 걸로 하루를 마무리했다. 내 방은 빈센트의 바로 옆방이었다. 보통 사용인과 주인님의 방은 층부터 다른데 난 언제든지 부름을 받기 위해 옆방에서 지낸란다. 제기랄.

그래도 난생처음 푹신한 침대에서 깨끗한 이불을 덮고 잠에 들었다. 중간중간 이상한 소리가 들려 잠을 깨긴 했지만 어쨌거나 만족스러운 잠자리였다.

다음 날, 복장을 갖춰 입고, 아침 식사를 가지고 들어갔다가 베개에 얼굴을 얻어맞았지만 말이다.

□ ◆ □

빈센트 벨루니타.

그분이 내가 앞으로 모실 주인님이시다.

명망 높은 벨루니타 백작 부부의 유일한 자식으로, 어려서부터 고운 외모로 사람들의 이목을 끌었으며 비상한 머리로 여러 방면에서 능력을 인정받았다. 게다가 백작 부부 또한 금실이 좋아 그들은 누가 봐도 부러울 정도로 행복하고 단란한 가족이었다.

그러다 불의의 사고로 백작 부부가 세상을 떠나고, 홀로 남은 빈센트 벨루니타가 젊은 나이에 가문을 이어받았다. 세간에선 너무 젊은 그가 가문을 책임지게 되었다며 말들이 많았지만, 우려와 달리 빈센트는 훌륭히 가문을 이끌었다. 덕분에 가문의 위세는 나날이 높아져 갔다.

……까지가 행복했던 과거.

어느 날 그에게 비극이 찾아왔다.

왕가에서 주최한 파티였다. 순조로웠던 파티는 웬 남자가 칼을 들고 그에게 달려들면서 아수라장이 되었다. 남자는 벨루니타의 시종이었다. 다행히 빈센트의 곁에 호위가 있어 상처는 경미한 수준에 그쳤지만 암살자가 그의 눈에 뿌린 이상한 약이 문제가 되었다.

처음엔 눈이 조금 따끔한 정도였다고 한다. 그러다 점차 눈앞이 뿌예져 형체를 구분하지 못하더니, 어느 순간부터는 빛이 멸하고 암흑이 들이닥쳤다.

실명이었다.

그 이후부터 빈센트 벨루니타는 방에 들어박혀 지내게 되었다, 는 것이 현재까지의 이야기였다. 세간에는 빈센트 벨루니타 백작이 파티에서 상해를 입고 요양 중이라고 알려져 있었다.

암살자가 벨루니타의 사용인이라 이 사건에 빈센트가 연루된 게 아니냐는 말이 돌았지만, 곧 소문으로 끝났다. 얼마 안 가서 그 암살자가 벨루니타의 사용인 복장을 하고 있었을 뿐, 사실 사용인이 아니라는 걸 알아냈기 때문이다. 그러나 암살자의 정체와 목적이 무엇이었는지는 끝내 알 수 없었다고 한다.

결국 빈센트는 실명했고, 그 사실은 측근 몇 명을 제외하곤 저택의 사용인들도 모르는 비밀이었다. 그렇기 때문에 나 혼자 그의 시중을 들어야 한다는 것이고. 그것도 비밀스럽게.

비밀 보장. 그것이 내가 이곳의 사용인으로 일하기 위해 지켜야 하는 조건

중 하나였다. 여기서 겪은 일은 그 어떤 것도 절대 발설하지 말 것. 난 고개를 끄덕이며 계약서에 사인했다. 거기에는 발설할 시 받게 될 일들에 대해 암묵적으로 동의한다는 의미도 담겨져 있었다.

어찌 되었든 상관없었다. 그저 잘하자고만 생각했다. 하지만 빈센트를 모시는 일이 생각보다 꽤 많이, 많이많이많이많이 힘들다는 걸 깨달았다.

"다 들고 나가!"

와장창, 열두 번째 접시가 그렇게 생을 마감했다. 난 장렬히 깨진 접시 조각을 보며 몰래 한숨을 내뱉었다. 무릎을 굽혀 유리 조각을 치우자마자 이번엔 유리잔과 식기들이 바닥에 나뒹굴었다.

"꺼져!"

시트로 온몸을 감싼 채 버럭 하는 모습이 고양이가 따로 없다. 그것도 경계를 바짝 선, 감히 너 따위가 날 조련하냐는 듯 보는 고양이.

마크 아저씨의 빵집 앞에도 길고양이가 자주 왔었는데. 그중 볼 때마다 나날이 홀쭉해지는 고양이가 한 마리 있었는데, 그 모습이 참 안쓰러워 유일하게 몰래 빵을 뜯어 주곤 했었다. 처음엔 경계하던 고양이가 어느 날부터 천천히 다가와 빵을 가져가 먹더니 나중에는 그릉거리며 내 손에 얼굴을 비벼 주었다.

하지만 그 고양이처럼 대하기엔 그는 몸집이 너무 컸고, 다 큰 성인이었다. 나는 깨진 조각들과 식기들을 모아 쟁반 위에 올려 두고 빈센트를 보았다.

"다시 가져오겠습니다."

"필요 없어. 꺼져 버려."

"드시고 싶은 게 있으시면 말씀해 주세요. 요리사에게 부탁하겠습니다."

"너만 없으면 돼."

"그럼 방에 두고 가겠습니다."

"필요 없다잖아!"

빈센트가 버럭 소리치며 몸을 움츠렸다. 난 대구 없이 그를 위아래로 훑었다.

마구잡이로 헝클어진 머리하며, 입고 있는 옷은 늘어나고 뭔가 묻어 더러워 보였다. 그가 깔고 앉은 시트도 대체 언제 갈은 건지 살짝 누런색으로 변해 있다.

"시트도 갈아야겠습니다. 옷도요. 간단히 목욕을 하시는 게 좋을 거 같아요. 목욕물을 준비하겠습니다."

"꺼져! 꺼지라고!"

아아악! 억센 고함이 터졌다. 귓속까지 쩌렁쩌렁하게 울릴 지경이다. 저렇게 소리치니 매일 목이 쉬지. 그럼에도 독기는 사그라지지 않는다. 오히려 나날이 독기만 늘어 가는 것 같았다.

나는 하루에도 몇 번이나 치솟는 감정을 억눌렀다. 그동안 내가 편히 살았구나. 벌써 이렇게 지쳐 하다니. 고개를 절레절레 저으며 숨을 골랐다.

상류층 사람들의 고약한 성질이야 익숙했다. 아니, 비단 상류층뿐만이 아니다. 날 고용한 사람들 대부분 저런 태도였다. 가난해서, 여자라는 이유로 온갖 멸시와 모욕을 다 당해 봤다. 악마 새끼가 거느리는 집안도 다를 바 없었다.

난 그것들을 모두 버티고 살아남았다. 가난뱅이라고 무시하지 말라지!

"다시 가져오겠습니다. 기다려 주세요."

그리고 뒤도 안 돌아보고 방을 나섰다.

문이 닫히자마자 팍, 하고 무언가 부딪히는 소리가 들려왔다. 베개인가. 소리로 추측되는 물건을 떠올리며 한숨을 푹 내쉬었다. 나는 괜히 구둣발로 바닥을 탁탁 내려치며 걸음을 옮겼다.

눈먼 주인님의 시중들기란 쉽지 않았다. 일단 빈센트는 경계심이 너무 심했다. 듣기론 그가 방에 처박힌 뒤로 내가 열 번째로 고용된 사람이라고 한다. 처음엔 시종이었다가 중간에 시녀로 바뀌었는데, 대부분 오래 일하지 못하고 그만두거나 갑자기 사라졌다고.

갑자기 사라지는 건 둘째 치고 왜 오랫동안 버티지 못했는지는 잘 알 것 같았다. 그는 눈이 안 보여서인지 세상 모든 소리에 민감했고, 그만큼 날카로웠다. 그리고 침대 위에서 꼼짝을 안 했다. 필요할 때 잠깐 움직이는 걸 제외하고는 침대에만 처박혀 있었다. 특히 누군가 들어오면 잽싸게 시트를 뒤집어썼다.

게다가 성질도 고약해서 가져오는 것마다 족족 다 뒤집어엎고 난리가 아니다. 그러면서 내가 조금이라도 움직인다 싶으면 시트로 싸맨 몸을 한껏 웅크리며 자신을 감추었다.

진짜 고양이가 따로 없잖아.

그런 빈센트가 유일하게 유한 시간이 있었는데, 바로 집사가 올 때였다. 집사는 날 데려온 노신사였다. 그는 하루에 한 번씩 빈센트의 방에 방문하는데, 그 시간 동안 두 사람은 꽤 진중한 이야기를 나누는 듯했다. 그때의 빈센트는 시트를 뒤집어쓰지 않았고, 제법 진지한 태도를 보였다. 몰래 훔쳐볼 때마다 원래는 저렇게 진중하고 열정적인 사람이지 않을까 하는 생각이 들었다.

그럼 뭐 해. 지금 이따위인데.

얼굴 옆으로 날아간 접시가 벽에 부딪히며 와장창 깨졌다. 이젠 뒤돌아 확인하는 것도 지쳤다.

"나가."

한숨을 푹 쉬고 눈을 질끈 감았다. 그 소리에 빈센트는 몸을 한껏 움츠렸지만 눈빛은 형형했다.

"제가 마음에 안 드시나 봅니다."

"그래. 전혀 마음에 안 들어. 그러니까 나가."

"어디가 마음에 안 드시는지요. 말씀해 주시면 고치겠습니다."

"하나부터 열까지 전부. 전부 다."

그럼 곤란한데.

"마음에 드실 수 있도록 노력하겠습니다."

"그럴 필요 없으니까 내 앞에서 사라져."

아, 한 대만 때리고 싶다.

말 안 듣는 어린애는 꿀밤이라도 맞아야 정신 차리는데. 난 그의 머리통 쪽을 흘끗거렸다. 딱…… 한 대만 때리면 안 되나?

"너 무슨 생각 하는 거야."

"……."

"헛짓거리할 생각 마. 죽여 버릴 거니까."

그런 쪽은 예민하시네. 어깨를 으쓱이고 뒤돌아 깨진 접시를 정리했다.

아까워라. 장터에 팔았다면 꽤 값을 받았을 텐데. 아까운 마음에 입맛을 다시며 깨진 접시를 모았다. 그래, 식사는 둘째 치고 일단 침대보부터 정리를 하자.

"주인님, 침대보를 갈아야 합니다."

"다가오지 마."

"잠시만 비켜 주시면……."

침대보를 걷어 내기 위해 그에게 다가가던 순간이었다. 뭔가 날아와 이마에 부딪혔다. 강렬한 충격에 잠시 정신을 잃었다. 비틀거리는 몸을 바로 세우자 이마를 찧고 떨어진 게 보였다. 탁상시계였다.

시계를 주워 들고 확인해 보니, 시침이 멈춘 채 고장 나 있었다. 난 황당해졌다.

"싫으면 싫다고 하시지 왜 위험하게 이런 걸……."

"왜, 죽을까 봐 겁나? 어차피 너 같은 건 죽어도 아무도 신경 안 써."

탁상시계를 보던 시선을 들어 그에게 꽂았다. 빈센트는 드물게 얼굴을 드러내고 있었다. 물건을 던져 사람을 위험하게 하고도 그는 태연한 얼굴이었다. 아니, 비웃고 있다.

"너희 같은 것들이야 뻔하지. 돈만 주면 뭐든지 다 하는 비렁뱅이들. 물욕에 미친 더러운 것들. 그런 족속들이 죽음을 무서워할까. 너도 돈 때문에 여기에 온 걸 테지. 그게 아니라면 생전 처음 보는 낯선 사람의 제안을 쉽게 받아들일리 없으니까."

"……"

"왜 널 고용한 줄 알아? 너한테 뛰어난 능력이 있어서? 믿음직스러워서? 아니, 다 아니야. 죽어도 상관없기 때문이지. 남의 비위 맞출 줄 알고, 적당히 쓸모 있고, 후에 거슬린다면 죽여도 문제 될 게 없는 존재. 그게 너야."

그가 내뱉은 말이 칼날처럼 내 가슴에 꽂혔다. 콕콕 꽂힌 것들이 잔인하게 속을 난도질했다. 어쩜 저리 못됐을까. 어쩜 저렇게 심한 말을 할까. 그럼에도 울음이 나오지 않는 건, 이 또한 익히 들었던 말들이기 때문이다.

비난은 쉽다. 숨 쉬듯 상대를 비난하고, 그로 인해 자신이 위로받는 건 쉬웠다. 사람들이 내게 그랬다. 때론 내 아비도, 유일한 자매도 마찬가지였다. 그들은 날 비난함으로써 자신들의 존엄성을 키웠다. 내 존재의 가치가 그랬다.

그래서 상처받지 않았다. 아비가 날 두들겨 패는 것보다 아프지 않았다.

물론 기분이 나쁜 건 별개의 문제지만.

"참 못되셨네요."

"뭐?"

"그렇게 대단하신 주인님께선 참 지저분하게 지내시군요."

내 말에 빈센트의 얼굴이 시뻘게졌다. 허공을 노려보는 게 참, 애처로웠다.

그가 이를 악물고 읊조렸다.

"너, 입조심해."

"한 말씀 더 드리자면, 정확하십니다. 저 물욕에 미친 거 맞습니다. 돈 밝힙니다."

"뭐?"

"주인님 말씀처럼 저는 죽어도 상관없는 몸이고, 갑자기 사라진다고 해도 아무도 찾지 않을 겁니다. 당장 주인님께서 절 죽이라고 명하셔도 전 저항하지 못합니다. 그러니 겁먹으실 필요 없으십니다. 그래도 계속 마음에 안 드시면 그냥 죽여 주세요. 그리고 죽이실 거라면 한 번에 죽여 주시면 감사하겠습니다."

고문보다는 그게 더 깔끔하거든요. 아, 제가 죽는다고 해도 복수해 주러 올 사람은 없으니 안심하세요. 정말 제대로 된 사람을 찾으셨네요."

"……."

그가 드디어 입을 다물었다. 허공을 향한 눈에 잠시 놀라움이 비쳤다. 짧은 순간이었다. 내가 다시 다가가자 그가 바로 경계심을 드러냈다.

"그럼 주인님."

그가 뭔가 던질 것을 찾듯 손으로 주변을 더듬는데도 난 아랑곳하지 않았다. 어차피 더 던질 것도 없었다. 그가 당황하는 틈을 타 침대 앞에 멈춰 섰다.

"실례하겠습니다."

그리고 시트를 잡고 확 끌어당겼다.

그가 신음 한 번 뱉지 못하고 그대로 침대 위를 데굴데굴 굴렀다. 곧이어 쿵! 소리와 함께 빈센트가 침대 아래로 떨어졌다.

"이게 무슨 짓이야!"

"시트를 갈겠다는 짓입니다, 주인님."

뭐라 지껄이려는 그를 발로 밀치고 남은 침대보를 빼 들었다. 그리고 준비한 새 침대보로 갈아 끼웠다. 옆에서 고래고래 소리치는 건 못 들은 척했다.

다음으론 바닥을 더듬거리는 그의 앞에 앉아 잠옷 단추를 끌러 내렸다. 그걸 눈치챈 빈센트가 내 행동을 저지하기 위해 손을 뻗었다. 능숙하게 그 손을 잡아 바닥에 내리고, 그 위를 무릎으로 눌렀다.

"무슨 짓이야! 만지지 마!"

"왜요. 뭐, 대단한 몸이신가요."

"뭐?"

잠시 멍해진 그는 내가 잠옷 단추를 모두 끄르고, 뒤로 벗기려 하자 그제야 온몸을 비틀며 저항했다. 생각보다 강한 힘에 내 몸이 중심을 잃고 바닥으로 기울어졌다. 그로 인해 한 손이 자유로워진 그가 내 머리를 붙잡고 쭉쭉 밀어

댔다.

하지만 나도 지지 않았다. 머리통이 뒤로 밀려났지만 붙잡은 잠옷을 놓치지 않고 버텼다. 어떻게든 빼내려는 손을 무릎으로 더 꽉 누르고, 비트는 그의 몸을 따라 내 몸도 비틀며 잠옷을 벗기려고 애를 썼다. 무릎에 깔린 손도 이리저리 뒤틀리느라 덩달아 내 몸도 들썩거려 정신없었다.

그렇게 한창 실랑이를 벌이다가 그가 잠시 방심한 사이, 잠옷을 그의 어깨 뒤로 확 젖혔다.

시력을 잃은 지 1년쯤 됐다고 했던가. 방에 처박혀 식사도 제대로 안 한 건 반년 정도라고 했었다.

너무 말랐다.

드러난 몸엔 살집이 없었다.

갈비뼈가 그대로 보일 정도로 앙상했다. 근육도 많이 빠진 상태였다. 겉으로 보기엔 체격이 있어 나쁘지 않았는데 벗겨 보니 전혀 아니었다. 간혹 그의 팔을 붙잡았을 때 만져지는 마른 감촉 때문에 뼈밖에 없는 것 같다는 생각이 들긴 했지만, 이렇게 말랐을 줄이야. 게다가 여기저기 작은 멍 자국도 있었다.

그러고 보니 가까이서 본 얼굴 또한 너무 홀쭉하고 핏기가 없었다. 잠도 제대로 못 자는지 눈 밑도 퀭하다. 탁해진 에메랄드빛 눈동자에는 초점이 없었고, 갈라지고 부르튼 입술은 색색 힘겨운 숨을 토해 낸다.

툭 건들면 부서질 것 같아.

분명 성인 남자인데도 그런 생각이 들었다.

안쓰럽다.

그래서 나도 모르게 그의 뺨을 쓸었다. 그가 흠칫 떨더니 내 손을 피해 고개를 돌렸다. 눈을 살짝 내리깔고 입을 꾹 다문다. 수치심이었다.

그런 그를 보다가 손을 치웠다. 그의 손을 누르고 있던 무릎을 떼고, 어깨를 뒤로 밀었다. 그의 몸이 힘없이 넘어가는 것과 동시에 바지를 벗겨 냈다. 예의

상 속옷은 내버려 둔다, 내가.

더러운 잠옷을 들고 일어나 옷장에서 새것을 집어 가져왔다. 그는 제 마른 몸을 양팔로 감싼 채 한껏 움츠리고 있었다. 등뼈가 툭툭 튀어나와 보기 흉했다.

"냄새나는 옷을 계속 입고 싶으시다면야 어쩔 수 없지만, 주인님을 모시는 입장으로서 언제나 깨끗한 모습을 유지해 드리고 싶은 깊은 마음을 헤아려 주시길 바랍니다. 그리고 새 옷을 입혀 드릴 수 있도록 팔도 뻗어 주시면 감사하겠습니다."

"너 죽여 버릴 거야."

"네. 팔은 위로 쭉 뻗어 주세요."

그의 마른 팔을 잡았다. 뻗지 않겠다는 듯 버텼지만 미약한 힘이었다. 남자의 힘이 이 정도로 약할 줄이야. 그게 방 안에만 갇혀 살았던 그의 생활을 보여 주는 듯했다.

난 그 팔을 억지로 들어 올리는 대신, 손목에 새 잠옷을 걸어 주었다. 그러자 그가 더듬거리며 잠옷을 몸에 걸치기 시작했다. 옷을 벗고 있는 게 부끄럽긴 한가 보지. 모르는 척, 그가 입기 어렵지 않도록 옷매무새를 만져 주었다.

"바지는 여기 있습니다. 속옷도요."

"……."

돌아오는 대답은 없었다. 어차피 기대도 안 했다.

난 그의 손에 남은 옷을 쥐여 주고 침대로 향했다. 베갯잇을 벗겨 새것으로 갈고, 시트도 갈았다. 깨끗해진 침대를 보며 뿌듯해하다가 빈센트를 돌아보았다. 다행히 그도 바지까지 갈아입은 뒤였다.

말끔해진 모습에 흐뭇한 얼굴로 그에게 다가갔다. 빈센트는 바닥을 손으로 짚으며 일어나려 하고 있었다. 부축해 주려고 손을 뻗자 매섭게 쳐 낸다. 그러곤 허공을 더듬으며 기어코 혼자 침대로 걸어가려 했다. 고집 심하네.

34

"주인님, 오른쪽으로 가셔야 합니다."

"닥쳐."

말은 그렇게 해도 얌전히 오른쪽으로 몸을 트는 그를 뒤로하고, 벗어 둔 옷가지를 집어 들었다. 그런데 왜 이것뿐이지? 속옷은?

"주인님 속옷도 갈아입으셔야."

……까지 말하자 빈센트가 잽싸게 침대에 몸을 누였다. 새 시트를 머리끝까지 뒤집어쓰고 비적비적 움직여 구석에 몸을 웅크리는 걸 보자 말을 잃었다. 혹시 몰라 그에게 다가가 냄새를 맡으니, 역한 냄새가 풍겼다.

설마……?

"속옷은 안 갈아입으셨나요?"

"나가."

아니, 더럽게. 저기요, 주인님. 그러면서 몸을 숙이던 순간, 시트가 펄럭이며 뭔가가 그 안에서 불쑥 튀어나왔다.

이마에 닿은 건 총이었다.

너무 놀라 그대로 뚝 멈추자, 그가 방아쇠를 따닥 당기는 게 아닌가.

"한마디만 더 하면 여기서 진짜 죽여 주지."

"……."

"당장 나가."

왕족이나 귀족들이 호신용으로 침실에 총을 둔다는 건 익히 들어 알고 있었다. 하지만 방금 전까지만 해도 없었던 것이 대체 어디서 나왔는지 의문이다.

그리고 그는 진심이었다. 그럴 리 없다는 걸 알면서도 날 똑바로 바라보는 듯한 탁한 눈동자와 마주하자 나도 모르게 마른침을 삼켰다.

"그, 그럼 속옷은 봐드리겠습니다."

허리를 편 뒤, 한쪽에 모아 둔 빨래 더미를 들고 뛰듯이 걸어 방을 빠져나왔다. 물론 문을 닫자마자 다리에 힘이 풀려 버렸지만.

문 앞에 미끄러지듯 주저앉았다. 심장이 쿵쿵 뛰었다. 이마에 닿았던 총구의 느낌이 선명하다. 진짜 쏘려던 건가.

왜 이걸 간과했나.

여기 백작가의 주인님은 진짜 미친놈이란 걸.

빨랫감이 담긴 바구니를 건네받으며 레니카가 짐짓 놀란 얼굴을 했다. 매번 헝클어진 옷차림에 지친 얼굴로 겨우 베갯잇이나 시트 정도만 가져오던 내가 오늘은 완벽한 빨랫감을 주니 놀란 모양이다.

그녀는 내가 이 저택에 온 뒤로 매일 만나는 몇 안 되는 사람 중 한 명이었다. 아침마다 직접 별채로 와 빨랫감을 챙기고, 새로 사용할 것들을 가져다주고 있었다.

"이번엔 순탄하셨나 보네요."

"주인님 덕분이죠."

덕분에 개고생 좀 합니다.

어차피 앞머리 때문에 얼굴은 안 보일 테지만, 그나마 드러난 입가를 빙긋 올렸다. 힘들다고 투정해 봤자 어찌 말이 전해질지 모르니 애써 괜찮은 척을 해야 했다. 레니카는 새삼 다시 봤다는 시선으로 날 위아래로 훑더니 빨랫감을 들고 본채로 떠났다.

그녀가 떠나자 난 한숨을 쉬며 터덜터덜 안으로 들어갔다.

오늘 아침의 수확은 저것뿐이다. 아침 식사는 언제나처럼 뒤엎어지는 걸로 끝이 났다. 그가 내 이마에 총을 디밀었던 게 떠올라 이번엔 강압적으로 굴지 못했다. 어젯밤에도 아무것도 먹지 않았는데, 그는 아랑곳하지 않았다.

저러니 몸이 비쩍 말랐지. 그는 식사란 걸 제대로 하지 않았다. 일단 무언가를 가져오면 던지기부터 하니 오죽할까.

덕분에 그가 먹지 않은 음식 처리는 내 몫이었다. 식어 버린 묽은 수프와 빵을 뜯어 먹으며 조금 늦은 아침 식사를 했다. 이 또한 나름의 호강이었다. 예전엔 굶는 게 일상이었고, 아비와 앨리샤가 남긴 음식이 내 식사의 전부였다.

그래, 여기 오기 전의 생활을 떠올리면 주인님 성질이야 무서울 게 뭐 있나.

하지만 재수 없는 빈센트의 만행은 그 뒤로도 계속 이어졌다. 점심때 들고 간 식사는 방에 들이지도 못하고 쫓겨났다. 들어가자마자 물건들을 던지고 난리가 난 거다. 아예 작정하고 주변 물건들을 쓸어 모아 둔 건지 문을 열자마자 던지기 시작하는데, 잠시도 버틸 수가 없었다. 그가 잠깐 잠들었을 때 시계며 꽃병이며 다시 가져다 놓은 게 실수였다.

매번 저렇게 물건을 던지며 부수는데도 다시 새것으로 가져다 두어야 했다. 위험하기도 하고, 그럴 필요 없지 않냐고 이자벨라에게 물어본 적이 있었는데, 언젠가 물건을 모조리 치워 버렸더니 온몸이 긁힌 상처투성이가 되었다고 한다.

한마디로 자해를 한 것이다. 손톱이 깨지고, 긁힌 상처가 찢겨져 피가 흐르는데도 자해를 멈추지 않았고, 몇 번 그런 일이 반복되니 그 이후부터는 물건을 새로 채워 둔다고 설명해 주었다. 아마도 그 더러운 성질을 물건 던지는 걸로 풀고 있었나 보다. 덕분에 이쪽만 더 생고생 중이었다.

그리고 그건 저녁때도 마찬가지였다. 다시 가져다 놓지 않아 점심때처럼 던질 물건은 없었지만, 식사는 언제나처럼 뒤엎어졌다. 다시 갖고 오자 그것도 같은 결과를 맞이했다. 이젠 다가가면 손부터 휘젓는다. 그러다 몸에 손댈라치면 총부터 들이밀고 본다.

다음 날 아침엔 베갯잇도 갈지 못했다. 온갖 지랄이란 지랄은 다 떨더니, 꼭 먹이겠다고 다짐하며 가져간 식사를 기어코 내 얼굴에 끼얹었다. 그렇게 저녁까지 실패한 건 말하지 않아도 예정된 결과였다.

그렇게 이틀이 지났다. 내 상태를 살피러 온 이자벨라가 묘한 표정을 했다. 마치 그럴 줄 알았다는 듯, 이 상황을 예감한 얼굴이었다. 나직이 한숨을 쉰 뒤 떠나가는 그녀의 뒷모습을 바라보며 나는 오싹함을 느꼈다. 어쩐지 한 번만 더 그녀의 한숨 소리를 들으면 안 된다는 경고가 느껴졌다.

그리고 그날 내 인내도 한계에 다다랐다. 더는 그가 들이미는 총이 무섭지 않았다. 지금 내게 총보다 더 무서운 건 현실이었다. 저번에 들었던 '주인님을 시중들던 사용인이 갑자기 사라졌다'란 말이 떠올랐다. 그들이 어떻게 되었는지 굳이 물어볼 필요가 없지 않은가.

허공에 떠오른 그릇이 내 머리 위에 안착했다. 그릇에 담겨 있던 미음이 머리를 축축하게 적시며 주르륵 흘러내렸다. 그렇게 저녁 식사도 엎어지는 걸로 끝이 났다. 이제 더는 놀랍지도 않았다.

얼굴에 흘러내리는 미음을 쓱 닦고, 내 방으로 들어와 베개를 퍽퍽 치며 다짐했다.

두고 보자.

"개자식아!"

분노를 다잡고 아침이 밝아 오자, 복장을 갖추고 식사를 챙긴 뒤 빈센트 방으로 달려갔다. 안으로 들어가자마자 커튼을 걷어 어두컴컴한 방 안에 빛을 주고, 바닥에 떨어진 것들을 하나씩 치워 냈다. 그런 후, 더러운 시트도 젖혔다.

그러자 당연하다는 듯 총구가 이마에 닿았다.

"죽고 싶어?"

"그냥 쏘십시오."

"뭐?"

"이대로 계속 주인님을 방치해도 결국 전 죽습니다. 얼마 안 가 소리 소문도 없이 사라지겠죠. 이리 죽고 저리 죽을 바에야 주인님의 총을 맞고 죽는 영광으로 하겠습니다. 자, 얼른 쏘고 끝내세요."

"……미쳤나?"

"안 쏘시나요? 그럼 시트 갈겠습니다."

그대로 시트를 당기자 그가 기겁하며 시트를 움켜쥐었다. 잠시 뺏으려는 힘과 버티려는 힘이 충돌했다. 그러나 상대는 피죽도 못 먹은 환자다. 난 코웃음을 치며 온 힘을 다해 시트를 끌어당겼다.

"진짜 미쳤군!"

시트를 뺏기고 소리치는 빈센트를 뒤로한 채 새 시트를 가져왔다.

"당장 나가!"

"네, 할 일을 끝내면 나가겠습니다. 제가 빨리 끝내고 나갈 수 있게 좀 일어나 주시겠어요?"

난 또다시 소리 지르려는 빈센트를 밀치고 침대보를 쭉 당겼다. 침대보와 함께 끌려 온 그의 몸이 힘없이 바닥으로 떨어졌다. 난 모르는 척하며 침대보를 마저 벗긴 뒤 새로 갈았다. 그러곤 베갯잇도 잽싸게 갈았다.

잠시 멍한 듯 허공을 보던 그가 이내 정신을 차리고 와락 얼굴을 구겼다. '너!' 까지 나온 말을 중간에서 잘랐다.

"아침 식사를 가지고 오겠습니다."

바닥이 물건으로 너저분하기도 하고, 워낙 성질이 지랄맞아 뭔 짓을 할지 모르니 챙겨 온 식사는 가장 멀찍이 떨어져 있는 문 앞에 잠시 내려 두었다. 일부러 탁탁 발소리를 내며 멀어졌다가, 문 앞에 두었던 식사를 들고 다시 탁탁 다가왔다.

빈센트는 바닥을 더듬다 침대로 올라가 앉았다. 다시 시트로 몸을 감싸려던 걸 잡아 뺏고 대신 숟가락을 쥐어 줬다.

"뭐 하는 짓이야."

"식사 준비했습니다."

"안 먹어."

그가 들고 있던 숟가락을 바닥에 내던졌다. 바닥에 부딪친 숟가락이 탕탕 튕겨져 나가는 걸 지켜보다가 새 숟가락을 가져왔다. 그럴 줄 알고 여분으로 몇 개 더 챙겨 왔다.

"몇 살이신데 아직까지 어린애처럼 투정을 부리세요."

"너 진짜 내 손에 죽고 싶어? 그래서 이렇게 건방지게 구는 건가?"

그의 손엔 아직도 총이 들려 있었다. 그걸 만지작거리는 걸 흘끗 보곤 다시 빈센트의 얼굴을 응시했다.

"앞도 안 보이시는데 맞추실 수 있으시겠어요?"

"손가락은 멀쩡하거든."

"명중하실 자신이 있으신가 보네요."

"사격이 특기였어."

와, 그러시구나. 짧게 감탄하며 그의 앞에 무릎을 꿇고 앉아 미음이 든 그릇을 무릎 위에 올렸다. 그리고 숟가락으로 미음을 떠 그의 입가에 가져갔다.

"입 벌려 주세요. 먹여 드리겠습니다."

"치워!"

빈센트가 손을 획 저었지만 나는 그보다 한발 빠르게 그릇을 들고 뒤로 피했다. 그가 주변을 더듬으며 던질 만한 물건을 찾았지만 어제저녁에 던진 걸 마지막으로 물건을 모두 치운 상태였다.

마땅한 게 없다는 걸 깨달은 빈센트가 총을 꽉 쥐었다. 그의 손등에 핏줄이 불거질 정도였다. 그런데도 총을 쏠 생각을 안 한다.

난 다시 숟가락을 그의 입술에 댔다.

"자, 아― 하세요."

"당장 저리 안 치워?"

"한 입만 드시면 치우겠습니다."

"안 먹어. 치워."

"딱 한 입만 드세요. 아니시면 혼자 드시겠어요?"

"치우라니까! 꺼지라고!"

"혹시 씹는 것도 못 하세요?"

어른이시면서 음식물을 입에 넣고 오물거리는 것도 못 하시나 봐요. 내가 다정히 덧붙이자 빈센트가 하, 헛숨을 토했다. 거기서 끝내지 않고, 원하신다면 턱을 쓰는 방법을 알려 드리겠다고 친절까지 베풀었다.

순간, 그가 기습적으로 내 무릎 위에 올려 둔 그릇을 발로 찼다. 그릇이 요란한 소리를 내며 바닥을 뒹굴었다. 데굴데굴 굴러가는 길을 따라 미음이 흘러내렸다. 중간에 중심을 잃고 엎어지는 그릇을 보고 눈을 질끈 감았다.

이번엔 화를 참을 수 없었다.

"제가 무서우신가 봐요?"

"뭐?"

"미음도 한 입 못 드실 만큼 제가 무서우시냐고 물었습니다. 왜, 제가 주인님을 잡아먹기라도 한답니까. 그렇게 대단하신 분이세요? 아, 대단하신 분이시긴 하죠. 이 큰 가문의 주인님이신데요."

"……너 지금 뭐 하자는 거야."

"훈계를 하는 겁니다."

여태까지 그가 성질을 부려도 참았던 이유는 그의 마음이 병들어 있기 때문이었다.

시력을 잃은 그가 처음부터 이렇게 방에 처박혀 있던 건 아니라고 했다. 실명한 지 얼마 지나지 않았을 땐 아무렇지 않게 일상생활을 했단다. 앞이 보이지 않으니 대신 집사의 목소리를 듣고 일을 처리하면서 눈이 보일 때와 다를 바 없는 생활을 하려고 노력했는데, 그 이후로도 몇 번 더 일이 터졌다.

처음엔 바람도 쏠 겸 마을을 살펴보러 나갔다가 물건을 팔려고 다가온 남자애에게 습격을 당했다. 아직 어린 모습이라 방심했다. 날카로운 칼날이 가슴을 찌르려던 걸 빈센트가 재빨리 피해 허리를 스쳤다. 같이 있던 호위가 남자애를 잡았으나 그는 잡힌 즉시 자결했다. 그렇게 훈련된 것인지 그 행동엔 망설임이 없었다. 덕분에 습격을 한 상대의 정체가 무엇인지는 알아내지 못했다.

그 뒤로 빈센트는 바깥 외출을 꺼리게 되었다. 저택 앞 정원을 산책하는 게 최대한 멀리 나가는 거였다.

그러다 어느 날 정원에 혼자 있던 빈센트는 또다시 습격을 당했다. 쌀쌀한 바람이 불어 간단히 걸칠 만한 걸 가져오던 시종이 비명 소리를 듣고 뛰어갔을 땐 낯선 이가 가슴에 쇠막대기가 박힌 채 죽어 있었다고 한다. 온몸이 흙으로 지저분해진 채 숨을 헐떡이며 주저앉아 있는 빈센트의 모습을 본 시종이 급히 사람들을 불러 모았다.

습격한 이는 낯선 외부인이었다. 정체를 조사했으나 다들 처음 보는 얼굴이라고 했다. 빈센트는 습격을 피해 도망치다가 주변에 있는 돌로 상대의 머리를 한 차례 가격한 뒤, 정신을 차리고 달려든 상대의 가슴을 우연히 잡은 쇠막대기로 찔러 죽였다. 그 모든 과정은 정말 운이 좋았다고밖에 말할 수 없었다.

하지만 그 뒤로 주변 경비를 강화하고 출입하는 외부인을 특별히 경계했음에도 그는 더 이상 저택 밖을 나가지 않게 되었다.

또 한 번은 식사를 하던 중에 돌연 통증을 느끼고 쓰러졌다. 다행히 쓰러지는 순간 먹은 걸 모조리 토해 낸 덕에 큰 이상은 없었지만, 나중에 알아보니 음식에 독극물이 들어가 있었다고 한다.

얼마 안 가 숲속에서 하녀 한 명이 죽은 채 발견되었다. 부엌에서 일하는 하녀였다. 몰래 도망치려던 중에 죽임을 당한 듯하다. 범인이 누군지는 나왔지만 그녀가 왜 그런 짓을 했는지, 또 누구에게 살해된 건지는 알아내지 못했다.

죽다가 살아난 빈센트는 그 뒤로 음식을 먹는 데 두려움을 느꼈는지, 한동안 식사 때마다 예민하게 굴더니 어느 순간부터는 아예 식사를 거부하기 시작했다. 부엌에서 일하는 사용인을 모조리 바꿨는데도 말이다.

외출을 하지 않고 식사도 거부하니 그의 상태는 나날이 나빠져 갔다. 방 밖으로라도 나가면 좋겠지만 대저택엔 찾아오는 사람이 많아 조금만 나가도 사람들의 눈에 띄었다. 실제로도 잠깐 나갔다가 모습을 들킨 적이 있었다. 다행히 별다른 일은 없었지만 그게 빈센트에겐 큰 기억으로 자리했는지 곧장 별채로 옮겨 갔고, 방에서도 나가지 않게 되었다.

그렇게 주변의 모든 걸 경계하던 그는 점차 피폐해졌고, 심각한 우울증에 걸렸다고 들었다.

누군가 자신을 죽이려 한다는 공포.

자신은 그걸 모른다는 두려움.

혹여 시력을 잃었다는 게 알려진다면, 사람들은 그에게 가문을 이끌 자격에 대해 운운할 게 뻔했다. 그래서 그는 요양이라는 핑계를 대고 방에 콕 박혔다. 그 누구도 만나지 않고 어떤 도움도 받지 않은 채 서서히 홀로 메말라 갔다.

그 사정을 듣고 처음으로 그가 불쌍하다고 생각했다. 몸의 병은 마음의 병으로 번지기 마련이다. 찢어지는 가난 속에 배를 곯고, 빵을 훔치고, 그러다 죽어 가고. 지친 몸이 곧 마음의 병이 되는 건 익히 경험했다.

그는 병든 사람이다. 그렇기에 날카로워진 그의 성질을 이해하고 받아들이려 노력했다.

하지만 이렇게 음식을 버리는 건 용납할 수 없었다. 그의 행동에 화가 났다. 나는 저 미음 한 모금을 먹으려면 온몸을 두들겨 맞고도 바짓가랑이를 붙잡으며 사정해야 겨우 먹을 수 있는 소중한 양식이었다.

그런데 저 남자는······.

"나쁜 행동은 혼을 내야 고칠 수 있습니다. 어린애든 어른이든 잘못했으면 혼나야죠. 음식을 소중히 하라는 말씀도 못 들으셨나요? 아니면 가진 게 많아 이딴 건 이렇게 버려도 된다고 배우셨는지요."

"······."

조목조목 따지다 울컥 감정이 솟구쳤다. 나는, 나는 저거 하나 먹으려면 온

몸이 불어 터져라 고생해야 하는데. 정말 아까워 눈물이 나올 지경이었다. 하지만 아무리 눈먼 사람의 앞이라 해도 울 순 없었다. 창피했다.

혹여 목소리에 울음기가 배어 나올까 봐 이를 악물었다.

이러지 마. 누가 더 불행한지 토로하는 건 내가 가장 혐오하는 짓이잖아. 후, 숨을 고르고 떨어진 그릇을 들었다. 다행히 깨지진 않았다. 바닥에 쏟아진 미음도 앞치마로 대충 닦고 몸을 일으켰다.

"다시 가져오겠습니다. 정 걱정되시면 제가 먼저 먹고 난 뒤에 주인님께서 드시지요. 겁쟁이이신 주인님을 위해 그 정도도 못 하겠습니까. 다 드시는 게 힘드시다면 드실 수 있는 만큼만 드시고 남은 건 제가 처리하겠습니다."

"안 먹."

"설마 안 드신다고 하진 않으시겠죠? 독약이 들었는지, 쥐약이 들었는지 직접 먹어 보며 소중한 주인님을 위해 희생하겠다고 하는데, 그 정성도 외면하시진 않으시겠죠?"

설마 그렇게 매정하실까. 난 길게 말꼬리를 늘인 뒤, 바닥을 탁탁 치면서 방을 떠났다.

곧장 아래로 내려가 요리사에게 미음을 새로 달라고 요청했다. 요리사가 날 측은하게 보곤 미음을 한 그릇 새로 떠 주었다. 그걸 들고 뛰듯이 그의 방으로 돌아왔다.

또다시 침대 앞에 무릎을 꿇고 앉았다. 내 소리를 따라 그의 얼굴이 휙휙 돌아간다. 눈은 여전히 초점을 맞추지 못한 채 허공을 맴돌고 있다.

나는 그가 들을 수 있게 달그락 소리를 내며 미음을 한 입 떴다. 그러곤 씹을 필요도 없는 걸 쩝쩝 소리 내며 먹은 뒤, 다시 한 입 떠 그에게 내밀었다.

"아— 하세요."

그러나 다시 한번 그릇이 바닥에 나뒹굴었다.

"더러워."

탕, 탕, 탕, 그릇이 굴러가는 소리와 함께 내 이성도 뚝 끊겼다.

미음은 반 정도 쏟아진 뒤였다. 난 그걸 들고 침대로 돌아왔다. 그는 가만히 바닥을 내려다보고 있었다. 내 기척을 주시하는 듯했다.

나는 다시 숟가락으로 미음을 한 입 뜨고 그릇을 침대 한쪽에 차분히 내려놓았다. 그러곤 빈센트의 어깨를 밀어 넘어뜨렸다.

미처 저항하지 못한 빈센트가 침대에 눕혀졌다. 그 위로 잽싸게 올라탔다. 놀라 굳은 빈센트의 목을 붙잡고, 도망가지 못하도록 체중을 실었다. 당황해 벌어진 입 속으로 엄지손가락을 쑤셔 넣었다. 그러자 한껏 벌어진 입 속에 이번엔 미음을 뜬 숟가락을 처넣었다.

"컥, 컥!"

빈센트가 발버둥을 쳤다. 나는 저항하는 그의 몸을 온 힘을 다해 짓누르며, 손수 미음을 떠먹여 주었다. 그로 인해 몸이 몇 번이나 중심을 잃을 뻔하기도 하고, 그가 발버둥 치다 빠져나온 한 손이 내 뒷머리를 움켜잡기도 했다. 고개가 뒤로 확 젖혀졌다. 머리가 뽑혀 나가는 듯한 고통에 눈물이 찔끔거렸지만 이를 악물고 버텼다.

그가 숟가락을 피해 도리질했다. 하지만 입 속엔 여전히 내 손가락이 물려 있어 다물지 못한 채였다.

난 눈을 내리깔고, 재빠르게 그의 얼굴이 틀어지는 움직임에 따라 숟가락을 집어넣었다. 그런 뒤 숟가락이 비어지면 다시 미음을 떠 그의 입 속에 넣기를 반복했다. 이 모든 건 빠르고 정확하게 이뤄졌다. 먹이기 좋게 옆쪽으로 끌고 온 그릇을 나중에는 아예 손에 쥐고 떠먹였다. 숟가락을 든 손이 부들부들 떨려서 혼이 났다.

"주인님, 이렇게 잘 드시니 너무 기쁩니다!"

"컥, 너, 컥컥!"

"예, 잘 드시고 계세요!"

한 숟갈, 두 숟갈, 세 숟갈, 반쯤 남은 미음이 다 없어질 때까지 숟가락을 그의 입 속에 처넣었다. 사실 입으로 들어가는 게 반, 흘리는 게 반이었지만 아랑곳하지 않았다.

그릇을 다 비웠을 즈음 내 몸이 뒤로 발라당 넘어갔다. 다 먹였다는 성취감에 내가 힘을 풀자마자 그가 날 밀쳐 냈기 때문이다.

나는 순순히 빈 그릇과 숟가락을 들고 침대에서 내려갔다. 머리카락 빠지는 줄 알았네. 아직도 저릿한 뒷머리를 매만지니 머리카락이 한 움큼 잡혀 나왔다. 헛웃음을 흘리며 뒤돌자, 압박당한 목을 움켜잡은 빈센트가 붉게 달아오른 얼굴로 소리쳤다.

"너 당장 해고야!"

"전 주인님의 식사 시중을 들었을 뿐입니다만."

"하! 이거 진짜 미친년이군! 네가 무슨 짓을 했는지 모르나? 감히 누구의 몸에 손을 대! 정말 죽고 싶어서 환장했나 보지!"

"누가 봤나요?"

"뭐?"

되묻는 말에 차분히 대답했다.

"여기엔 저와 주인님, 단둘만 있었는데 다른 사람들이 어떻게 압니까? 감히 제가 주인님의 입 속에 손가락을 쑤시고, 미음을 떠먹여 줬다는 것을요."

물론 내가 한 짓은 정말 죽어 마땅한 일이었다. 누군가 보고 있었다면 바로 목이 날아가겠지만 지금 여기엔 그와 나뿐이다. 방 밖도 마찬가지였다. 눈이 안 보이니 조그마한 기척에도 예민하게 반응하는 그 때문에 이 층엔 지나가는 사람조차 없었다.

게다가 저 남자의 고약한 성질이야 내가 오기 전부터 익히 알 만한 사람은 다 알고 있었다. 어차피 상대는 한창 날카로워질 대로 날카로워진 환자. 그는 날 해고할 수 있는 자격을 가지긴 했지만, 그의 말만 믿고 사용인을 해고하기엔 효력이 꽤 떨어진 상태였다.

"아, 총이 있었군요. 주인님께선 그걸로 절 죽이실 수 있었죠. 그런데 주인님, 그 총에 총알이 들어 있긴 한가요?"

"……."

그가 입을 꾹 다물었다. 아주 잠깐이지만 얼굴에 당황한 기색이 스쳤다. 혹시나 했더니. 분명 쏘고도 남을 시점인데 왜 안 쏘나 했지. 난 코웃음이 나오려는 걸 애써 참으며 말을 이었다.

"참고로, 최근에 주인님께서 무척 까다로운 분이라는 소문이 돌아 사람 구하기가 쉽지 않다고 하네요. 이미 고용된 사용인들을 비롯해 다들 주인님 시중이라면 고개부터 젓는다고 해서 마땅히 할 사람도 없고요. 만약 절 해고하신다고 해도 당장 대체할 사람이 없으니, 시중들 사용인이 구해질 때까지는 저랑 같이 계셔야 할 겁니다. 앞으로 쭉, 안 구해진다면 영원히요!"

난 숨을 훅 불었다. 헝클어진 앞머리가 바람에 살짝 들렸다가 다시 내려왔다. 그 사이로 빈센트가 이를 까득 무는 게 보였다. 분하다는 얼굴이다.

그런 그를 보며 난 방긋 웃었다.

"앞으로도 잘 부탁드립니다, 주인님."

ㅁ ◆ ㅁ

그날 이후로 그와 나의 힘 싸움이 이어졌다.

나는 먹기 싫다는 그의 입 속에 억지로 음식물을 쳐넣었고, 옷을 갈아입히거나 시트나 침대보를 갈아 끼울 때마다 오랜 실랑이를 벌여야 했다. 하루는 냄새나는 그를 씻기기 위해 어르고 달래 보았지만, 결국 소용없자 억지로라도 욕실로 데려가려고 했다가 그의 팔뚝에 얼굴을 맞고 코피를 흘리기도 했다.

코피가 흐르는 코를 앞치마로 움켜잡고 나오다가 이자벨라를 만났다. 내 몸은 경직되었고, 그녀는 코를 움켜잡고 있는 날 무감하게 훑어보더니 별다른 말 없이 몸을 돌렸다. 언제부터 여기 서 있었던 걸까. 방 안의 소리를 들었으려나. 아니, 그녀의 모습에서 이런 내 행동을 이미 눈치채고 있었음을 깨달았다.

뭐라도 하지 못하면 내쫓길까 봐 그와 힘 싸움을 하고 있긴 하나, 솔직히 들 킨다면 처벌을 면치 못할 거라 생각했다. 내 딴엔 목숨을 건 행동이었다. 그런 데 어째서? 의아해하며 그녀를 뒤따르자 이자벨라의 목소리가 흘러나왔다.

'폴라, 이곳에 꽤 많은 사용인이 스쳐 갔다는 걸 알고 있나요?'

'아, 네. 얼핏 듣기는 했습니다.'

'상황이 상황인 만큼 평소보다 더 꼼꼼하게 조건을 따져서 신중히 데려오려고 했습니다. 하지만 그렇게 데려온 사람들은 모두 주인님의 시중을 제대로 들지 못했죠. 오히려 주인님의 상태가 더 악화되더군요. 그래도 계속 사람을 구해야 하는데, 그마저도 암 암리에 이상한 소문이 돌면서 새로 구하기가 힘들게 됐죠. 제대로 된 교육도 받지 못한 폴라를 데려와 이런 일을 맡기게 된 것엔 그런 이유도 있습니다.'

그러다 이자벨라가 걸음을 멈추고 몸을 돌렸다. 덩달아 걸음을 멈춘 난 여전 히 앞치마로 코를 움켜잡은 채 그녀와 마주했다. 살짝 갈라진 앞머리의 틈새로 드러난 내 눈이 껌뻑 움직였다.

'매번 사람을 갈아치울 순 없으니, 방법을 바꿀 때가 되었죠.'

'그러면……'

'주인님의 몸이 상하지 않는 선에서라면, 시중을 드는 건 전적으로 폴라에게 맡긴 것 이니 알아서 하면 됩니다.'

그건 내 행동에 대한 암묵적인 허락에 가까웠다. 솔직히 눈감아 줄 거라곤 생각 못 했는데. 얼마나 이상한 소문이 돌았으면.

어쨌든 내겐 좋은 일이었다. 난 절대 그의 몸을 상하게 할 생각은 없었다. 오 히려 건강하게 해 주려는 거지. 그러나 그 과정이 결코 쉽다는 건 아니었다.

그는 타인이 제 몸에 손을 대면 기겁하면서 밀쳐 내고, 나가라며 물건을 던진다. 채우는 족족 깨부수고 던지는 통에 바닥이며 가구가 남아나질 않았다. 게다가 그는 던질 물건이 없으면 고래고래 소리를 지르거나, 제 성질을 못 이기고 목이나 가슴께를 살이 찢어질 정도로 긁어 대려고 해 말리느라 진땀을 뺀 적도 많았다.

이쯤 되면 누가 먼저 지치냐의 문제였다.

그리고 밤이 되면 얇은 벽면 너머에서 신음이 들려왔다. 고통에 흐느끼는 저항의 소리. 잠귀가 밝아 그 미약한 소리에도 금세 잠에서 깼다. 금방이라도 꺼질 듯한 그 소리를 듣다 보면 어느새 눈을 뜨고 어둠을 멍하니 응시하게 된다. 달아난 잠기운은 쉽사리 돌아오지 않았다.

그는 싸우고 있는 거다.

죽음과.

그렇게 생각하니 묘한 동질감이 생겼다.

가늘고 길게, 하루라도 더. 나는 그렇게 살고 싶었다. 누군가는 이 지옥 같은 생활 속에서 하루라도 더 빨리 눈을 감고 싶어 했지만 난 아니었다.

난 살고 싶었다. 언젠가 죽음을 간절히 바랐던 적도 있었지만, 이제는 살고 싶었다. 비록 지옥 같은 삶일지라도, 죽음을 택하는 건 분했다. 이상하게 생겼다고 손가락질당해도 괜찮았고 더럽다 욕해도 상관없다. 얼굴을 숙이고 몸을 굽혀서라도 살아남고 싶어졌다.

사람들은 그런 날 독종이라 불렀다. 그리 불려도 좋았다.

설사 우연히 길을 지나가던 노신사의 눈에 들어 명망 높은 백작가의 시녀로 들어오게 되었고, 그렇게 모시게 된 주인님이 눈먼 상태였고, 상상 그 이상으로 지랄맞은 성격을 가졌다 할지라도 말이다.

빈센트의 방으로 들어가자 당연하다는 듯 물건이 날아왔다. 오른쪽으로 훅 지나간 컵이 문에 부딪치며 와장창 깨졌다. 왼쪽으로 훅 지나간 시계가 벽에 부딪친 뒤 바닥을 뒹굴었다. 이에 지지 않고 날아온 베개가 내 얼굴을 직격으로 때리고 떨어졌다. 그 충격에 손에 들고 있던 은접시가 앞으로 넘어갔다. 그 위에 올려진 디저트가 와르르 쏟아지는 건 예감한 일이었다.

오늘도 성질이란 성질은 다 부리는 그를 무감하게 보며, 머릿속으로 어찌해야 할까 고민했다. 직진과 후퇴. 일단 바닥에 떨어져 뭉개진 디저트를 닦아 내기 위해 몸을 숙였다. 곧장 또 다른 베개가 날아와 얼굴에 박혔다.

베개가 뚝 떨어지자마자 결심했다. 한마디라도 해야겠다고.

그래서 몸을 일으키는데 짓눌린 신음 소리가 들렸다. 빈센트가 몸을 웅크리고 있었다. 방금 전의 독기는 사라진 채였다.

아니, 그의 상태가 이상했다.

"주인님!"

빈센트가 가슴을 움켜쥐고 숨을 헐떡거리고 있었다.

하얗게 질린 얼굴을 보고 곧장 앞치마 주머니를 뒤적였다. 그리고 작은 기구를 꺼내 그의 입에 물렸다. 위에 톡 튀어나온 부분을 눌러 주자 그가 힘겹게나마 숨을 쉬기 시작했다.

요새 그의 시중을 들면서 당황스러운 일을 여러 가지 겪었다. 그중 하나가 지금처럼 갑자기 숨을 쉬지 못할 때였다.

처음 이 상황을 겪었을 땐 너무 놀라 이자벨라를 부르러 본채로 달려갔다. 빈센트의 상태를 말해 주자 그녀는 곧장 주치의를 불렀다. 알고 보니 이곳엔 주인님을 위한 전용 주치의가 살고 있었다.

주치의가 가슴을 쥐고 괴로워하는 빈센트를 살피더니 바로 조치를 취했다. 지금처럼 이렇게 작은 기구를 입에 넣어 줬다. 그런 뒤 위쪽에 튀어나온 부분을 꾹 눌러 주며 숨을 쉴 수 있도록 도와주자, 빈센트는 곧 안정을 되찾았다.

제 할 일을 마치고 떠나는 의사에게 그게 무엇인지 물으니 호흡을 도와주는 기구라고 했다.

'따로 하나 챙겨 드리겠습니다. 언제나 상비하고 있으세요.'

손안에 들어올 정도로 작은 이 기구가 그를 살려 준 것이다.

주치의의 말에 따르면 눈이 안 보이다 보니 신경이 곤두서 있고, 그만큼 피로가 쌓였는데 거기에 식사도 제때 하지 않고 바깥 외출도 안 하다 보니 몸이 많이 쇠약해진 상태라고 했다. 그래서 병이 나기도 더 쉽다고.

이를 극복하긴 위해선 규칙적인 식사를 하고, 바깥에 나가 햇볕을 쬐며 가벼운 운동이라도 해야 하는데, 빈센트는 계속 방에만 처박혀 있었다. 차라리 약이라도 잘 먹으면 모를까 그는 그것마저도 먹지 않고 버텼다.

마치 죽으려는 사람처럼.

눈이 안 보이는 게 뭐라고. 하지만 정작 내가 앞을 볼 수 없다고 생각하면 무서웠다. 암흑 같은 공간에서 오롯이 소리에만 의지한 채 살아야 한다면 얼마나 끔찍할까.

물론 손을 더듬어 감촉을 느낄 수 있고, 냄새도 맡을 수 있고, 미각도 남아 있다. 그러나 그 모든 건 보이지 않는 공포를 이겨 내지 못한다. 게다가 그는 죽을 뻔했었다. 그 두려움은 내가 생각하는 것 이상이겠지.

그래도 죽진 말지.

안타까운 게 아니다. 그저 시중들던 주인의 송장을 치우긴 싫어서였다.

하지만 나는 알고 있다. 밤마다 그가 살기 위해 발버둥 치고 있다는 걸.

이제야 스스로 숨을 쉬는 그의 입에서 호흡기를 뺐다. 그걸 다시 주머니에 넣고, 침대에 누워 있는 그의 상태를 살폈다. 이마에는 식은땀이 맺혀 있었고, 핏기 없는 얼굴은 지쳐 보였다. 그래도 방금 전보다는 숨을 고르게 쉬고 있다.

식은땀을 닦아 주려고 하자, 그가 내 손을 매섭게 쳐 냈다. 눈은 천장을 향해 있었지만 잔뜩 좁혀 있는 양미간이 불만을 드러냈다.

"만지지 마."

"말씀하시는 걸 보니 괜찮아지셨나 보네요."

"너만 없으면 더 괜찮아질 거 같아."

하여간 저 주둥이는.

"고통에 시달리는 게 즐거우신가 봐요."

"꺼져."

"식사하시면요."

나는 떨어진 디저트 대신 아침 식사를 가져왔다. 언제나와 같이 물처럼 하얀 미음. 한 손엔 미음이 담긴 그릇을 들고 다른 한 손엔 숟가락을 든 채로 그에게 다가갔다. 각오로 물든 얼굴이 보이지 않는다는 게 이럴 땐 다행이다.

"저라— 커— 흡!"

"네네."

내 손길을 피하는 그의 얼굴을 익숙하게 붙잡고 미음을 떠 입에 넣어 주었다. 마음 같아선 손가락을 넣어 고정하고 싶었지만 그러지 못했다. 저번에 손가락을 넣었다가 그의 이빨에 물려 잘릴 뻔했기 때문이다.

차분히 떠먹여 주고 싶었지만, 그의 저항이 심해 어느새 그릇째 들이붓고 있었다. 그의 입 속으로 들어가지 못하고 흘러내린 미음으로 인해 시트가 지저분해졌다. 그의 얼굴과 목덜미에도 미음이 묻어 난리가 났다.

"노, 읍, 나, 컥!"

"조금만 더요."

"놓, 으, 놓으…… 놓으라고!"

더는 참을 수 없었는지 그가 내 몸을 발로 찼다. 미음을 먹이는 데 집중하고 있었던 나는 갑작스런 힘에 저항도 하지 못하고 뒤로 넘어갔다. 실랑이를 벌이다 보니 침대 끄트머리에 있었는지 그대로 바닥으로 떨어졌다.

"으으."

아파! 바닥에 찧은 뒤통수를 움켜잡고 신음했다. 눈앞이 흐릿했다. 내 얼굴 옆으로 떨어진 그릇이 빙글빙글 돌다가 멈췄다.

미음이 침대에서부터 바닥까지 튀어 허연 길을 만들었다. 그의 옷에도 미음이 지저분하게 묻어 있다. 그럼에도 그는 시트를 끌어와 몸에 뒤집어쓴다. 그의 뺨에 묻어 있던 미음이 시트 위로 툭툭 떨어졌다.

저걸 어떻게 씻기지. 다시 벌어질 실랑이에 한숨이 나왔다.

"넌 미쳤어."

"시트가 더러워졌어요. 옷도. 새 걸로 갈아입으시는 게 낫겠어요."

빈 그릇을 들고 숟가락을 찾았지만 어디로 떨어졌는지 보이지 않는다. 결국 포기하고 새 시트와 잠옷을 가져왔다. 워낙 그의 성격이 지랄맞다 보니 차례로 일을 하기보단 한꺼번에 하는 게 더 낫다는 걸 깨닫고 같이 준비한 거였다.

"내 몸에 손대지 마."

"직접 갈아입으신다면 손대지 않겠습니다."

잠시 고민하다가 새 잠옷을 그에게 들이밀었다. 그가 벽 쪽에 딱 붙어 날 경계했다. 잠옷을 살랑살랑 흔들었지만 받지 않기에 결국 억지로 갈아입히려고 침대에 오르자, 그가 잽싸게 빼어 들었다.

어쩐 일인지 얌전히 옷을 갈아입으려 하기에, 난 재빨리 미지근한 물이 담긴 작은 대야를 가져왔다. 그가 목욕을 거부하니 수건이라도 물에 적셔 몸을 닦아 주려는 의도였다.

"잠시만요."

더러운 상태 그대로 옷을 갈아입을까 봐 저지하려고 하자 그가 내 손을 매섭게 쳐 냈다. 찰싹 소리가 울릴 정도였다. 곧이어 빈센트가 사납게 노려봤지만 딱히 놀라진 않았다. 이 또한 익숙한 행동이니까.

"그대로 갈아입으시면 더러운 건 똑같아요. 이걸로 닦고 입으세요."

물에 적신 수건을 그의 손에 쥐여 주었다. 그가 잠시 머뭇거리기에 그러면 직접 닦아 주겠다고 하니 그제야 제 얼굴을 닦기 시작한다.

그러나 수건은 애꿎은 곳만 닦아 냈다. 거기가 아니라고 정정해 줘도 성의 없이 닦는 시늉만 한다.

결국 젖은 수건을 뺏고, 직접 미음이 묻은 부분을 닦아 주었다. 그가 곧장 뒤로 피한다. 그러나 도망칠 곳은 없었다. 나는 묵묵히 그의 얼굴과 목, 머리카락에 달라붙은 미음을 닦아 주고 침대에서 내려갔다.

침대보도 갈아야 해서 그를 흘끗 봤지만 도저히 비켜 줄 기미가 없었다. 슬쩍 눈치를 보다가 침대보를 확 잡아당겼다. 비켜 달라는 의중을 눈치채고도 그는 모르는 척 미동도 않는다.

결국 벗기려는 나와 버티려는 그의 힘 싸움이 이뤄졌다. 그러다 한순간에 침대보가 쑥 빠졌다. 덕분에 발라당 넘어가 바닥에 두 번째로 뒤통수를 찧었다.

"으, 아파라."

몸을 일으켜 세우자 빈센트는 차분히 옷을 갈아입는 중이었다. 넘어지는 소리를 들었을 텐데도 태연하기만 한 그의 낯짝을 보니, 그가 일부러 비켜 주었다는 걸 깨달았다. 치솟는 분노를 한숨으로 억눌렀다.

새 침대보를 가져왔는데 다시 씌우는 것도 고비였다. 그가 절대 엉덩이를 들지 않아 결국 대충 걸치는 정도로 마무리했다.

고작 이것만으로도 지친다. 옷을 갈아입은 빈센트가 다시 더러운 시트를 뒤집어쓰려 하기에 잽싸게 뺏고 새 시트를 건네주었다. 다행히 새것을 얌전히 뒤집어쓴다.

좋아, 끝. 빨랫감을 문가에 두고, 돌아와 빈 식기들을 정리했다. 아까 떨어뜨린 디저트도 닦고, 길처럼 남은 미음 자국도 닦아 냈다. 바닥에서 뒹굴던 물건들도 정리한 뒤, 드디어 바닥 청소를 시작했다.

고요함 속에 사각사각 빗자루 소리만 울렸다. 빈센트는 조용했다. 아마 더는 자신을 건들지 않을 거란 걸 알았을 것이다. 처음에 나가라고 고래고래 소리치던 걸 떠올리면 큰 변화였다.

"넌 왜 여기 있지?"

"네?"

난 깜짝 놀랐다. 그가 갑자기 말을 건넬 줄이야.

평소엔 나가라든지 꺼지라든지 만지지 말라든지 하는 날카로운 말만 내뱉던 그가 대화를 시도해 오다니. 혹시 어디 아픈 건가? 하지만 혈색이 창백할 뿐이지 어디 아파 보이거나 하진 않았다.

"왜 여기 있냐고. 묻잖아."

"……돈을 벌어야 하니까요."

"그럼 돈 준다고 하면 나갈 건가."

"왜요? 돈 주고 쫓아내시게요?"

"그럴 수 있다면."

돈 많다고 자랑하고 싶은 건가. 제안은 정말 감사하지만 그것만으로 해결될 문제였으면 나도 이렇게까지 하면서 여기 있진 않았을 것이다.

"저 쫓아내셔도 다른 시녀가 와서 주인님 곁에 있을 거예요."

"내쫓을 거야."

"그럼 또 오겠죠."

"안 나가겠다는 소리군."

"네."

다시 빗자루를 움직였다. 그가 날 돌아봤다.

"이 저택이 마음에 드나?"

"글쎄요. 생각해 보지 않아서."

"그럼 생각해 봐. 헛된 꿈을 꾸기엔 적절한 곳이 아니니까."

헛된 꿈이라…… 잠시 생각해 보았지만 곧이어 어깨를 으쓱였다. 나도 꿀 마음은 없었다.

"넌 어디서 왔지?"

"필튼에서 왔습니다."

"필튼이면…… 꽤 먼 곳에서 왔군."

"그렇게 멀지 않아요. 산 하나만 넘으면 되는걸요."

아비의 심부름으로 그보다 더 먼 길을 떠나야 할 때도 있었다.

몇 날 며칠을 걷고 또 걸어서 다녀오면 종아리가 퉁퉁 붓고 한동안 걷기도 힘들었다. 하지만 아파서 쉬고 싶어도 아비와 앨리샤가 날 내버려 둘 리 없었다. 집안일을 할 수 있는 사람이 나밖에 없었기 때문이다.

그래서 오히려 집을 떠나 있는 시간이 더 마음 편했다.

"신기하고, 모험을 하는 기분이었어요. 그 동화책 같은 데 나오는 신비하고 아름다운 모험을 떠나는 주인공처럼요."

"꿈 같은 소리."

"맞아요. 현실에선 그렇게 아름다운 모험을 할 수 없죠. 그래도 좋았어요. 어릴 적에 시내에 가장 오래된 책방이 있었는데, 제가 거기서 잠깐 일한 적이 있었거든요? 나이가 지긋하신 분이 그 책방의 주인이셨는데, 그분 배려로 동화책을 많이 읽었어요."

"어릴 적에 애를 망상병자로 만들었군."

"그럴지도요."

하지만 지금도 책이 좋다. 나이를 먹어 더는 동화책을 즐겨 보진 않았지만, 이야기가 있는 책을 좋아했다. 그건 내가 꿈꿔 보지 못한, 내가 모르는 세계의 이야기니까. 그게 거짓이든 진실이든 아무래도 좋았다.

책 속의 세상을 상상하는 게 어린 날의 유일한 즐거움이었다.

"기억나는 구절도 있어요. 신께서 그대를 만들어 하사하자 그 존재만으로 축복에 젖어 들지니, 아낌없이 사랑하라. 그 모든 게 그대의 앞길을 만들어 주나니."

"사랑의 슬픔."

"읽어 보셨나요?"

놀라 묻자 그가 대수롭지 않게 대답했다.

"어린아이도 읽는 유명한 책이야."

"그건 몰랐네요."

"취향이 나쁘군."

"그런가요?"

"좋은 이야기가 아니잖아."

맞다. 결말이 비극적이지. 주인공이 죽는 건 아니다. 그냥 모든 걸 다 버리고, 홀로 살아가길 선택하는 결말이었다. 자신이 사랑했던 사람까지도 놓아 버린 채.

[아아, 이제 끝이구나.]

주인공이 그리 말한 뒤 드넓은 바다를 홀로 걸어가면서 이야기가 끝이 난다. 죽음으로 끝나지 않고, 자신을 괴롭혔던 모든 걸 훌훌 털어 내고 떠나는 모습이 도리어 매력적으로 다가왔다.

나도 내 삶의 마지막이 온다면 그런 말을 하고 싶다.

아아. 이제 끝이다.

"전 오히려 그게 좋았어요."

"……."

거기까지 말하고 나니 갑자기 머쓱해졌다. 원래 말이 많은 편이 아니었는데 그가 내게 말을 걸어 주었다는 사실이 반가워 그만 주절대고 말았다. 뒤늦게 그의 눈치를 살피며 말을 이었다.

"주, 주인님은 재밌게 읽으신 책이 있으세요?"

"그딴 거 안 읽어."

그딴 거라니……. 귀족들의 소양 중 하나 아닌가?

앨리샤도 영주 아들이 매번 소양이네 뭐네 하며 읽은 책들의 내용을 주절거리려 지겹다고 투덜거렸었다. 책방에서 일했을 때도 귀족들이 자주 들렀다. 새로 간행된 책은 다른 책보다 더 빠르게 팔리곤 했다.

그를 돌아보자 빈센트가 천장을 보고 누워 있었다. 눈을 감고 있기에 잠자려는 건가 싶어 말을 멈추고 청소에 집중했다.

"눈이 보이지 않게 된 뒤론 안 읽어."

아, 뒤늦은 깨달음 뒤로 다시 그를 바라보았다. 눈을 감은 옆모습이 조금 기운 없어 보였다.

"맹인이 읽을 수 있는 책도 있어요."

"모든 책을 읽을 수 있는 건 아니잖아."

"그럼 읽어 주는 사람을 고용하세요."

"여기저기 내 상태를 떠벌리고 다니란 소리군."

또 비꼰다. 그는 속이 너무 꼬인 사람이었다. 책을 읽어 주는 사람을 고용한다고 해도 이런저런 이유로 내쫓을 게 뻔했다. 그러면 사정을 아는 주위 사람에게 따로 부탁하든가…… 아!

"제가 읽어 드릴까요?!"

순간 흥분을 감출 수 없었다.

이 큰 저택에 서재가 없을 리 없다. 왜 그 생각을 못 했을까! 그러다 의아한 시선이 날아오자 아차 싶었다. 난 떨리는 마음을 애써 가다듬고 태연함을 가장했다.

"물론 주인님이 원하신다면요."

"네 돼지 같은 목소리로?"

"……목소리 나쁘다는 소리는 들어 본 적 없습니다."

"다른 건 나쁜가 보지."

"……"

바로 말꼬리를 잡는다. 손에 든 빗자루로 확 때릴까 보다.

하지만 한발 물러서기로 했다. 지금은 맞부딪칠 때가 아니라 받아 줄 때다.

"매번 주무시는 것도 지겨우시잖아요. 산책도 안 하시고, 침대에서 나오지도 않으시고. 그러니까 무기력해지시죠. 사람은 생활이란 걸 해야 하잖아요."

"빙빙 돌리지 마. 하고 싶은 말이 뭔데."

"책이라도 읽어 보시는 게 어떨까요?"

"읽지 못해."

"그러니까 제가 읽어 드릴게요."

"거절하지."

한 치의 고민도 없는 대답이었다. 난 한숨을 깊게 내쉬었다.

"취미라는 걸 가져 보시면 성질이라도 좀 덜어지실까 했는데……."

"이봐."

"고생하는 사용인 생각은 하지도 않으시고…… 매번 소리만 버럭버럭, 물건도 위험하게 막 던지시고. 덕분에 아직 혼인도 안 한 여자 얼굴에 상처를 입게 만드시고……. 그래도 꾹 참고 넘겼는데……. 뭐가 그리 잘나셨는지……."

"야."

"서럽다, 서러워."

이때다 싶어 푸념이란 푸념을 다 늘어놓았다. 그의 손이 협탁 위를 더듬었다. 그래 봤자 이미 다 던져서 더 던질 물건도 없었다.

곧이어 그가 주먹을 꽉 쥐는 걸 보며 난 기쁘게 웃었다.

"자, 주인님. 잘 들어 주세요."

음, 음, 목소리를 가다듬었다. 돌아오는 대답은 없었다. 게다가 돌아누워 있어 보이는 것도 그의 뒷모습뿐이다. 하지만 난 즐거운 마음으로 책을 펼쳐 들었다.

"햇살의 따스함이 몸에 스며들던 어느 날이었다."

"재미없어."

"소녀는, 네?"

"재미없다고. 다른 거."

자는 줄 알았는데 귀는 열고 있었나 보다. 아니, 그런데 딱 한 줄밖에 안 읽었는데 재미없다니.

"아직 한 줄밖에 안 읽었는데요."

"그 한 줄이 마음에 안 들어."

"더 들어 보시는 게……."

"다른 거."

"그럼 다른 걸 읽겠습니다."

난 차분히 책을 내려놓고 다른 책을 집어 들었다. 책도 취향이라는 게 있고, 나는 그의 취향을 모르니 일단 여러 권을 가져왔다.

난 다시 목을 가다듬었다.

"소녀의 하루는 정원을 산책하는 것부터."

"재미없어."

"……"

"다른 거."

한 줄도 안 읽었다, 개자식아.

오랜만에 속이 부글부글 끓었다. 진정하자. 눈앞에 있는 건 내게 돈을 주는 주인님이다. 소리 없이 심호흡하며 화를 억눌렀다.

"왜 대답이 없어. 다른 거."

"네. 좋아요. 다른 거."

들고 있던 책을 내려놓고 또 다른 책을 집어 들었다.

"소년은."

"재미없어. 다른 거."

"정말 이러실 거예요?"

결국 책을 무릎에 내려놓고 불만을 터트렸다. 그러나 빈센트는 뻔뻔했다.

"재미없는 걸 재미없다고 말하는 게 잘못인가?"

"제대로 들어 보지도 않고 재미없다고 하시잖아요."

"제대로 들어 보지 않아도 알아. 재미없다는 거."

"대체 어떤 기준으로 그런 말씀을 하시는 겁니까?"

"지금 내게 대드나? 감히 시녀 따위가?"

"……."

그렇게 말하니 말문이 막혔다. 비겁하다!

"더 이상 읽을 책이 없어요. 다시 가져와야 해요."

"그럼 가져와."

"……좋아하시는 책이 있으시면 말씀해 주세요. 그 책으로 가져오겠습니다."

"난 읽었던 건 다시 안 읽어."

"좋아하시는 내용이라도 알려 주세요. 장르라든가."

"그런 거 없어."

깊은 한숨을 내쉬었다. 방금 전의 일을 보복하려는 게 분명했다. 사람이 기껏 호의를 베풀었는데 이런 식으로 나오다니. 정말 유치하다.

"뭐 해? 안 가져오고."

결국 자리에서 벌떡 일어났다.

제대로 펴 보지도 못한 책 세 권을 들고 쿵, 쿵, 거리며 방을 나갔다. 서재는 바로 아래층에 있었다. 너무 화가 나서 중앙 계단으로 내려가 버렸다.

침착하자. 이럴 때일수록 냉정해야 한다. 주인님 성질이야 한두 번 지랄하는 것도 아니니 좀 더 냉정해질 필요가 있었다.

서재로 들어가 책이 빽빽하게 꽂혀 있는 책장을 쭉 둘러보며 그가 어떤 이야기를 좋아할지 고민했다. 사실 어떤 책을 가져가도 재미없다 투정 부릴 게 분명했다.

그래도 신중하게 책장을 살펴봤다. 그러다 시선이 한곳에 꽂혔다.

"이거야!"

책장 한 칸에 있는 책들을 모조리 빼 들었다.

눈높이를 가릴 만큼 높이 쌓인 양에 어쩔 수 없이 다시 중앙 계단을 이용했다. 사용인은 저택 뒤편에 있는 계단을 이용해야 하는데, 누군가 본다면 처벌을 면치 못할 일이었기에 걸음을 빨리했다.

"주인님. 다시 읽어 드릴게요."

"고작 서재에 다녀왔으면서 오래도 걸리는군."

"신중히 골랐거든요. 이번에 재밌게 들으실 수 있도록요."

그리고 가져온 책 한 권을 펼쳐 들었다.

"옛날옛날에 행복한 아기 돼지 한 마리가 살고 있었어요. 행복한 아기 돼지는 하루하루를 보내는 게 너무도 행복했답니다."

"뭐 하는 거야?"

"네? 뭘 말씀이세요?"

모르는 척 되묻자 그가 인상을 썼다.

"동화책이잖아."

"네. 동화책 맞습니다."

"설마 그걸 읽겠다는 건가?"

"지금 주인님껜 동화책이 딱 맞을 거 같아서요."

"뭐?"

"심술이 나신 주인님에겐 배려란 무엇인가를 따뜻한 이야기로 알려 주는 동화를 들려드려 마음의 평온을 얻으시게 하는 게 가장 필요하다고 판단했습니다."

그가 황당한 표정을 지었다. 난 태연히 동화책을 내려다봤다.

"원하는 내용이 있으시면 말씀해 주세요. 행복한 아기 돼지 이야기부터 심부름을 떠난 작은 소녀, 뭐든지 주는 요정과 소년의 우정, 남매의 신비한 모험, 파랑새의 사랑과 평화. 어떤 이야기든 준비되어 있습니다. 한 번 읽으신 건 다시 안 읽으신다고 하셔서 여러 권을 준비했습니다. 취향대로 골라 주세요."

저기서 한 권쯤은 안 읽으셨겠죠. 그리 말하자 그가 입을 꾹 다물었다. 시트를 쥐어뜯을 것처럼 움켜쥔 손등에 핏줄이 돋았다.

"원하시는 게 없으시다면 행복한 아기 돼지 이야기를 계속 읽겠습니다. 이 짧은 내용조차 다 못 들어 주시진 않으시겠죠? 그 정도로 참을성이 없으실 거라고 생각되진 않습니다만, 그래도 들으시기 힘들어지시면 말씀해 주세요."

그가 내 말을 끊지 못하도록 주절주절 말을 뱉고는 재빨리 동화책을 읽기 시작했다. 내 말이 먹힌 건지 이번엔 그도 조용했다. 숨이 멎은 것 같은 얼굴에 살짝 긴장됐지만 다행히 동화책을 끝까지 읽을 수 있었다.

물론 그다음 동화책은 그가 집어 던져 버렸지만.

□ ◆ □

그 이후로도 계속 그에게 책을 읽어 주었다. 물론 동화책이다. 그는 싫다고 했지만 내가 그냥 읽어 주었다. 이걸 핑계로 여러 가지 책을 읽어 보고 싶었다.

책을 읽는 건 오랜만이었다. 어릴 적 일했던 책방은 늙은 주인의 몸 상태가 안 좋아지면서 문을 닫을 수밖에 없었다. 그는 내게 미안하다면서 책 몇 권을 선물로 주었다. 그중 대부분이 동화책이었다.

하지만 그 동화책들은 앨리샤의 손에 넘어갔다. 책을 읽지도 않으면서 내가 가진 거라면 일단 탐내고 보는 앨리샤 때문에 그것들이 다시 내 손에 돌아왔을 때 갈가리 찢겨 형체조차 알아볼 수 없는 상태였다. 찢어진 책들은 결국 땔감으로 썼다.

그 뒤로는 책을 접하기 힘들었다. 몇 번 돈을 모아 산 적이 있었는데, 그마저도 아비에게 들키면서 그만두었다. 가난한 소작농의 딸에겐 책을 사는 것도 사치였다. 그 돈으로 하루치 식량을 사는 게 더 낫다는 걸 알았을 땐 더는 책을 읽지 않고 있었다.

그렇게 오래도록 읽지 않아서일까, 이렇게 책을 손에 쥘 수 있다는 사실이 너무 반가웠다. 지금 상황만 빼면.

"그따위로밖에 못 읽어?"

"뭐가 불만이신지요."

"전부 다. 네 모든 게 다 불만이야."

또, 또 저러지. 읽어 주는 게 동화책이기 때문일까, 자꾸 짜증을 부린다. 사실 다른 책을 읽어 주고 싶었으나 그가 제대로 듣지 않기도 했고, 생각보다 누군가에게 책을 읽어 주는 게 어렵게 느껴졌다. 그래서 그가 싫어하는 걸 알면서도 다시 동화책을 집어 들 수밖에 없었다.

한숨을 쉬자 이번엔 왜 한숨을 쉬냐고 짜증을 낸다. 나도 내가 이렇게 한숨을 잘 쉬는 사람이란 걸 이곳에 와서 처음 알았다. 게다가 그 원인 제공자는 뻔뻔했다.

"읽어 줄 거면 호흡하는 법부터 배우고 와."

"죄송합니다."

"나가. 더 듣기 싫어."

결국 세 장도 채 넘기지 못한 책을 들고 쫓겨났다. 청소에 시중에…… 이번엔 책이냐. 사서 고생한다더니 내가 그랬다.

덕분에 일을 끝내고 방으로 돌아오면 매번 기절하듯 잠들었다. 하루의 피로가 잠을 불러왔다. 하지만 이래저래 걱정이 많다 보니 깊은 잠을 자지는 못했다. 그 때문에 원래 밝은 잠귀가 더 밝아졌다. 어디선가 쿵! 쿵! 벽을 찧는 소음 또한 정확히 들었다.

제법 큰 소리였다. 그것도 주인님 방 쪽.

화들짝 놀라 옆방으로 달려갔다.

문을 열어젖히고 어둑한 방 안으로 들어갔다. 곧장 침대 쪽을 바라보자 둥근 형체가 벽면에 바싹 붙어 웅크리고 있었다. 주인님? 하고 다가가자 형체가 움찔 떨었지만 그뿐, 별다른 반응은 보이지 않는다.

"어디 안 좋으세요?"

"……."

"주인님."

"……."

"주인님?"

"……누구야."

탁한 목소리에 힘이 없었다.

"저예요. 무슨 일 있으세요?"

"꿈을 꿨어."

"꿈이요? 무슨 꿈이요?"

"무서운 꿈."

아, 악몽을 꾸셨구나. 그거 나도 자주 꿔서 어떤 기분인지 잘 안다.

그런데 조금 전 들렸던 큰 소리는 뭘까 싶어 주변을 둘러봤지만 큰 소리를 낼 만한 건 없었다. 평소처럼 물건이라도 던진 건가 싶었는데 그런 흔적도 보이지 않았다.

밤눈이 어두워서 세세한 부분까지는 파악하기 힘들었다. 빈센트 또한 얼굴까지 시트를 뒤집어쓰고 있어 상태를 살필 수가 없었다. 다만 시트를 움켜쥐고 있는 손이 미약하게 떨리고 있었다.

"무슨 무서운 꿈을 꾸셨는데요?"

"몰라. 기억 안 나."

태연한 목소리였지만 그 속에 묻어 나온 건 짙은 공포였다. 그가 제대로 된 잠을 자지 못한다는 건 이자벨라에게 들어 알고 있었다. 그리고 밤중에 들리는 신음 소리가 그의 것이라는 것도. 하지만 그는 내겐 그런 내색을 보이지 않았었다.

그가 꾸는 악몽은 어떤 것일까. 굳이 생각해 보지 않아도 알 수 있었다. 분명 끔찍하고, 아주 무서운 꿈일 테지.

"꿈일 뿐이에요. 주무세요."

"다시 꿀 거 같아서 못 자겠어."

"손이라도 잡아 드릴까요?"

"집어치워."

이번엔 다른 의미로 끔찍한 소리를 들었다는 듯 그가 몸서리를 쳤다. 난 미미하게 인상을 찡그렸다가 몰래 한숨을 뱉었다. 저러는 걸 보니 멀쩡하시네.

"진정되실 때까지 옆에 있어 드릴까요?"

"……."

이렇다 할 대답은 없었다. 잠시 고민하다가 침대 바로 아랫바닥에 앉았다. 내가 앉으며 낸 소음에 둥근 형체가 움찔 떨었지만 나가라고 소리치진 않는다. 꿈이 어지간히 무섭긴 했나 보네.

일단 앉기는 했는데 할 말이 없었다. 무릎을 굽혀 가슴에 대고 괜히 손가락을 꼼지락거렸다. 그도 말이 없었다. 대신 색색거리는 숨소리가 들려왔다. 그 소리가 점차 차분해지는 걸 들으며 나는 그의 상태를 어림짐작했다.

계속 손을 꼼지락거리는데, 불현듯 가늘게 그어진 불빛 끝이 내 손을 덮었다. 고개를 들자 살짝 벌어진 커튼 틈새로 들어온 달빛이 바닥에 그어져 있다. 내 시선은 그 빛을 지나 창밖으로 언뜻 보이는 노란 달에 박혔다.

어둠을 밝히는 유일한 빛은 시선을 뺏길 만큼 아름다웠다. 예쁘다. 다가가 손을 뻗으면 만져지지 않을까. 하지만 아무리 손을 뻗어 봐도 달을 잡기란 터무니없었다. 그걸 알면서도 빛을 향해 손을 뻗어 본다.

고요하다.

평온하다.

내 생애 이런 평온을 느낀 적이 있었던가.

"어릴 때요, 제 동생도 자주 악몽을 꿨었어요."

그래서 나도 모르게 입을 오물거렸다. 침묵이 부담스러웠는지도 모른다.

갑자기 툭 내뱉은 말에 색색 들리던 숨소리가 뚝 멎었다. 하지만 그는 날 저지하지 않았다.

"둘째였는데, 악몽을 꾸고 나면 언니, 언니 하고 울면서 절 깨웠어요."

둘째는 순한 아이였다. 나와 달리 얼굴이 예쁘장했으며, 언제나 예쁜 미소를 머금고 언니, 언니 부르며 날 따르곤 했다.

나는 그런 동생이 너무 어여쁘고, 동시에 안타까웠다. 착한 아이였어 봐야 가난엔 독이었다. 아비는 그 어리고 어여쁜 둘째를 어떻게 써먹을까 고민하는 눈빛을 보내곤 했다.

그리고 어린 나이였음에도 제 신세를 알아서일까, 동생은 유독 잠자리를 설쳤다. 매번 악몽을 꾸는지 몸을 뒤척이다 울면서 날 깨울 때가 많았다. 그럼 나는 잠결에도 동생을 품에 안고, 등을 토닥였다. 그리고 손을 맞잡아 주었다.

바로 지금처럼.

유일하게 시트 밖으로 삐져나온 그의 손 위에 내 손을 포갰다. 갑작스런 접촉에 움찔거리는 감각이 고스란히 느껴졌다. 손안에 담긴 체온이 차가웠다. 그걸 한껏 움켜쥐었다.

"그럴 때마다 저는 이렇게 동생의 손을 잡아 주었어요. 그럼 동생이 안도하며 다시 잠들곤 했거든요."

동생은 내 손을 꽉 잡고 눈을 감았다. 동글동글한 눈물을 툭툭 흘리며 동생은 오롯이 내 체온에 의지한 채 잠들곤 했다. 나는 그런 동생을 달래 주듯 손등을 토닥토닥하며 무서움을 함께해 주었다.

"그리고 이렇게 말해 주었어요. 어차피 꿈은 꿈일 뿐이야, 무서워하지 않아도 돼, 내가 있잖아. 나와 함께 있는 지금 이 순간이 현실이야."

하지만 지금 생각하면, 이 또한 좋은 말은 아니었다. 현실이 더 지옥 같았으니까. 그래도 착한 동생은 고개를 끄덕이며 내 품으로 파고들었다.

사창가에 팔려 가기 전날까지도.

"원래 꿈속의 일은 꿈속에 남겨 두고 오라고 하잖아요. 이미 벌어진 일이든, 벌어질까 두려운 일이든 그냥 아무 의미 없는 꿈이라고 치부해 버려요. 그렇게 치부할 수 없다면, 이미 벌어진 일은 극복하면 되고, 벌어질까 두려운 일은 그렇게 되지 않도록 노력하면 되죠."

그러다 입을 꾹 다물었다. 이게 더 꿈 같은 말이었다.

현실은 동화가 아니다. 마냥 아름답지 않았고, 신비로운 모험을 할 수도 없었다. 적어도 내 삶은 그랬다.

나는 이야기 속 주인공처럼 용기 있는 선택 따윈 하지 못했다. 그래서 둘째가 사창가에 팔려 가던 그 순간까지도 동생을 도와주지 못했다. 동생의 떨리는 손을 움켜잡고 같이 도망쳐 주는 기적도 보여 주지 못했다.

그 착하고 어쁜 동생이 사창가에 팔려 갈 거란 걸 알고 있었으면서도……
애써 웃는 동생을 외면했다.

'언니 괜찮아. 나 괜찮아.'

착하고 어여쁜 동생은 그런 미운 언니를 오히려 달래 주었다. 나는 떠난 동생을 그리워하며, 조금이라도 덜 아프길 빌어 주는 것밖에 할 수가 없었다.

그리고 이듬해 둘째는 세상을 떠났다. 돌림병이었다고 한다. 그러나 실상은 맞아 죽은 거였다. 다시 본 동생의 몰골은 처참했다. 온몸이 퉁퉁 부어 있었고, 특히 가랑이 사이는 보는 것만으로도 끔찍했다. 얼굴은 알아볼 수조차 없을 지경이었다.

나는 아비 몰래 둘째의 장례를 치렀다. 장례라고 하기도 뭐했다. 막내가 묻힌 곳 옆에 둘째를 묻은 뒤, 그 위에 곱고 예쁜 꽃을 따 올려 두었다. 그리고 얼마 지나지 않아 그곳에 넷째도 함께하게 되었다는 건 오래된 기억이었다.

나는 동생들의 죽음마저 외면하고 살아남았다.

나는 그런, 못된 계집애였다.

"어떻게 그래."

불현듯 들려온 소리에 정신을 차렸다. 잡고 있는 손에선 여전히 떨림이 느껴졌지만, 이번엔 달랐다.

"돌이킬 수 없는데, 아무리 노력해도 달라질 수 없는데 그걸 어떻게 극복해. 이런 지옥에서 어떻게 살아가란 거냐고."

으득 이빨 갈리는 소리 뒤로 웅크리고 있던 형체가 확 들어 올려졌다. 뒤집어쓰고 있던 시트가 아래로 떨어지자 그의 얼굴이 보였다. 난 놀라움에 눈을 휘둥그렇게 떴다. 그의 이마가 붉게 물들어 있었다.

"이마가……."

허공을 향해 버벅대는 내 손을 그가 잡아챘다. 놀라 그쪽에 시선을 두는 내 얼굴을 그가 확 움켜쥔다. 길게 늘어뜨린 앞머리가 밀려 올라갔다.

나는 본능적으로 그를 밀쳐 냈다. 이러지 마! 하지 마!

"놓아—!"

"날 봐!"

그는 내 손목과 얼굴을 붙잡으려 했고, 난 그 손을 피해 몸을 비틀었다. 실랑이를 하느라 급기야 몸이 침대 위로 쓰러졌다. 그는 잽싸게 내 위로 올라타 마치 작정한 듯 날 붙잡으려 했다.

앞머리가 헝클어질 대로 헝클어져 자꾸만 얼굴이 드러났다. 보지 마. 제발 날 보지 마. 그의 얼굴을 밀치고, 어깨를 때리며 어떻게든 그를 밀어 내려 했지만 소용없었다. 기어코 도망가려고 몸을 뒤치는 내 얼굴을 그가 붙잡았다.

마른 손가락이 내 머리칼을 쥐어뜯듯 움켜잡는다. 아릿한 통증에 신음하는 내게 얼굴을 바싹 들이민 그가 소리쳤다.

"날 보라고!"

그제야 눈을 떠 그를 마주했다.

거친 숨결이 교환됐다. 그의 탁한 에메랄드빛 눈동자를 보자 그가 실명했다는 사실이 떠올랐다.

그래, 저 남자는 날 볼 수 없어. 날 보지 못해. 물밀듯 몰아치는 건 안도감이었다.

"이런 상태로 어떻게 살아가라는 거야. 대체 뭘 믿고. 네가 내 마음을 안다는 건가? 아무것도 보이지 않는 두려움을, 네가? 상대가 내게 호의를 가진 건지 독을 품은 건지, 날 해치려는 건지 보호하려는 건지 그 무엇도 알 수 없는 답답한 심정을 네가 어떻게 안다는 거냐고!"

허옇게 뜬 눈동자 속에는 독기가 가득했다. 내 얼굴을 움켜쥔 손이 떨리고 있었다. 무서운 게 아니었다. 분한 거였다.

"내 인생은 실패했어. 지금 내 앞엔 어떤 빛도 없다고."

그는 자신의 신세를 분해하고 있었다.

"노력해 보시면……."

그가 코웃음을 쳤다. 너도 고작 한다는 게 그런 말뿐이구나. 그렇게 말하는 눈동자엔 실망감이 가득했다.

"힘내, 할 수 있어, 노력하면 극복할 수 있을 거야, 그딴 소리 더는 듣기 싫어. 결국 다 말뿐이잖아. 나처럼 눈이 멀지 않았으니 쉽게 내지르는 거지. 웃기지도 않는 소리 하지 마. 내 눈은 다신 보이지 않아."

한 마디, 한 마디 씹어뱉듯 말하는 음성에서 그의 분노가 느껴졌다. 급하게 토해지는 숨결에선 그의 공포가 맴돌았다.

"그런데 뭘 노력하라는 거야. 앞도 못 보는 병신이 뭘 할 수 있단 거냐고……."

점차 일그러지는 얼굴이 슬퍼 보였다. 마치 아무도 없는 곳에 홀로 남겨진 아이처럼. 이토록 많은 부와 명예와 권리를 갖고도 뭐가 저리 슬플까. 난 그의 슬픔을 가늠할 뿐이지 정작 이해할 수는 없었다.

그의 말이 맞다. 결국 난 타인이었다.

"그래서 죽으시려고요? 이렇게 홀로, 메말라 가면서."

"그러면 안 되나? 삶과 죽음 중에서 죽음을 선택해도 되잖아."

"그러네요."

"……."

손을 들어 내 얼굴을 잡고 있는 그의 손등을 움켜쥐었다. 여전히 찬 손이다.

"선택하셔도 돼요."

겉만 번지르르한 말을 내뱉을 수도 있었다. 그러지 않은 건, 그의 고통이 깊기 때문이다. 그래서 그만뒀다. 내가 그를 위로한다는 건 오만이었다.

"현실은 동화가 아니잖아요. 신은 모두에게 버틸 수 있을 만큼의 시련을 준다고 하지만 전 안 믿어요. 이렇게 힘든걸요? 그걸 계속 버틸지 말지, 선택하는 건 나의 자유. 그 자유를 휘두르시는 거니까 제가 어쩔 수는 없겠죠."

"……."

"죽기 전에 미리 말씀만 해 주세요. 갑자기 송장 치우긴 싫으니까요."

나도 마음의 준비를 할 시간은 필요하니까.

내 얼굴을 감싼 그의 손을 떼어 내고, 가슴을 밀었다. 이번에 손쉽게 뒤로 밀린다. 곧장 그의 밑에서 빠져나왔다.

창밖의 달빛은 여전히 환했다. 그에게 보여 주고 싶을 정도였다. 하지만 저 커튼을 펼친다고 해서 저 빛이 빈센트에게 닿진 않겠지.

"그때까지 제가 계속 곁에 있을게요."

뒤를 돌아보자 빈센트가 멍한 얼굴을 하고 있었다.

"저는 무섭지 않으시잖아요. 언제든, 원하실 때 죽이면 되니까요. 저번에도 말씀드렸다시피 제가 죽어도 보복하러 올 사람은 없어요. 걱정하지 않으셔도 돼요."

"……."

"그리고 한마디 더 덧붙이자면, 주인님이 틀리셨어요. 때론 눈이 보이는 세상이 더 끔찍할 수도 있거든요."

제 배로 낳은 자식도 버리고 도망친 어미처럼, 아비에게 맞아 죽고, 가난에 굶주리고, 제 친부의 손에 사창가로 팔려 간 내 동생들처럼.

그리고 내 인생처럼.

"주인님은 가진 게 많으시잖아요. 내일이 있으세요. 그러니 숨 쉴 수 있는 지금, 조금이라도 노력해 보면 어떨까요? 하루라도 더 즐겁게 사실 수 있도록요."

"……다 소용없는 짓이야."

"당장 뭘 해 보자는 게 아니에요. 그냥, 마지막이라 생각하고 작은 거라도 해 보시라는 거예요. 그게 뭐든지요. 식사를 제때 하시고, 따뜻한 물에 목욕도 하시고, 새 옷도 입고, 그리고 방에서 나와 외출도 하시고요."

"……"

"그러다 무서워지면 다시 도망치시면 되죠. 이렇게 숨을 공간이 있잖아요. 여기 콕 박혀 숨어 있다가, 진정이 되면 그때 다시 나오시면 돼요. 재력도 있고 권력도 있고, 주인님을 걱정하는 사용인들이 있는 이런 큰 저택도 있는데 뭐가 그렇게 무서우세요."

"그 모든 게 다…… 무서워. 재력도, 권력도, 관심도, 이 저택도."

"없는 것보단 낫죠."

적어도 도망칠 수 있잖아요.

"주인님 뭔가 착각하시나 본데요, 그런 게 없는 생활이 더 무서운 거예요."

나는 그처럼 눈이 안 보이는 사람들을 종종 보아 왔다. 실명된 상태로 태어나 부모에게 버려진 갓난아기, 병에 걸려 눈을 파내야 했던 노인, 사고로 시력을 잃었음에도 가족을 부양해야 했던 어린 가장. 그들도 빈센트처럼 영원히 암흑 속에서 살아야 한다. 그러나 그처럼 안락한 방 안에서 웅크려 지내진 못한다.

살기 위해선 노동을 해야 했다. 그들에겐 앞이 안 보이는 공포보다 굶주림이 더 무서운 것이었다. 무시와 비난, 조롱을 감수하고 빌어먹어야만 하루라도 더 숨을 쉴 수 있었다.

사람은 모두가 지옥 속에서 살아간다.

누군가는 가난해서, 누군가는 부모를 잘못 만나, 누군가는 불의의 사고를 당해서, 누군가는 앞이 보이지 않는 삶 속에서 다들 내일을 맞이한다.

"하나씩 하나씩 쌓이다 보면 변화가 찾아오겠죠. 그게 무엇이든요. 이 어두운 방 안에도 빛이 내리쬐는 것처럼요."

"……."

"지금 하늘에 떠 있는 달이 엄청 예쁜 거 아세요?"

당신에게 보여 주고 싶을 정도로.

그렇다면 죽는다는 생각은 그만두지 않을까.

내 말에도 빈센트는 고개를 들지 않았다. 시트로 다시 온몸을 꽁꽁 싸맨다. 난 손을 뻗어 그의 얼굴을 들어 올렸다. 탁한 에메랄드빛 눈동자에 한 줄기 빛이 스며들었다.

아름답다.

그의 눈이 달빛을 머금고 반짝반짝 빛났다.

누군가와 이렇게 가까이 마주 본 건 처음이었다. 다들 내 얼굴을 끔찍하다는 듯 보기에 언제나 사람들의 시선을 피해 고개를 숙이고 다녔다.

셋째 앨리샤는 그런 내게 종종 창피하다는 시선을 보내곤 했다. 아비도 내 얼굴을 보곤 혀를 찼다. 나는 그들의 시선을 마주하는 게 두려웠다. 그래서 앞머리를 자르지 않았다. 긴 머리카락이 내 못난 얼굴을 조금이나마 가려 줄 테니까.

하지만 지금은.

"고개를 숙이지 마세요."

심장이 쿵쿵 뛰었다. 괜찮지 않을까. 어차피 저 남자는 보지도 못하잖아. 솔직해질 수 있어. 그래서 처음으로 누군가와 가까이 얼굴을 마주했다.

그의 감정이 닿은 만큼, 내 감정도 그에게 닿을 수 있도록.

"여기가 진짜예요."

그의 붉게 물든 이마를 매만졌다. 피부가 찢어지고 멍이 들었다. 악몽이 너무 무서워서 벽면에 이마라도 찧은 걸까. 잠들지 못하도록 말이다. 여기가 현실이란 걸 알고 싶었는지도 모른다.

"용기를 내세요."

당신의 마음에 들지는 않겠지만 노력해 보려고 한다. 어차피 금화에 팔렸을 때부터 돌아갈 길은 없었다.

살아도 죽어도 이곳에서.

이 눈먼 주인님의 곁에서.

비밀스럽게.

에메랄드빛 눈동자가 혼란을 담고 흔들렸다. 그러다 천천히, 그의 떨리는 손끝이 내 얼굴을 감싸 쥐었다. 어긋나 있던 시선이 차츰 움직여 내게 꽂혔다.

시선이 마주쳤다.

"너……."

그리고 그 순간, 강한 힘에 의해 내 얼굴이 옆으로 홱 돌아갔다. 어? 하는 사이 순식간에 시야가 뒤집혔다. 곧이어 몸이 뒤로 추락했다. 쿵! 소리와 함께 찌릿하고 익숙한 통증이 뒤통수에 몰려왔다.

……뭐야, 이게 무슨 상황이지.

난 바닥에 누워 눈만 껌뻑껌뻑 움직였다. 어디서 겪어 본 상황인데.

"저번부터 느꼈는데, 넌 쓸데없는 말이 너무 많아."

태연한 목소리가 울려 왔다. 그제야 멍한 정신을 추스르고 몸을 일으켜 앉았다. 그는 어느새 시트를 뒤집어쓴 상태 그대로 침대에 누워 있었다. 악몽을 꿨다고 벌벌 떨던 모습은 온데간데없었다.

"입조심하란 말을 듣지 못했나."

게다가 차분한 경고까지.

평소와 같은 지랄맞은 모습에 순간 이게 무슨 상황인가 싶었다.

"다음부터 조심해."

"……주의하겠습니다."

그러니까, 더러운 성질머리가 다시 돌아왔단 건가.

바닥에 찧었던 뒤통수를 문지르며 평온을 되찾은 얼굴을 노려봤다. 그가 슬쩍 미간을 좁혔다.

"그만 봐. 눈알 뽑아 버리기 전에."

암튼 이런 건 잘 느끼지. 난 그의 경고대로 곧장 눈을 내리깔았다. 기운이 쭉 빠지네. 어깨를 늘어뜨리고 마른세수를 했다.

베개에 얼굴을 처박는 그를 보다가 자리에서 일어났다. 문 쪽으로 딱 한 걸음 내딛던 때였다.

"어디 가."

"아, 방으로 돌아가려고 합니다."

"왜?"

"네?"

"내가 진정될 때까지 있겠다며."

"충분히 진정되신 거 같은데요."

"전혀. 누가 계속 곁에 있겠네, 어쩌네 해서 아직도 심장이 떨리는군. 무서워서."

"……."

아니, 사람이 좋은 말을 해 줬는데! 울컥했지만 눈앞의 남자가 누군지 떠올리고 입을 꾹 다물었다.

"여기 있어. 내가 잠들 때까지."

"네네."

성의 없이 대답하자 그가 대번에 인상을 쓴다. 난 신경 쓰지 않고 바닥에 다시 주저앉아 커튼 사이로 뜬 달만 노려봤다. 머릿속으로 그를 두들겨 패는 상상을 하면서.

등 뒤에서 색색 숨소리가 울렸다.

평온을 되찾은 숨소리가 그렇게 오래도록 이어졌다.

제2장

백작가의 이상한 손님

벨루니타 백작가엔 편지가 많이 온다. 발신인 불명도 있지만 주로 빈센트의 안부를 묻는 편지들이었다. 만찬회나 파티 초대장도 심심찮게 보였다.

하지만 주인님은 그 어떤 편지에도 답장을 보내지 않는다. 실제로 편지를 전해도 그는 확인하지 않았다. 그래서 대부분은 그의 손에 닿기도 전에 사용인들이 알아서 처리하곤 했다.

그렇게 끈질기게 들어오는 편지 중 유독 눈에 띄는 이름이 있었다.

[바이올렛]

여자 이름인데……?

이틀에 한 번꼴로 편지가 도착하지만 이것 역시 빈센트에게 전달되지 않았다.

이자벨라는 내게 이 편지를 따로 보관하라고 명령했다. 특별히 신경 써야 할 사람인가. 그렇다면 왜 그에게 전해 주지 않는 거지. 빈센트가 읽지 않으니 당연하게도 답장 또한 가지 않는다. 그럼에도 그 '바이올렛'이란 사람에게서 오는 편지는 내 방 서랍장 안에 차곡차곡 쌓여 갔다.

그리고 눈에 띄는 또 하나.

[있나요?]

……?

벽난로에 가득 찬 재를 퍼내다가 우연히 발견한 거였다. 타다 만 종잇조각엔 금빛 글씨가 남아 있었다. 햇빛에 비추자 반짝반짝 빛나는 글씨는 수려하고 아름다웠다.

그 뒤로도 같은 내용의 편지가 왔다.

[잘 지내고 있나요?]

빳빳한 질감의 질 좋은 봉투에 적힌 글씨였다. 이상한 건 봉투 안에 든 종이에는 아무것도 적혀 있지 않다는 거였다. 혹시 편지를 뜯어보지 않을까 싶어서 봉투에 직접 적은 건가?

그럼에도 매일 꼬박꼬박 오는 금빛 글씨의 편지. 물론 답장은 가지 않았다. 빈센트가 확인하지도 않는다.

그러다 하루는 이자벨라의 지시로 그 편지에 답장을 적어 보냈다. 아무 말이나 간단하게 쓰라고 했지만 신중히 고민하다 펜을 들었다.

[잘 지내고 있습니다.]

그런데 답장을 보낸 뒤부터 편지가 뚝 끊겼다. 혹시 내가 뭘 잘못 쓴 건가 싶어 걱정됐지만 주인님의 시중을 드느라 바빠 금세 잊었다. 그 편지가 다시 기억난 건 기대치도 않던 답장이 왔을 때였다.

여전히 금빛의 수려한 글씨. 이번엔 봉투가 아닌 안에 든 종이에 글씨가 적혀 있었다.

[여긴 날씨가 좋습니다.]

그래서? 의도를 알 수 없는 내용이 의아했지만 더 눈에 띄는 건, 잉크가 살짝 번진 마지막 글자였다. 자세히 들여다보니 종이 여기저기 물 자국이 있었다. 마치 눈물처럼.

너무 반가운 나머지 울면서 답장을 쓴 건가? 설마.

궁금했으나 이자벨라가 이번엔 답을 보낼 필요가 없다고 하여 답장을 보내지 않았다. 그러자 그 편지는 다시 지치지도 않고 매일 왔다. 그것도 똑같은 내용으로. 마치 답장을 달라고 고집부리는 거 같았다.

결국 다시 이자벨라의 명을 받고 답장을 써 내려야 했다. 지난번처럼 가볍게 쓰려다가 잠시 망설였다. 종이에 번져 있던 물 자국이 떠올랐다. 왠지 저번과 같은 마음으로 쓰면 안 될 거 같아서, 머뭇대다가 창밖을 바라봤다. 때마침 나무에 싹이 튼 걸 보곤 펜촉을 움직였다.

[여긴 앙상한 나뭇가지에 싹이 트기 시작했습니다.]

그 뒤로도 다시 답장이 왔고, 또 보내면 또다시 답장이 돌아왔다. 어느 순간부터 누군지도 모를 상대와 편지를 주고받고 있었다. 내용은 여전히 특별할 게 없었다. 첫 번째 답장 이후로 물 자국은 보이지 않았다.

[오늘도 잘 지내고 있습니다.]

그렇게 조금 특이한 일과가 생긴 어느 날이었다.

기지개를 켜고 상쾌한 아침을 맞이하던 날, 그리고 주인님의 지랄맞은 성격에 고단해질 하루를 걱정하던 날. 언제나처럼 옷을 갈아입고, 지저분한 뒷머리를 하나로 꽉 묶고 방문을 열었다.

"빈센트—!"

그런데 낯선 목소리가 들려왔다.

바로 옆, 주인님의 방 앞에 처음 보는 남자가 서 있었다. 톱 해트를 쓴 장신의 남자였는데, 방문을 두드리며 애절하게 빈센트의 이름을 불렀다.

"빈센트! 문 좀 열어 봐!"

방 안에선 아무런 대답이 없는데도 연신 방문을 두드리는 남자를 의아해하며 볼 때였다. 내 시선을 느꼈는지 남자가 고개를 돌렸다. 그가 날 발견하곤 갈색 눈동자를 동그랗게 키운다.

잠시 서로를 탐색하는 시간이 찾아왔다. 낯선 남자도 나도 서로를 대놓고 위아래 훑으며 대체 누구냐는 의문을 표했다.

그러다 남자가 먼저 탐색을 끝냈다.

"아, 이번에 새로 온 시녀?"

새로 온 시녀, 그 말에 반응하듯 나는 바로 허리를 굽혔다. 요 근래 생긴 본능 같은 거였다.

"처음 뵙겠습니다. 폴라입니다."

인사는 상대가 받아 줄 때까지. 같은 사용인이 아니라면 상대의 대답을 듣기 전에 허리를 펴서는 안 된다고 했다. 그 말을 떠올리며 상대가 인사를 받아 줄 때까지 기다렸다.

"아아."

남자가 짧게 탄식하며 내게 다가왔다. 바닥을 향해 있던 시야 속으로 반짝반짝 윤이 나는 구두코가 쑥 들어왔다. 그리고 마주 잡고 있던 내 한 손을 남자가 가져간다.

놀라 고개를 들자 남자가 한 손은 뒷짐을 진 채로 살짝 허리를 굽히고, 가져간 내 손등에 가벼운 입맞춤을 남겼다.

"처음 뵙습니다, 시녀님."

듣기 좋은 미성. 살짝 고개를 든 남자와 시선이 마주치자 그가 눈꼬리를 휜다.

"만나서 반갑군요. 에단 크리스토퍼라고 합니다."

"어…… 네……."

멍한 정신을 추스르느라 멍청하게 대답했다.

곧이어 허리를 펴고 내 손을 놓아 주는 그의 행동은 군더더기 없이 우아했다. 그의 손이 떨어져 나갔음에도 내 손은 여전히 허공에 떠 있었다. 남자의 체온이 닿았던 손등이 화끈거렸다.

"빈센트가 문을 잠갔더군요. 열 수 있을까요?"

"아……."

그제야 정신을 차리고 손을 내렸다. 괜히 손등을 박박 긁으며 문으로 향했다.

아주 간혹이기는 했지만 빈센트의 방문이 잠겨 있을 때가 있었다. 대체 어떻게 잠그는가 궁금했는데, 그의 침대 옆 벽 쪽에 매달려 있는 여러 개의 끈 중 하나를 당기면 벽에 이어져 있는 선들이 서로 당겨지면서 문이 잠기는 거였다.

여러 개의 끈들은 뱀처럼 벽면을 타고 여기저기로 이어져 있었다. 처음엔 방 안이 워낙 어둡기도 하고 빈센트의 시중을 드느라 정신이 없어서 알아채지 못했는데, 최근에 방 안의 모습을 제대로 살펴보면서 알게 되었다. 그가 문을 잠그기 위해 당겼던 끈은 벽에서부터 방문까지 기다랗게 이어진 거였다.

처음 그 광경을 목격했을 땐 보고도 믿기지 않아 내 눈을 의심했다. 그런 내게 빈센트는 홀로 있을 때 위험한 일이 벌어질 걸 대비해 설치한 거라고 말했다. 사용하는 모습을 처음 목격했을 땐 너무 신기해서 이것저것 물어보기도 했는데 빈센트가 답해 주지 않아서 곧 관심을 뗐다. 아마 벽면에 매달린 다른 끈들도 그런 의도로 있는 걸 거다. 그런데 그는 그걸 다른 방향으로 이용했다.

이럴 때를 대비해 이자벨라가 내게 비상용 열쇠 꾸러미를 주었다. 별채는 내 담당이나 마찬가지니 잘 가지고 있으라고 당부했다. 그래서 나는 그의 방문이 잠겼을 때면 그 열쇠를 이용하곤 했다.

앞치마 주머니를 뒤적이며 비상용 열쇠를 꺼냈다. 잠금을 풀고 문고리를 돌리던 순간, 에단 크리스토퍼란 남자에게 빈센트와 어떤 관계인지 묻지 못했다는 걸 깨달았다.

"아, 저기 주인님과는……."

그때 열린 틈새로 뭔가가 휙 하고 지나갔다. 곧이어 와장창! 유리 깨지는 소리가 울렸다. 급하게 나오던 말도 끝맺지 못하고 흩어졌다.

에단이 소리를 따라 고개를 돌리더니 경악했다. 나 또한 소리의 형체를 확인했다. 벽에 부딪쳐 조각난 건 유리병이었다. 이걸 누가 던진 건지는 그간의 경험으로 짐작할 수 있었다.

아니나 다를까, 어두컴컴한 방 안에서 살벌한 목소리가 흘러나왔다.

"문 닫아."

정말이지, 위험하게시리.

슬쩍 인상을 썼다가 에단을 살폈다. 그는 여전히 깨진 유리병에 시선을 둔 채였다. 멍한 얼굴에 오만 가지 생각이 스치는 게 보였다.

저 지랄맞은 성격을 처음 경험하는 건가. 그럼 놀랄 만하지. 고개를 젓고 방 안으로 한 걸음 들어서자 또다시 뭔가가 날아와 벽면에 부딪쳤다. 이번엔 유리컵이다. 물 마시라고 뒀더니 애먼 데 화풀이다.

일단 문을 닫았다. 남자가 위험해질까 봐서였다.

"문 앞에 젊은 신사분이 계십니다."

"가라고 해."

"누구신가요?"

그러고 보니 저 남자는 빈센트가 별채에 있다는 걸 어찌 안 걸까. 보통 그를 만나러 온 손님은 대저택 쪽으로 찾아왔다. 당연히 그가 거기에 있을 거라 생각하기 때문이다.

사정상 별채에서 지내는 빈센트로 인해 대저택으로 오는 손님을 맞이하는 건 집사의 몫이었다. 집사가 없을 때면 이자벨라가 그의 역할을 대신했다.

그런데 밖의 남자는 별채, 그것도 그의 방문 앞에서 서 있었다.

"알 거 없어. 돌려보내."

"주인님."

"너도 나가고."

또 왜 저렇게 심술을 부리신데.

그때 방문을 똑똑 두드리는 소리가 들려왔다.

"빈센트."

에단이란 남자의 목소리였다. 어느 정도 진정된 듯하다.

곧장 빈센트를 살폈다. 그는 어느새 침대에 누워 눈을 감고 있었다. 자는 척이라도 하려는 건가.

"빈센트, 얼굴 좀 보자. 본 지 오래됐잖아. 나 안 보고 싶냐."

"……."

"난 보고 싶어."

뭐지, 이 분위기는. 두 남자 사이에 뭔가 묘한 게…….

"이상한 생각 하지 마."

"안 했습니다."

"넌 숨소리만으로도 무슨 생각 하는지 다 알 수 있어."

"안 했다니까요."

도도하게 몸을 돌려 식사를 준비하려는데 아침 식사를 가져오지 않았다는 걸 깨달았다. 그러고 보니 씻을 물도, 새 옷도……. 예상치 못한 소란에 깜빡했다.

"식사를 가져오겠습니다."

"입맛 없어."

"기다려 주세요."

"입맛 없다니까!"

빈센트의 고함은 싹 무시하고 문을 열었다. 아까부터 간절히 문을 두드리던 상대와 다시 마주했다. 남자가 곧장 방 안쪽을 살폈다. 난 서둘러 문을 닫고 그의 시야를 차단했다.

"죄송합니다. 주인님께서 만나고 싶지 않다고 하셔서요."

"이런, 꼭 만났으면 하는데. 전해 줄 것도 있고!"

뒷말은 내게 하는 게 아니었다. 그럼에도 여전히 대답은 돌아오지 않는다.

에단이 힘없이 어깨를 늘어뜨렸다. 실망한 얼굴로 애써 웃으며 그가 말했다.

"며칠 신세 좀 질게요."

백작가에 손님이 찾아왔다.

"오랜만이군요. 이자벨라."

"오랜만입니다. 에단 님."

응접실로 들어온 에단이 이자벨라에게 반갑게 인사를 건넸다. 이자벨라도 그의 톱 해트를 건네받으며 익숙하게 인사를 받았다. 두 사람의 사이가 살가운 걸 보니 저 남자가 단순한 손님은 아닌 듯했다.

"이자벨라는 여전히 곱네요. 변함이 없어."

"에단 님은 못 뵌 사이 더 남자다워지셨군요."

"아, 괜히 띄워 주지 않아도 돼요. 폭삭 늙었지."

에단이 제 턱을 쓸어내리곤 소파에 앉았다. 이자벨라가 내게 눈짓했다. 접시를 들고 서 있던 난 빠르게 그의 앞에 차를 내려놓았다.

"고맙군요."

별것도 아닌 일에 그는 다정히 웃어 주었다. 딱 봐도 고급스러운 차림에 신분이 높아 보이는 남자가 고작 시녀인 나에게 다정하게 구는 것이 참 이상했다.

"못 본 새 빈센트 상태가 많이 안 좋아졌네요. 마지막에 봤을 땐 저 정도는 아니었는데. 방에 박혀 지낸 지는 얼마나 됐죠?"

"반년 정도 됐습니다."

"반년…… 그렇군요."

에단이 씁쓸히 웃었다. 그 안에는 걱정이 배어 있었다. 확실하다. 에단은 빈센트의 상태를 알고 있었다.

그러니까 그가 실명된 상태라는 것을.

이곳 사용인에게도 숨기고 있는 비밀을 알고 있을 정도면 그 깊이가 남다른 사이라는 거다.

"빈센트와는 친구예요. 아주 친한 친구."

나도 모르게 그를 뚫어져라 쳐다보고 있었는지, 에단이 친절히 설명을 덧붙였다. 난 곧장 시선을 내리고 고개를 꾸벅 숙였다.

"죄송합니다."

"하하. 사과할 것까지야. 이번에 새로 왔다면서요?"

"네."

"음, 예전에 봤던 사람과는 느낌이 다른데……."

그가 날 살피듯 바라봤다. 괜히 긴장되어 몸이 뻣뻣하게 굳었다.

다행히 화제는 금세 바뀌었다.

"빈센트는 계속 방에만 있나요?"

"네."

"지금 상태는…… 방금 전의 상황이 말해 주고 있군요. 소식 들었어요. 내가 떠난 뒤로도 몇 번 더 안 좋은 일이 있었다고. 사업 문제로 잠시 자리를 비웠는데, 내가 안일했어요."

"에단 님은 최선을 다해 주셨습니다."

에단이 찻잔을 매만지며 쓰게 웃었다.

"이자벨라. 난 가문과 친구 중 가문을 선택했어요. 이게 사실이죠. 시기가 안 맞았던 것도 있지만, 결국 변명이에요. 빈센트는 혼자서도 잘할 거라고 내 멋대로 판단하고 떠난 거였죠. 하지만 절대 빈센트가 저렇게 되길 원하지 않았는데……."

"에단 님."

"빈센트의 저런 모습은 처음 봐요. 벨루니타 백작님과 백작 부인이 사고로 돌아가셨을 때도 저 정도는 아니었는데."

에단의 얼굴이 어둡게 가라앉았다. 그 안에 든 건 친구에 대한 걱정과 슬픔이다. 그게 내 눈엔 참 이상하게 보였다. 타인의 슬픔을 꼭 제 것처럼 느끼는 모습 말이다. 원래 친구 사이란 저런 건가?

뭐야. 세상에 혼자뿐인 척 온갖 겁은 다 먹어 놓고 저렇게 좋은 친구가 있었잖아. 저 지랄맞은 주인님에게 저런 친구가 있다는 게 좀 놀랍긴 하지만.

"이자벨라, 이번엔 빈센트의 얼굴을 꼭 봐야겠어요. 이대로 돌아가면 매일 밤잠을 설칠 것 같거든."

"지내실 방을 준비해 두겠습니다."

이자벨라 내게 눈짓했다. 난 고개를 끄덕이고 응접실을 나왔다.

"입에 맞으세요?"

"대충."

빈센트가 미음을 떠 입에 넣었다. 소리도 없이, 느긋이 씹는 모습에서 귀족 특유의 기품이 느껴졌다.

최근 들어 빈센트는 직접 식사를 하기 시작했다. 정말 놀라운 변화가 아닐 수 없다. 그 꿈 같은 밤의 다음 날, 언제나처럼 예의상 숟가락을 손에 쥐여 주자, 그가 천천히 미음을 떠먹기 시작했다. 난 그 모습을 보며 경악했다.

'웨, 웬일이세요. 얌전히 드시고.'

'목젖을 짓누를 정도로 쑤셔 넣는데 안 지치고 배기나? 이대로 먹다가는 언젠가 숨 막혀 죽을 거 같더군.'

'농담도 참 잘하시네요.'

'농담 아니야.'

그 정도까진 아니다, 뭐. 속으로 툴툴거리긴 했지만, 직접 미음을 떠먹는 그의 모습에 감격하지 않을 수 없었다. 마크 아저씨의 빵집 앞에 오던 길고양이를 길들였을 때와 비슷한 기분이었다.

'혹시 어디 아프신 건 아니시죠?'

'던져 버리기 전에 입 닫아.'

성질은 여전하지만.

그래도 감격스런 변화인 건 맞다. 하지만 먹는 양은 아쉬웠다. 반도 채 비우지 못한 미음 그릇을 보며 조심스레 제안했다.

"조금만 더 드시면 어떠실까요?"

"배불러."

"조금만 더요."

"배부르다니까."

빈센트가 와락 인상을 썼다. 아쉬운 마음에 입맛을 다시며 그릇을 받아 들었다.

"약 드셔야죠. 자."

그의 손을 끌어 약그릇을 쥐여 주자 이 또한 얌전히 들이켠다. 옳지, 옳지. 그런 그를 흐뭇하게 바라봤다. 그가 그릇을 비우자, 난 주머니에서 미리 챙겨 온 동그란 걸 꺼냈다. 알맹이를 두른 껍질을 벗겨 낸 뒤 그의 입에 넣어 주었다.

"뭐야?"

"사탕이에요. 매번 쓰다고 하시니까 약 드시고 난 뒤에 입가심하시면 좋을 거 같아서 챙겨 왔어요."

"내가 어린애인가?"

내가 보기엔 몸만 다 컸지 속은 어린애다. 그래도 쓰긴 썼는지 뱉진 않는다.

"그 녀석은 어떻게 됐지."

"누굴 말씀하시는 거세요?"

"아침에 온 사람."

"아아, 에단 크리스토퍼 님은 며칠 이곳에서 지내겠다고 하셨습니다. 주인님 얼굴을 꼭 보겠다고 하시면서."

그러자 빈센트가 눈을 질끈 감았다. 지옥을 목격한 얼굴이다. 게다가 드물게 한숨을 쉬고 양손으로 얼굴을 문지르기까지 했다. 그런 그를 보자 방금 전의 손님이 떠올랐다. 그를 진심으로 걱정하는 거 같던데 왜 저렇게 싫어하는지 이해가 되질 않았다.

"만나 보시겠어요?"

"됐어. 절대 방 안에 들이지 마."

빈센트가 손을 젓고 침대에 누웠다. 그런 그를 보며 난 오랫동안 벼르고 있던 말을 꺼내 놓았다.

"주인님, 씻으셔야죠."

"……"

그러나 그는 대답 없이 몸을 돌렸다. 벽 쪽으로 몸을 한껏 웅크린 그에겐 씻을 의지가 전혀 없어 보였다. 나는 그 뒷모습을 멀뚱히 보다가 슬쩍 다가가 코를 벌렁거렸다. 그러다 인상을 찡그렸다.

그의 팔을 붙잡아 내 어깨에 두른 뒤, 몸을 부축하며 침대에서 내려오게 했다. 얼결에 끌려 내려온 빈센트가 곧 몸을 비틀었다. 며칠 전까지만 해도 버럭 소리 지르며 화부터 냈는데 이제는 포기한 목소리로 묻는다.

"뭐 하는 짓이야."

"냄새나요."

난 그의 팔을 꽉 쥐었다. 이번엔 놓아줄 수 없었다. 처음 이 방 안에 들어왔을 때부터 맡았던 냄새였다. 처음엔 낯설고, 그다음엔 그의 비위를 맞추는 데 급급해서 무시했더니 어느새 익숙해져 있었다. 그나마 젖은 수건을 가져와 얼굴이나 목, 손처럼 드러난 곳들을 닦아 주긴 했지만 영 변변찮았다. 오늘도 그에게서 풍기는 악취에 머리가 다 아플 지경이었다.

"대체 언제 씻으신 거예요? 악취가 코를 찌를 정도예요. 앞이 안 보이시면 사용인의 도움을 받아 씻으시지 그러셨어요."

"헛소리 말고 손 떼."

"씻으시면요."

방에 들어오자마자 미리 욕실로 가서 욕조에 물을 받아 두었다. 오늘은 꼭 그를 씻길 생각이다. 빈센트가 내 어깨에 두른 팔을 퍼덕였지만 힘없는 그를 제압하는 건 어렵지 않았다. 어깨에 둘러진 팔을 꽉 붙잡고, 다른 한 손은 그의 등 뒤에 둘러 허리를 움켜잡은 채 욕실로 이끌었다. 말이 이끈 거지, 그는 거의 질질 끌려가고 있었다. 욕실로 들어와 욕조로 향하는 그 순간까지도 그는 완강히 저항했다.

욕조 앞에 다다르자 그의 손을 이끌고 욕조를 짚게 했다. 그가 더듬거리며 욕조를 짚더니 그대로 꽉 움켜쥔다. 얼굴에 이걸 뒤엎겠다는 의도가 보였다. 놀라 그의 손목을 움켜잡자 놓지 않겠다고 버틴다.

나는 그를 욕조에서 떼어 놓으려 했고, 그는 버티려고 하는 힘 싸움이 이어졌다. 그렇게 한동안 이어지던 힘 싸움은 내가 중심을 잃으면서 끝이 났다. 대신 여전히 그의 한 팔을 어깨에 두르고 있는 상태였기에 그 또한 앞으로 고꾸라졌다.

풍덩! 소리와 함께 욕실 바닥에 주저앉았다. 놀라 돌아보니 빈센트가 욕조 안에 처박혀 있었다. 흠뻑 젖은 그가 놀란 얼굴을 하더니 곧 부들부들 떨었다. 분노로.

"……괜찮으세요?"

"너, 너……."

말조차 잇지 못하는 그를 보며 나 또한 말문이 막혔다. 슬쩍 그의 팔을 붙잡자 매섭게 쳐 낸다. 그러더니 직접 욕조를 짚고 몸을 일으키려 했다. 하지만 물 때문에 미끄러운지 일어나지 못하고 자꾸 욕조에 빠졌다. 그때마다 물이 출렁이며 그를 흠뻑 적셨다. 더는 목욕이 필요 없을 거 같았다.

"……."

그의 움직임이 뚝 멎었다. 나도 모르게 긴장하며 그를 주시하던 그때였다. 갑자기 방문이 열리는 소리가 들렸다. 곧이어 발소리가 울렸고 이자벨라가 욕실로 들어왔다. 그녀는 나와 욕조 안에 있는 빈센트를 보곤 걸음을 멈췄다.

잠시 놀란 얼굴. 하지만 그녀는 역시 차분했다.

"다음부턴 옷은 벗고 하시는 편이 좋을 듯합니다."

"……."

"드릴 말씀이 있습니다. 남은 시중은 제가 들겠습니다."

그러면서 그녀가 날 바라봤다. 난 이때다 싶어 허리를 꾸벅이고 재빨리 몸을 돌렸다. 모아 둔 빨랫감을 들고 총총 방을 나왔다. 살았다!

"에단 님이 오셨다면서요?"

빨랫감을 받으러 온 레니카가 물었다. 하루에 한 번씩 마주하다 보니 간단한 대화 정도는 주고받는 사이가 되었다. 난 그녀가 가져다준 것들을 둘러보며 대답했다.

"아는 분이신가요?"

"주인님 친구분이시잖아요. 게다가 크리스토퍼가의 둘째 도련님이시고요."

"유명한 분이신가 봐요."

"유명하죠. 가문도 가문이지만, 요게 좋으시니까."

레니카가 자신의 얼굴 앞에 손을 두고 위아래로 흔들었다. 잘생겼나? 뭐, 화려하게 생기긴 했다. 그리고 나 같은 사용인에게도 예의를 차려 주는 걸 보니.

"친절하신 거 같긴 했어요."

"네, 다정하세요. 왜 우리 같은 사람들은 윗분들에겐 자주 무시당하곤 하잖아요? 그런데 에단 님은 저희를 무시하지 않고, 다정하게 대해 주세요. 그래서 여성 사용인들 사이에선 굉장히 좋은 분으로 통해요."

"그렇군요."

"전 아직까지 그분을 멀리서밖에 보지 못했거든요. 말 한 번이라도 걸어 볼 수 있다면 얼마나 좋을까요?"

레니카가 양손으로 뺨을 감싸고 꺄르륵 웃었다. 에단에게 말을 걸어 보는 모습을 상상하는지 그녀의 얼굴이 황홀함으로 물들었다.

"에단 크리스토퍼 님은 별채 손님방에 계세요. 보고 싶으시면 나중에 별채로 오셔서 보시면 되지 않을까. 우연히 인사라도 나눌 수도 있고요."

"에이, 안 돼요. 저희는 별채에 들어갈 수 없어요."

레니카가 그런 무서운 소리 하지 말라며 손을 휘저었다. 난 눈을 동그랗게 떴다.

"어째서요?"

"별채는 지정된 사용인들만 들어갈 수 있어요. 그마저도 일정 시간에 맡은 구역에만 갈 수 있고요. 그 시간대를 벗어나거나, 지정받지 않은 사용인이 별채에 발을 들였다간 그대로 목이 날아갑니다."

전혀 몰랐다. 확실히 몇몇 사용인을 제외하곤 다른 사용인은 보지 못했지만 출입 자체가 제한되었을 줄이야. 빈센트의 상태 때문인가……. 나는 딱히 어디에 출입하면 안 된다는 주의를 받지 않았는데. 그의 시중을 드는 사용인이라 괜찮았나 보다.

"그래도 아쉽네요."

레니카가 정말 아쉬운지 입맛을 다셨다.

"편지라도 전하고 싶으시면 말씀해 주세요. 대신 전해 드릴게요."

"아하하. 고마워요."

레니카와 작별하고 아침 식사를 하기 위해 식당으로 내려갔다.

원래는 사용인이 사용하면 안 되지만 어차피 그곳을 사용하는 사람은 없었다. 빈센트는 방 밖으로 나가려 하지 않았기에 방에서 식사를 해결했고, 그를 제외하면 올 만한 사람도 없다. 아니, 이 저택에 다른 사람이 있는지도 잘 모르겠다. 제대로 본 적이 없으니 말이다. 그 의문은 방금 전에 풀렸지만.

여하튼 뭐라 할 사람도 없었고, 그래서 편하게 내가 사용했다.

그런데 오늘은 사람이 있었다. 이른 아침부터 온 손님이.

"아, 죄송합니다."

"괜찮아요. 앉아요."

그가 내 손에 들린 감자를 보곤 자신의 맞은편 자리를 손짓했다. 하지만 그럴 순 없는 일. 손님과 한자리에서 식사라니, 이자벨라 님이 본다면 경을 칠 일이다. 게다가 나도 혼자만의 휴식이 필요했다. 지랄맞은 주인과 함께 있으면, 짧은 시간일지라도 힘이 쭉쭉 빠진다.

난 허리를 꾸벅 숙였다.

"아닙니다. 편히 식사하세요."

"가지 말아요. 안 그래도 나 혼자 식사하느라 민망했는데, 시녀님이 같이해 준다면 기쁠 거 같군요."

그런데 손님이 질척거린다. 난 단호히 고개를 저었다. 날 위해서.

"그럴 순 없습니다. 그리고 편히 불러 주세요."

"전 기본적으로 여성에겐 예의를 차리자는 주의라서요."

에단이 다정히 웃으며 다시 맞은편을 손짓한다. 그거 참 좋은 마음가짐이네. 가볍게 감탄하고 머리를 좌우로 도리질했다.

"괜찮습니다. 그만 가 보겠습니다."

"날 두고 혼자 가겠다는 건가요?"

"네?"

"이렇게 나 혼자, 외롭게 식사를 하게 하다니. 아, 안 되겠다. 혼자 먹어야 한다니까 차마 음식이 입으로 들어가질 않네요. 못 먹겠어요."

기어코 그가 수저를 놓았다. 실망한 기색을 대놓고 드러낸다.

"입맛도 없어지네."

웅얼거리듯 나온 질척임에 결국 그의 맞은편에 얌전히 앉았다. 그제야 에단이 만족스레 웃으며 다시 수저를 들어 수프를 떠먹었다. 능글맞기도 하지. 빈센트와 그는 너무 정반대인 성격이라 대체 어떻게 친구가 된 건지 의문이다.

나도 감자 껍질을 벗긴 뒤 한 입 베어 물었다. 이곳은 감자도 맛있다. 다만 불편한 상대와 함께하니 감자가 코로 들어가는지 입으로 들어가는지 모르겠다.

"같이 먹으니 음식 맛이 달라지네요."

"그러신가요."

대충 대답하면서 문 쪽을 주시했다. 혹시 이자벨라 님이라든지 이곳에 있지만 한 번도 본 적은 없는 다른 사용인들이 들어올까 싶어서였다. 아니면 요리사가 지나가다가 들어올지도 모른다. 어떤 기척도 없던 곳이니까.

신경을 곤두세운 채로 감자를 먹으니 속이 더부룩해지기만 했다.

"빈센트는 어떤가요? 화가 많이 난 거 같던데."

"딱히 화가 나시진 않으셨습니다."

"하지만 물건을 던졌잖아요."

"원래 자주 그러십니다."

"그런가요? 자주 위험하겠네요."

네, 덕분에 상처도 많이 납니다. 그래도 처음에 했던 만행들을 떠올리면 최근엔 얌전한 편이었다. 무슨 심경의 변화가 왔는지 성질부리는 횟수가 좀 줄어들었다. 그렇다고 물건을 안 던지진 않는다. 세 번이 두 번으로, 딱딱한 게 푹신한 걸로 바뀌었을 뿐이지.

감자를 입 안에 처넣고 있는데, 갑자기 침묵이 맴돌았다. 말이 애매하게 뚝 끊기자 문을 주시하던 시선을 그에게 던졌다. 에단이 입을 달싹이며 머뭇거리고 있었다.

왜 그러나 싶어 빤히 바라보자, 그가 다시 말을 잇는다.

"시녀님도 알고 있나요? 그러니까, 빈센트의 지금 상태 말이에요."

"……."

난 곧장 입을 다물고 퍽퍽하게 덩어리진 감자를 꿀꺽 삼켜 냈다. 그의 긴장된 눈빛에서 방금 전 말한 '빈센트의 지금 상태'란 게 뭔지 바로 알아챘다. 이쪽은 애초부터 눈먼 주인님의 시중을 들기 위해 고용된 거니까.

에단도 빈센트의 지금 상태를 알고 있었다. 알면서도 물어보는 의도는 모르겠으나, 알은척을 해도 될지 알 수가 없어 일단 침묵했다.

그런 내 침묵을 긍정이라고 판단했는지 에단이 씁쓸히 웃었다.

"최근 벨루니타 백작가에서 암암리에 사용인을 구한다는 말이 자주 들리더군요. 주인이 얼마나 악덕하면 사람들이 계속 그만두냐는 이상한 소문까지 돌고 있어요."

그의 말을 경청하다가 나도 모르게 고개를 끄덕였다. 악덕이라니, 맞긴 하네. 그러다 아차 했다.

슬쩍 에단을 보자 그가 짓궂게 웃는다.

"빈센트가 시녀님을 많이 괴롭히나 봅니다."

"아닙니다. 다정히 대해 주십니다."

"물건을 자주 던진다면서요."

"제가 그랬나요? 실언이었습니다. 죄송합니다."

"이런, 그런 주인을 감싸 주기까지 하고. 정말 착한 분이군요."

"……."

그냥 입 다물고 감자에 코를 박았다. 하지만 그는 아예 턱까지 괴고 날 바라본다.

"어떻게 고용된 거예요? 직접 찾아온 건가?"

"집사님이 절 고용하셨습니다."

엄밀히 말하면 팔려 온 거지만 군이 그 설명까지 덧붙이진 않았다. 에단은 이곳의 집사가 누군지 안다는 듯 고개를 끄덕였다.

"빈센트가 한 고집 하죠? 걔가 한번 고집부리면 아무도 못 말려요."

"……."

속지 말자. 저건 덫이다.

"게다가 제 의견을 거스르면 어찌나 싫은 티를 내는지. 미간을 구기고, 딱딱한 얼굴을 해서는. 얌전하다가도 꼭 한 번씩 속을 뒤집어 놓죠."

"……."

속지 마. 넘겨 버려.

"평민들 말로 그, 뭐라고 하더라. 고집? 똥? 뭐라던데."

"똥고집이요."

"맞아요. 그거. 딱이죠?"

그건 차마 반박할 수 없어 침묵으로 긍정했다. 에단이 쿡쿡 웃었다.

"그래도 그때가 좋았는데……."

웃음이 점차 사라진 얼굴엔 쓸쓸함만이 남았다. 그가 창밖을 내다봤다. 푸른 하늘 위에 하얀 구름이 넘실넘실 떠다녔다.

"믿기진 않겠지만 처음엔 저러지는 않았어요. 저택을 나갈 순 없었지만 업무도 보고, 간간이 정원 산책도 하고, 자주 웃기도 했죠."

그건 이미 들어서 알고 있다. 정원 산책을 하거나 업무를 보는 빈센트가 상상되지는 않지만. 특히 웃는 그는 더욱더 상상할 수 없었다. 내가 본 빈센트 벨루니타는 방 안, 침대 위 시트 속에서 몸을 웅크린 채 공포에 떠는 남자였다. 밥을 먹는 것도, 바닥에 한 걸음 내딛는 것도, 심지어 숨 쉬는 것조차 두려워하는 모습이 내가 아는 그의 전부였다.

"몇 달 전부터 갑자기 편지에 답이 끊기고, 연락해도 받지 않고, 사람을 보내도 만나 주지 않더군요. 아무래도 상태가 상태이다 보니 걱정돼서 무작정 찾아왔는데 그랬던 이유를 이제 알겠군요."

씁쓸히 웃는 그에게 뭐라 할 말이 없었다. 위로의 말도 쉽게 꺼낼 수 없었다. 쉬운 문제가 아니니까. 게다가 난 말주변도 없었다. 한낱 시녀의 위로 따위가 그의 걱정을 덜어 줄 수 있을 거란 기대도 하지 않는다.

그러니 이건, 내 나름의 성의였다.

"너무 걱정 마세요. 주인님도 노력하고 계세요."

그의 의아한 시선이 내게 닿았다. 난 얼마 남지 않은 감자를 마저 베어 먹으며 말했다.

"한순간에 암흑 속에서 살게 되신 거잖아요. 얼마나 무서우시겠어요. 세상에 홀로 남은 기분이겠죠. 저라면 죽고 싶을 거예요. 누굴 믿어야 하고, 누굴 경계해야 하는지 알 수 없으니까요."

하물며 누군가 그에게 주먹을 휘두른다 해도 그는 피할 수 없었다. 보지 못하니까. 남들에겐 별것 아닌 일들이 그에겐 무서움으로 다가온다. 나아가 칼로 찌른다고 해도 도망칠 수 없단 소리다.

나의 죽음이 눈앞에 다가오는데도 모른다니.

얼마나 끔찍할까.

지난 밤 악몽에 떨던 빈센트가 떠올랐다. 제 인생은 실패했다고 말하던 그는 그 공포와 싸우고 있었다. 나라면 어떨까, 그런 생각을 해 보았다. 나오는 결론은 같았다. 나였어도 한곳에 처박혀 떨고 있지 않았을까.

"하지만 주인님은 죽지 않으셨어요. 누군가 자길 만지려고 하면 경련을 일으키실 정도로 두려워하시지만 그래도 살아가려고 노력하고 계세요. 싸우시는 거죠."

물론 그가 죽음을 원하지 않는 건 아니다. 자신을 만지는 걸 싫어하고, 식사도 하지 않고, 외출도 하지 않은 채, 오로지 침대 위에만 웅크려 있던 빈센트는 죽음을 기다리고 있었다. 적어도 내 눈엔 그랬다.

하지만 그가 시력을 잃고도 이전과 다름없는 일상생활을 했던 당시에는 살고자 버둥거렸을 것이다. 지금도, 혀라도 깨물면 죽을 수는 있다. 하지만 그는 그러지 않았다. 살고 싶은 마음이 있는 거다. 그것만으로 그는 큰 노력을 하고 있다고 생각한다.

"이런저런 위로보다는 그냥, 마음속으로 응원해 주세요. 때론 위로보다 침묵이 더 나을 수도 있거든요. 크리스토퍼 님은 주인님이 아니시잖아요. 타인의 고통을 이해한다는 건 맞지 않는 말이에요. 어떻게 내 고통을 남이 알 수 있나요. 같이 겪는 것도 아닌데."

나는 결국 나일 뿐. 지난번 빈센트도 비슷한 말을 했다. 나도 동감했다. 남의 고통을 이해한다는 건 개가 짖는 소리였다. 나는 빈센트가 될 수 없다. 내가 불의의 사고를 당해 실명이 되지 않는 이상, 빈센트에겐 그 어떤 위로도 그저 고통으로만 느껴질 것이다. 그건 눈앞의 남자도 마찬가지였다.

"기다려 주세요. 주인님이 이기실 수 있도록."

"……."

잠시 침묵이 흘렀다. 돌아오는 말이 없다. 다 먹은 감자 껍질을 정리하고 손을 털어 낼 때까지 에단은 아무 말도 하지 않았다. 결국 의아해하며 고개를 들자, 에단이 묘한 얼굴로 날 바라보고 있었다.

왜 저렇게 보지. 혹시 내가 말실수했나?

"왜 그러세요?"

"시녀님은 참……."

참? 참, 뭐?

"솔직하네요."

"네?"

"냉정하다고 해야 할까, 단호한 면이 있군요. 겉으로 보기엔 그렇지 않아 보이는데, 생각보다 다정한 거 같기도 하고."

칭찬이야, 불만이야. 당최 이해할 수 없는 소리에 난 눈가를 찡그렸다. 에단은 잠시 고민하는 듯하더니 다시 말을 이었다.

"그래도 마냥 기다릴 순 없는데. 전해 줄 것도 있어서요."

"중요한 거라면 대신 전해 드릴까요?"

"그것도 좋지만, 직접 전해 줘야 효력이 있을 거 같군요."

그가 빙긋 웃으며 부드럽게 거절했다.

"그런 의미로 방 안에 들어가고 싶은데."

"주인님이 허락하셔야 들어가실 수 있습니다."

"시녀님 힘으로 어떻게 안 될까요?"

"안 됩니다."

이쪽은 이곳에서 가장 힘없는 사람인지라. 계급으로 따지자면 가장 하류층이랄까.

"이자벨라 님께 말씀드려 볼까요?"

"그녀는 빈센트 편이라서요. 이미 여러 번 부탁했는데 매번 거절당했어요."

"주인님께 다시 여쭈어보겠습니다."

"아니에요."

그가 손을 내저었다. 한숨을 쉬긴 했지만, 방금 전보다는 제법 기운을 찾은 얼굴이었다.

"문을 백 번 정도 두드리면 한 번쯤은 열어 주겠죠."

"노력하시네요."

"노력해 봐야죠. 제 친구도 저렇게 노력하는데요."

그러다 그가 갑자기 싱긋 웃었다. 봄날보다 더 상큼한 미소에 오스스 소름이 돋았다. 시선이 끈적끈적하다. 뭐야. 왜 저래. 괜히 팔뚝을 벅벅 문질렀다.

"시녀님이 제게 반하면 편할 거 같긴 하군요."

"미리 말씀드려도 될까요? 거절하겠습니다."

그리고 백 번이 천 번이 되도록 두드려도 닫힌 문은 끝내 열리지 않았다.

"설마 여기서 주무신 건 아니죠."

빈센트의 방문 앞에 쭈그리고 앉아 있는 형체를 발견하곤 기겁했다. 어제 쳐들어왔던 손님이 맞았다. 아니, 지낼 방을 안내해 줬는데 왜 여기 이러고 있는지.

"음, 벌써 아침인가요."

"네. 대체 왜 그러고 계세요."

"밤새 두드리면 화나서 문을 열어 줄 거라 생각했는데 착오였네요."

태연히 하품하며 기지개를 켜는 에단을 보자 어이가 없었다. 빈센트의 방문을 열겠다고 밤을 새웠다는 소린가, 지금? 차라리 내게서 열쇠 꾸러미를 뺏어 억지로 여는 방법이 더 빠를 듯하다.

"열어 드릴까요?"

앞치마 주머니 안을 뒤적이며 물었다. 에단이 눈을 동그랗게 떴다.

"어젠 안 된다면서요."

"미움을 사겠지만, 어차피 원래 절 좋아하지 않으세요. 미움 더 받는다고 해서 달라질 것도 없고요."

"그런 힘든 일을 겪게 할 순 없죠."

또다시 거절. 그게 날 배려해서 하는 말인 듯하지만 글쎄.

"그렇다고 이대로 계속 문 앞에서 버티실 수는 없으시잖아요. 문이 열리기까지 며칠이 될지 몇 달이 될지 알 수도 없고요. 아시겠지만 주인님이 한 고집 하셔서요."

그 말에 에단이 잠시 고민하는 듯하더니 고개를 저었다.

"좀 더 해 보고요."

"그러시다면야."

주머니에서 손을 빼고 뒤돌았다. 등 뒤에서 문 두드리는 소리가 울렸다. 난 고개를 설레설레 저었다. 주먹이 퉁퉁 부어야 정신을 차리겠지. 저 문은 오기를 부린다고 해서 열리는 게 아니라는 걸.

근데 그 사실을 짧은 시간 동안 에단도 깨달았나 보다.

빈센트의 점심 식사를 가지고 올라갔을 때 에단이 난감한 얼굴로 말했다.

"역시 부탁드려도 될까요."

"네."

그를 지나쳐 굳게 닫힌 문에 열쇠를 꽂았다.

"많이 화낼까요."

"문가에 서 계세요. 들어오진 마시고요."

아니라고 할 순 없으니까.

찰칵, 소리를 내며 방문이 열렸다. 순간, 퀴퀴한 냄새가 코끝을 짓눌렀다. 이상하다. 오늘따라 악취가 지독한데? 인상을 쓰고 곧장 창가로 가 커튼을 걷었다. 환한 빛줄기가 어두운 방 안을 비추었다. 창문을 열자 바람이 살랑살랑 불어 들어와 악취를 잠재웠다.

에단은 내 말대로 얌전히 문가에 서 있었다. 난 빈센트에게로 다가갔다.

"주인님. 점심 식사를 하실 시간입니다."

"……가."

목소리가 쉬었다. 잠기운 때문이라기엔 많이 쉬었는데?

"주인님?"

"……."

대답을 잘하지 않는 사람이긴 했지만, 뭔가 이상했다. 가까이 다가가 시트를 젖히자 땀에 젖은 얼굴이 보였다. 그리고 베개엔 토사물이 흥건했다.

"주인님!"

정신 차리라고 뺨을 두드리는데도 눈을 뜨지 않는다. 그의 상태가 이상했다. 놀라 문가를 돌아보자 에단이 곧장 몸을 돌렸다. 복도를 뛰는 발소리가 다급하게 울려 퍼졌다.

곧이어 주치의가 왔다. 그는 단추가 어긋난 셔츠와 구겨진 바지를 입고 신발도 제대로 신지 못한 상태였다. 삐뚤게 씌워진 안경이 그가 얼마나 다급히 왔는지 알려 주었다.

"체하셨네요."

"네?"

"최근에 식사를 좀 드신다고 하더니 너무 많이 드셨나 봅니다. 갑자기 평소보다 많은 양의 음식물을 섭취하면 몸에 더 안 좋습니다. 밤새 앓으신 거 같군요."

아니, 얼마나 먹었다고. 오늘 아침을 안 드시긴 했다. 먹기 싫다며, 침대에서 움직이려 하지를 않아 어쩔 수 없이 건너뛰었는데 체해서 그런 거였다니. 어제 저녁에 미음을 반도 못 먹기에 억지로 좀 더 먹였더니 그걸 기똥차게 알고 몸에 탈이 났나 보다.

"참…… 약하시네요."

"몸이 많이 쇠약해지셨습니다. 조심하셔야 합니다."

"……네."

결국 주치의에게 꾸중을 받았다. 진료를 끝내고 떠나는 그에게 허리를 굽혀 인사하면서 몰래 한숨을 쉬었다. 잘 먹여도 혼나다니, 참.

배웅을 마치고 방으로 돌아오니 침대 앞에 에단이 앉아 있었다. 그의 시선은 빈센트에게 꽂혀 잠시도 떨어지지 않았다. 그러나 빈센트는 아무런 말도 없었다. 자신의 옆에 있는 게 누군지 알고 있음에도 에단에게 시선 한 번 주지 않았다.

"왜 이렇게 말랐어."

침묵 끝에 에단이 탄식하듯 읊조렸다.

"마지막으로 봤을 때보다 더…… 말랐어. 건강 좀 챙기지……."

손을 들어 얼굴을 묻은 에단이 고개를 푹 숙였다. 네가 이러면 돌아가신 백작님 얼굴은 어떻게 보냐……. 그리 읊조리는 그는 안타까움에 어찌해야 할지 모르는 거 같았다.

하지만 빈센트는 냉정했다.

"돌아가."

잠시 숨을 고르는 듯하던 에단이 다시 얼굴을 들었다. 빈센트의 시선은 여전히 천장에 닿아 있었다.

"빈센트. 이러지 말고 밖으로 나와. 내가 도와줄게."

"네가 뭘 어떻게 돕겠다는 거지."

"뭐든. 내가 할 수 있는 건 다 해 줄게."

"그럼 내 눈 좀 보이게 해 줄래?"

"……."

"못 하겠나? 그럼 헛소리 그만하고 나가."

참 냉정하기도 하시지. 칼날 같은 적대감이 노골적으로 드러나는 대화였다. 그들의 뒤편에 서서 숨죽이며 대화를 듣던 난 몰래 혀를 찼다. 에단의 걱정이 무색하게도 그를 대하는 빈센트의 태도는 몹시 날카로웠다. 온몸에 가시를 뾰족뾰족 세우고 있어 상대는 찔릴 일만 남아 있었다.

하지만 에단도 쉽사리 물러서지 않았다.

"언제까지 이러고 버틸 건데? 지금 세간에 말이 많아. 벨루니타 백작이 파티에서 상해를 입고 요양 중인 게 아니라, 사실 몸에 이상이 생겨 숨기고 있는 거라고."

"……."

"영원히 이러고 살 순 없잖아."

"어쩌자는 거지."

"이제 밝혀야지."

"나보고 죽으라는 소리군."

"빈센트."

"벨루니타 백작이 눈이 멀어 앞도 못 본다고 하면 이번엔 암살자가 아니라 날 이렇게 만든 장본인이 손수 칼을 들고 와 찔러 죽이겠지."

102

빈센트가 코웃음을 쳤다. 에단은 고개를 저었다.

"널 이렇게 만든 사람은 이미 네 상태를 알고 있을 거야."

"……."

날카로운 지적에 비웃음을 띠고 있던 빈센트의 얼굴이 굳었다. 날카롭게 변한 눈동자는 여전히 천장을 향해 있었지만, 그 끝은 에단에게 꽂힌 거나 다름없었다.

하지만 반박은 없었다. 어느 정도 그 말에 동감한다는 소리다.

다시 침묵이 흘렀다. 어긋난 시선은 쉽사리 서로에게 닿지 않았다. 빈센트는 입을 다물었다. 더는 대화하고 싶지 않단 뜻이었다.

이건 의미 없는 시간이었다.

에단도 그걸 깨달았는지 깊게 한숨을 내뱉었다.

"빈센트. 난 말이야…… 네가 계속 이러고 있겠다면, 네 상태를 공표할 생각이야."

충격적인 발언에 빈센트가 고개를 홱 돌렸다. 급격히 커진 눈동자엔 경악이 담겼다. 그건 나도 마찬가지였다. 못 들은 척한다는 걸 잊고 놀라 에단을 바라봤다.

"너 미쳤어?"

"그럴지도."

"에단!"

빈센트가 사납게 소리쳤다. 그럼에도 에단은 지지 않았다. 소름 끼칠 정도로 차분한 목소리가 이어졌다.

"빈센트. 넌 내 소중한 친구고, 난 그런 친구를 계속 이렇게 두고 싶지 않아. 이건 영원히 감출 수 있는 게 아니고, 우린 앞으로의 일에 대비해야 해. 그 사실을 너도 모르지 않잖아? 알면서도 이러고 있다는 건, 어리광에 지나지 않아."

"……."

"난 어떻게서든 널 이곳에서 끌어낼 거고, 그게 널 위험에 빠뜨린다고 해도 상관없어. 이대로 지내는 것도 너에겐 독이니까. 물론 그 과정에 네 의사는 전혀 신경 쓰지 않을 거고.”

“헛소리 마.”

“내 말이 헛소린지 아닌지는 두고 보면 알겠지.”

에단이 자리에서 벌떡 일어났다. 빈센트는 아무런 미동도 하지 않았다. 그는 큰 충격에 숨조차 제대로 쉬지 못하는 거 같았다. 시트를 움켜쥔 그의 손이 부들부들 떨리고 있었다. 나는 그가 발작을 일으킬까 봐 걱정됐다.

“선택해. 날 설득시킬지, 말지.”

“……”

단호한 말 뒤로 침묵이 돌았다. 빈센트는 쉽게 대답하지 않았다. 그저 에단을 사납게 노려볼 뿐이었고, 에단도 그런 빈센트를 가만히 바라봤다. 순간 둘 사이에 불빛이 파바박 튀기는 것처럼 보였다.

□ ◆ □

손님이 와서 일이 두 배로 늘었다. 빈센트의 시중을 들고 나면 손님방으로 향했다. 베갯잇과 침대보, 시트를 갈고 청소를 했다. 기본적으로 이 저택의 모든 방은 일정한 시간 동안 하녀들이 청소를 해서 청결을 유지하고 있지만, 오래 사용하지 않았더니 눈에 안 보이는 곳엔 먼지가 자주 쌓였다.

일단 먼지 낀 창문부터 닦았다. 에단이 그런 날 빤히 바라봤다.

“빈센트는 어떤가요.”

난 창문을 마른 수건으로 쓱쓱 문지르며, 그를 흘끗 보곤 대답했다.

“궁금하시면 직접 찾아가 보시는 게 어떨까요.”

“시녀님이 말해 주면 고마울 거 같군요.”

빙긋 웃는 얼굴이 얄미웠다. 난 한숨을 쉬었다.

조언이 무색하게 일이 터졌던 그날, 결국 한바탕 뒤집어 놓고 에단은 방을 나갔다. 이번엔 절대 물러서지 않겠다는 단호한 태도를 보이고 떠나는 그를 보며 나도 말문이 막힐 지경이었다.

'내게 보여 줘. 네가 노력하는 모습을. 이대로 돼도 괜찮다고, 내가 안심할 수 있게 만들어 달라고.'

'넌 고집이 심하지만 난 참을성이 없거든. 이틀 줄게.'

빈센트의 주먹이 부들부들 떨렸다. 눈이 안 보이는 그는 침대에서 일어나 제 친구를 말릴 시도조차 하지 못했다. 대신 발작을 일으켰다. 난 그에게 달려가 입에 호흡기를 물려 주었다. 삑삑 들어오는 공기를 들이마시는 그의 얼굴이 비참함으로 물들었다. 아마 자존심에 큰 상처를 입었으리라.

하지만 그걸 곧이곧대로 말할 순 없지.

"잘 계십니다."

"의외네요. 좌절하고 있을 줄 알았는데."

"그걸 아시는 분이 그런 협박을 하셨나요."

"협박 같았나요?"

"상대가 원치 않는 일을 강요한다면 협박과 다를 바 없지요."

건방지단 건 알지만 말은 바로 하자, 그건 협박이 맞았다.

"맞아요. 협박이에요."

하지만 에단은 뻔뻔스럽게도 그 사실을 인정했다. 나쁜 놈.

"저 나쁜 놈 맞아요."

"……."

내 마음을 꿰뚫어 본 그가 눈을 휘었다. 난 모르는 척 창문을 닦았다.

"시녀님, 전 진심입니다. 그러기 위해 이 저택에 온 겁니다. 전 제 친구이자 벨루니타 백작이 망가지는 걸 더는 두고 볼 수 없습니다. 정확히 말하면 쓸모가 없어요."

난 한숨을 쉬고 그를 돌아봤다. 에단이 말을 이었다.

"냉정하게 들릴 수도 있지만, 빈센트는 그런 판단을 할 수밖에 없는 위치에 있습니다. 그리고 이건, 빈센트의 안위 이전에 제가 용납할 수 없는 문제입니다. 저는 빈센트가 저러는 걸 바라지 않거든요. 저흰 친구이기 이전에 가문의 이해관계로 얽혀 있는 사이기도 하니까요."

에단이 비릿하게 웃었다. 방금 전까지 빈센트의 상태를 살피고 슬퍼하던 사람이 아닌 것 같았다. 진짜 나쁜 놈 같은 얼굴을 하고 있다. 그럼 일부러 그랬다는 소린가.

"시녀님이 빈센트 좀 잘 달래 주면 좋겠군요. 방에서 나올 수 있도록."

"전 힘이 없어서요."

"글쎄요. 제가 보기엔 굉장한 힘이 있는 거 같은데."

"과찬이십니다."

고개를 꾸벅하곤 다시 창문 닦기에 집중했다. 등 뒤에서 웃음소리가 들려왔다. 난 못 들은 척 내 할 일만 했다.

그렇게 바닥 청소까지 끝내고, 청소 도구를 정리했다. 그러곤 시간을 확인한 뒤 서재로 향했다. 오늘 빈센트에게 읽어 줄 책을 고르기 위해서였다.

그런 내 뒤를 에단이 졸졸 쫓아왔다.

왜 자꾸 쫓아와. 한가한가. 불편한 기색을 내비쳐도 그는 아랑곳하지 않았다. 결국 날 따라 서재까지 들어온 에단이 내부를 두리번거리며 물었다.

"여기서 뭘 하려는 거죠?"

"책을 고르려고 합니다."

"시녀님이 읽게요?"

"주인님께 읽어 드리려고요."

에단이 눈을 동그랗게 떴다. 난 동화책이 꽂힌 책장으로 가 제목을 쭉 훑어 봤다. 지난번에 작정하고 한 칸에 있는 걸 모조리 가져갔는데 벌써 다 읽었다.

내용이 짧아 읽는 데 오래 걸리지 않았다.

다행히 빈센트는 내가 책을 읽도록 내버려 두었다. 이 또한 그간의 변화 중 하나였다. 처음에 했던 것처럼 무조건 재미없다고 하지 않았고, 듣기 싫다는 듯 굴지도 않았다. 그저 차분히 들으면서 간간이 내 발음과 호흡을 지적할 뿐이었다.

'너무 빨라. 듣는 입장에선 따라가지 못해.'

'아, 죄송합니다.'

'한 글자 한 글자 또박또박 읽어야지 이해가 돼. 머릿속에 상상이 되어야 이해도 할 수 있어. 장면을 그릴 수 있도록 해 달라고.'

'주의하겠습니다.'

나 혼자 읽는 것과 남에게 읽어 주는 건 확실히 달랐다. 내 눈은 입보다 빠르게 글자를 읽고, 머릿속에 그림을 그리며 상상을 했다. 하지만 그는 아니었다. 그는 내 목소리를 통해 조각을 모은 뒤 퍼즐을 맞추듯 상상해야 했다.

단순히 책을 읽을 수 있단 이유로 자처한 건데, 이 또한 쉬운 일이 아니었다. 그를 놀려 주기 위해 동화책을 가져간 게 오히려 좋은 선택이었다. 그 짧은 이야기를 들려주는데도 그에게 수십 번 지적을 들어야 했으니까.

"빈센트한테 읽어 준다고요?"

"네."

"빈센트가 가만히 듣던가요……?"

"처음엔 거부하셨는데, 요새는 가만히 들어 주십니다. 이전까지는 동화책을 읽어 드렸는데 이번엔 좀 두께가 있는 책으로 할까 합니다."

"……."

슬슬 동화책에서 벗어나 볼 생각이었다. 그래서 동화책이 꽂혀 있던 칸의 한 칸 위에 있는 책들을 둘러보고 있는데 뺨이 따끔거렸다. 돌아보니 에단이 이상한 얼굴을 하고 있었다. 그의 얼굴이 점차 일그러지며 울상이 되더니, 입꼬리가 씰룩씰룩한다. 그 순간.

"푸하하하!"

커다란 웃음소리가 터져 나왔다.

난 눈을 동그랗게 뜨고 에단을 살폈다. 그는 배까지 움켜잡고 웃어 재꼈다.

"그, 그 자존심에, 푸흡, 도, 동화책, 큭큭. 푸크크크."

에단이 몸을 한껏 웅크리고 끅끅거렸다. 내 의아한 시선에도 웃음을 멈추지 않는다. 뭐가 그렇게 웃겼는지 모르겠지만, 난 어깨를 한 번 으쓱이고 관심을 뗐다. 지금까지 에단을 보면서 느낀 건 참 이상한 사람이란 거다. 그리고 이상한 사람의 속은 원래 이해하기 힘들다.

그보다 오늘 빈센트에게 읽어 줄 책이 먼저였다. 두께가 있고, 글자가 빽빽한 책들을 하나하나 펼쳐 보면서 신중히 책을 골랐다.

"이게 좋을 거 같군요."

어느새 웃음을 멈춘 에단이 책 하나를 꺼내 내밀었다. 제목을 보니 무슨 모험 이야기인 거 같다. 두께가 많이 얇지도 그렇다고 두꺼운 것도 아니라서 빈센트에게 읽어 주기에 괜찮을 듯했다.

"빈센트는 모험 소설 같은 걸 좋아해요. 어릴 때부터 모험 이야기라면 미친 사람처럼 읽었죠. 특히 미지의 나라를 모험하는 모험담 같은 걸 주로 읽었어요. 싫어하는 건 사랑 이야기. 지루하다면서 보지도 않아요."

"아."

방금 전까지 가문의 이해관계로 얽혀 있네, 어쩌네 하더니 역시 친구는 친구인가 보다. 빈센트의 취향을 잘 알고 있는 걸 보면. 난 허리를 꾸벅이곤 그 책을 공손히 받아 들었다.

"감사합니다. 고를 때 참고하겠습니다."

"제가 더 감사하죠."

네? 고개를 들자 에단이 드물게 다정히 웃었다. 상대를 꼬시겠다며 보내는 느글느글한 눈빛이 아니라, 순수한 즐거움을 담은, 안도의 시선이었다.

"시녀님 같은 분이 곁에 있어서 다행이네요."

그게 무슨 말일까.

"그 빈센트에게 동화책도 읽어 주고 말이죠."

동화책이, 왜? 고개를 갸웃하는데 그가 다시 터지려는 웃음을 손으로 가려 지웠다.

"시녀님 생각은 어떤가요. 빈센트가 방을 나올 수 있을까요?"

"글쎄요. 주인님의 깊은 마음을 제가 어찌 감히 헤아릴 수 있을까요."

"우리 내기할까요?"

갑작스러운 제안이었다. 내기? 놀라 묻자 에단이 말을 이었다.

"시녀님이 빈센트를 방에서 한 발짝이라도 나오게 해 준다면, 소원을 하나 들어드리죠."

에단이 한 걸음 다가와 손을 내밀었다. 그 손을 멀뚱히 보다가 고개를 저었 다.

"크리스토퍼 님. 왜 제게 이런 말씀을 하시는지 모르겠으나, 방금 전에도 말 씀드렸다시피 저는 아무런 힘이 없답니다. 저는 그저 한낱 시녀일 뿐, 그런 제 가 어찌 주인님을 밖으로 나오게 할 수 있겠어요."

그에겐 지금 방 안이 유일한 안식처였다. 그는 방 밖으로 한 발자국이라도 나가는 걸 질색했다. 아니, 침대에서 내려오지도 않는다. 물론 영원히 그렇게 살진 못하겠지만 지금의 그에겐 그런 기대를 하는 게 쉽지 않았다.

"그러니까 이건 저와 시녀님의 내기인 거죠."

그가 내 손을 낚아채 들어 올렸다. 미천한 내 손을 잡는데도 그는 안색 한 번 변하지 않았다. 아니, 오히려 놓지 않겠다는 듯 힘을 꽉 준다.

"시녀님이 들어주셨으면 합니다. 빈센트를 위한다면."

"저한테 왜 이러세요."

"여기서 가장 쉬운 사람인 거 같으니까?"

뭐라고, 개자식아? 짜증이 나 잡힌 손을 뿌리치려는데 그가 힘을 더 꽉 주며 놓아 주지 않았다. 강한 악력이 피부를 짓눌러 손이 저릿했다. 한쪽 눈을 찡그리고 그를 노려봤다.

"놓아 주시죠."

"전 시녀님께 기대를 걸고 싶군요."

"제가 거절한다면요?"

"그러지 않았으면 좋겠어요. 시녀님께 좋은 사람으로 남고 싶거든요."

이젠 대놓고 협박이다. 내가 황당해하는데도 그는 아무렇지도 않다는 듯 싱긋 웃었다.

"내기니 제가 이긴다는 가정도 있어야겠군요. 음, 제가 이긴다면, 그때는……."

그의 눈동자가 옆으로 굴렀다. 잠시 생각하는 듯하더니 다시 내게 꽂힌다. 둥글게 휜 눈으로 그가 처음 이곳에 왔을 때처럼 내 손등에 입맞춤을 남겼다.

"시녀님 목을 내놓아야겠죠."

댕강. 그의 손이 목을 긋는 시늉을 했다. 짓궂게 웃는 것이 소름 끼치도록 악당의 얼굴이었다.

왜, 나냐. 왜 나냐. 난 그냥 주인님 시중들려고 온 시녀일 뿐이라고.

에단은 질색하는 내 얼굴을 보고도 즐겁게 웃기만 했다. 이제는 그의 웃는 얼굴이 끔찍하게 다가왔다. 누가 그를 다정한 사람이라 했던가. 다정한 척할 뿐, 실상은 속을 알 수 없는 사람이었다. 굳이 여기까지 찾아와서 실명한 것을 공표하겠다고 빈센트를 협박한 것도, 나한테 이런 말도 안 되는 내기를 제안하는 것도 전부 이해할 수가 없었다.

빈센트를 도와주겠다는 건지, 아니면 자신을 도와 달라는 건지.

그리고 그 혼란은 빈센트에게도 이어졌다.

"주인님."

책을 읽는 내내 빈센트는 말이 없었다. 벽에 등을 기대앉은 채 내 목소리를 듣는 그는 오늘따라 유독 조용했다. 추욱 숙인 얼굴은 머리카락에 가려져 어떤 표정을 짓고 있는지 살필 수가 없었다. 덩달아 처진 어깨가 기운이 없어 보이긴 했다.

기껏 가져온 책이 소용없어졌네. 풀 죽은 모습을 보니 덩달아 힘이 빠졌다. 그의 얼굴을 살피기 위해 허리를 숙이고 얼굴을 내려 주인님? 하고 불러 보았지만, 그는 여전히 아무런 말이 없었다.

"기운 내세요. 방법이 있을 거예요."

"……말도 안 되는 소리 하지 마."

드디어 반응이 왔다. 그러나 들리는 목소리는 너무도 울적했다. 그 모습이 낯설었다. 차라리 평소처럼 소리치거나 성질을 부리는 게 더 나았다. 이러고 있으면 마음이 약해지잖아.

"왜 말이 안 돼요? 노력하고 있는 모습을 보여 주시면 되잖아요."

"그걸 어떻게 보여 줘? 꼴사납게 넘어져 바닥을 더듬는 모습이라도 보여 주라는 건가? 그럼 마음껏 보여 주지."

"주인님."

"억지라고. 그냥 내 상태를 말하겠단 소리잖아."

그가 양손으로 얼굴을 감쌌다. 한껏 움츠린 몸이 자신의 상태를 자각하고 괴로워했다. 슬픔이 다시 그를 집어삼킨다.

"울지 마세요."

"안 울어."

"마음이 울고 계시잖아요."

"……."

빈센트가 색색 숨을 토해 냈다. 이러다 다시 발작을 일으킬까 봐 불안했다. 그는 충격에 약하니 이럴 때마다 걱정이 되는 건 사실이다.

'시녀님 목을 내놓아야겠죠.'

게다가 에단이 억지를 부려 성사된 내기라는 것도 마음에 걸렸다.

결국 끙 앓다가 얼굴을 이리저리 돌리며 구석구석 그의 상태를 살폈다. 그러다 슬쩍 그의 검지 손끝을 잡아 아래로 내리자 순순히 얼굴에서 떨어졌다. 그 늘진 얼굴이 드러났다. 그의 말처럼 울고 있지 않았다. 하지만 그 메마른 얼굴이 더 안타깝게 다가왔다.

"같이 방법을 생각해 봐요."

"무리라니까."

"그래도 뭔가 방법이 있을 거예요."

뭐가 좋을까, 하면서도 사실 이렇다 할 생각은 떠오르지 않았다. 노력하고 있는 모습을 보여 달라니. 노력하는 모습이란 건 대체 어떤 모습인데? 너무 어려운 말이다.

식사 잘하고, 잠 잘 자고, 잘 싸는 모습이라도 보여 줘야 하는 건가. 아니, 이쪽은 노력한다고 해도 그쪽이 노력으로 받아들이지 않는다면 그건 결국 '노력하는 모습'이 아니잖아. 그럼 상대도 이해할 수 있는 노력을 보여 주어야 한다는 건데……. 무슨 말장난 같았다.

"없어. 내가 눈이 보인다면 모를까."

"눈이 보인다…… 아!"

손뼉을 짝 쳤다. 왜 그 생각을 못 했을까. 아주 괜찮은 방법이 있었는데. 아니, 이미 그가 말해 준 거잖아.

"그러면 되겠네요."

"뭐?"

빈센트가 그게 무슨 헛소리냔 눈빛을 보냈다. 난 그런 그를 마주 보며 기쁘게 웃었다.

"못 해. 무리라고."

"할 수 있어요. 자, 손을."

그에게 조금이라도 더 닿기 위해 손을 쭉 뻗었다. 그러나 그는 움직이지 않았다. 나는 다시 그를 재촉했다. 어서요. 그러자 그가 망설이듯 손을 내밀더니, 기다리고 있던 내 손끝과 닿자마자 몸을 흠칫 움츠린다.

그러길 몇 번, 다시 뻗어진 그의 손이 겨우 내 손바닥 위로 올라왔다. 난 혹여 그가 다시 도망갈까 봐 그 손을 꽉 움켜잡았다.

"괜찮아요. 제가 꼭 잡고 있을게요."

에단이 말한 노력하는 모습. 그게 정확히 뭔지는 모르겠지만 단순하게 생각하기로 했다. 서재에서 에단이 내기를 걸었을 때 했던 말에서 힌트를 얻었다.

'시녀님이 빈센트를 방에서 한 발짝이라도 나오게 해 준다면, 소원을 하나 들어드리죠.'

그러니까 그 모습이 보고 싶다는 말이잖아. 그럼 보여 주면 된다. 누군가의 부축을 받지 않고, 눈이 보이던 때처럼 혼자 방에서 걸어 나오는 모습을.

물론 쉽지 않겠지만.

그게 지금 빈센트를 어르고 달래며 이러고 있는 이유였다.

난 한 걸음 뒤로 물러났다. 그는 미동도 하지 않았다. 다시 한 걸음 더 뒤로 물러났지만 그는 상체만 쭉 앞으로 내밀 뿐 걸음을 내딛지 않았다. 그대로 다시 한번 뒤로 물러났다. 그가 눈을 내리깔더니 드디어 침대에서 내려왔다.

탁, 바닥을 딛는 소리가 마치 천사의 나팔 소리 같았다.

"천천히, 처음 걸음마를 떼는 아기처럼 한 걸음씩 걸어 보세요."

"과장하지 마."

그렇게 말하면서도 고작 한 걸음을 떼는 데도 그는 비장해 보였다.

잠시 머뭇대던 빈센트가 곧 굳은 얼굴로 한 걸음을 내디뎠다. 나도 그를 따라 한 걸음 뒤로 물러나며, 움직이는 데 방해가 될 만한 물건들을 옆으로 밀었다.

"네. 잘하고 계세요."

"난 다리를 다친 게 아니야."

"그래도요."

주춤거리며 한 걸음, 한 걸음 걷던 그가 어느 순간부터 성큼성큼 걸어 나갔다. 난 뒤를 흘끗거리며 그를 문 쪽으로 인도했다. 차분히 걷는 걸음은 금세 문 앞에 다다랐다.

"봐요, 어렵지 않죠?"

"어린애 취급 하지 마."

고집은. 겁먹은 거 다 알고 있는데.

어찌나 내 손을 꽉 잡고 있는지, 손이 저릿할 정도였다. 하지만 그가 얼마나 큰 용기를 갖고 걸어 나왔는지 안다. 그의 방은 무척 컸고, 침대에서 문까지는 꽤 거리가 있었다. 내겐 얼마 안 되는 거리지만 그에겐 길고 긴 시간이었을 것이다.

"잘하셨어요."

"고작 이런 걸로 만족하고 돌아갈까."

"그럴 거예요."

물론 확신은 없지만. 내 대답에 빈센트가 굉장히 찝찝하다는 얼굴로 마지못해 몸을 돌렸다. 그런데 우뚝 멈춰 서서 움직이지 않는다. 왜 그러나 싶어 그를 바라보자 어느 쪽으로 가야 할지 모르는 얼굴이었다.

"이쪽으로 가시면 돼요."

손을 잡고 이끄는데도 그는 움직이지 않았다.

"왜 그러세요?"

"못 하겠어."

"아까 잘하셨잖아요."

"그건 네가 잡아 줬으니까. 지금 봐, 너 없으면 걷지도 못해."

그의 얼굴에서 자신감이 사라졌다. 마치 길을 잃어버린 아이 같았다. 분명 나보다 크고, 대단한 남자인데 내 눈엔 어린애처럼 나약하게만 보였다.

그만큼 그의 상태가 불안정하단 거겠지.

"주인님. 전 크리스토퍼 님 말씀에 어느 정도 동감해요. 언제까지 이렇게 사실 순 없으시잖아요. 저야 처음부터 주인님 상태를 알고 고용된 거지만, 다른 사용인들도 영원히 모를 수 있을까요? 주인님을 알고 있는 다른 사람들은요?"

말이란 건 손에 쥐기도 전에 퍼진다. 대저택에서 일하는 사용인이 몰래 별채에 들어왔다가 우연히 빈센트의 모습을 보게 된다면, 이 별채 사용인 중 누군가가 밖으로 말을 새어 나가게 한다면, 소문은 순식간에 퍼질 것이다. 그러면 사람들은 그 소문이 진짜인지 아닌지 알아내려고 하겠지.

"언젠간 모든 사람들이 주인님의 상태를 알게 되는 순간이 올 거예요. 그때도 이렇게 방에만 계실 거예요?"

"……알겠어. 알겠으니까, 잔소리 그만해."

"잘 아셨다면 됐습니다."

"넌 시녀 주제에 쓸데없이 말이 많아."

그가 한 손으로 얼굴을 쓸어내리며 신음했다. 난 그의 손을 잡고 다시 침대 앞으로 걸어갔다. 그리고 그를 이끌어 다시 한번 문까지 걷게 했다.

그렇게 두세 번 더 반복하니 빈센트도 제법 감을 잡은 듯했다. 걸음을 내딛는 데 망설임이 조금 사라졌다. 그래서 이번엔 방법을 바꿨다.

"이제부턴 중간에 손을 놓겠습니다."

"뭐?"

"너무 어려워하지 마세요. 제가 손을 놓아도, 그대로 계속해서 걸어오시기만 하면 돼요."

딱딱 굳은 그의 몸을 돌려, 그대로 걸어가면 문에 다다를 수 있는 위치에 데려다주었다. 그리고 다시 그의 손을 잡고 앞으로 이끌었다. 방금 전보다 더 무거운 발걸음이 내디뎌졌다.

"난 못 해."

"하실 수 있어요. 자, 이제 손을 놓을까요?"

"기다려. 아직 놓지 마."

그가 빠르게 도리질했다. 난 뒷걸음질 치며 뒤를 흘끗거렸다. 방을 반쯤 걸어갔을 때 다시 물었다.

"이제 됐을까요?"

"아직."

그래서 좀 더 걸어갔을 때 또다시 물었다.

"지금은요?"

"아직."

대체 언제까지 '아직'이라고 말할 건데? 곧 문가에 다다르겠다.

"이제 놓을게요."

"잠깐만."

손을 놓으려고 힘을 풀자 그가 내 손을 덥석 움켜잡는다. 난 뒤를 흘끗 보곤 말했다.

"놓을게요."

"잠—!"

무정히 그에게서 손을 떼고 빠르게 뒤로 물러났다.

곧장 그의 걸음이 뚝 멎었다. 불안에 떠는 눈동자가 마구 돌아갔다. 그 뒤를 양손이 따랐다. 내가 곁에 없다는 걸 깨달은 그의 얼굴이 긴장감으로 딱딱하게 굳어졌다.

그대로 걸어오라고 했는데, 그는 금세 방향을 잃고 주변을 허우적거렸다. 난 큰 소리를 내며 뒤로 두 걸음 물러났다.

"이쪽이에요, 주인님."

"어디, 어디에 있어."

"여기요. 소리가 나는 쪽이요."

그가 내 소리를 따라 고개를 돌렸다. 하지만 쉽사리 움직이진 않는다.

"그대로 걸어오시면 돼요, 주인님."

"못 가겠어."

"아직 한 발자국도 안 움직이셨어요."

"못 하겠어."

"할 수 있어요. 다리를 다친 게 아니시잖아요."

다가올 그를 위해 양손을 뻗었다. 그는 여전히 머뭇거렸다. 고작 한 걸음, 그게 뭐라고 선뜻 용기를 내지 못한다.

기다림은 길었다. 빈센트는 쉽사리 움직이지 못했다. 그는 마른 입술을 혀로 축이면서 계속 망설이고 있었다.

나는 얌전히 그런 그를 기다렸다. 그가 용기를 내 한 걸음을 내딛고, 그 한 걸음에 자신감을 갖기를. 이건 그가 홀로 이겨 내야 할 일이니까.

"걱정 마세요. 만약 넘어지시면 제가 주인님을 받아 낼게요."

그러기 위해 다리에 힘을 한껏 실었다. 언제든 박차고 달려갈 수 있도록 말이다.

빈센트는 말이 없었다. 그의 망설임이 길어질수록 내 마음도 초조해졌다. 혹여 그가 진짜 못 하겠다고 포기해 버릴까 봐 걱정됐다.

그런데 그 순간, 그가 한 걸음을 내디뎠다.

그리고 한 걸음, 또 한 걸음. 그가 천천히 내게 다가오기 시작했다. 난 일부러 바닥에 쿵, 쿵, 발을 찧으며 뒤로 물러났다.

"네, 잘 오시고 계세요."

총총 뒤로 걷던 걸음의 보폭을 좀 더 넓히며 순식간에 문밖에 섰다. 그는 내 발소리로 방향을 가늠하며 조심히 걸어오고 있었다.

난 양손을 힘껏 뻗었다. 언제라도 빠르게 그에게 닿을 수 있도록 상체를 쭉 내밀었다. 눈은 오롯이 그만을 주시했다.

조심스레 걸어오던 그도 곧 문가에 다다랐다.

이제 남은 건 단 한 발자국이었다.

"바로 앞이 문이에요."

그가 나를 향해 손을 뻗었다. 그의 큰 상체가 앞으로 밀려 나왔다. 나도 그를 맞이하며 상체를 내밀었다. 그런데 그 순간, 그가 미처 치우지 못한 물건을 밟고 미끄러졌다.

그의 몸이 기우뚱했다. 그 모습에 나도 모르게 한 걸음 다가가려는데, 그가 갑자기 얼굴을 들었다. 또렷한 에메랄드빛 눈동자가 정면을 바라봤다. 내가 거기 있는 걸 알고 있다는 듯이, 내게 닿는다.

움직이지 마.

그렇게 말하는 거 같았다. 앞으로 내디디려던 발을 멈춰 세웠다.

그가 재빨리 다른 발을 내디뎌 중심을 잡았다. 그리고 다시 한 걸음 휘청거리며 앞으로 걸어갔다. 커다란 손이 다시금 날 향해 뻗어 왔다. 나도 그를 향해 양손을 뻗었다. 그의 몸이 문가를 스쳐 지나며 내게로 다가왔다.

난 그를 힘껏 끌어안았다.

"주인님!"

내 품에 안기자마자 그의 무릎이 꺾였다. 힘을 잃고 쓰러지는 몸을 겨우 받아 내며 바닥에 주저앉다가 그의 어깨에 코를 부딪쳤다. 곧이어 쿵! 소리와 함께 엉덩이에 저릿한 통증이 일었다.

하지만 그 아픔은 금세 잊혔다. 품 안에 가득 담긴 체온이 먼저였다.

"하아, 하아."

거친 숨소리가 귓가에 맴돌았다. 목덜미에 그의 땀이 묻었다. 그의 손이 내 등을 움켜잡고 있었다. 그 손안의 떨림이, 몸의 긴장감이 내게 전해졌다. 그리고 그제야 그가 홀로 걸어 문밖으로 나왔다는 걸 깨달았다.

울컥한 감정이 치솟았다. 괜히 찡한 코를 훌쩍이고, 그의 등을 토닥였다.

"잘하셨어요. 정말 잘하셨어요."

그를 달래듯 거듭 속삭였다. 빈센트는 내 어깨에 얼굴을 묻은 채 가만히 숨을 골랐다. 금빛 머리칼이 내 뺨을 콕콕 찔렀다. 간지러운 감각이었지만, 오히려 그의 머리카락에 내 뺨을 문질렀다. 그가 지금 느끼고 있을 감정을 알기에, 움직일 수가 없었다.

우리는 그렇게 한참 동안 바닥에 주저앉아 있었다.

그 뒤로는 연습 또 연습이었다. 처음에 겁먹듯 굴던 빈센트도 어느 순간부터 자신감을 갖고 성큼성큼 걸어 나갔다. 계속 걷다 보니 주변에 뭐가 있는지도 아는 듯했다.

다만 홀로 걷는 건 여전히 쉽지 않았다. 그는 첫 성공이 무색하게 그 이후론 홀로 문에 도착하지 못했다. 자꾸 중간에 넘어졌다.

문제는 넘어지면 자신감을 잃어버린다는 거였다. 기겁하며 몸을 움츠릴 때도 있었고, 손으로 바닥을 짚은 채 한참 동안 움직이지 못할 때도 있었다.

공포로 얼룩진 시선은 어디에 박혀 있는 걸까. 겁을 먹은 그는 바닥을 기어 침대 위로 올라가더니 시트를 뒤집어썼다. 마치 자신을 숨기려는 것처럼.

"……누가 있어."

"여긴 저랑 주인님밖에 없어요."

"거짓말 마. 그럴 때마다 누군가 있었어. 날 죽이려 들었다고."

과거는 그에게 깊은 상처를 남겼다. 그제야 그가 왜 방에만 처박혀 있었는지 알 것 같았다. 그는 걷는 걸 두려워하는 게 아니었다. 방 밖으로 나가는 게 두려운 거다. 혹여 나갔다가 누군가 저를 죽이려 달려들까 봐서, 그 공포가 매 순간 그를 집어삼켰다. 자꾸 시트를 뒤집어쓰며 몸을 숨기려는 건 그가 자신을 보호하기 위한 행동이 아닐까.

"주인님, 이렇게 생각해 보시면 어떨까요? 지금 주인님은 모험을 하고 있는 거예요. 시키면 암흑 속을요. 그 앞에 뭐가 있을지, 무엇이 나타날지는 알 수 없어요. 그래서 정말 무섭지만, 가만히 있으면 영원히 그 암흑 속에 계셔야 해요."

"……."

"원래 모험을 하는 덴 용기가 필요하잖아요. 지금이 그 용기를 낼 때예요. 걱정 마세요. 주인님 곁에는 주인님께만 들리는 목소리가 있거든요. 그건 같이 모험을 하는 동료도 되고, 친구도 되고, 가족도 되고, 무엇이든 될 수 있어요. 단지 모습만 보이지 않을 뿐, 혼자가 아니에요."

"날 죽인다면……."

"믿어 보세요. 절대 그럴 리 없을 거예요. 그러기 위해 존재하는걸요."

떨리는 그의 손을 마주 잡았다. 움츠린 몸을 끌어안아 주었다. 그가 용기를 가질 수 있도록 도와주고 싶었다.

"별로 믿음직스럽지 못한데……."

이렇게 밉살맞은 말만 하지 않는다면 말이지.

그래도 다행히 빈센트는 금세 안정을 되찾았다. 홀로 걷는 것에도 제법 자신감이 붙었다. 이젠 중간에 넘어지지 않고 문가에 다다른다. 허공에 손을 휘저으며 엉거주춤 걷기는 했지만, 포기하지 않는 그가 기특했다.

마지막 연습을 끝내고 쓰러지는 그를 붙잡아 품에 안았다. 불안함이 없진 않았지만 더 이상은 시간이 없었다. 잘되겠지……. 나직하게 숨을 흘리자, 내 걱정을 알아챘는지 퉁한 목소리가 돌아왔다.

"얌전히 보고나 있어."

난 픽 웃었다. 지금 다리 힘 풀린 거 다 아는데. 그럼에도 평소와 다름없는 무뚝뚝한 목소리에 오히려 위로받는다.

"넘어지지나 마세요."

그리고 달래듯 그의 등을 토닥여 주었다.

"다 됐어요."

몸에 두르고 있던 천의 매듭을 풀어내며 잘린 머리카락들을 한곳으로 모았다. 빈센트가 짧아진 제 머리카락을 매만졌다. 가볍게 정리한 건데 생각보다 나쁘지 않았다. 깔끔한데? 물론 전문적인 이발사를 불러 제대로 다듬었다면 더 좋았겠지만 그의 상태론 어려우니 실례를 무릅쓰고 직접 만졌다.

"이렇게까지 해야 하나."

"깔끔해서 보기 좋아요."

머리를 잘라 놓고 보니 더욱더 와닿는다. 그의 외모는 확실히 눈에 띄었다. 아마 여자들에게 인기가 많았을 것이다. 꾸며 준 보람이 있네.

"옷을 가져와."

"아, 잠옷이라면 여기."

"외출복으로."

갑작스러운 말이었다. 그러나 그는 말을 번복하지 않았다. 난 이곳에 들어와 처음으로 다른 서랍장을 열었다. 셔츠, 베스트, 코트, 바지, 타이, 구두…… 구두는 어디 있더라?

방 안을 이리저리 휘저으며 옷을 챙겨 그에게 내밀었다. 빈센트는 잠옷을 벗고 그 옷들을 하나하나 걸쳤다.

완벽한 복장을 갖춘 그는 빈센트 벨루니타 백작의 모습이었다. 정말 귀족이구나. 옷차림이 달라진 것만으로도 분위기가 확 바뀌었다. 좀 말랐지만 제법 그럴듯하잖아.

"지팡이."

멍하니 바라보고 있는데, 그가 손을 내밀었다. 지팡이? 정신을 차리고 다시 방 안을 둘러보며 지팡이를 찾아 그에게 건넸다. 그는 그걸 손에 쥔 채 가만히 서 있었다. 혹시 몰라 지팡이를 사용해서 걷는 연습도 몇 번 하긴 했는데, 아마도 지팡이를 의지해 걸으려는 듯했다. 어쨌든 준비를 마쳤다.

밖으로 나와 문을 닫았다. 잠시 후 에단이 다가왔다.

"빈센트는요?"

"안에서 기다리고 계십니다."

"연습 많이 했나요?"

에단이 짓궂게 눈을 흰다. 나와 빈센트가 무슨 연습을 했는지 아는 듯했다. 참 얄미운 사람이다.

"날씨가 좋군요. 외출하면 딱 좋을 텐데."

"그러네요."

"나뭇가지에 싹이 트긴 했네요."

"네?"

의아해하며 되묻자 그는 그저 웃기만 했다. 지겹도록 본 웃음이 묘하게 눈에 걸렸다. 아니, 뭔가 중요한 게 떠오르는 듯한.

그사이 에단이 문 앞에 섰다. 하지만 쉽사리 문고리를 당기지 못한다. 긴장하고 있는 옆얼굴이 보였다. 그 안의 복잡한 심경도 엿보였다. 나는 그가 문을 열 때까지 기다렸다.

"걱정되네요. 아무것도 달라지지 않았을까 봐."

"확인해 보세요."

"그래야죠."

결심을 굳힌 그가 문을 열어젖혔다. 비장함이 돌던 얼굴에 점차 놀라움이 번졌다. 그의 반응을 살피던 나도 방 안을 들여다보았다.

예정대로 방 가운데에 빈센트가 서 있었다. 지팡이로 바닥을 짚고 있는 상태였다.

에단이 눈을 껌뻑였다.

"빈센트?"

에단의 부름에 빈센트가 고개를 들어 올렸다. 굳은 얼굴이다. 겉으로 보기엔 멀쩡해 보이지만 내 눈엔 그 속에 숨긴 긴장감이 보였다.

빈센트가 지팡이를 손에 들고 이쪽으로 걸어오기 시작했다.

몇 번이나 연습했다. 방을 나가기 전에 몸을 문 쪽으로 돌려 주기까지 했다. 그러니 그냥 걷기만 하면 된다. 혹여 긴장하여 넘어질까 싶었는데 다행히 빈센트는 성큼성큼 걸어왔다.

빈센트는 금세 문 앞까지 다다랐다. 그리고 마침내 그가 방을 나섰다. 그 모습을 눈조차 깜박이지 않고 지켜보던 에단이 감격하며 양팔을 펼쳤다.

"빈센트!"

울먹이듯 외치는 소리가 들려왔다.

예상외로 격한 반응이라 생각하던 순간이었다. 빈센트가 갑자기 손을 들어 올렸다. 그 손엔 지팡이가 들려 있었다. 그대로 한 걸음 더 내디딘 빈센트가 손에 든 지팡이를 에단에게 휘둘렀다.

순식간에 벌어진 일이었다.

에단이 기겁하며 몸을 숙였고, 나는 너무 놀라 눈을 부릅떴다. 목표물을 잃은 지팡이가 허공에 휘둘리다 복도 창문을 내려쳤다.

쨍그랑! 유리 깨지는 소리가 울려 퍼졌다. 난 경악하며 창문을 확인했다. 지팡이가 꽂힌 창문 유리는 산산조각이 난 상태였다. 부스스 유리 조각이 떨어져 내렸다. 그 살벌한 장면 위로 음산한 목소리가 흘러나왔다.

"한 번만 더 그딴 협박질하면 죽을 줄 알아."

빈센트의 시선은 정면을 향해 있었지만 그 아래에서 몸을 움츠리고 있는 에단에게 향한 거나 다름없었다. 에단이 얼굴을 가렸던 양팔을 슬쩍 내리며 그를 올려다봤다.

"……난 너의 친구인데."

"그래서 넌 나를 협박했나."

"……."

허를 찔린 에단이 입을 다물었다. 빈센트는 지팡이 손잡이에서 손을 떼고, 몸을 돌렸다. 에단은 그제야 몸을 일으키며 깨진 창문을 바라봤다. 잠시 멍하니 있던 에단이 곧 정신을 차리고 빈센트를 쫓아가자, 빈센트가 몸을 빙글 돌렸다.

"당장 꺼져."

그 말을 끝으로 문이 쾅! 닫혔다. 손수 문까지 닫으며 에단을 내쫓는 빈센트의 행동에 기가 막혔다.

에단은 닫힌 방문을 가만히 응시했다.

"화가 많이 났나 보네요."

"당연한 말씀을."

난 창문에 꽂힌 지팡이를 빼냈다. 아니, 이럴 생각으로 지팡이를 달라고 한 건가. 깨진 조각은 어찌해야 할까 고민하는데 어디선가 웃음소리가 들려왔다. 소리의 근원지를 바라보자 에단이 실실 웃고 있었다. 드디어 미쳤나 보다.

"그래. 저래야 빈센트지."

미친 거 맞다.

입꼬리를 씰룩이며 웃는 그의 모습에 난 고개를 저었다. 에단이 활짝 핀 얼굴로 닫힌 방문을 똑똑 두드렸다.

"빈센트, 나 들어간다?"

이번에도 돌아오는 대답은 없었지만 에단은 문을 열어젖혔다. 문에서 그다지 떨어지지 않은 거리에 왜 안 갔냐는 표정을 한 빈센트가 서 있었다.

"그렇게 보지 마. 전해 줄 게 있어."

에단이 재킷 안주머니에서 뭔가를 꺼내 빈센트에게 내밀었다. 편지였다. 그리고 그걸 빈센트의 손에 쥐여 주었다.

"바이올렛이 보내는 편지야."

바이올렛! 익숙한 이름이 언급되자 내 시선은 빈센트의 손에 들린 편지로 향했다. 그도 자신의 손에 쥐고진 편지를 내려다봤다.

"바이올렛 편지에도 답장을 주지 않는다며. 걔가 걱정이 많아. 널 보러 가겠다고 고집부리는 걸 내가 대신 편지를 전해 주기로 하고 겨우 달랬어."

"어떻게 지내고 있지?"

"잘 지내고 있지. 건강하게."

"다행이군."

빈센트는 편지 봉투를 뜯어보지 않았다. 그저 손에 쥐고만 있다가 몸을 돌렸다. 연습 좀 했다고 그새 침대로 잘도 찾아가 앉는다. 그런 빈센트의 뒤를 에단이 쫓았다.

"답장을 꼭 받아 오겠다고 장담했으니까, 답장 좀 써 줘."

"싫어."

"나도 포기 못 해. 아, 시녀님. 종이하고 펜 좀 부탁해요."

에단이 날 돌아보며 말했다. 난 인상을 쓰는 빈센트를 흘긋 바라봤다. 바이올렛이란 이름의 주인이 누군지 궁금했지만, 빈센트의 불만스런 얼굴을 보니 차마 물을 수 없었다. 결국 꾸벅 허리를 굽히고 방을 나왔다.

그날, 에단은 기어코 편지의 답장을 받아 냈다.

늦은 밤, 잠이 오지 않았다. 바람을 쐬고 싶어서 방을 나왔다. 그런데 복도 끝에서 불빛이 다가왔다. 램프를 든 에단이었다.

"왜 안 자고 있어요?"

"그러는 크리스토퍼 님이야말로 이 시간에 어쩐 일이신가요?"

"잠이 오지 않아서 좀 돌아다니고 있었어요."

"저도 잠이 오지 않아서요."

별채 밖으로 나갈까 했는데 귀찮아졌다. 대신 손에 든 램프를 창틀에 올려 두고 창문을 열었다. 시원한 바람이 불어오자 불빛이 흔들렸다. 그걸 멀뚱히 바라보는데, 에단이 내 곁으로 다가와 나란히 섰다.

"나한테 화났군요."

"제가요?"

"기껏 조언해 줬는데 내가 무시했잖아요."

그걸 알면서도 그런 일을 벌인 건가. 뭐, 그렇다고 해도 그가 사과할 일은 아니었다. 윗사람이 아랫사람 말을 귀담아듣지 않는 거야 당연했다.

"사과하지 않으셔도 돼요. 괜찮습니다."

그리 답하자 에단이 뒷덜미를 긁적였다.

"저 나쁜 놈 맞죠?"

"아니라곤 못 하겠네요."

그러자 에단이 웃었다. 나도 따라 웃었다.

짧은 웃음은 금세 끊겼다. 복도에 고요함이 맴돌았다. 음삼한 분위기에 몸을 움츠렸다. 그러자 에단이 입고 있던 외투를 벗어 내 어깨에 둘러 주었다. 이럴 땐 또 자상하시다.

"시녀님, 빈센트는 저렇게 살아가서는 안 돼요. 지금은 저런 모습이지만 그는 벨루니타 백작가의 주인입니다. 잠시 시기를 늦출 순 있겠지만, 결국 빈센트에 관한 얘기는 세간에 퍼지게 될 거예요. 그때도 저렇게 있는다면 결국 화만 불러올 뿐이죠. 진실이 알려지면 귀족들은 빈센트를 백작 자리에서 끌어내리려고 혈안이 될 거예요."

"주인님은 노력하고 계세요."

"부족합니다. 더 노력해야 해요. 적어도 홀로 설 수 있도록. 그는 언젠가 혼자 걸어가야 하는 사람이니까요."

램프의 불빛이 에단의 얼굴을 비추었다. 은은한 불빛 속에서 진중한 얼굴이 슬픈 빛을 띠었다.

"빈센트는 알고 있습니다. 이대로 지낼 수 없다는 걸. 그걸 알면서도, 외면하는 겁니다. 그래선 안 돼요. 변화가 없는 삶은 고여 있는 물과 같아요. 세월은 흐르고 주변은 변화하는데 어떻게 혼자만 멈춰 있을 수 있겠어요? 원하든 원하지 않든 그 변화를 받아들여야 해요. 저는 빈센트가 죽길 원하지 않거든요."

"가혹하시네요."

"내가 가혹해져서 빈센트가 변할 수 있다면 난 그럴 겁니다. 적어도 지금의 그에게는 나 같은 사람이 필요하다고 생각합니다."

"다정하시기도 하고요."

에단이 고개를 돌렸다. 흔들리는 눈동자 속에서 그의 고뇌를 엿볼 수 있었다.

"주인님을 위해 나쁜 놈을 자처하시겠단 뜻이잖아요. 그만큼 주인님을 생각하신다는 거겠죠. 다정하세요."

"빈센트에겐 협박범인데요."

"그렇긴 하죠."

인정할 건 인정하잔 말투였다. 그러자 에단이 가볍게 웃었다.

"하지만, 친구라고 하셨잖아요."

"그랬죠."

"그럼 주인님도 아시겠죠. 크리스토퍼 님이 왜 그런 선택을 하셨는지요. 친구니까, 그 마음도 잘 아실 거라 생각합니다."

에단은 빈센트의 상태를 살피고, 위하고, 그가 달라질 수 있도록 나쁜 놈을 자처했다. 그걸 훌륭한 행동이라고 할 순 없지만, 그 속에 순수한 걱정이 담겨 있는 건 사실이다. 나는 그를 보면서 친구란 무엇인지 어렴풋이 알 것 같았다. 굳이 겉으로 표현하지 않아도 서로를 위한다는 걸 느낄 수 있는 존재, 그게 친구란 거였다. 그는 내게 그걸 보여 주었다.

그건 빈센트도 같은 마음일 거라 생각한다. 그러니 지팡이를 휘두르는 정도로 에단의 협박을 넘긴 거겠지. 밤마다 악몽에 시달리면서도 애써 내색하지 않았던 그 배려처럼.

"그리고 저도 그 말씀엔 어느 정도 동감합니다. 영원히 이대로 살 순 없지요. 저도 사용인으로서 주인님이 달라지시길 바라고 있어요."

그러다 말을 멈췄다. 정말 바라고 있을까? 나는 고여 있는 빈센트의 시중을 들기 위해 고용된 사람이었다. 그런데 그가 현재를 극복하고 변한다면…… 내 쓸모도 사라지는 게 아닐까?

그러다 픽 웃었다. 너무 먼 훗날의 이야기라 아직은 크게 와닿지 않았다.

"시녀님은 빈센트가 변할 거 같나요?"

"네."

"자신하시네요."

"자신할 만한 일이니까요."

지금도 조금씩 변하고 계신다.

"그리고 다시 생각해 봤는데, 아닌 거 같습니다."

"뭐가 말인가요?"

"나쁜 놈이란 말이요. 진짜 나쁜 사람은 자신이 나쁘다고 말하지 않으니까요."

정말 나쁜 사람들은 자신이 옳다고 믿고, 자신의 잘못을 모른다. 내 주변 사람들이 그랬다. 그들은 모두 자신들이 잘나고 대단할 줄 알았다. 그래서 남을 괴롭히고 이용하는 걸 당연하게 여겼다.

에단이 멍한 얼굴로 물었다.

"……왜 그렇게 생각하죠?"

"다른 사용인들이 크리스토퍼 님을 굉장히 좋은 분이라고 했거든요."

그러다 바로 눈가를 찡그렸다.

"사실 제가 보기엔 나쁜 놈 쪽이 더 맞는 거 같지만요."

솔직히, 내게 보여 준 모습은 악당이나 다름없잖아? 어깨를 으쓱이자, 에단이 눈을 휘었다. 즐거움이 담긴 웃음소리가 들려왔다. 그 웃음소리가 평소와 달랐다.

"소원 생각해 봤나요?"

"소원이요?"

"빈센트를 방에서 한 발자국이라도 나오게 해 준다면 소원을 하나 들어주겠다고 했잖아요."

아, 그런 말을 했었지. 잠시 잊고 있었던 그와의 내기를 떠올렸다.

"뭐든 말해 봐요. 나 이래 봬도 꽤 능력 있어요."

에단이 흔쾌히 말했다. 그래서 잠시 고민하다가 그에게 손을 내밀었다.

"그럼 저와 협력 관계가 되어 주세요."

"협력 관계요?"

"서로 도움을 주는 관계가 되자는 말입니다."

그와는 왠지 또 만날 거 같은 기분이 들었다. 빈센트의 친구니까 가능성이 없진 않다. 원래 악연이 더 질기다고 하지 않는가. 피할 수 없다면 부딪치자고, 차라리 그를 내 편으로 만들어 두는 것도 나쁘지 않을 거 같다. 성격은 조금 별로지만, 그래도 빈센트에 대해 아는 게 많으니까. 게다가 능력 있다고 자신하지 않는가.

에단이 눈을 껌뻑이며 내 손끝을 바라봤다. 나는 그를 향해 손을 들이밀었다.

"전 여기 오래 있고 싶어서요. 많이 도와주세요."

"어째서죠?"

"돌아갈 곳이 없으니까요."

"……."

에단이 잠시 고민했다. 그러다 생각을 굳혔는지 고개를 끄덕이곤 내 손을 맞잡았다.

"서로 도와주는 관계라, 나쁘지 않네요."

손을 맞잡고 흔드는, 승낙의 표시. 난 그를 잡은 손에 힘을 꽉 주었다. 그도 내 손을 단단히 마주 잡아 주었다.

"시녀님은 훌륭한 협력자를 얻은 겁니다. 저처럼 능력 좋고, 가문도 탄탄하고, 성격 좋은 사람은 드뭅니다."

"……그거 참 영광이네요."

"말에 진심이 너무 없는데요."

"그럴 리가요."

시치미를 떼자 그가 다시 웃었다. 난 맞잡은 손을 놓고 다시 창밖을 바라봤다. 어둠 속에 고고히 빛을 뿌리고 있는 달은 오늘도 너무 예뻤다.

다음 날, 백작가를 떠나는 에단을 이자벨라와 함께 배웅했다. 빈센트는 당연히 나오지 않았다. 처음 봤을 때처럼 톱 해트를 쓴 에단이 이자벨라와 짧은 인사를 나누고 내게 다가왔다.

"힘들게 해서 미안했어요."

"괜찮습니다."

그걸 알면서 그랬냐고 꾸짖고 싶었지만 보는 눈이 있어 참았다. 그 마음을 아는지 에단이 짓궂게 웃었다.

"시녀님이 너무 잘해 주셔서, 자주 와야겠군요."

끝까지 얄밉다. 난 이자벨라 몰래 손을 휘휘 저었다. 빨리 가 버려라. 그에 에단이 짧게 웃는다.

그렇게 배웅 인사를 마치고, 차에 올라타려는 에단을 지켜보다 갑자기 묻고 싶었던 게 떠올랐다. 실례를 무릅쓰고 재빨리 그에게 다가갔다.

"저기, 크리스토퍼 님."

차에 올라타려던 그가 날 돌아봤다.

"혹시 주인님께 편지를 자주 보내셨나요?"

"편지요?"

"네."

"글쎄요, 확실히 최근에 좀 자주 보내긴 했군요."

"아, 그러면……."

잠시 머뭇거리다가 말을 이었다.

"혹시 금빛 잉크로 편지를 쓰셨나요?"

"……."

에단이 눈을 껌뻑거렸다. 그의 침묵에 난 마른침을 삼켰다. 정말 저 남자가 맞나? 나와 편지를 주고받았던 상대가?

'나뭇가지에 싹이 트긴 했네요.'

저번에 그가 했던 말이 떠올랐다. 그는 지나가듯 한 말이었지만 그게 내 머릿속에 오래 남아 있는 건, 언젠가 내가 썼던 답장의 내용이기 때문이다. 사실 그다지 특별한 말은 아니었지만, 그가 오고 나서부터 금빛 글씨의 편지가 끊겼다. 그래서 혹시나 하는 생각이 들었다.

그런데 그가 고개를 저었다.

"아니요. 검은색 잉크로 썼습니다."

"정말입니까?"

"네."

단호한 대답이었다. 난 실망한 기색을 내비쳤다.

"그렇군요."

"무슨 문제라도 있나요?"

"아니요. 아무것도 아닙니다."

난 표정을 갈무리하고 고개를 저었다. 에단이 의아한 시선을 보냈지만 애써 말을 돌렸다. 그러자 에단이 대수롭지 않게 웃으며 차에 올라탔다.

차가 떠나는 모습을 지켜보다가 고개를 돌리자, 저택 맨 위층 창문 앞에 서 있는 빈센트가 보였다. 하지만 곧장 커튼이 쳐졌다. 잠시간 그가 서 있던 창문을 바라보다가 나도 몸을 돌렸다.

허나 얼마 지나지 않아, 에단은 또 다른 손님까지 달고 저택을 찾아왔다.

□ ◆ □

한동안 끊겼던 금빛 글씨의 편지가 다시 도착했다. 이번엔 작은 통도 함께였다. 그 안엔 찻잎이 담겨 있었다.

[향이 좋습니다.]

확실히 향이 좋았다. 은은하고 달콤한 향이다. 우리면 더 좋을 거 같은데? 그래서 이자벨라에게 허락을 받고 찻잎을 우려 빈센트에게 가져갔다.

"노벨르에서 파는 홍차잖아."

"어떻게 아셨어요?"

찻잎 통에 노벨르라고 적혀 있었는데, 그걸 바로 알아챈 그가 신기했다. 빈센트가 차를 들이켜며 말했다.

"즐겨 마시던 거야. 어디서 났지?"

"선물로 들어왔습니다."

"그렇군."

거듭 차를 들이켜는 걸 보니 정말 좋아하는 건가 보다. 좋은 거 선물받았다. 어느새 비어 버린 찻잔에 다시 차를 따라 주며 앞으로 성질부릴 때마다 내와야겠다고 생각했다. 정말 감사하다는 답장을 보내야지.

"다음부턴 그냥 주먹질을 하세요. 아깝게."

방문 너머 휑하게 뚫린 창문을 보며 말했다. 왜 매번 깨고, 부수는지 모르겠다. 그러나 당사자는 아랑곳하지 않고 느긋하게 차를 들이켰다.

"쓸데없는 걱정은. 그보다 다음부턴 에단이 오면 여기 들이지 말고 내쫓아

버려. 사람 시켜서 내쫓아도 되니까."

"네?"

갑작스런 명령이었다. 그리 말하는 빈센트의 표정이 너무도 태연해 내가 환청을 들은 건가 싶었다.

"어째서요? 주인님은 크리스토퍼 님이 오시는 게 싫으세요?"

"싫어."

가볍게 물었는데 대답이 바로 돌아왔다. 대체 어째서? 물론 에단이 협박을 하긴 했지만, 서로 티격태격하며 편지에 답장을 쓰던 모습이 무색했다. 이상하다. 친한 친구 사이라면서. 그런데 왜 저렇게 싫어하는 거지? 그의 상태를 알고 있으니 숨을 필요도 없을 텐데.

꼭 무언가 이유가 있는 것처럼.

내가 의문스러워하는 걸 느꼈는지 그가 말을 이었다.

"에단이 싫은 게 아니야."

"그러면요?"

"그 가문이 싫어."

"크리스토퍼 가문 말씀이신가요? 이유가 있으신지요?"

달그락거리는 소리를 내며 찻잔을 내려놓은 그가 그걸 내게 건넸다. 난 얼결에 잔을 받아 들었다. 그는 시트를 주섬주섬 뒤집어쓰고 침대에 픽 쓰러졌다. 흐트러진 금빛 머리칼 사이로 살짝 내리감은 눈동자가 깊게 가라앉았다.

"주인님?"

"별거 아냐."

"……."

"날 이렇게 만든 게 그 가문이거든."

충격적인 고백은 너무도 담담하게 이어졌다.

제3장

백작님과의 티타임

추운 날씨에 손발이 퉁퉁 부었다. 붉어진 뺨을 손으로 문지르며 추위를 버텼다. 그렇게 몸을 움츠린 채 집으로 돌아가면 아비가 날 반겼다. 그 악마 새끼가.

그가 날 때리는 이유는 모른다. 이유도 모른 채 맞는 데 익숙해졌다. 한때는 반항해 보려고도 했었지만, 그러면 옆에 있던 어린 동생들이 대신 맞을 때가 있어 결국 몸을 웅크리며 버티는 게 내가 할 수 있는 유일한 저항이었다.

다만 앨리샤는 그런 날 흘끗 보고 외면했다. 그 애는 내 동생들 중 유일하게 맞지 않았다. 고운 얼굴에 생채기라도 날세라 아비가 애지중지하며 기른 아이였다. 언젠간 가장 비싼 값에 팔 수 있도록. 하지만 앨리샤는 그 사실을 몰랐다. 그렇기에 저렇게 도도한 거다.

그러다 내 손을 마주 잡아 주던 존재들이 하나하나 사라지면서, 고통도 슬픔도 담담히 버틸 수 있게 되었다. 눈물도 필요 없었다. 그런 자신을 깨닫는 순간 악몽에서 깨어났다. 그럼 다시 잠들 수 없었다.

난 한쪽 구석에 몸을 웅크리고 앉았다. 그런 뒤 벽에 머리를 기대자 익숙한 신음 소리가 들려왔다. 그 미약한 소리를 귀에 담으며 눈을 감았다.

저 벽면 너머로 그도 싸우고 있다. 나는 그 소리에 위로받는다. 그가 화낼지도 모르지만 나는 때때로 악몽에서 깨어나 그의 신음을 들었다. 차가운 벽면에 붉어진 뺨을 문지르고 눈물을 떨구어 공포를 밀어낸다. 혼자가 아니란 걸 자각한다.

'그, 그럼 크리스토퍼 님 가문이 주인님을 이렇게 만들었다는 말인가요?'

'그래.'

'크리스토퍼 님도 알고 계신 건가요?'

'에단은 몰라. 아직 모른다는 게 맞겠지.'

그게 무슨 소리냐고 물었다. 나는 너무 놀라 말까지 더듬는데 정작 당사자는 너무 태평했다.

'추측만 할 뿐이야. 하지만 확신은 없지. 그래서 내게 묻고 싶었던 거고. 제 가문이 정말 날 이렇게 만든 건지.'

'그래서 답을 주셨나요?'

'묻지 않았어. 묻지 못하는 거겠지.'

'왜, 왜요?'

'내 상태가 좋지 않으니까.'

난 말문이 막혔다.

'저래 보여도 제 사람에겐 다정한 녀석이야. 시력을 잃고 공포에 질려 있는 내 상처를 쑤실 순 없었겠지.'

그제야 에단을 피하던 그의 행동이 이해되었다. 하지만 동시에 의문이 들었다. 당신은 어떻게 그걸 다 알고 있느냐고.

'왜 크리스토퍼 님께 말씀드리지 않으세요?'

'내가 말해야 할 이유는 없으니까.'

빈센트가 눈꺼풀을 들어 올렸다. 여전히 탁하지만, 단호한 듯 보이는 에메랄드빛 눈동자가 허공을 직시했다.

'비밀은 비밀로 둬야 할 때도 있지.'

'……'

대화는 그걸로 끝이었다. 그는 침묵했고 나도 더는 묻지 않았다. 마음속 한편에서 더는 물으면 안 된다는 경고가 울렸다. 그 이후로 나는 그날의 대화를 다시 언급하지 않았고, 그 또한 설명을 덧붙이지 않았다.

하지만, 그렇다고 해서 무섭지 않은 건 아니잖아. 눈을 감고, 한껏 움츠린 어깨 위로 얼마나 무서운 짐이 올려져 있는지, 나는 밤마다 온몸으로 느끼고 만다.

비밀은 비밀로 묻혀야 한다.

본 것을 못 본 척, 들은 것도 못 들은 척, 그 어떤 것도 발설하지 말 것.

이곳에서 사용인으로 일하기 위해 지켜야 하는 조건을 다시 한번 떠올리며, 오늘도 주인님의 시중들기에 여념이 없었다.

"주인님, 일어나세요."

침대 위의 둥근 형체가 꿈틀꿈틀 움직였다. 그러나 밖으로 나오진 않는다. 기척에 민감한 사람이니 일찍이 내가 들어온 걸 알아챘을 텐데도 말이다. 난 눈살을 찌푸리고 시트를 젖혔다.

"식사하셔야죠."

얼굴이 드러나자, 그가 한껏 찡그리며 불만을 표출했다. 그런데 얼굴이 온통 땀범벅이다. 어제 악몽을 꾼 듯하더니 밤새도록 혹사당했나 보다.

"밤새 땀을 많이 흘리셨으니 먼저 씻으시는 게 좋겠습니다."

이젠 방 안에서 풍기던 퀴퀴한 냄새도 사라졌고, 바닥을 뒹굴던 물건의 수도 좀 줄어들었다. 어둠만이 가득했던 방 안으로 빛이 흘러 들어오는 게 하루의 일과처럼 익숙한 광경이 되었다. 요 근래 그는 식사도 잘하고 나름대로의 생활이란 걸 하고 있었다. 하지만 여전히 자신을 만지는 데 있어서는 비협조적이고 경계심이 심했다.

"나가."

그가 빼앗긴 시트 끝을 움켜잡았다. 그러나 나도 지지 않고 시트를 잡은 손에 힘을 주며 버텼다.

"욕조에 물을 받아 두었습니다."

처음 이곳에 왔을 땐 그를 목욕시킨다는 건 상상조차 할 수 없는 일이었다. 그러나 그와의 묘한 힘 싸움과 그간의 변화들로 인해 이제 씻으라는 요구도 할 수 있게 되었다.

"제발 꺼져."

빈센트가 깊은 한숨을 터트렸다. 시트를 당기는 손길에 짜증이 묻어났다. 오늘따라 기분이 안 좋아 보였다.

"제가 부축해 드리겠습니다."

"지난번처럼 말이지?"

"그, 그때는……. 물 온도를 체크하고 오겠습니다."

난 욕실로 피신했다. 지난번 그를 욕조에 빠뜨렸던 일에 대해선 나도 할 말이 없었다.

괜히 물속에 손을 담가 온도를 체크하고, 잠시 뜸을 들이다 욕실 밖으로 나와 침대에 멍하니 누워 있는 빈센트에게 다가갔다. 몸에 조심히 손을 대자 뒤척인다. 이제는 익숙한 반응이라 무시하고, 그의 축 늘어진 팔을 들어 어깨에 둘렀다. 그대로 끌자 그가 몸을 일으켜 침대 아래로 내려왔다.

그런데 까칠한 말과 달리 그는 오늘따라 얌전했다. 그래서 생각보다 손쉽게 그를 욕조까지 데려갈 수 있었다.

그의 손을 욕조에 대 주자 그가 더듬거리며 욕조를 짚었다. 편히 씻을 수 있도록 빠르게 상의 단추를 끄르려는데 그가 내 손을 제지했다.

"내가 알아서 할 테니 나가."

"정말이세요?"

예상외로 순순한 협조에 놀라 묻자, 그가 고개를 끄덕이며 천천히 옷을 벗기 시작했다. 멍하니 그 모습을 바라보다가, 어느새 상의를 다 벗은 그가 바닥에 그걸 떨어뜨리는 것을 보고 나서야 정신이 돌아왔다.

웬일이래. 난 잽싸게 허리를 굽혀 그가 벗은 잠옷 상의를 집어 들었다. 바지도 마저 벗으려던 그가 갑자기 움직임을 뚝 멈추었다.

"계속 안 나가면 이대로 뒤엎을 줄 알아."

"알겠습니다."

쳇. 작게 혀를 차고 몸을 일으키자, 그 소리를 들었는지 빈센트의 얼굴이 험악해진다. 뭐라 한 소리 할 거 같아 갈아입을 옷과 닦을 수건을 바닥에 두고 잽싸게 욕실을 빠져나갔다.

그리고 괜히 한 자리에서 탁, 탁, 발소리를 내며 걸어가는 척했다. 크게 내던 발소리를 천천히 줄이고 뚝 멈추자, 얼마 지나지 않아 물소리가 들려왔다. 그가 욕조 안으로 들어간 것이다.

진짜 웬일이지? 두세 번은 뒤엎을 줄 알았는데.

순순한 그의 태도에 놀라면서도 일단 당장 해야 할 일들에 집중하기로 했다. 그가 씻고 있을 때 방 안을 청소해야 한다.

언제나처럼 방 안에 어질러진 물건들을 제자리에 놓고, 침대보와 시트, 베갯잇을 새것으로 갈았다. 그다음 구석구석 먼지를 털고 바닥도 쓸고, 가구 위의 먼지들도 닦았다. 어느 정도 방이 깨끗해지자 뿌듯해하며 욕실로 향했다.

목욕을 끝낸 빈센트가 옷을 갈아입고 있었다. 근처 서랍장에서 새 수건을 꺼내 물이 툭툭 떨어지는 그의 머리카락을 닦아 주었다. 물기를 없애기 위해 수건으로 머리를 빠르게 탁탁 털자 이번에도 얌전히 받아 준다.

"시트 새로 갈았습니다. 이제 가셔도 돼요."

어느 정도 머리가 마르자 그의 팔뚝을 잡고 부축했다. 천천히 걸음을 옮겨 침대로 데려가 앉혔다. 그러자 상의 단추가 어긋나 있는 게 보였다.

오늘따라 잘 입었다고 생각했더니. 난 작게 웃고 그의 단추를 다시 끌러 아래부터 채워 주었다.

"식사."

"네? 아, 아아, 네. 식사. 준비하겠습니다."

다시 총총 문가로 다가가 은접시를 가져왔다. 그걸 들고 잠시 서서 머뭇거리다가, 그의 앞에 무릎을 꿇고 앉았다. 무릎 위에 은접시를 올리고 죽을 한 입 떠 그의 입에 댔다. 그러자 빈센트가 얌전히 죽을 받아먹기 시작했다.

저번에 한 번 체한 적이 있기는 하지만 지금은 제법 그릇을 비운다. 그 변화가 기뻐 난 식사하는 그를 흐뭇하게 바라봤다. 그는 오늘도 그릇을 깨끗하게 비웠다. 이제는 조그마한 덩어리가 들어 있는 음식을 준비해도 괜찮을 것 같았다.

약까지 다 먹은 빈센트가 깨끗해진 침대에 몸을 눕혔다. 시트를 목 끝까지 끌어 덮은 그가 벽 쪽으로 몸을 돌렸다.

"잘래."

"네, 점심때 깨워 드릴게요."

미리 모아 둔 빨랫감과 빈 접시들을 들고 만족스레 방을 나왔다.

"주인님께서 요새 잘 드시네요."

"네, 오늘도 싹 비우셨어요."

난 빈 그릇을 요리사에게 보여 주었다. 요리사가 감격했는지 눈물을 훌쩍였다. 그를 도와주는 부엌 하녀가 기뻐하며 우리의 대화에 합류했다.

"이제 조금 덩어리진 걸 내가도 될 거 같아요."

"내일은 든든하게 준비하겠습니다!"

난 고개를 주억거리고 부엌을 나왔다. 그리고 별채 밖으로 나가 레니카를 기다렸다.

그런데 오늘은 그녀 혼자가 아니었다. 이자벨라도 함께 있었다.

"최근 주인님의 상태가 좋아 보이는군요."

"네, 식사도 잘 드시고, 이제는 목욕도 직접 하십니다. 물건을 던지거나 성질부리는 건 여전하시지만, 전보다는 많이 줄어드셨습니다. 저번엔 잠깐이지만 침대에서 내려와 걸으시기도 하셨습니다."

뒷말은 이자벨라에게만 들릴 만큼의 작은 소리로 또박또박 말했다. 지난번엔 한 걸음이긴 하지만 방밖으로 나가셨다고도 알려 줬다. 그 말을 들은 이자벨라의 놀란 얼굴이 떠올랐다. 그녀답게 커다란 반응을 보이진 않았지만, 눈썹을 휘는 것이 그녀 나름의 놀라움을 드러내는 표현이란 걸 알게 되었다.

"큰 발전이군요. 고생 많았습니다. 앞으로도 지금처럼 잘 부탁드립니다."

"네."

이자벨라와의 짧은 대화를 끝내고, 레니카에게 다가갔다. 그녀가 내게서 빨래 바구니를 받고, 새 시트와 옷가지가 담긴 바구니를 건네주었다. 그런 뒤 인사를 나누고 다시 별채 안으로 들어갔다.

오늘은 주인님이 호의적이어서 생각보다 시간이 비었다. 매번 실랑이를 하느라 시간이 훌쩍 지났었는데. 그와 하루 종일 힘 싸움을 하고 나면 별채 구경이고 나발이고 한껏 지쳐 버린 상태가 돼 버렸다. 그러다 보니 이렇게 별채 내부를 둘러보는 건 오늘이 처음이었다.

별채 내부는 대체로 깔끔했다. 듣기론 일정한 시간에 본채 하녀들이 별채로 와 청소를 한다고 했다. 그래서 난 다른 데 신경 쓸 필요 없이 주인님에게만 집중하면 된다고, 이곳에 오고 얼마 지나지 않아 이자벨라 님이 말해 주었다.

덕분에 내 청소 구역은 주인님의 방뿐이었다. 게다가 머무는 곳도 주인님의 바로 옆방이었고 그나마 가는 곳도 식사를 가지러 가는 부엌이나 빨랫감을 건네주러 가는 뒷문이 전부였다.

이렇게 생겼구나. 고개를 한껏 젖혀도 까마득한 높이의 천장과 하루 종일 돌아다녀도 다 둘러볼 수 없을 만큼 넓은 내부를 두리번거리며 신나게 저택을 구경했다. 이런 곳엔 처음 와 본 거라 신기한 것투성이였다.

그러다 주변을 살펴본 뒤 아무도 없다는 걸 확인하곤 중앙에 길게 난 큰 계단을 오르며 벽에 걸린 액자를 하나하나 살펴보았다. 벨루니타 부부부터 시작해서, 세 사람의 단란한 모습이 액자에 담겨 있다. 중간에 어린 빈센트의 모습도 보였다.

환하게 웃는 귀여운 아이를 보며 혀를 찼다.

"어쩌다 저렇게 됐을까. 애석하다, 애석해."

사람이 변하는 건 한순간이라더니. 저기 저 액자 속 어린 빈센트도 자신이 시력을 잃고 방 안에서만 지내게 될 거라곤 상상도 못 했겠지.

별채를 대충 둘러보고 뒷문으로 나와 느긋이 정원도 산책했다. 가장 크고 화려한 대저택 뒤에 숨겨져 있는 별채이지만 이곳에도 정원이 있었다. 뒷문으로 나가면 작은 정원이 보이고 앞쪽으로 돌아가면 더 넓은 정원이 펼쳐져 있다.

정원은 처음 와 본다. 잘 손질된 나무와 꽃들은 보기만 해도 싱그러웠다. 발에 밟히는 잡초마저 관리가 된 듯 아름다웠다. 정원사들의 정성스러운 손길이 느껴졌다.

오늘따라 날씨 참 좋다.

아까울 정도로 좋았다.

[요즈음 날씨가 좋으니 정원에서 티타임이라도 가져 보면 어떨까요?]

정원 산책에서 돌아온 뒤 오늘 온 금빛 글씨의 편지를 읽다가 활짝 웃었다.

이거다!

"오늘은 정원에서 티타임을 가져 보시는 게 어떨까요?"

점심때 그에게 제안해 보았다. 그러나 빈센트는 대번에 인상을 찡그렸다.

"무슨 헛소리야."

딴엔 좋은 제안이라 생각했는데 그는 마음에 들지 않나 보다. 하지만 오늘은 정말 날씨가 좋았다. 보기 드물게 해가 구름 사이를 빠져나왔고, 따뜻한 공기가 주변을 부유했다. 이런 날엔 이렇게 처박혀 있는 게 더 독이다.

"가끔은 바깥 공기도 쐬는 게 좋다고 합니다."

"누가 보면 안 돼."

"잠깐이면 괜찮지 않을까요?"

게다가 이 별채와 더불어 정원에서도 나 이외의 사용인은 보이지 않았다. 이 주변엔 사람이 없었다. 별채도 그렇고, 정원도 일부러 사용인의 접근을 막은 듯하다. 그러니 누가 보거나 하는 위험은 없을 거다.

"내가 거길 어떻게 가지."

"제가 모셔다드리겠습니다!"

힘차게 외치자 그의 얼굴이 불만스레 일그러졌다. 난 아랑곳하지 않고 그의 외출 채비를 도왔다. 외출복은 저번에 준비해 본 적이 있어 찾기 쉬웠다. 물론 그는 거부했지만, 오늘만큼은 그를 꼭 정원으로 데리고 가고 싶었다.

한 걸음 한 걸음 내딛기가 너무 힘들었다. 이를 악물고 다리에 힘을 실었다.

"가다가 쓰러지겠군."

"자, 잘 모셔다드리겠습니다."

말을 내뱉는 목소리마저 떨렸다. 자꾸 미끄러지는 양팔을 꽉 잡고, 다시 한 걸음을 내디뎠다. 등 뒤에서 한숨이 흘렀다.

"이미 충분히 잘 모시지 못하고 있는데. 다리가 끌리잖아."

난 허리를 반쯤 굽힌 채 그를 업고 있었다. 나보다 키가 훌쩍 큰 그의 긴 다리가 바닥에 질질 끌리는 건 당연했다. 그의 몸은 내 등을 다 채우고도 넘쳐 난 상태였다. 게다가 은근 무거웠다. 그러니 이건 어쩔 수 없는 상황이었다.

그를 내 등에 업고 걷는 데에는 많은 역경이 있었다. 말랐다고 방심했다.

"지금이라도 방으로 돌아가."

"시, 싫습니다. 헉. 불, 불편하, 셔도, 조그, 헉, 조금만 차, 참아, 주세요."

그의 만류에도 난 고집을 부렸다. 꼭 밖으로 데려가고 싶었다. 그를 부축해서 데려갈 수도 있었지만 혹여 가지 않겠다고 버틸까 싶어 업는 쪽을 택했다. 축 늘어진 그의 양팔을 단단히 잡고, 온 힘을 다해 걸음을 내디뎠다.

위에서 아래로 짓누르는 무게를 지탱하며 힘겹게 걸어 겨우 정원에 도착했다. 그사이 온몸이 땀범벅이 되었지만, 그를 정원에 놓아둔 의자에 앉히니 뿌듯하긴 했다. 활짝 웃으며 얼굴에 흐르는 땀을 닦았다.

살랑살랑 불어온 바람이 금빛 머리칼을 헝클었다. 그의 얼굴이 바람을 타고 움직였다.

"여긴 어디지?"

"별채 뒤편에 있는 정원입니다. 너무 멀리 나가긴 그렇고, 마침 테이블이 있어 앉아서 티타임을 즐기기 좋을 거 같아 이리로 모셔 왔습니다. 사용인들도 지나다니지 않는 곳인 거 같아요."

그래서 관리도 제대로 안 되어 있고 지저분했지만 내가 대충 정리해 뒀다. 창밖을 내다볼 때마다 종종 눈에 띄었던 테이블이었다. 별채 뒤쪽 정원에 덩그러니 놓인 게 참 이상하다고 생각했는데 이렇게 사용할 줄이야. 별채 뒤편을 지나다니는 사람이 없으니 이 주변에도 당연히 사람이 없었다.

그는 더 묻지 않았다. 그저 바람을 느낄 뿐이다. 살짝 풀어진 얼굴을 보니 마냥 싫은 건 아닌가 보다. 당장 돌아가자며 닦달할 줄 알았는데 다행이었다.

난 흐뭇하게 웃으며, 미리 준비해 둔 것들을 테이블 위에 차례대로 꺼내 놓았다. 그리고 그의 손을 이끌어 잔의 손잡이를 쥐게 했다. 그런 뒤 그 안에 따끈한 홍차를 따랐다. 지난번 그가 즐겨 마신다고 했던 그 홍차였다.

그는 정말 노벨르의 홍차를 즐겨 마시는지 그때 선물받았던 찻잎은 금세 동이 났다. 그래서 금빛 글씨에게 어디서 살 수 있는지 물었더니, 세 통이나 새로 보내 주었다. 의도치 않았는데 번거롭게 해 버린 것 같아 당황하고 있는데, 찻잎이 든 통들을 살펴본 이자벨라가 그냥 사용하라는 듯 내게 건네주었다.

[더 필요하시면 말씀해 주세요.]

요 근래 느낀 건데, 금빛 글씨는 정말 좋은 사람 같다. 감사하다고 답장 꼭 써야지.

"맛있군."

"저번에 드셨던 거예요."

"알아. 끝맛이 다르거든."

차를 홀짝이는 그의 모습이 편안해 보였다. 정말 좋아하는 거구나. 덕분에 최근 자주 그에게 홍차를 내갔다. 특히 지랄맞아질 기미가 보일 때 달래는 용도로 사용하면 딱 좋았다.

"오늘은 여기서 책을 읽어 드릴까 합니다."

"또 시시한 책이겠지."

"아니에요. 모험 소설입니다. 크리스, 아니, 좋아하신다고 들어서요."

에단에 대해 언급하려다가 급하게 접었다. 지금 그에게 그 이름은 금기어였다. 왠지 그랬다. 나는 옆구리에 꽂아 두었던 책을 들고 맞은편 의자에 앉았다.

책을 펼쳤다. 그리고 목을 가다듬고, 천천히 입을 달싹였다.

속도는 천천히, 그가 충분히 상상할 수 있는 시간을 준다는 느낌으로, 발음은 또렷하게, 중간중간 호흡하는 걸 잊지 말고. 빈센트에게 지적받았던 부분을 머릿속에 되새기며 책을 읽어 내렸다.

책을 읽는 내 목소리가 예전보다 매끄러워졌다. 스스로 생각해도 제법 만족스러울 정도였다. 게다가 이번엔 빈센트에게서 아무런 지적도 오지 않았다. 그걸 알아채고 속으로 내심 기뻐하던 때였다.

"넌 어떻게 생겼지?"

생각지도 못한 질문이 그의 입에서 튀어나왔다. 난 책을 읽던 걸 멈추고 고개를 들었다. 어느새 잔을 테이블 위에 내려놓은 그가 내 쪽을 보고 있었다. 그 에메랄드빛 눈동자와 마주하자 순간, 머릿속이 멍해졌다. 그래서 바로 말을 넘기지 못했다.

그가 내게 이런 질문을 할 줄은 몰랐다.

"그, 그런 걸 왜 궁금해하세요."

"궁금하니까. 네 뻔뻔한 낯짝이 어떻게 생겼는지 알고 싶어졌어."

"다음 문장을 읽겠습니다."

그의 말을 무시하고, 다시 책으로 고개를 내렸다. 말을 돌릴 생각이었다.

그런데 불현듯, 긴 손끝이 내 앞머리를 건드렸다. 작은 접촉이었다. 접촉이라 할 수도 없을 정도로 미미했다. 그런데 난 그게 꼭 내 얼굴에 닿은 것처럼 화들짝 놀라 자리에서 벌떡 일어났다.

등 뒤에서 의자가 넘어가는 소리가 울렸다. 갑자기 일어난 반동에 흔들리는 테이블을 가까스로 붙잡았다. 책이 바닥을 뒹굴었다. 허공에 손을 둔 채로 빈센트가 눈을 크게 떴다. 놀란 얼굴이었다.

바람이 쏴아아 불었다.

"아, 저기…… 가, 갑자기 얼굴을 만지려고 하셔서……. 죄송합니다."

테이블을 고정시키고, 넘어간 의자를 다시 세웠다. 바닥에 떨어진 책도 집어 테이블 위에 올려두었다.

그사이 차분해진 얼굴로 그가 말했다.

"뭘 그렇게 놀라. 어떻게 생겼는지 알고 싶다고 했잖아."

"그런데 왜 얼굴을 만지려고 하세요."

"볼 수 없으니 만져야 알 수 있어."

의자에 앉아 그를 흘끗했다. 상대는 눈이 안 보인다. 날 볼 수 없다. 그러니 내 얼굴이 어떻게 생겼는지 누가 알려 주지 않는 이상 그는 절대 모를 거다. 그리고 지금 이렇게 묻는 걸 보니 누가 알려 주거나 하진 않았나 보다.

"어떻게 생겼는데."

"평범하게 생겼습니다."

"그러니까 어떻게?"

차마 사람들에게 손가락질받는 얼굴이라고는 할 수가 없었다. 입술을 짓씹으며 그의 관심을 어떻게 돌려야 할까 고민했다.

"어떻게 생겼냐니까."

"나중에 알려 드릴게요. 일단 책부터 마저 읽겠습니다."

"그렇게 숨기니까 더 궁금해지는군."

"……."

하지만 통하지 않았다. 그가 다시 손을 뻗을 것처럼 손가락을 꼼지락댔다. 난 초조하게 그의 손끝을 바라보았다.

"키, 키가 좀 작습니다."

"그건 알아. 다른 거."

"……머리, 머리가 가슴께까지 옵니다."

"넘어?"

"아뇨. 넘지는 않고…… 얼마 전에 좀 잘랐습니다."

거울을 보지 않아 잘 몰랐는데 어느새 머리가 거치적거릴 정도로 자라 있었다. 그래서 며칠 전에 가위로 가슴 위까지 잘라 냈다.

사실 긴 머리는 부담스럽다. 관리하지 못한 머릿결은 푸석했고, 뒷머리는 길어 봤자 쓸모가 없었다. 게다가 일할 땐 방해가 돼 뒤로 묶어야 했다. 그래도 짧게 자르지 않는 건 마지막 자존심이었다. 머리카락마저 짧아지면 내 몸에 여자다운 부분은 하나도 없으니까.

"머리는 곱슬곱슬한 편인가? 곧게 뻗은 머리가 있고 곱슬곱슬한 머리가 있잖아."

"저도…… 조금 그렇습니다."

"음—"

짧게 신음한 그가 잠시 무언가를 골똘히 생각하더니, 다시 손을 뻗어 왔다. 순간 저 손끝이 또 내 얼굴로 향할까 싶어 몸이 경직됐다.

그런데 이번엔 얼굴로 향하지 않았다. 허공을 휘저으며 무언가를 찾듯 뻗은 손이 조심스레 만진 건 내 머리카락이었다.

그가 구불거리는 내 머리끝을 쥐고 만지작댔다.

"정말이네. 끝이 휘었어."

"……."

위로 휜 머리카락 끝을 엄지로 툭툭 건드리며, 그가 살며시 웃었다. 장난치듯 내 머리끝을 건드는 그의 손을 가만히 바라보았다.

"그리고?"

"그리고…… 그리고…… 대체 뭐가 궁금하신 건지요."

"전부. 자세히 말해 봐."

상상할 수 있는 조각을 줘. 그는 내게 그걸 요구하고 있었다.

입을 오물거렸지만 쉽게 말을 뱉을 수 없었다. 한 번도 내가 어찌 생겼는지 입에 담아 본 적이 없었다. 그러기도 싫었고, 그럴 만한 가치도 없는 외모였다.

"체격은 말랐나?"

네, 너무 말라 보기 흉할 정도예요. 지금이야 살이 좀 붙었지만, 이곳에 오기 전까진 너무 말라 시체가 돌아다닌다는 소리를 자주 듣고 자랐다.

"보통입니다."

"눈은, 큰가?"

"큰 편입니다. 어릴 때 눈밖에 안 보인다는 소릴 자주 들었습니다."

"코는?"

"그게⋯⋯."

빠르게 쏟아 내는 그의 질문에 대답하다 보니, 나오는 건 모두 거짓뿐이었다. 그에게 말한 것 중 머리 길이와 눈 크기를 빼곤 무엇 하나 맞는 게 없었다. 그리고 그 거짓들이 모이고 모여 하나의 사람을 만들었다. 웃기게도 완성된 건 앨리샤였다.

나와 달리 너무 예쁜 내 동생.

또래의 여자애들보다 키가 작고, 몸도 왜소했다. 가슴까지 오는 머리는 푸석푸석했고, 햇볕에 그을린 피부는 까만 편이었다. 머리는 시커멓게 죽은 밤색이었다. 머리와 똑같은 밤색의 눈동자는 커다랬지만 위로 찢어져 매서웠고, 주근깨가 뿌려진 작은 코는 하늘로 치솟듯 코끝이 위로 들려 있었다. 입술은 작고 거칠어 자주 피가 났다.

못생긴 난쟁이.

한때 또래 남자아이들이 날 그렇게 불렀다.

그런 나와 반대로 셋째 앨리샤는 어려서부터 미인이었다. 키는 나와 비슷했지만 몸이 적당히 풍만했고 가슴 또한 컸다. 허리까지 오는 밝은 갈색 머리칼은 꾸준히 관리한 덕에 윤기가 흘렀다. 해가 쨍할 땐 바깥 외출을 하지 않아 피부가 하얀 편이었고, 눈도 크고 코도 오뚝하고 입술도 도톰해서 살짝 웃기만 해도 상대를 홀릴 정도로 매혹적이었다.

내가 보기에도 그 아이는 참 예뻤다. 너무 예뻐 마을 밖까지 소문이 자자했다. 마을 영주의 아들이 앨리샤에게 반해 청혼할 정도였다. 아니, 뭇 남성들은 다 앨리샤를 짝사랑했다. 덕분에 못된 성격마저 매력적이라 평가됐다.

동시에 화제에 오르는 건 나였다. 예쁜 앨리샤의 언니는 궁금증의 대상이었다. 동생이 저 정도인데 언니는 얼마나 더 예쁠까? 그래서 앨리샤를 본 사람들이 날 찾아올 때도 많았다. 그러나 기대로 반짝이던 시선은 내 얼굴을 보곤 곧장 실망의 빛을 띠었다. 대놓고 인상을 쓰거나, 욕을 하는 사람도 있었다. 친자매가 맞냐는 소리는 익히 들어 온 말이었다.

그는 잠시 말이 없었다. 감히 자신에게 건방지게 굴었던 시녀의 모습을 상상하는 듯했다.

당신도 날 본다면 경멸할까. 추하고 못나서 곁에 두기를 꺼려 할지도 모른다. 다른 사람들이 내게 그랬던 것처럼. 어쩌면 눈이 안 보이는 게 지금 그에겐 다행일지도. 이 추한 얼굴을 직접 보지 않아도 되니까.

만약, 정말 기적처럼 빈센트가 날 볼 수 있게 된다고 해도 난 그에게 내 모습을 보여 주고 싶지 않았다.

상처받고 싶지 않다. 처음부터 목소리뿐이었고, 지금의 거짓말도 얼결에 나온 거지만 이대로 그가 착각하는 것도 나쁘지 않았다. 살면서 딱 한 사람이라도, 날 예쁜 모습으로 기억해 주는 사람이 있다면 정말 기쁠 테니까.

"미인이겠군. 상상은 안 되지만."

"그런 소리 자주 듣습니다."

그러면서 씁쓸히 웃었다.

"방금 전에는 평범하게 생겼다며."

"예의상 말한 겁니다."

"잘났군."

그가 고개를 내젓고 만지던 머리끝을 놓아 주었다. 궁금증이 풀린 듯했다. 책을 잡은 손끝이 떨리는 게 그에게 보이지 않아 다행이었다.

"주인님도 잘생기셨습니다."

"알아."

"아, 이건 좀 재수 없으신데요."

솔직한 마음을 내뱉자 그가 입꼬리를 살짝 올렸다. 살짝 흰 에메랄드빛 눈동자에 즐거움이 담겼다. 저렇게…… 웃기도 하는구나.

"넌 찾기 쉽겠어."

글쎄, 과연 그럴까. 나는 지금 당신의 머릿속에 있는 여자와 다른데.

"그런가요."

"그래. 여기서 가장 작은 사람을 데려오라고 하면 되잖아."

예상치 못한 말이었다. 작은 사람이라니…….

"그렇게 안 작습니다."

"작아."

"주인님이 큰 편이십니다."

"너무 작아서 지팡이 대용으로 쓰면 좋겠군."

"안 작다니까요."

불퉁하게 말하자 그가 다시 웃었다. 편안하게 풀어진 얼굴에 즐거움이 넘실거렸다. 매번 딱딱하게 굳거나, 공포에 질린 표정만 봤는데 저렇게 웃고 있는 걸 보니 정말 기분이 좋은가 보다. 덩달아 내 기분도 좋아졌다. 어느새 그를 따라 웃고 있었다.

"정말 못되셨습니다."

"너만 할까."

누가누가 더 못됐는지 대결이라도 할까 보다.

"그보다 바람이 많이 부네요."

"말 돌리지 마."

"아아, 알겠습니다. 원하시는 대로 생각하세요."

항복 선언을 하고 괜히 양발을 휘저었다. 바람이 쏴아아 불어왔다. 그 바람을 타고 간지러운 웃음소리가 들려왔다.

"아직은 바람이 쌀쌀하니 추우시면 말씀하세요."

"이 정도는 괜찮아."

그가 홍차를 한 번 들이켜고 고개를 돌렸다. 난 다시 책에 콕 시선을 박았다. 멈췄던 부분을 뒤이어 읽을 생각이었다.

"걷고 싶어지는군."

툭 나온 말이었다. 난 다시 그를 올려다보았다. 빈센트는 여전히 옆쪽에 시선을 둔 채였다. 바람이 그의 머리칼을 헝클었다. 오늘따라 그는 책 읽는 데 집중하지 못했다. 바람 소리 때문만은 아니다. 그리고 그건, 나도 마찬가지였다.

"그럼 산책하실래요?"

"뭐?"

책을 테이블 위에 내려놓고 자리에서 일어났다. 그리고 당황해 하는 그의 팔을 붙잡았다.

"해요. 산책."

숲속은 고요했다. 예상대로 아무도 없었다. 별채 뒤쪽에 위치하고 있어서 그리 깊지는 않았지만, 관리되지 않은 자연 그대로의 모습이었다. 다행히 길이 나 있어 가볍게 산책하기도 좋았다. 새가 지저귀고, 나뭇잎이 바스락거리는 자연의 소리 속에서 걷고 있으려니 꼭 모험하는 거 같기도 했다.

"날씨가 정말 좋아요."

"그렇군."

그는 내 손을 꼭 잡고, 한 걸음 뒤에서 날 따라오고 있었다. 다 큰 남자와 손을 잡고 걷는 게 낯간지럽긴 하지만, 꼭 동생과 산책하러 나온 기분이었다.

"힘드시면 말씀하세요. 제가 업어 드릴게요."

"저번에도 말했지만, 난 다리를 다친 게 아니야."

"그래도요."

오랜 시간 방에만 박혀 지낸 탓에 그는 체력이 많이 떨어진 상태였다. 그래서 난 그의 손을 잡고 느릿하게 걸어갔다. 지난번 에단과의 일을 계기로 그는 침대에서 나오기 시작했다. 물론 여전히 방 안에 콕 박혀 있었지만, 침대 위에서만 지내던 때를 떠올리면 좋은 변화였다.

쏴아아 바람이 불었다. 기분 좋은 감각에 고개를 젖혔다. 앞을 가리던 머리칼이 바람에 날리며 피부에 찬 기운이 스쳤다. 빈센트의 금빛 머리카락도 바람에 하늘하늘 흔들렸다. 바삭바삭 숲을 밟는 소리가 기분 좋게 울렸다.

"가끔 이렇게 나오는 것도 좋을 거 같아요."

"됐어."

"왜요?"

"그러다 누굴 만나면 골치 아파지니까."

하긴. 사람의 기척은 느껴지지 않지만, 만약을 대비해 신경을 곤두세우고 주변을 두리번거렸다.

"사람이 없긴 한데, 그래도 누가 오면 바로 알려 드릴게요."

"아무도 없을 거야."

"그런가요?"

"어릴 때 자주 오던 곳이야. 에단하고, 바이올렛과."

"저…… 저번부터 궁금했는데요. 바이올렛이 누구예요?"

에단도 그렇고, 편지도 그렇고, 단순한 관계는 아닌 거 같아 궁금했다. 지금 그의 기분이 좋은 듯해 기회는 이때다 싶어 물었다.

"내 약혼녀."

"약혼녀요?!"

좀 놀라긴 했지만 그의 나이를 생각하면 없는 게 더 이상했다. 귀족들은 어릴 때부터 약혼 상대를 정한다고 들었다. 약혼녀도 버리고 널 선택하겠다고 떵떵거리는 영주 아들에게 코웃음을 치던 앨리샤가 떠올랐다. 앨리샤는 영주 아들이 못생겨서 싫어했는데 그는 자신에게 약혼 상대가 있어 거절하는 거라고 착각했었다.

그래, 서로 사랑하는 사이구나. 그래서 그렇게 편지를 보냈던 거구나. 그를 걱정해서. 그렇다면 정성껏 오던 편지들이 이해가 되었다.

"그분이 주인님을 많이 사랑하시나 봐요."

"그런 거 아니야."

나름 감동받았는데, 상대는 그 감정을 단호히 잘라 냈다. 난 그를 흘끗 봤다.

"아니에요?"

"아니야. 그러니까 혹시 저택에 찾아오면 돌려보내."

"왜요? 약혼녀라면서요."

"걘 내가 실명된 걸 몰라."

아……. 숨긴다고 듣기는 했지만 설마 약혼녀에게까지 숨겼을 줄은 몰랐다.

"약혼자가 눈먼 병신이 된 걸 알면 파혼하자고 하겠지."

"설마요."

"무슨 생각을 하는지 모르겠지만 그녀와 난 서로 사랑해서 약혼한 게 아니야. 가문끼리 이익을 위해 진행한 약혼이었지. 그러니 한쪽이 쓸모없어졌다면, 약혼이 무산되는 건 자연스러운 일이고."

"……"

"영원히 숨길 순 없겠지만, 최대한 늦추는 게 좋아."

저번에 에단도 그렇고, 이쪽도 그렇고, 다들 관계에 목적을 두려고 한다. 귀족들의 삶도 단순한 건 아니구나 싶었다.

"명심하겠습니다."

고개를 끄덕이며 답했다. 그래도 궁금하긴 했다. 저 주인님의 약혼녀라니. 어떻게 생겼을까. 왠지 꽃처럼 아름다운 얼굴이 상상됐다.

"그리고 이렇게 할 필요 없어."

"뭘 말씀이세요?"

"저번에 한 얘기 때문에 이런 거잖아. 위로할 필요 없단 소리야."

"……아니에요."

그가 콕 짚어 말한 탓에 내 대답이 늦었다. 말을 돌렸지만 그에겐 통하지 않았다.

사실 그때의 충격적인 고백 이후 그와 나 사이의 분위기가 조금 가라앉았다. 나는 왠지 그의 눈치를 살피게 되었고, 그는 더욱 말이 없어졌다. 원래도 시답잖은 대화를 나누던 사이는 아니었지만, 흐르는 분위기가 축축 처졌다.

그래서 기분을 풀어 주고 싶었는데, 그는 그런 내 속내를 쉽게 간파했다.

"거짓말할 필요 없어."

"정말 아니에요."

"그렇다고 믿어 주지."

그냥 모르는 척해 주지.

나는 못 들은 척하며 산책에 집중했다. 그도 더는 말이 없었다. 고요한 숲속에 새의 지저귐이 짹짹 울렸다. 그 소리가 마음을 평온하게 만들어 주었다.

그러다 순간, 강함 바람이 불어왔다. 손에 쥐고 있던 테이블보가 바람에 팔락팔락 날아갔다.

"어! 주인님 잠시만요!"

손목에 걸었던 바구니를 내려놓고, 그의 손을 놓았다. 등 뒤에서 당황해 하는 그의 움직임이 느껴졌다. 잠시 기다려 달라 소리친 뒤 날아가는 테이블보를 따라갔다. 쉽게 잡을 수 있을 줄 알았는데, 붙잡으려면 하면 아슬아슬하게 멀어지고, 또 손에 닿을락 하면 야속하게 날아간다. 그러다 보니 수풀 안쪽으로 더 들어가게 되었다.

휘날려 가던 테이블보는 나무에 부딪친 뒤에야 멈췄다. 이때다 싶어 다급히 테이블보를 잡기 위해 달려갔다.

그 순간이었다. 내 손이 닿기도 전에, 어디선가 불쑥 튀어나온 큰 손이 테이블보를 집어 들었다.

숲 안에 누군가 있었다.

기척을 전혀 느끼지 못했는데 웬 낯선 남자가 눈앞에 서 있었다. 갑자기 튀어나온 낯선 존재에 멈칫했다. 갈색 머리카락이 바람에 휘날렸다. 남자는 등을 보이고 있어 얼굴을 살필 수 없었다.

누구지? 여기 사용인인가? 하지만 처음 보는데? 물론 이곳엔 많은 사람들이 고용되어 있었고, 내가 본 사용인은 손에 꼽을 정도로 적었다. 그럼에도 눈앞의 남자는 왠지 사용인 같지 않았다. 남자의 복장이며 풍기는 분위기가 우아했다.

의아해하며 뒷모습을 훑는데, 곧이어 남자도 날 돌아봤다. 눈앞에 드러난 남자의 얼굴은 젊었다. 그리고 예상대로 처음 보는 사람이었다.

잠시 동안 남자와 시선을 마주했다. 그러다 남자가 들고 있던 테이블보를 쓱 내밀자 그제야 정신을 차렸다.

"아, 감사합니다."

주춤거리며 다가가 테이블보를 받아 들었다. 그러면서 남자를 흘끗 올려다 보자, 시선이 다시 부딪쳤다. 갈색 눈동자가 둥글게 휘었다.

"기뻐요."

"네?"

나긋한 목소리에서도 우아함이 배어 나왔다. 다정한 빛을 띠는 눈동자가 내게 또렷이 꽂혔다.

난 그게 무슨 소린가 싶어 눈을 동그랗게 떴다. 이번엔 남자가 입꼬리를 당겨 웃었다. 그 시선이 내게 오래 머문다고 느껴질 즈음 난 남자의 얼굴이 너무 잘 보인다는 걸 깨달았다. 그리고 위로 솟구친 내 앞머리 상태도.

너무 놀라 빠르게 앞머리를 잡아 내렸다. 얼굴이 화끈거릴 정도로 수치스러웠다.

"죄, 죄송합니다."

"어째서요?"

"이렇게 생겨서요."

이렇게 추하게 생겨서요. 누군가 그건 죄라고 했다. 내가 원해서 이렇게 태어난 것도 아닌데, 사람들은 내 얼굴로만 날 평가하고, 손가락질했다. 그래서 얼굴을 가리고 다녔던 건데 빈센트는 앞이 보이지 않아 신경 쓰지 않았던 게 실수였다.

"예쁜걸요."

"……."

바람이 등 뒤를 쏴아아 스쳤다. 지금 내가 제대로 들은 게 맞나 싶어 남자를 슬쩍 올려다보았다. 그는 여전히 다정한 시선으로 날 바라보고 있었다. 그 지긋한 시선에 난 당황하고 말았다.

누군가에게 이런 말을 들은 건 처음이었다. 그것도 남자한테. 뭐라 말을 꺼내야 할지 몰라 머뭇대는데, 멀리서 빈센트의 목소리가 들려왔다.

잠시 잊었던 존재가 떠올랐다. 아차 싶어 뒤돌았다. 테이블보가 날아간 방향을 쫓다 보니 그와의 거리가 벌어졌나 보다. 이곳에선 빈센트의 모습이 보이지 않았다. 지금 이 순간엔 오히려 그게 다행이었다. 분명 손으로 허공을 더듬으며 걷고 있을 테니까. 그런 모습을 누군가에게 보여선 안 된다.

지금 보니 아무도 없을 줄 알고 온 숲에 누군가 있었다. 빈센트와 함께였다면 분명 위험한 순간이다. 이 숲엔 아무도 없을 줄 알았고, 빈센트도 없을 거라 말해 주었기에 안일했다.

난 다시 남자를 바라봤다. 그도 소리가 나는 쪽에 시선을 두고 있었다. 난 허리를 굽혔다.

"감사합니다."

그리고 몸을 돌렸다.

빠르게 걸으며 테이블보를 접는데, 까끌까끌한 감촉이 느껴졌다. 꺼내 보니 편지였다. 편지? 뒤집어 보자 금빛 글씨가 눈에 들어왔다. 이건……!

다시 뒤를 돌아봤다. 그런데 아무도 없었다.

방금 전의 일이 꿈인 것마냥 남자의 모습은 감쪽같이 사라졌다.

조금 걸어가자, 주변을 두리번거리고 있는 빈센트가 보였다.

"주인님."

"……."

부름에 다급히 걷던 그가 걸음을 뚝 멈췄다. 굳은 얼굴이 내게 향했다.

"늦어서 죄송합니다. 그런데 저기에 웬 사람이."

그에게 다가가며 방금 전에 만난 남자에 대해 말하려는데, 내 기척을 느낀 그가 대뜸 손을 뻗어 왔다. 그러곤 내 팔을 덥석 붙잡는다. 강한 힘이었다. 놀랄 틈도 없이, 내 팔을 단단히 틀어쥔 손이 날 끌어당겼다.

순식간에 그와 거리가 가까워졌다. 눈앞의 굳은 얼굴은 불안함으로 얼룩져 있었다.

"이러지 마."

"주인님?"

"다시는 이러지 마."

경고하듯 나직이 읊조린 목소리가 떨리고 있었다. 그가 다른 한 손을 내 얼굴 쪽으로 뻗으려다가 급히 내렸다. 대신 허리를 굽혀 내 어깨에 이마를

댔다.

"날 혼자 두지 마."

"……."

안도의 한숨이 귓가에 퍼졌다. 팔을 움켜잡았던 손이 미끄러지듯 내려와 내 손에 깍지를 꼈다. 커다란 몸이 마치 내게 안겨 오듯 맞닿는다. 내 흔들리는 눈동자에 금빛 머리카락이 드리워졌다. 손안에 가득 담겨 오는 체온이 뜨거웠다.

불안이, 공포가, 그리고 그 속에 물든 안도가 고스란히 느껴졌다.

그제야 내가 크게 잘못했다는 걸 깨달았다.

"죄, 죄송합니다."

"이만 돌아가지. 피곤해졌어."

"네. 돌아가요."

길 잃은 어린아이 같은 그의 손을 꽉 맞잡고 숲을 빠져나왔다. 중간중간 뒤를 돌아봤는데 다행히 뒤따라오는 사람은 없었다.

별채에 들어서자 멀리서 급하게 다가오는 이자벨라가 보였다. 그녀답지 않은 다급한 움직임이었다. 무언가를 찾듯 두리번거리며 다가오던 이자벨라는 외출하고 돌아오는 나와 빈센트를 발견하곤 걸음을 멈췄다. 잠시 놀란 표정을 지었지만 금세 차분함을 가장했다.

"주인님."

"무슨 소란이지?"

"그것이……."

그때였다.

"빈센트!"

이자벨라의 말을 자르고 끼어든 건 낯선 목소리였다. 게다가 여자 목소리……. 동시에 멀리서 누군가 달려왔다. 긴 원피스를 펄럭이며 빠르게 다가온 건 젊은 여자였다. 처음 보는, 감탄이 나올 정도로 예쁜 여자.

누구지? 난 눈을 휘둥그렇게 뜨고 여자를 살폈다. 그녀의 시선은 내 뒤에 서 있는 빈센트에게 향했다. 그런데 여자가 꼭 못 볼 걸 본 사람처럼 잠시 멍한 얼굴을 하더니, 갑자기 울먹이기 시작했다.

"빈센트."

그 순간 맞잡은 손에 힘이 실렸다.

날 꽉 붙잡은 손끝이 가늘게 떨려 왔다. 난 빈센트를 돌아봤다. 굳은 얼굴에 긴장감이 서렸다. 왜 저러는지 몰라 다시 앞을 보자, 눈앞의 낯선 여자가 여전히 빈센트에게 시선을 꽂은 채 입을 열었다.

"빈센트 맞지? 맞는 거지?"

"……바이올렛."

등 뒤에서 들리는 나지막한 목소리에 깜짝 놀랐다. 저 여자가 바이올렛? 그 바이올렛? 난 결례라는 것도 잊고 그녀를 뚫어져라 보았다.

곧이어 그녀의 곁으로 에단이 다가왔다. 그는 어쩐지 난처해 보였다. 그러다 날 발견하고 반갑게 손을 흔들다가, 눈을 슬쩍 내리깔았다. 내 뒤에 서 있는 빈센트를 본 듯했다. 난 아까부터 느껴지는 떨림에 뒤를 흘끗댔다.

"빈센트. 정말……."

바이올렛이 한 걸음 더 이쪽으로 다가왔다. 감격에 찬 보랏빛 눈동자에 물기가 차올랐다. 맞잡은 손의 떨림이 거세졌다. 나는 몸을 뒤로 물렸다. 내가 움직인 게 아니라, 그가 날 뒤로 당겼다.

"너무…… 정말 너무…… 보고 싶었어."

"바이올렛, 일단 진정하고."

자꾸 빈센트에게 다가오려는 바이올렛을 에단이 저지했다. 그녀가 에단을 흘끗 보곤, 곧장 빈센트에게로 시선을 꽂았다. 잠시 고개를 돌리는 그 짧은 순간에 혹여나 빈센트가 멀어질까 염려된다는 듯, 그와 가까워지려는 그녀의 얼굴에선 절박함이 배어 나왔다. 에단도 이쪽을 흘끗대며 그녀를 말렸다. 두 사람의 뒤에 서 있는 이자벨라 또한 이 상황을 어찌해야 할지 고민하는 듯했다.

고민은 이쪽에도 번졌다.

"음. 주인님."

"……."

속삭이듯 그를 부르며, 맞잡은 손을 한 번 흔들었다. 그는 흠칫 놀라긴 했지만, 내 손을 더 꽉 잡아 왔다. 여전히 느껴지는 떨림에 난 마음을 굳혔다.

눈동자를 위아래로 한 번, 양옆으로 한 번 굴렸다가, 불안에 떠는 그의 손을 꽉 붙잡았다.

"뛰어요, 주인님!"

그리고 곧장 몸을 돌렸다. 스치듯 본 그의 얼굴이 당황스러움에 물들었지만, 난 그를 이끌고 반대편으로 달려 나갔다. 등 뒤에서 뒤늦게 어? 어? 하는 소리가 들려왔지만 뜀박질을 멈추지 않았다.

오로지 그의 방을 목표로 달렸다. 그의 손을 단단히 붙잡고서.

하얀 장갑에 감싸인 손가락이 길고 예뻤다. 그 끝이 둥근 잔 손잡이에 매끄럽게 걸렸다. 잔을 들고 입가에 대는 그 별것 없는 동작이 참 우아하고 아름다웠다. 살며시 내리깐 보랏빛 눈동자와 그에 어울리는 투명하고 긴 금빛 머리카락이 시선을 끌었다.

꼭 설탕으로 빚은 거 같아. 콕 찍어 입에 넣으면 달콤한 맛이 느껴질 것처럼.

머리카락을 귀 뒤로 넘기던 그녀가 응접실 문가에 서 있는 날 발견하곤 눈을 동그랗게 떴다. 커다래진 보랏빛 눈동자가 반짝반짝 빛났다.

"……예쁘다."

"어머, 고마워요."

그녀가 수줍게 웃었다. 그제야 내가 속마음을 입 밖으로 내뱉었다는 걸 알아챘다. 민망함에 고개를 숙이고, 들고 온 다과를 그녀 앞에 놓았다. 그러다 꺼칠한 내 손이 눈에 들어왔다. 뼈마디가 톡톡 튀어나와 있고 자잘한 상처로 가득한 손이 너무도 볼품없어 보였다. 난 급히 손가락을 오므려 감추고는 몸을 일으켰다.

슬쩍 시선을 들자 보랏빛 눈동자가 길게 늘어지며 다시 감사 인사를 건넨다.

그녀의 이름은 바이올렛 마거리트. 빈센트의 약혼녀였다.

그리고 이건 갑작스런 방문이었다.

"따로 준비를 하지 못해 미흡합니다."

"괜찮아요. 제가 멋대로 찾아온걸요."

말도 참 예쁘게 한다. 얼굴이 예쁜 사람은 심성도 예쁜 걸까. 그러다 떠오르는 예쁜 얼굴 하나가 있어 생각을 지웠다. 이때까지 내가 알고 있던 가장 예쁜 여성은 셋째 앨리샤였다. 마을의 영주 아들이 마음을 표할 만큼 앨리샤의 미모는 뛰어났다. 다만 성격이 좋지 않아서 문제였지.

그러나 눈앞의 여성은 가만히 있어도 우아함이 배어 나왔다. 이게 바로 귀족의 기품이라는 건가.

"저도 멋대로 온 거니 신경 쓰지 않아도 됩니다."

그녀의 옆에 있던 에단이 태연히 차를 들이켜며 말을 덧붙였다. 다녀간 지 얼마나 됐다고 금세 다시 찾아온 그의 작태가 황당했다. 내 시선을 느꼈는지 그가 눈을 휘며 손을 흔들었다.

"이번에 새로 오신 분인가 봐요."

"그렇습니다."

이자벨라가 내게 눈짓했다. 난 에단에게 향한 시선을 거두고 허리를 굽혔다.

"처음 뵙겠습니다. 폴라입니다. ……방금 전의 무례는 용서해 주세요."

"어머. 아니에요. 고개 들어요."

그녀의 말에도 난 더 깊게 허리를 굽혔다. 머리 위로 당황한 목소리가 들려왔다. 괜찮다고, 정말 괜찮다고 말하는 걸 거듭 듣고 나서야 다시 숙이고 있던 허리를 폈다. 그러자 바이올렛이 다정히 웃으며 말했다.

"폴라, 반가워요. 난 바이올렛 마거리트예요. 바이올렛이라고 불러도 좋아요."

빈센트의 시중을 드는 분이라면 저한테도 감사한 사람인걸요. 그러면서 그녀는 나와 눈을 맞추며 방긋방긋 웃어 주었다. 웃는 얼굴도 너무 예뻤다. 세상에 저렇게 예쁘고, 착하신 분도 있구나.

"그리고 이러지 않아도 정말 괜찮아요. 오히려 내가 너무 성급했어요. 폴라의 잘못이 아니에요."

"맞아요. 너무 부담 갖지 말아요."

옆에서 능글맞은 목소리가 끼어들었다. 날카롭게 변한 내 시선이 슬쩍 그를 향했다. 에단도 빙긋빙긋 웃고 있었다. 이때까지 겪었던 일이 있어서 불길하게만 보였다.

"얘기 자주 들었어요."

그 말에 내가 다시 바이올렛을 바라보자 그녀가 날 뚫어져라 쳐다보고 있었다. 그 시선에 순간 나도 모르게 얼굴을 반쯤 가린 앞머리를 매만졌다. 혹여 그녀가 내 못난 얼굴을 봤을까 봐 걱정되었다.

"들은 대로 상냥한 분이시네요."

방금 전의 말을 정정한다. 그냥 그녀 자체가 너무 좋은 사람이었다.

"폴라도 앉아요."

"괜찮습니다. 서 있겠습니다."

"그럼 내 옆에 앉을래요?"

에단이 자신의 옆자리를 톡톡 두드렸다. 난 인상을 썼다. 그런데 이자벨라가 다시 눈짓했다. 앉으라는 뜻이다. 결국 난 에단의 옆자리에 슬쩍 엉덩이를 붙었다.

에단이 내게 몸을 기울이곤 작게 속삭였다.

"다시 보니 반갑네요."

"전 아닙니다."

나도 작게 속삭인 뒤 그를 슬쩍 밀었다.

"이자벨라, 요새 빈센트의 상태는 어때요? 에단이 통 말을 안 해 줘서요. 방금 전에 봤을 땐 괜찮아 보이긴 했는데……."

"상태가 많이 좋아지셨습니다."

"어머! 다행이다. 정말 다행이야."

바이올렛이 안도의 한숨을 내쉬었다. 난 의아해하며 그녀를 바라봤다. 빈센트의 상태를 모른다고 들었었는데, 아닌가?

그런 내 속내를 읽은 듯 에단이 작은 목소리로 설명했다.

"바이올렛은 빈센트가 큰 상해를 입고 요양 중인 걸로 알고 있어요. 그 이후로도 비슷한 일이 여러 번 벌어지기도 했고, 상처가 너무 깊어 잘 낫지도 않고 후유증도 남아 고생 중이라고 둘러댔었거든요."

"그런데 크리스토퍼 님은 저분과 어떤 관계세요?"

"친구예요. 우리 셋은 어릴 때부터 알고 지낸 사이죠."

그래서 같이 온 거구나. 고개를 끄덕이고, 무언가 간절해 보이는 고운 얼굴을 보았다.

"빈센트의 얼굴을 볼 수 있을까요?"

"죄송합니다. 바이올렛 님."

"아……."

환하게 폈던 얼굴이 실망감으로 젖어 들었다.

"저는 언제쯤 빈센트의 얼굴을 제대로 볼 수 있을까요."

"주인님께선 바이올렛 님을 염려하셔서 그러시는 겁니다. 힘들어하시는 모습을 약혼녀이신 바이올렛 님께 보여 걱정 끼치고 싶지 않으신 거지요. 그런 주인님의 마음을 헤아려 주소서."

"알아요. 잘 알고 있어요. 그래도……."

우울한 음성이 뚝 끊어졌다. 그녀가 무릎 위에 올려 둔 양손을 움켜쥐며, 울 듯이 표정을 일그러뜨렸다. 그 얼굴엔 자신의 약혼자를 향한 걱정이 묻어났 다.

"그래도, 그래도……."

그러다 불현듯 그녀의 시선이 내게 꽂혔다.

"폴라, 내 간절한 부탁이에요!"

그녀가 대뜸 일어나더니 내 양손을 붙잡았다. 졸지에 거리가 가까워지자 당 혹스러웠다. 난 눈동자를 이리저리 굴렸다.

"내가 만나고 싶다고, 꼬옥, 꼭, 정말정말 만나고 싶다고, 네가 어떤 모습이 라도 난 괜찮으니까 얼굴이라도 볼 수 있게 해 달라고, 빈센트에게 전해 주겠 어요?"

"네? 어, 네?"

당황한 내 얼굴이 양옆으로 빠르게 돌아갔다. 뒤쪽에선 이자벨라가 차분히 차를 들이켜고 있었고, 옆에서는 에단이 과자를 베어 먹었다. 난 그런 둘을 번 갈아 훑었다. 그리고 깨달았다. 태평한 얼굴을 하고 있는 두 사람은 날 도와줄 생각이 전혀 없다는 것을.

눈앞의 보랏빛 눈동자가 반짝반짝 빛을 뿜어냈다. 그 반짝임에 어찌해야 할 지 몰라 우왕좌왕하다가 결국 마지못해 고개를 끄덕였다.

"주인님."

끼익 열리는 문소리에도 그는 미동이 없었다. 큰 소리를 내며 다가갔음에도 여전히 별다른 반응을 하지 않았다. 벽 쪽으로 돌아누워 있는 둥근 형체는 고요했다. 그런 그에게서 묘한 살기가 느껴지는 건 내 착각일까.

"주인님. 주무세요?"

"……."

"바이올렛 님께서 말씀을 꼭 전해 달라고 하셨습니다. 들은 대로 읊겠습니다. 만나고 싶어, 꼬옥, 꼭, 정말정말 만나고 싶어, 네가 어떤 모습이라도 난 괜찮으니까 얼굴이라도 볼 수 있게 해 줘, 이상입니다."

그는 여전히 반응이 없었다. 약혼녀가 왔다는 소식을 듣고 허옇게 질리던 얼굴이 떠올랐다. 내가 우물쭈물하는 사이 에단이 불쑥 방 안으로 들어섰다.

"요, 빈센."

그 순간 베개가 날아와 에단의 얼굴에 꽂혔다. 어느새 상체를 일으켜 앉은 빈센트가 문 쪽을 노려보고 있었다.

"나가."

에단이 베개를 주워 들며 투덜거렸다.

"화내지 마. 나도 어쩔 수 없었어."

"편지에 답장만 써 주면 안 올 거라며."

"그럴 줄 알았지. 그런데 바이올렛이 갑자기 여기에 가겠다며 다짜고짜 뛰쳐나가잖아. 나도 유모도 다 말렸는데 소용없었어. 너도 알잖아. 걔 한번 고집부리면 꼭 저지르고 보는 거. 그러게 내가 편지 답장 좀 꼬박꼬박 하라고 했잖아."

에단이 투덜거리자 빈센트가 이번엔 협탁 위에 놓여 있던 컵을 집어 들었다. 그 모습을 본 에단이 입을 다물고 잽싸게 내 등 뒤로 숨었다. 난 그런 에단을 한심하게 돌아봤다.

"시녀님. 방금 전에 정말 멋있었어요. 저 감동했다니까요. 너무 감동해서 시녀님이 빈센트의 손을 꼬옥 잡고 도망치는 걸 그저 바라만 보고 있었다니까요. 뛰어요, 주인님! 크으. 멋져라."

"하지 마세요."

방금 전에 내가 한 행동이 얼마나 무례한 일인지는 굳이 말해 주지 않아도 잘 알고 있었다. 게다가 한낱 시녀가 주인 손을 잡고 도망치다니. 민망함에 달아오른 얼굴을 앞머리로 꽁꽁 가렸다.

"왜요. 너무 멋집니다. 시녀님."

"하지 마시라니까요."

"부끄러워하지 말아요. 저 정말 반할 뻔했다니까요."

"작작해."

빈센트가 컵을 내려놓고 에단에게 일갈했다. 에단이 말을 멈췄다. 조잘거리던 소리가 사라지자 방 안에는 무거운 긴장감이 흘렀다. 빈센트가 한 손으로 얼굴을 쓸어내렸다. 하아. 깊은 한숨을 내쉬는 그의 모습이 비참해 보였다.

난 그의 상태를 살피며 남은 말을 이었다.

"바이올렛 님이 정원에서 기다리겠다고 하셨습니다."

"잘 말해서…… 돌려보내."

"돌아가지 않을 거야. 단단히 마음먹고 온 거 같거든."

"넌 나가고."

빈센트는 더 듣기 싫다는 듯 손을 내젓고 다시 침대에 누웠다. 난 그를 흘끗 보고는 에단의 등을 밀었다. 지금 그를 위로해 줄 수 있는 사람은 아무도 없었다. 에단은 아쉬워하는 얼굴로 마지못해 방을 나섰다.

문을 닫자마자 한숨이 나왔다. 에단은 잠시 무언가를 골똘히 생각하는 듯했다. 그런 그를 보자 빈센트와 나눴던 대화들이 떠올랐지만, 일단 당장의 일이 먼저였다.

"어쩌려고 그러셨어요."

"시녀님, 저도 억울해요. 저 정말 이렇게 될 줄 몰랐습니다."

에단이 정말 억울하다는 얼굴을 했다. 난 믿지 못하겠다는 눈초리를 보냈다.

"이제 어떡해야 할까요."

"일단, 바이올렛을 달래 보죠. 강단 있어 보여도 속은 여리고 단순한 편이니, 잘 달래면 돌아갈 겁니다. 계속 그랬으니까."

"그래도 안 돌아가시면요?"

"그땐, 음…… 고민 좀 해 봐야겠네요."

결국 아무런 대책도 없단 소리였다.

에단과 나란히 정원으로 향했다. 바이올렛은 보라색 꽃들이 무성한 꽃밭 앞에 무릎을 굽히고 앉아 있었다. 그녀의 보드랍고 긴 손끝이 꽃봉오리를 쓸었다.

"바이올렛."

꽃을 보던 시선이 돌아 이쪽에 닿았다. 그녀의 얼굴이 금세 밝아지더니 눈으로 빠르게 주변을 훑었다. 누굴 찾는지 묻지 않아도 알 수 있었다.

"빈센트는?"

"만나지 않겠대."

"……그렇구나."

그녀가 시무룩해졌다. 그러면서 슬쩍 날 보기에 난 고개를 저었다.

"여러 번 말씀드려 보았지만, 돌아가 달라는 말을 전하라고 하셨습니다."

"그래요. 그럴 줄 알았어요. ……괜찮아요. 말 전해 줘서 고마워요."

실망한 기색이 역력한데도 바이올렛이 애써 내색하지 않으려 했다. 오히려 날 달래듯 다정히 웃어 주었다. 너무도 고운 사람이었다.

그녀가 다시 보라색 꽃밭을 살폈다. 난 그런 그녀를 내려다봤다.

"에단, 괜찮으면 나 좀 도와줄래? 꽃다발을 만들고 싶어. 빈센트의 방에 꽂아 두면 좋을 거 같아서."

천사다! 편지에 답장도 제대로 하지 않고, 방문해도 만나 주지 않은 상대를 위해 꽃다발을 만들어 주겠다니, 마음씨가 정말 천사와 같다.

내가 속으로 감탄하는 사이 그녀가 꽃을 툭 꺾었다. 그녀의 품에 색색의 꽃들이 담겨 있었다. 에단이 알겠다 말하곤 소매를 걷고, 바이올렛의 옆에 쭈그려 앉았다. 그러고는 그녀를 따라 꽃을 툭툭 꺾는데 너무 성의가 없어 보였다. 난 슬쩍 인상을 쓰다가 꽃을 따는 데 동참했다.

"그렇게 꺾으시면 안 돼요."

"응?"

"이렇게 끝 쪽을 꺾으시는 게 좋아요. 최대한 대를 길게 꺾어야 나중에 정리할 때 예쁘게 다듬기 좋거든요. 가위로 자르는 게 더 깔끔하지만요."

에단에게 방법을 설명하며 솜씨 좋게 보랏빛 꽃을 꺾었다. 두 사람의 시선이 내게 닿았다.

"이런 꽃들도 좋지만, 이렇게 큰 꽃봉오리만 있으면 오히려 산만해 보일 거예요. 작은 꽃들도 곁들이는 게 더 예쁘게 만들어져요. 여기 옆에, 이런 꽃으로 다가."

안개꽃 몇 송이를 꺾어 방금 전에 꺾었던 보랏빛 꽃 주위에 둘렀다. 작지만 제법 볼만한 꽃다발이 만들어졌다. 그걸 바이올렛에게 건네자 그녀가 눈을 반짝반짝 빛냈다.

"세상에, 정말 잘 만드네요. 예뻐라!"

"과, 과분한 칭찬이십니다."

바이올렛이 신기하다는 듯 꽃다발을 보았고, 옆에서 에단은 손뼉을 짝짝 쳤다. 고작 꽃다발 하나 만든 걸로 칭찬을 받을 줄은 몰랐다.

내가 살았던 곳은 작은 마을이었는데, 시내에서 간혹 행사가 열렸다. 횟수는 드물었지만, 대신 한번 할 때마다 제법 큰 규모로 개최됐다. 때문에 행사가 열리면 사람들은 시내 길거리로 나가 음식과 물건을 팔았다.

물론 이런 꽃다발을 만들어 파는 것도 제법 벌이가 쏠쏠했기에 꽃 장수들은 아낙네들에게 부업으로 꽃다발을 만들게 했다. 부업은 주로 아낙네들의 몫이었지만, 난 그런 부업에 빠지지 않는 인력이었다.

마크 아저씨의 빵집에서 번 돈으로 생활비를 충당하기엔 턱없이 부족했다. 사치를 일삼는 셋째와 아비 때문이었다. 셋째는 내가 번 돈으로 호사를 부렸고, 아비는 일찍이 소작을 그만두고 노름과 술에 빠져 살았다.

결국 집안일을 하는 것도, 돈을 버는 것도 나 홀로 해야 했기에 부업은 필수였다. 덕분에 꽃다발 같은 걸 만드는 건 아주 쉬웠다. 단순히 꽃다발을 만드는 일에도 경쟁이 따른다. 얼마나 더 화려하고 또 조잡하지 않게 만드느냐에 따라 치르는 값도 달라진다. 다행히 내가 만든 꽃다발은 제법 인기가 많았다.

쑥스러움에 어쩔 줄 몰라 하자, 바이올렛이 꽃다발을 소중히 받아 들고 이리저리 둘러봤다.

"예쁘다. 너무 예뻐."

황홀히 보는 시선에 목이 더 움츠러들었다.

"어떻게 이렇게 잘 만들어요?"

"과찬이세요."

"아니에요! 폴라는 손재주가 좋은 거 같아요. 부러워라."

바이올렛이 다시 시무룩해하며 꽃에 얼굴을 묻었다. 나는 눈을 동그랗게 떴다.

"나는 사실, 손재주가 좋지 못해요. 어려서부터 이것저것 배우고 만들어 봤는데 영 재주가 없더라고요. 가정교사도 포기할 정도예요."

"하긴. 넌 그런 쪽은 영."

에단이 눈치 없이 한마디를 거들었다. 순간 눈을 반짝인 바이올렛이 에단의 옆구리를 주먹으로 퍽 쳤다. 굉장히 빠른 손놀림에 뭐가 지나간 줄도 몰랐다. 난 에단이 옆구리를 움켜잡고 신음하는 걸 멀뚱히 바라봤다.

"빈센트에게 전 많이 부족한 약혼녀예요. 그러니까 날 만나지 않는 거겠죠. 믿음직하지 못하니까……."

난 에단에게서 시선을 떼어 내고 그녀를 살폈다. 수심에 찬 얼굴이 울상으로 변해 갔다. 어떤 위로를 건네야 할지 몰라 난감해하는데, 갑자기 으드득거리는 소리가 들렸다. 순간, 그녀의 손안에 있던 보랏빛 꽃다발이 잔인하게 으그러졌다.

내가 지금 뭘 본 거지. 헛것을 보았나 싶어 눈을 문질러 봤지만, 꽃다발은 여전히 망가진 채였다.

"나쁜 새끼."

고운 입에서 불쑥 튀어나온 욕지거리에 이번엔 환청을 들었나 싶어 귓구멍을 쑤셨다. 음. 요새 주인님 시중드느라 많이 힘들었나.

"바이올렛. 우리만 있는 자리가 아니야."

"어머!"

에단의 말에 바이올렛이 재빨리 얼굴을 펴고, 손으로 입가를 가렸다. 금세 볼을 붉히며 부끄럽다는 듯 웃는 그녀의 변화가 너무나 놀라웠다.

"민망한 모습을 보였네요. 호호."

"……아닙니다."

"어쩜 좋아. 꽃다발이 망가졌네."

그녀가 으그러진 꽃다발을 원래대로 돌리려 했지만 한번 망가진 건 돌이킬 수 없었다. 꽃다발을 이리저리 만지작대던 바이올렛이 그걸 슬쩍 옆에 두고는 다른 꽃들을 내보였다.

"아직 꺾어 둔 꽃이 남아 있는데 이걸로 새로 만들 수 있을까요?"

"네, 한번 줘 보시겠어요?"

방금 전에 봤던 모습을 애써 지워 내고, 난 바이올렛이 건네준 꽃들을 살펴보았다. 제법 종류가 많았는데 하나같이 싱싱하고 색이 예뻤다. 그녀의 정성이 느껴졌다.

꽃을 바닥에 늘어놓고, 어떻게 조합을 해야 어울릴지 고민했다. 바이올렛도 옆에서 이것저것 의견을 내놓았다. 에단도 간간이 덧붙였지만 영 쓸모가 없었다. 개중 괜찮은 의견들을 취합해 꽃다발을 만들기 시작했다. 가장 중심이 되는 건 그녀를 닮은 보랏빛 꽃이었다.

"근데 폴라는 몇 살이에요? 어려 보이는데."

"열여덟 살입니다."

"어머!"

그녀가 손뼉을 딱 쳤다.

"나랑 같네요!"

나이가 같은 게 뭔 대수라도 되는 것처럼 그녀가 기쁘게 웃었다. 그게 그렇게 기쁠 일인가.

"평소에 또래 여자애와 이렇게 있고 싶었는데. 너무 기뻐요."

그녀 정도면 주변에 또래 여자애들이 많았을 텐데? 바이올렛은 딱 봐도 사랑받고 자란 티가 났다. 게다가 얼굴도 예쁘고, 예의도 바르고, 성격도……. 그러다 방금 전 그녀가 꽃다발을 뭉개던 모습이 떠올랐다.

난 조용히 꽃다발을 만드는 데 집중했다.

"아, 바이올렛 님. 편한 곳으로 자리를 옮겨서 만드시는 게 어떨까요?"

"응? 왜요?"

나를 따라 연분홍색과 노란색 꽃 사이사이에 안개꽃을 섞어 작은 꽃다발을 만들던 그녀가 의문스러운 시선을 던졌다. 그 옆에서는 에단이 제법 화려하게 꽃을 조합하고 있었다.

"폴라는 많이 불편해요?"

"아뇨. 전 괜찮습니다. 다만 바이올렛 님을 이 더러운 흙바닥에 앉아 계시게 한 게 걱정이 됩니다."

"난 괜찮아요. 꽃들도 너무 예쁘고, 별로 더럽단 생각도 안 들어요. 오히려 기분이 좋은걸요."

정말 즐겁다는 듯 웃어 보인 그녀가 착실히 손을 놀려 꽃다발을 완성했다. 보랏빛 꽃을 중심으로 연분홍색, 노란색, 하얀색 꽃을 섞고, 사이사이 안개꽃을 끼워 넣었다. 꽃대를 다듬으면 더 그럴듯한 모양이 될 것이다.

"빈센트가 좋아할까."

품 안에 가득 담기는 꽃다발을 보는 시선엔 애정이 듬뿍했다. 곧이어 그 시선이 내게 닿기에 바로 고개를 끄덕였다. 어차피 꽃이 얼마나 예쁜지 그는 알지 못한다.

"꽃다발은 폴라가 전해 주겠어요? 침대 옆에 두었으면 해요."

"그렇게 하겠습니다."

그녀에게서 완성된 꽃다발을 건네받았다. 제법 크기가 커 자칫 잘못하다간 모양이 망가질 것 같았다. 그래서 뒷머리를 묶고 있던 끈을 풀어 그걸로 꽃다발을 고정했다.

"어쩜 좋아. 묶을 것을 가져올걸."

"괜찮습니다."

모양이 망가지지 않도록 꽃다발을 단단히 묶고 다시 품에 안았다. 그러다 그녀가 만든 또 다른 작은 꽃다발을 보며 물었다.

"그것도 전해 드릴까요?"

"아, 이건."

그녀가 작은 꽃다발을 내게 내밀었다.

"폴라한테 줄게요. 별건 아니지만, 예쁜 꽃다발을 만들 수 있도록 도와준 보답이에요."

이걸 내게? 놀라 눈을 키우자, 그녀가 방긋 웃으며 얼른 받으라는 듯 꽃다발을 흔들었다. 난 입을 벌렸다가 다시 다물고, 그 작은 꽃다발을 바라봤다. 어쩐지 선뜻 받을 수가 없었다. 바이올렛이 그런 내 손을 끌어와 꽃다발을 쥐여 주며, 정말 고맙다고 거듭 감사 인사를 했다.

다정하게 웃는 얼굴을 마주하는 게 낯설고, 이런 인사를 받는 것도 낯간지러웠다. 처음이다. 이런 건. 그래서 괜히 꽃다발을 쥔 손가락을 꼼지락댔다.

"……고맙습니다."

"내가 더 고맙죠. 고마워요, 폴라."

"……."

가만히 손안에 든 작은 꽃다발을 바라봤다.

작은 꽃다발은 모양이 엉성했다. 그녀는 확실히 손재주가 좋은 편은 아니었다. 꽃은 전부 봉오리가 컸고, 색깔도 알록달록하고 조화롭지 못했다. 예쁘다기보단 지나치게 화려했다. 그런데도 꽃다발에서 시선을 뗄 수가 없었다.

손안에 든 누군가의 정성이 낯설어서, 이걸 어떻게 잡고 있어야 할지 모르겠다. 머뭇거리다가 꽃다발이 망가지지 않도록 손에 살짝만 힘을 준 채 쥐고 있었다.

"자요, 시녀님. 나도 선물."

"아, 감사합니다."

에단이 자신이 만든 화려하고 큰 꽃다발을 불쑥 내 품에 안겨 주었다. 난 형식적인 감사 인사를 건넸다. 그러자 에단이 감정이 너무 메말랐다며 투덜댔다.

품 안에 꽃다발이 가득했다. 특히 에단의 것이 너무 컸다. 비틀거리며 힘겹게 끌어안다가 에단이 준 걸 떨어뜨리고 말았다. 슬쩍 그를 바라보자, 다행히 그는 딴 곳을 보고 있었다. 난 발로 잽싸게 그걸 끌고 와 옆구리에 끼어 넣었다.

"언제쯤 빈센트와 만날 수 있을까. 기다리기만 하는 것도 지쳐 가."

우울한 목소리에 고개를 돌리자 그녀가 다시 쭈그려 앉아 하늘을 보고 있었다. 무릎 위에 양팔을 올리고, 턱을 괸 채 상심에 젖어 들었다. 그녀의 등 뒤로 어두운 그림자가 내려앉았다.

"혹시 빈센트가 날 싫어하게 된 걸까."

"그럴 리가 없잖아."

"그래도 말이지…… 자꾸 피하기만 하고……."

"빈센트가 그런 마음이었다면 널 이렇게 피하지도 않았어. 바로 잘라 냈지."

"그렇긴 하지."

축 처진 어깨가 눈에 들어왔다. 하지만 슬픔은 금세 분노로 바뀌었다. 그녀가 꽃밭에 있는 꽃봉오리를 으깨며 뜯어냈다.

"이대로 파혼하자고 하기만 해 봐. 가만 안 둘 거야."

"……."

으득 이빨 가는 소리가 살벌하게 들려왔다. 난 잠시 말을 잃었다가 곧 정신을 차렸다.

"절대 그러지 않으실 겁니다."

그녀의 살벌한 시선이 내게 꽂혔다. 난 마른침을 삼켰다.

"정말요?"

"네. 자꾸 걱정 끼치게 해서 미안한 마음이 크다고 말씀해 주셨습니다."

분노가 가신 보랏빛 눈동자가 동그래졌다. 난 눈동자를 굴렸다. 물론 그는 그런 말을 한 적이 없다. 하지만 주인님의 안전을 위해 착한 거짓말은 입에 침 바르지 않고도 말할 수 있었다. 손안에 든 게 생소하기도 했고.

게다가 달래기엔 지금이 딱 좋은 기회였다.

"응석이라도 부려 보시는 건 어떨까요."

"응석이요?"

"네. 때론 상대의 마음은 아주 살짝, 무시할 필요가 있다고 생각합니다."

"내가…… 그래도 될까요?"

"그럼요. 약혼녀이시잖아요. 훗날엔 부부가 되실 텐데 응석 정도야 부릴 수 있죠."

편지의 답장 정도는 써 달라고, 그런 응석은 부려도 되지 않을까. 이 사달도 빈센트가 그녀의 편지를 무시한 것부터 시작된 일인 것 같으니, 그 정도는 해 줄 수 있을 거라 생각한다. 물론 그가 직접 쓰진 못하겠지만.

여차하면 내가 대필할 생각이다. 이래 봬도 글은 좀 쓸 수 있었다. 사실 좀 귀찮은 일이지만, 그녀가 준 꽃다발의 답례였다. 그녀는 꽃다발을 만들게 도와 준 보답이라 했지만 오히려 별것도 아닌 일을 칭찬하고 다정하게 대해 준 그녀에게 내가 더 감사했다.

그래서 편지의 답장 정도는 보내 달라고 응석 부리면 어떠냐고 말하려던 그 때, 바이올렛이 벌떡 일어났다. 뭔가 결심한 듯 주먹을 꽉 쥔다.

"폴라의 말이 맞아요. 나 결심했어!"

"네?"

의아해하는 나를 향해 그녀가 눈을 반짝였다. 그 얼굴을 보자, 불길했다. 설마…….

"빈센트를 만나기 전까지 나 절. 대. 돌아가지 않겠어요!"

아, 사고 쳤다.

바이올렛은 이곳에 올 때마다 편지를 쓴다면서, 편지 하나를 내게 전해 주었다. 빈센트가 계속 자길 만나지 않겠다면 저 또한 이곳에서 영원히 기다리겠다는 말과 함께.

'폴라, 날 응원해 줘요.'

양손에 들린 무거운 짐을 보자 앞으로 벌어질 일들이 상상되어 아찔해졌다. 에단에게 도움을 요청하는 눈빛을 보냈지만, 그는 고개를 설레설레 젓는 걸로 대답을 대신했다.

그냥 망했다는 거다.

울상을 하고 빈센트의 방으로 돌아갔다. 그가 드물게 침대에 앉아 있었다.

마치 날 기다렸다는 듯 내 발소리를 따라 곧장 고개를 돌렸다.

"어떻게 됐지. 돌아가겠다고 해?"

"아, 그게…… 이, 일단 바이올렛 님이 편지를 전해 달라고 하셨습니다."

언제나처럼 정성이 묻어 있는 두툼한 편지를 내밀었다. 그의 눈동자가 잠시 흔들리더니 금세 차분해졌다. 그가 한 손을 뻗었다. 그의 손 위로 그녀의 편지를 올렸다. 그런 뒤 들고 온 꽃병은 협탁 위에 조심히 내려놓았다.

그러나 이번에도 그는 편지를 뜯어보지 않았다.

"읽어 드릴까요?"

"됐어. 무슨 내용인지 알아."

"바이올렛 님이 주인님을 많이 사랑하시나 봐요."

"저번에 말했잖아. 그런 감정이 아니라고. 남매처럼 자랐어."

"오래 알고 지낸 사이신가요?"

"태어났을 때부터."

아, 셋이 친구라고 했었지. 정말 오래된 친구 사이구나. 그렇다면 서로 살갑게 구는 태도가 이해되었다. 그런데 한편으론 의문이 피어났다. 빈센트는 그렇다 치더라도, 내가 느끼기에 그를 향한 바이올렛의 감정은 글쎄…… 남매의 사랑 같은 게 아니었는데? 그보다 더 새빨간, 이성의 감정이었다.

"바이올렛 님은 정말 곱고 착한 분이신 거 같아요. 저 같은 아랫사람에게도 다정히 대해 주시고. 참 좋으시겠어요, 주인님."

"갑자기 무슨 소리야."

"너무 잘 어울리시는 거 같아서요."

"……"

그가 말을 멈췄다. 가늘게 늘어진 눈동자가 제법 날카로운 빛을 띤다. 내가 무슨 의도로 이러는지 가늠하는 듯했다. 난 마른침을 삼켰다.

"그, 그래서요, 주인님."

나도 모르게 말을 더듬을 정도로 긴장됐다. 맞잡은 손을 꽉 쥐었다. 어떻게 운을 떼야 할까 머뭇거리는데, 이상함을 느꼈는지 빈센트가 고개를 갸웃했다.

"왜 말을 하다 말아."

"저기…… 그러니까…… 바이올렛 님께서……."

"그녀가 왜."

"바이올렛 님이……."

꺼끌꺼끌한 입술을 혀로 핥고, 절대 꺼내고 싶지 않은 말을 내뱉기 위해 입을 달싹이는데, 문이 벌컥 열리고 들어온 목소리가 더 빨랐다.

"바이올렛이 널 만나기 전까지 돌아가지 않겠대."

"뭐?"

빈센트가 놀라 에단 쪽으로 고개를 돌렸다. 나도 놀라 에단을 돌아봤다. 경악한 내 얼굴을 본 에단이 짓궂게 웃었다.

"시녀님이 사고를 치셨네."

빈센트의 얼굴이 삐거거리며 내게 돌아왔다. 난 눈을 질끈 감았다. 잠시간의 침묵. 곧이어 그녀의 정성이 담긴 꽃다발이 생각보다 빨리 바닥에 내팽개쳐졌다.

쨍강!

아, 분명히 들었다. 지금까지의 노력이 깨지는 소리가.

"대체 무슨 말을 지껄인 거야."

화를 억누르는 목소리가 살벌하게 흘러나왔다. 입이 백 개라도 할 말이 없어 침묵했다. 그가 허, 하고 짧게 헛웃음을 쳤다.

"이제 다 끝났군."

"바, 바이올렛 님은 이해해 주실지도 몰라요."

"이해? 무슨 이해? 너라면 약혼자가 눈먼 병신이 된 걸 이해할 수 있나? 그걸 어떻게 이해하지? 나중에 혼인하게 되면 한평생 남편 시중이나 들어야 할 텐데."

"……."

너무도 맞는 말이었기에 다시 입을 다물었다. 그럴 의도는 아니었지만 이런 상황이 되도록 불을 지핀 건 나였다.

방 안엔 무거운 침묵이 흘렀다. 빈센트는 얼굴을 쓸어내렸고, 에단은 잠시 생각에 잠긴 듯했다. 그 사이에서 난 그들의 눈치만 살폈다.

"꼴도 보기 싫어. 나가."

"빈센트, 진정해."

"너도 나가."

에단이 한숨을 내뱉었다.

"왜 이렇게 답답하게 굴어. 방법을 모색해 봐야 할 거 아니야. 당장 우리들을 내쫓는다고 해서 뭐가 달라져?"

"……."

"뭘 어렵게 생각해. 그냥 만나면 되는 거잖아."

빈센트가 이게 무슨 헛소리냐는 얼굴을 했다. 나도 거기에 동참했다. 시선을 한 몸에 받으며 에단이 차분히 설명했다.

"왜? 어려울 거 없잖아? 예전처럼 보이는 척하면 되지."

"그땐 지금처럼 아무것도 안 보이진 않았어."

"대신 흐릿한 형체만 보이는 수준이었지. 빛덩이로 보였다며. 그래도 잘만 대화했잖아. 뭘 원하는지, 어떤 속셈인지 다 알아챘잖아. 상대는 네가 자신을 보지 못한다는 걸 몰랐을 정도로. 너 원래 그거 잘하잖아. 겉만 괜찮은 척 연기하는 거."

"그래서."

"예전처럼 연기해 보자고."

에단이 손을 짝 부딪쳤다. 방긋 웃는 얼굴이 평소처럼 가벼웠다.

"지금 농담하는 거지?"

"솔직히 그것밖에 방법이 없잖아."

에단이 어깨를 으쓱였다. 빈센트는 눈가를 좁혔지만, 이번엔 반박하지 않고 한숨만 내뱉었다. 에단이 말한 '예전'이 뭔지 알 길이 없는 난 그런 두 사람만 번갈아 살폈다.

"방금 전에 일부러 그러신 거죠?"

"네."

작게 속삭이는 물음에 곧장 대답이 돌아왔다. 내 잘못을 일부러 고발했다고 말하는 에단은 참 뻔뻔했다. 설마 이렇게 흘러가게 만들려고 그런 건가? 그의 속내를 알아내고 싶었지만, 지금까지 만난 사람들 중 가장 속을 알 수 없는 사람이라 포기했다. 에단은 그저 실실 웃기만 했다.

"같이 미움도 받고. 우리는 잘 맞는 협력 관계인가 봅니다, 시녀님."

아니다. 그냥 누군가를 괴롭히는 게 유희거리인 사람일 뿐이다. 아니, 다들 저한테 왜 이러세요. 제가 뭘 그렇게 잘못했다고요. 시녀로 일하기 너무 힘들다, 진짜.

"확 때려치울까 보다."

"이런, 그런 말 하지 말아요. 이제 겨우 시녀님이랑 친해졌는데 섭섭합니다."

"왜 혼자 그러시죠. 저는 아닙니다."

단호하게 고개를 젓고 한 걸음 옆으로 물러났다. 에단이 그런 나를 흘끗 보더니 내가 물러난 거리만큼 다가왔다. 내가 다시 한 걸음 옆으로 가니, 그가 또 한 걸음 쫓아왔다. 그럼 나는 또 한 걸음 옆으로 움직였고 그가 또다시 한 걸음 따라붙었다. 갑자기 쓸데없는 실랑이가 이어졌다.

결국 내가 먼저 걸음을 멈췄다.

"그래도 감사합니다. 도와주셔서요."

솔직히 방금 전에 그가 나서 주지 않았으면 죄인처럼 눈치만 볼 뻔했다. 그런 의미에선 고맙긴 했다. 그러자 에단이 어깨를 으쓱였다.

"별말씀을."

그 가벼운 태도가 도리어 내 부담을 덜어 주려는 배려처럼 보였다. 생각보단…… 속이 깊은 분이실지도?

"그런데요, 시녀님. 저도 뭐 하나만 물어봐도 될까요."

"네, 말씀하세요."

"앞머리는 일부러 그런 건가요?"

그가 내 얼굴의 절반 이상을 가린 머리카락을 가리키며 물었다. 난 본능적으로 앞머리를 움켜잡았다. 얼굴을 보이지 않으려는 의도였다.

"예쁜 얼굴인데 아쉽네요."

"농담도 잘하시네요."

"진심입니다."

"정말요? 진짜요? 거짓말이면 그 입술을 인두로 지진다고 해도요?"

그가 잠시 눈동자를 양옆으로 굴리더니, 손으로 슬쩍 제 입가를 가렸다.

"전 내면의 아름다움을 말한 겁니다."

"방금 얼굴이라고 하셨는데요."

"얼굴 안의 내면이요."

"빈말 감사합니다."

방금 전의 말 취소. 조금도 진지해질 수 없는 분이시다.

난 앞머리를 더 꽉 얼굴로 붙이고 고개를 꾸벅였다. 그리고 준비를 마친 빈센트에게 다가갔다. 빈센트는 꽤 긴장한 얼굴이었다. 마치 방에서 한 발자국이라도 걸어 나가 보자는 말을 들었던 그때처럼.

'왜 너답지 않게 겁쟁이처럼 굴어. 설마 자신 없나? 천하에 벨루니타 백작도 방에만

처박혀 있더니 간이 새똥처럼 작아졌나.'

'입 닥쳐.'

'그러니까 하자고. 바이올렛 만나서 대화 몇 마디 좀 나누고, 안심시켜서 돌려보내자고. 연출은 내가 하고, 준비는 시녀님이 해 줄 거야. 넌 연기만 하면 돼. 완벽한 연극 한번 만들어 보자고. 어때?'

상대방의 자존심을 콕콕 찌르면서 은근슬쩍 자신이 원하는 방향으로 이끈다. 그런 의미에선 에단은 빈센트를 구슬리는 데 도가 텄다. 그리고 빈센트는 그걸 알면서도 끝내 반박하지 않았다. 침묵 속에 긍정이 담겨 있었다.

그 결과가 바로 현재의 상황이었다.

지금 여긴 그의 방에서 가까운 거리에 있는 응접실이자, 연극의 무대라고 할 수 있다. 연출은 에단, 준비는 나, 연기는 빈센트.

연극의 내용은 이렇다. 빈센트는 바이올렛을 이 응접실로 부를 예정이다. 거기서 빈센트가 먼저 소파에 앉아 기다리고 있으면, 바이올렛이 들어와 맞은편에 앉는다. 그럼 빈센트는 미리 준비해 둔 대화를 꺼낸다. 대화는 짧게 끝내는 게 중요하다. 길면 꼬리가 잡히는 법. 그러니 바이올렛과 짧은 대화를 나눈 뒤, 피곤하다는 핑계를 대고 먼저 응접실을 나와야 한다. 그가 나오면 내가 잽싸게 방으로 데려가면 끝. 물론 에단도 그를 도와줄 생각이다.

"자, 중요한 건 시선 처리야. '널 쳐다보고 있다'는 생각을 심어 줘야 해."

"알고 있어."

"주인님, 걱정 마세요. 시선만 잘 맞추시면 앞이 안 보이실 거라곤 상상도 못 하실 거예요. 물건 던지고 성질부리실 땐 저도 가끔 까먹는걸요."

"……."

"아니, 얼마나 성질을 부렸으면 시녀님이 네가 눈이 안 보이는 것조차 까먹을 정도냐. 그리고 물건은 왜 던져? 위험하게. 너 진짜 너무하다. 어디 가서 신사라고 하지 마라."

에단이 쯧쯧 혀를 찼다. 난 그러지 말라고 눈짓했다. 빈센트가 주변을 더듬었다. 신사가 아닌 게 뭔지 지금 보여 주려는 것 같아 슬쩍 그의 손을 잡았다.

"일단, 찻잔이 있는 위치를 알려 드릴게요. 허리를 편 상태로, 상체를 살짝 숙이시면 탁자 끝이 손바닥에 닿으실 거예요. 이렇게."

그의 손바닥을 탁자 끄트머리에 댔다.

"그리고 그 상태에서 손가락을 펴면 바로 찻잔이 닿을 겁니다."

내 말대로 그가 손가락을 펴자 찻잔이 그의 손끝에 닿았다. 그대로 좀 더 뻗어 그가 손잡이에 손가락을 걸었다. 그런 뒤 찻잔을 들어 올려 입가에 대는 동작은 매끄럽게 이어졌다.

"탁자를 짚었을 땐 더듬어도 돼. 너무 눈에 띄게 더듬진 말고."

"손끝만 두는 느낌으로 더듬으면 그렇게 눈에 띄진 않을 거예요."

"그렇다고 또 손끝으로만 너무 톡톡 치지 마라. 그게 더 눈에 띄어."

"아주 살짝만 움직이시면 괜찮을 거예요."

"어느 장단에 맞추라는 거야."

그가 인상을 쓰고 잔을 내려놓았다. 잔과 받침이 부딪치며 나는 딸그락 소리가 유난히 귀에 거슬렸다. 상황이 상황인 만큼 모든 게 예민하게 다가왔다.

난 찻잔과 꽃병, 과자의 위치를 살폈다. 꽃병은 가운데에 두고, 그가 상체를 숙일 때의 거리와 맞춰 찻잔은 여기쯤이 더 좋겠어. 과자는 찻잔 옆에서 너무 멀지도, 그렇다고 가깝지도 않은 위치로.

"이제 시선을 맞추어 보자. 시녀님. 이쪽으로."

에단이 날 향해 손짓했다. 난 의아해하며 그에게 다가갔다. 그가 날 빈센트의 맞은편 소파에 앉혔다. 빈센트를 정면으로 바라볼 수 있는 위치였다.

"빈센트, 이쪽을 봐."

"어디를 말하는 거야."

"정면이요. 주인님의 정면에 소파를 두었어요. 거기에 바이올렛 님이 앉으실 겁니다."

그가 내 목소리를 따라 고개를 돌렸다. 일단 어렴풋이 방향이 맞기는 했지만, 그의 눈은 여기저기를 방황하고 있다. 어디에 시선을 둬야 하는지 모르는 듯했다. 난 벌떡 일어나 그의 얼굴을 잡고, 시선을 맞추어 보았다.

"이렇게요."

덥석 얼굴을 잡자 그가 놀랐는지 움찔 떨었다. 그러다 내 목소리에 미간을 한껏 좁혔다. 난 아랑곳하지 않고 그의 얼굴 방향을 잡아 주었다.

"이렇게 딱 정면을 보시면 돼요."

그 상태로 살짝 손을 놓았다. 그의 눈은 여전히 딴 곳을 보고 있었다.

"이쪽을 봐 주세요."

내 말에 답하듯 껌뻑거리던 에메랄드빛 눈동자가 차츰 움직였다. 머뭇머뭇 정면으로 향한 눈동자가 나와 눈을 마주했다.

그가 날 보고 있다.

순간 심장이 쿵 내려앉았다.

이렇게 가까이서 시선을 마주하고 있으니, 그가 정말 날 보고 있는 거 같았다. 살짝 탁한 에메랄드빛 눈동자가 이채를 띠고, 그 안에 담긴 내 얼굴을 보고 있을 거라는 착각. 그 착각에 나도 모르게 뒷걸음질을 쳤다.

내가 갑자기 손을 떼자 빈센트가 미간을 좁혔다.

"왜 그러지?"

"……."

"이봐."

그래도 내가 대답이 없자 빈센트가 손을 뻗어 왔다. 눈앞이 보이지 않는 그의 버릇 같은 거였다. 만져서 주변을 살피는 것. 지금도 허공을 향한 손이 만질 것을 찾아 주변을 휘젓는다.

저것 봐, 안 보이잖아.

그제야 겨우 안도의 숨을 토해 냈다.

"아, 아니. 아무것도 아닙니다."

고개를 저어 긴장된 마음을 추슬렀다. 그러다 슬쩍 그의 눈앞에 손을 흔들어 보았다. 멍한 눈동자가 눈꺼풀조차 움직이지 않는다.

괜한 생각을 했다. 그가 눈이 보이는 것 같다니.

"그런데 왜 갑자기 말이 없어."

"그냥…… 얼굴 방향이 잘 맞는지 살피고 있었어요. 아, 지금 좋네요. 이렇게 보시면 될 거 같아요."

그대로 다시 맞은편 소파로 가 앉았다. 꽉 조였다가 펴진 심장께를 매만졌다. 그러다 따끔한 감각에 고개를 돌리니 에단이 날 뚫어져라 보고 있었다. 왜 그러냐며 마주 보자 짓궂게 웃는다.

"빈센트가 좀 생기긴 했죠?"

"갑자기 무슨 소리신지. 그보다 어떠신가요?"

"딱 좋네요. 아, 방금처럼 손으로 주변을 더듬는 건 참아. 이상하게 보일 테니까."

"음."

그가 제 손을 내려다본다. 저건 보일 때의 버릇. 그러다 손을 내려 탁자를 더듬더니, 찻잔을 찾아 들어 올렸다. 지금의 자세에서도 어색하지 않은지 연습하는 듯했다.

"인상 좀 펴라. 그리고 자세가 너무 딱딱해. 편안히 좀 있어 봐."

"어떻게."

"평소처럼 앉으면 되잖아."

그는 평소처럼 앉는다는 게 뭔지 고민하는 듯 잠시 말이 없었다. 그러자 에단이 의견을 덧붙여, 다리라도 꼬라고 했다. 빈센트가 주춤하더니 다리를 꼬았다. 그래도 뻣뻣하다고 에단이 한마디 하자, 이번엔 등을 소파 등받이에 기댔다. 그제야 좀 편안해 보이는 자세가 완성됐다.

"그럼 빈센트. 이제 시녀님이랑 잠시 대화를 나눠 볼까?"

"뭐?"

"네?"

빈센트가 고개를 들었다. 난 에단을 다시 돌아봤다.

"대화도 연습이 필요하니까."

그러면서 에단이 내 어깨를 툭툭 치고, 빈센트를 바라봤다.

"자, 빈센트. 시녀님을 바이올렛이라고 생각하고, 대화를 해 봐."

"무슨 대화."

"아무거나. 날씨 이야기라도 하든지."

에단이 내 옆에 앉았다. 다짜고짜 시작된 요구에 빈센트가 인상을 썼다. 나도 당황하며 두 사람을 번갈아 보았다.

"아니면 시녀님부터 시작할까? 자, 시녀님."

"네? 예?"

"긴장 풀어요. 바이올렛이라 생각하고, 빈센트랑 대화해 봐요."

아니, 무슨 말부터 꺼내야 하는데요?

머릿속을 데굴데굴 굴렸다. 옆에서 에단이 '바이올렛이라 생각하고'를 반복했다. 바이올렛 님이 어떠시더라. 바이올렛 님이 어떤 분이시더라. 설탕처럼 하얗고 예쁜 얼굴을 상상하며 입을 달싹였다.

"그, 그동안 어떻게 된 거야. 왜 만나 주지 않은 건데."

"바이올렛은 그렇게 말하지 않아."

너무 딱딱해. 바로 지적이 돌아왔다. 민망함에 목소리를 가다듬었다.

"빈센트."

"어색해."

"비, 빈센트."

"더듬지 마."

"빈센트으으—"

"뭐야. 왜 이래."

꿀을 바른 듯 달콤하고 귀여운 목소리를 흉내 내자 빈센트가 인상을 구겼다. 못 들을 걸 들었다는 얼굴이다.

"저어엉말. 어떻게 된 건데에에. 으으응?"

"징그러. 하지 마."

그가 진짜 기겁하며 잔을 던지듯 내려놓았다. 저러다 깨질라. 이번엔 내가 인상을 쓰며 잔을 내려다봤다. 좀 흔들리긴 했지만 다행히 잔은 무사했다.

그걸 정해진 위치에 두고 다시 앉았다.

"바이올렛 님이라고 생각해 주세요."

"이상한데 어떻게 생각해."

"이상한가요?"

"이상해."

냉정도 하셔라.

"그래도 생각하세요. 지금 연습을 해야 나중에 바이올렛 님을 만나실 때 자연스럽게 대하실 수 있죠. 책을 읽어 드릴 때처럼 상상하세요, 상상."

"……."

자자, 얼른요. 나는 뻔뻔하게 빈센트를 재촉했다. 그러자 그가 한숨을 쉬더니 입을 달싹였다.

"오랜만이야."

그가 차분히 운을 뗐다. 나도 곧장 대답했다.

"빈센트으. 정말이지이이."

"……차라리 딱딱하게 해. 토할 거 같으니까."

"정말 왜 만나 주지 않은 거야. 내가 얼마나 걱정한 줄 알아? 그동안 무슨 일이 있던 거야? 응?"

바로 목소리를 정정하여 딱딱하게 말하자 그가 다시 숨을 골랐다. '바이올렛이다, 바이올렛이다' 하고 중얼거리는 소리가 들리는 걸 보면 자기 최면을 거는 듯했다. 그 정도인가. 형편없는 연기 실력에 자책하는데, 에단은 옆에서 배를 움켜잡고 숨넘어가기 일보 직전이었다. 웃는 얼굴은 울상에 가까웠다.

"미안해. 너도 알다시피 내가 정신이 좀 없었어. 위험한 일도 있었고, 그래서…… 내가 신경이 많이 곤두선 상태였어. 그 상태로 널 만나면 안 좋은 소리를 할까 봐 만나지 않았던 거야. 아직은 내가 안전한 상태가 아니기 때문에 네가 위험해질까 염려도 됐고. 내 안전이 보장되고 몸도 괜찮아지면 그때 널 만날 생각이었어."

"그럼 왜 편지에 답장을 주지 않은 건데. 내가 위험해질까 봐 그런 거라면 편지만이라도 답장해 줄 수 있었잖아."

"거기까진 생각 못 했어. 미안해."

"널 걱정했어. 그런데 답장도 없고, 만나러 와도 얼굴도 안 보여 주고, 혹시 내가 싫어진 건 아닐까 걱정했어."

"그럴 리가 없잖아."

생각 외로 대화가 술술 이어졌다. 나는 바이올렛이 할 질문들을 고민하면서 던졌고, 그는 바로바로 대답해 주었다. 평소에 생각해 두었던 건지, 아니면 정말 즉흥적인 건지 알 수는 없었지만 대화가 제법 매끄러웠다.

"걱정 끼쳐서 미안해. 정말 네가 싫어서 그런 건 아니야. 오해하지 마."

"지금은 괜찮은 거지?"

"응, 많이 좋아졌어. 아직 요양 중이라고 한 건 이참에 머리도 식힐 겸해서 그리 말해 둔 거니, 너무 걱정하지 마."

이 정도면 됐나. 제법 대화가 잘 이루어졌고, 대화를 하는 내내 그는 내가 가르쳐 준 대로 정면을 보며 움직이지 않았다. 시선이 마주친다고 생각하니 확실히 이상하단 느낌은 들지 않았다.

혹시 빼먹은 게 있을까 싶어, 머릿속으로 다시 한번 바이올렛이 할 말들을 정리해 보았다. 그러다 가장 중요한 말이 빠졌다는 걸 깨달았다.

이건 꼭 말씀하실 텐데. 그녀가 간절히 내뱉을 말을 입 속에 담으며, 다시 목을 가다듬었다. 음음.

"보, 보."

"보?"

"보, 보, 보……"

'보, 보, 보, 보'를 반복하며 말을 쉽게 잇지 못했다. 빈센트가 고개를 갸웃했다. 난 괜히 마른 입술을 혀로 몇 번이나 훑었다. 내 입으로 말하려니 갑자기 너무 부끄러웠다. 입 안에 담기조차 낯선 말이었다. 그래서 망설이다 눈을 질끈 감고 가장 중요한 말을 내뱉었다.

"보고 싶었어!"

"……."

겨우 내지르고도 한참 동안 눈을 뜨지 못했다. 차마 빈센트를 볼 수가 없었다. 얼굴이 화끈해지는 듯해 괜히 뺨을 문질렀다. 그러다 슬쩍 눈을 뜨니, 빈센트가 멍한 얼굴을 하고 있었다. 놀란 듯 잠시 껌뻑거리던 눈이 곧 길게 늘어졌다.

"정말?"

나긋한 목소리가 흘렀다. 갈라져 쉰 목소리도, 노기로 날카로워진 목소리도 아니었다. 여유가 담긴, 조금은 짓궂은 목소리. 그가 눈을 살짝 내리깔다가 다시 들어 올렸다. 살짝 올라간 입꼬리가 근사한 미소를 만들어 냈다.

그가 웃고 있었다.

애정을 담은 눈동자가 반짝 이채를 띠었다.

"고마워."

달콤한 목소리엔 배려가 담겨 있었다. 다정히 웃는 얼굴이 낯설었지만 시선을 뗄 수 없었다. 그와 정원에서 티타임을 가졌을 때 봤던 얼굴이었다. 아니, 그때보다 더 애정이 담긴…… 상냥한 얼굴.

저 얼굴을 봐야 하는 건 내가 아니야. 날 향한 게 아니야. 난 고개를 푹 숙였다. 그의 눈을 마주할 수가 없었다.

"난 정말 괜찮아. 그러니까……."

그가 뭐라 말했지만 귀에 들리지 않았다. 주먹을 꽉 쥐고 숨을 골랐다. 낯선 걸 봤기 때문일까, 심장이 쿵쿵 뛰었다. 꼭 봐서는 안 되는 비밀을 훔쳐본 것처럼.

쿵, 쿵, 쿵.

이상해.

너무 이상해.

"……녀님, ……님, ……시녀님!"

"네!"

가슴께를 움켜쥐다가 번뜩 고개를 들었다. 에단이 눈을 휘둥그렇게 뜬 채 날 보고 있었다.

"왜 그렇게 놀래요? 이제 된 거 같은데."

"아, 아아. 네. 이제 된 거 같아요."

잘하시네요. 가벼운 감상을 내뱉고 소파에서 일어났다. 이럴 땐 앞머리가 있는 게 다행이다. 붉어진 얼굴이 보이지 않을 테니까.

"대화는 최대한 짧게 해. 오래 끌면 이상하다는 걸 알아챌 거야. 대충 피곤하다고 둘러대면서 대화를 먼저 끝내. 바이올렛은 절대 먼저 끝내지 않을 테니까."

"그러지."

"좋아. 그럼 자세는 대충 정해졌고, 대화도 그쯤 하면 된 거 같고. 그다음도 중요해. 일단 일어나."

빈센트가 소파 손잡이를 짚고 천천히 일어났다.

"그리고 나가면 돼."

"어떻게."

"동선을 알려 줄게."

에단이 그가 지나가기 어렵지 않게 가구들을 재배치했다. 탁자 양옆으로 자리한 소파들을 조금 더 뒤쪽으로 밀어 통로를 넓혔다. 특히 빈센트의 오른편에 있는 소파는 몸이 빠져나가기 쉽도록 더 널찍이 탁자와의 간격을 벌려 두었다. 그런 뒤 응접실 안을 쭉 둘러본 에단이 내게 손짓했다.

"그럼 시녀님. 빈센트한테 어떻게 나가면 될지 알려 줘야죠."

"제가요?"

"같이요."

에단이 빙긋 웃었다. 난 자꾸 딴 길로 떠나려는 정신을 애써 붙잡고, 빈센트에게 다가갔다. 빈센트는 멀뚱히 서 있었다. 방금 전의 얼굴은 마치 환상인 것처럼. 하지만 내 머릿속엔 여전히 그 모습이 둥둥 떠다녔다. 난 도리질하며 그 기억을 애써 떨쳐 냈다.

"주인님, 손을 잡고 안내해 드리겠습니다."

그러다 그의 손 앞에서 머뭇댔다. 잡기가 꺼려진다. 왜 이러지. 방금 전까지만 해도 괜찮았는데. 괜히 손가락을 접었다 폈다 반복하다가 그의 손끝을 살짝 쥐었다.

"자, 이쪽으로 나오시면."

"왜 이러지."

"네?"

되묻자 그가 미간을 좁혔다. 그러곤 내 손을 덥석 잡는다.

"어설프게 잡지 마. 넘어지면 받아 줘야지."

"제, 제가요?"

"뭐?"

"아니, 아니에요. 그래야죠. 그럴게요."

자, 꽉 잡습니다, 라고 말하면서도 그의 손안에서 꾸물꾸물 빠져나오려 했다. 그러자 그가 더 꽉 붙잡는다. 마치 빠져나가지 못하게 하려는 것처럼 조여오는 악력에 당황했다. 그는 모르는 척 빨리 안내하라고 재촉했다.

결국 강제로 손을 붙잡힌 채 그를 이끌었다.

"기, 길 잘 외우셔야 해요."

"그러지."

왜 자꾸 가슴께가 간질거리는지 모르겠다.

"폴라, 얘기 들었어요? 오늘 빈센트와 만나기로 했어!"

"네. 들었습니다. 축하드려요."

"다 폴라가 용기를 북돋아 준 덕분이에요."

바이올렛이 정말 행복하다는 듯 웃었다. 그 얼굴을 보니 내심 뿌듯하긴 했다. 과정이 험난하였기에 뿌듯함은 금세 사라졌지만.

"너무 기뻐. 이럴 줄 알았으면 더 예쁘게 차려입고 올걸."

"지금도 충분히 예쁘세요."

"고마워요."

수줍게 웃으며 그녀가 손가락으로 머리카락을 빙글빙글 돌렸다. 탐스러운 머리카락이 그녀의 손끝에서 물결쳤다.

"오랜만의 만남이라 너무 떨려."

바이올렛이 가슴께를 부여잡으며 빈센트와의 만남을 기대했다. 결국 자신의 저택에서 사람까지 불러와 새 옷으로 갈아입었다. 예쁘게 단장을 마친 그녀는 마치 빛이 나는 듯했다. 아, 후광. 난 손으로 눈가를 가리고, 약속된 시간에 그녀를 별채 응접실로 안내했다.

그곳에는 아침부터 때 빼고 광낸 빈센트가 앉아 있었다. 다리를 꼬고, 등을 소파 등받이에 기댄 편안한 자세였다. 허연빛을 띠는 에메랄드빛 눈동자도 가까이에서 들여다보지 않은 이상 눈에 띄지 않았다.

"빈센트!"

그녀는 곧장 빈센트에게 달려갔다. 빛보다 빠른 속도였다. 흡사 먹이를 사냥하는 맹수처럼 달려들어 말릴 새도 없었다. 다행히 에단이 능숙하게 그녀의 앞을 막아섰다. 그러곤 자꾸 빈센트에게 향하려는 바이올렛을 겨우겨우 맞은편 소파에 앉혔다.

그녀는 소파에 앉고 나서도 연신 엉덩이를 들썩였다. 나는 준비된 차와 과자를 탁자 위에 내려놓으며 그런 그녀를 흘끗댔다.

"오랜만이야."

"응. 정말, 정말정말 오랜만이야!"

울먹이는 목소리가 애써 삼켜진다. 바이올렛의 시선은 빈센트에게서 떨어지지 않았다. 빈센트는 연습한 대로 차분히 찻잔을 집어 입가에 대고 차를 들이켰다. 그러곤 잔을 무릎에 올린 채로 고개를 들고 시선을 맞췄다. 짧은 연습이었지만, 다행히 이상함은 느껴지지 않을 만큼 동작이 매끄러웠다.

난 바이올렛의 뒤편에 섰고, 에단은 바이올렛과 빈센트 사이에 있는 소파에 앉았다. 나는 빈센트를, 에단은 바이올렛을 지켜보면서 이상한 점이 보이면 서로 신호를 보내기로 했었다.

"어떻게 된 거야. 몸은? 괜찮아진 거야? 못 본 새 왜 이리 말랐어. 왜 편지에 답장을 주지 않은 거야. 그동안 어떻게 된 거야. 무슨 일이 있었던 건데. 내가 얼마나 걱정한 줄 알아?"

"천천히 좀 물어봐라. 뭐가 그리 급하냐."

다다다다 쏟아져 나온 질문에 에단이 혀를 찼다. 바이올렛이 슬쩍 에단을 바라보자 그가 어깨를 으쓱인다. 그녀의 시선이 잽싸게 다시 빈센트에게 꽂혔다.

"그래. 다 대답해 줄 테니 하나씩 물어봐."

"그동안 무슨 일이 있던 거야?"

"많은 일이 있었지. 대부분 네가 알고 있는 일일 테고."

"아직도 몸이 안 좋은 거야?"

"아니. 많이 좋아졌어. 아직 회복 중이지만, 나쁘지 않아."

"그럼 안 좋은 거잖아."

바이올렛이 울먹이다가 손수건으로 눈가를 찍었다. 옆에서 에단이 가관이라고 덧붙였다. 그 순간 그녀의 구두 굽이 에단의 종아리를 찍었다. 에단이 신음하며 종아리를 부여잡았고, 빈센트는 소리를 따라 고개를 살짝 돌렸다. 하지만 눈이 보이지 않으니 어떤 상황인지는 알지 못해 그에게선 아무런 반응이 없었다.

빈센트는 차분히 연습했던 말들을 꺼냈다.

"걱정할 정도는 아니야. 그리고 널 만나지 않았던 건, 내가 정신이 좀 없었어. 위험한 일도 있었고. 그래서 내가 신경이 많이 곤두선 상태라, 널 만나면 안 좋은 소리를 할까 봐 만나지 않았던 거야. 아직 내가 안전한 상태가 아니라 네가 위험해질까 봐 염려도 됐었어. 내가 더 안전해지고 몸도 괜찮아지면 그때 널 만날 생각이었어."

"괜찮아. 나 다 이해해!"

바이올렛이 빈센트 쪽으로 상체를 기울이며 소리쳤다.

"이렇게 무사한 걸로 됐어. 잘 지내고 있는 것 같아 다행이야. 모습 보여 줘서 고마워. 난…… 혹시 내가 싫어진 게 아닌가 싶었어."

"그럴 리가 없잖아."

"응. 알아. 알고 있어! 그냥 나는, 네가 정말 보고 싶었어."

내가 머뭇거리면서도 겨우 내뱉었던 말이었다. 그걸 바이올렛이 매끄럽게 꺼냈다. 거봐요, 내가 이 말 할 거라니까. 그리고 빈센트는 고맙다는 대답을 꺼낼 테지. 짓궂게 웃어 주면서.

"그래. 다음부턴 편지 답장은 꼭 할게."

어……?

"정말이지?"

"응."

빈센트가 고개를 끄덕였다. 바이올렛이 기쁘게 반응했다. 난 그런 빈센트를 바라봤다. 방금 전에 그가 한 대답이 이상했다. 분명 연습했던 대화인데…… 그는 다른 대답을 꺼내 놓았다. 어째서? 분명 웃고 있지만 그때처럼 짓궂은 태도는 아니었다.

의아함에 나도 모르게 그에게 시선을 두었다. 그가 차를 마시고 고개를 들었다. 그의 시선은 연습했던 대로 바이올렛이 있는 정면을 향해 있었는데, 마치 그 뒤편에 서 있는 내게까지 닿은 듯했다. 그럴 리가 없는데 괜히 눈을 피하고 말았다.

그 뒤로는 그동안의 안부를 묻는 대화가 이어졌다. 그녀는 신이 나서 말을 꺼냈고, 빈센트는 간간이 대답해 주었다. 그러다 어색해질 즈음엔 에단이 끼어들어 대화를 매끄럽게 이어 주었다. 바이올렛은 대화에 집중하느라 아직까진 빈센트의 이상함을 느끼지 못하는 듯했다.

나는 그들이 대화를 주고받는 모습에서 오랜 관계를 엿볼 수 있었다.

"참, 빈센트. 꽃 예쁘지?"

"꽃?"

그가 의아해하며 물었다. 난 아차 했다.

"아이참. 내가 꽃다발 보냈잖아. 침대 옆에 둬 달라고 부탁했었는데, 봤지?"

"……그래."

"꽃들이 싱그럽지? 다 싱싱하고 색도 예쁘더라고. 어떤 꽃이 가장 예뻤어? 다음에는 그 꽃으로만 만들어 볼게."

"……."

빈센트가 들고 있던 찻잔을 무릎 위에 내려놓고 손끝으로 더듬었다. 겉으로 보기엔 생각에 잠긴 듯했지만 사실 당황하고 있는 거다. 그건 나도 마찬가지였다. 그에게 바이올렛이 만든 꽃다발 이야기를 하지 못했다. 말하기도 전에 일이 터졌으니까.

어찌해야 할지 몰라 손을 휘저으며 당황하는데 에단과 시선이 딱 마주쳤다. 그가 날 향해 빙긋 웃었다.

"부끄러워하긴."

에단이 빈센트의 팔을 툭 쳤다. 장난스런 몸짓이다. 빈센트의 시선이 슬쩍 그쪽에 닿았다. 에단이 능글맞게 웃으며 빈센트를 대신해 답했다.

"보라색 꽃이 가장 예쁘다고 하던데?"

"어머. 그게 가장 예뻤어?"

바이올렛의 물음에 빈센트가 한 박자 늦게 고개를 끄덕였다. 그녀가 좋아라 하며, 다음에도 그걸로 만들어 보겠다고 덧붙였다. 쾌활한 목소리에서 의문스러운 기색은 느껴지지 않았다. 에단을 보니 그가 웃으며 슬쩍 고개를 끄덕였다.

위기가 넘어갔다. 난 몰래 안도의 숨을 토했다.

슬슬 빈센트가 일어나야 할 때가 왔다. 대화는 오래 할수록 좋지 않다. 시간이 길어지면 이상함을 눈치챌지도 모른다. 당장은 그를 만난 기쁨에 취해 몰라도, 계속 보다 보면 알아챌 가능성이 컸다.

계획대로 빈센트가 먼저 자리를 정리했다.

"바이올렛. 오늘은 내가 좀 피곤해서, 이만 일어나도 될까?"

"아아, 그렇구나."

아쉬움이 뚝뚝 떨어지는 대답이었다. 그녀의 표정이 보이지는 않지만, 얼굴에도 그 감정이 드러났을 거라는 걸 짐작할 수 있었다.

"또 만나러 와도 돼?"

"물론이지. 언제든 환영이야."

말을 마친 빈센트가 빠르게 일어났다. 나도 그를 부축하기 위해 잽싸게 문쪽에 섰다. 그를 따라 에단도 일어나고, 바이올렛도 일어났다.

이제 나가기만 하면 된다. 연극의 마지막. 에단과 서로 시선을 주고받으며 이 상황을 갈무리하려던 순간이었다.

"빈센트!"

불현듯 떠나려는 그의 품 안으로 바이올렛이 뛰어들었다. 너무도 갑작스런 상황이었다. 얼결에 그녀를 받아 낸 빈센트가 그대로 경직됐다. 에단도 놀라 눈을 키웠다. 나도 뻣뻣하게 굳어 버렸다.

그사이 아무것도 모르는 바이올렛은 그의 품에서 고개를 빼꼼 들어 올렸다.

"빈센트. 너무 그리웠어. 너무 보고 싶었어."

"바이……올렛. 일단 진정하고."

"정말, 정말이지."

금방이라도 눈물을 떨어뜨릴 듯 촉촉이 젖어 든 눈동자가 그에게 향했다. 난 빈센트가 바이올렛과 시선을 맞추지 않길 바랐다. 그러나.

"어? 빈센트 눈이……."

그 말이 떨어지기 무섭게 빈센트가 그녀를 밀쳐 냈다. 그건 그의 본능적인 방어 같은 거였다.

바이올렛은 그대로 뒤에 있는 탁자로 발라당 넘어져 버렸다. 탁자 위에 있던 꽃병과 식기들이 우당탕 소리를 내며 떨어졌다.

에단이 다급히 다가가 부축하자, 바이올렛이 멍한 얼굴로 그를 바라봤다. 큰 소리를 들은 빈센트도 당황하고 말았다. 그리고 당황하면 실수를 하기 마련이다. 빈센트의 손이 허공을 휘저었다. 짧은 순간, 그가 잽싸게 손을 거두어들이긴 했지만 이미 그 모습을 그녀도 보았으리라.

"빈센트?"

"미안, 미안해."

당황한 그가 뒤로 돌았다. 나가려는 거였다.

허나 불행은 거기서 끝나지 않았다.

빠르게 튀어 나가려던 그가 소파 팔걸이에 무릎을 부딪치며 넘어졌다. 그대로 바닥에 쓰러져 얼굴까지 처박았다. 쿵! 듣기만 해도 아픈 소리가 뒤이었다.

난 경악하며 그에게 달려갔다. 허공을 휘젓는 손을 잡고, 그를 부축했다.

그리고 그제야, 소란이 진정됐다.

"비, 빈센트……."

"……."

그의 얼굴이 시뻘겋게 달아올랐다.

결국 일이 터졌다. 가장 최악의 형태로.

"빈센트! 빈센트! 문 좀 열어 봐. 응?"

쿵! 쿵! 굳게 닫힌 문 너머에서 여린 소리가 들려왔다.

"빈센트, 이야기 좀 하자. 응?"

다시 쿵! 쿵! 쿵! 그러나 닫힌 문은 절대 열리지 않았다. 그걸 알면서도 그녀는 쉬지 않고 방문을 두드렸다.

"주인님."

"……."

나는 문에 기대앉은 빈센트를 살폈다. 연신 쿵, 쿵, 문을 두드리는 떨림이 느껴졌지만 그는 미동도 하지 않았다.

당황한 바이올렛의 목소리에 그의 얼굴이 시뻘겋게 달아올랐던 순간, 그는 응접실을 뛰쳐나가려고 했다. 하지만 일어나다가 다시 소파에 무릎을 찧고, 애써 아무렇지 않은 척 걸어가려다가 벽에 얼굴을 부딪쳤다. 코피가 터진 건 그때였다. 그럼에도 그는 아랑곳하지 않고 그대로 방향을 틀다가 바로 앞에 있던 장식장에 허리를 부딪쳤다. 그 위에 있던 장식품이 바닥에 떨어져 부서지고 난 다음, 그는 무사히 응접실을 나올 수 있었다. 그리고 난 약속한 대로 그의 손을 잡고 방으로 이끌었다.

방에 들어오자마자 그는 문부터 걸어 잠갔다. 뒤늦게 뒤따라온 바이올렛이 방문을 두드렸지만 열지 않았다. 난 그의 앞에 쭈그려 앉은 채 아무것도 할 수가 없었다. 여전히 잡고 있는 손의 체온이 너무 차가워 그의 마음을 어렴풋이 느낄 수 있었다.

"빈센트! 빈센트!"

바이올렛은 목이 터져라 그를 불렀다. 언젠가 비슷한 상황을 본 적이 있었다. 그리고 그때와 마찬가지로 그는 문을 열지 않을 것이다.

"주인님. 바이올렛 님이 계속 부르고 계세요."

"……알아."

"문을 열어야 하지 않을까요."

그가 고개를 저었다.

"연습해도 소용없었어. 눈이 먼 사람이 앞이 보이는 척한다는 게 잘못된 거지. 그러니 이렇게 된 거야. 예정된 결말이었어. 이제 끝났어. 다 끝났어……."

"빈센트! 문 열어 줘! 제발!"

절망에 빠진 그의 목소리가 바이올렛의 목소리에 부딪쳐 사라졌다. 난 그에게 어떤 말을 꺼내야 할지 몰라 난감했다.

잠시 후 발소리 하나가 다가왔다. 에단인 듯하다. 그가 바이올렛을 달래는 소리가 들려왔다. 곧이어 두 사람의 발소리가 멀어졌다.

고요함이 밀어닥쳤다. 두 사람이 떠난 걸 알면서도 빈센트는 여전히 고개를 푹 숙인 채였다. 난 얼굴을 이리저리 움직이며 빈센트의 상태를 살피다가 그의 양 뺨을 살며시 감싸 들어 올렸다. 수치심으로 물든 얼굴은 이제 창백해져 있었고, 눈은 절망에 빠져들었다. 그의 코 주변엔 핏자국이 지저분하게 물들었다. 코피를 제대로 닦을 겨를조차 없었던 거다.

손을 떼고 몸을 일으켜 욕실로 향했다. 깨끗한 수건을 하나 꺼내 물을 듬뿍 묻히고 다시 돌아왔다. 그리고 젖은 수건으로 그의 얼굴에 묻은 피를 살살 닦아 냈다.

"아직은…… 아직은 끝나면 안 돼. 아직은 깨지면 안 돼……."

"바이올렛 님은 이해해 주실 거예요."

"아직은, 그래야 해."

무슨 뜻일까. 난 고개를 갸웃했다. 그는 다시 말이 없었다. 혼잣말마저 뚝 멈춘 방 안엔 무거운 공기만이 부유했다.

피곤하다는 그를 재우고 나오는 길에 에단을 만났다. 쓰게 웃는 얼굴엔 피로가 담겨 있었다.

"죄송합니다."

"왜 시녀님이 사과를 해요. 정확히 말하면 시녀님 탓도 아닌데."

그래도 내가 한 말로 인해 이 사달이 난 건 맞다. 이래서 이자벨라 님이 입조심하라고 했나 보다. 되돌릴 수 없는 순간은 후회로 남았다.

"다 잘될 거예요."

그가 내 어깨를 다독였다. 평소와 다름없는 가벼운 태도가 어쩐지 위로가 되었다.

다음 날 저택은 고요했다. 에단은 어디 갔는지 모습을 보이지 않았고, 어젯밤까지 방문을 두드리던 바이올렛도 오지 않았다. 다시 올 줄 알았는데, 아마 에단이 그녀를 잘 달랬나 보다.

난 언제나처럼 방 안을 정돈하고 그의 상태를 살폈다. 최근 식사도 잘하고, 침대에서 내려와 걷기도 하더니 체력이 좀 붙는지 발작을 일으키거나 하진 않았다. 하지만 밤새 그가 악몽에 시달렸다는 건 나만 아는 비밀이다.

레니카에게 빨랫감을 전하고, 새걸 받아 오는데 누군가 날 불렀다.

"폴라."

바이올렛이었다.

부름에 다가가니 그녀의 눈가가 벌겋게 부어 있다. 밤새 운 듯하다.

"빈센트는 어때요? 여전히 화가 많이 났나요?"

"오해세요. 주인님은 화가 나신 게 아니에요."

"그렇다면 다행이에요."

그녀가 힘없이 웃었다. 축 늘어진 어깨가 안타까웠다.

"에단에게 얘기 들었어요. 폴라도 알고 있었죠?"

"죄송합니다."

"아이참. 폴라가 사과하지 않아도 돼요."

그녀가 손을 내저었다. 그런데 낯빛이 창백한 게 상태가 좋지 않아 보였다. 어젯밤 늦게까지 방문을 두드리며 그를 부르더니 무리를 한 듯했다. 저러다 쓰러질까 걱정됐다. 난 앞치마를 끌러 근처의 그늘진 곳에 놓아두고 그 위에 그녀를 앉혔다. 그런 뒤 나도 그녀의 옆에 앉았다.

"여기서 좀 쉬시는 게 좋을 거 같아요."

"고마워요."

바이올렛이 애써 웃었다. 벽에 머리를 대자 바람이 불어와 열기를 식혀 주었다.

"폴라, 내 얘기 좀 들어 줄래요?"

"네. 말씀하세요."

그녀가 천천히 입술을 달싹였다.

"나는 말이죠, 어릴 때부터 많이 부족한 약혼녀였어요. 숙녀로서 배워야 할 소양과 예절을 싫어했어요. 말괄량이였거든요. 얌전히 앉아 있는 것보다 긴 치마를 들어 올리고 뛰어다니는 걸 더 좋아했어요."

옛 추억에 잠긴 그녀가 즐겁게 웃었다. 잠시 우울함이 가셨다.

"그래서 어머니에게 혼이 많이 났어요. 숙녀는 그러면 안 된다고, 그럼 어떤 남자도 널 좋아하지 않을 거라고. 그렇게 혼이 날 때마다 빈센트가 위로해 줬어요. 숨기지 않고 솔직한 매력을 보여 주어서 내가 좋다고요. 누군가를 위해 희생하는 것보다 서로 맞춰 가는 게 더 기쁜 거라고 말해 줬어요."

그 지랄맞은 주인님이 저런 기특한 소릴? 솔직히 상상이 안 된다. 그래서 나도 모르게 의심의 눈초리를 보냈다. 다행히 그녀는 과거의 따뜻한 기억에 잠겨 내 시선을 눈치채지 못했다.

"그런 빈센트가 좋았어요. 겉이 아닌, 내면을 봐 주는 그의 곁에서 함께하고 싶었어요. 그래서 어릴 적에 빈센트와의 약혼이 정해졌을 때 내심 기뻤어요. 그와 평생을 함께할 수 있게 되었으니까요."

"……."

"빈센트가 날 친구로, 가족으로 대해도 상관없었어요. 난 온 마음을 다해 그를, 내 남편을 사랑할 거야. 내 사랑이 날 불태울 때까지, 모든 사람이 그를 외면한다고 해도 나만은 그의 편이 되어 주겠노라고, 그렇게 다짐했어요."

결심에 찬 목소리에서 그녀의 신념이 엿보였다. 빳빳이 들어 올린 얼굴엔 작은 망설임조차 없었다. 자신의 사랑을 속삭이는 그녀는 아름다웠다. 제 사랑을 표출하는 여자는 고왔다. 옆에서 지켜보는 것만으로도 눈이 멀어 버릴 만큼 사랑스러운 사람이었다.

"그래서…… 나는 그가 어떤 모습이더라도 받아들일 수 있다고 생각했는데……. 사실은요, 폴라. 빈센트의 진짜 상태를 알게 되었던 그때, 한순간이지만 미운 생각을 하고 말았어요."

빛이 가시고 다시 어둠이 드리워졌다. 그녀가 울듯이 웃으며 어깨를 축 늘어뜨렸다.

"난 이렇게 못난 사람이야. 내가 눈치가 빨랐다면 빈센트의 고생을 알아챘을 텐데. 그를 만날 생각에 기뻐 그가 난감해하고 있단 것도 몰랐어요. 내가 와서 많이 힘들었겠죠. 무서웠을 테고……. 난 그런 줄도 모르고, 왜 안 만나 주냐고 어리광이나 부리고. 난 부인이 될 자격이 없어."

"그렇지 않습니다."

"훌륭한 부인이라면 그런 그의 모습에도 놀라지 않고, 차분히 품에 안아 줬어야 했는데. 괜찮다고, 그래도 사랑한다고 속삭여 줬어야 했어요."

난 바로 고개를 저었다. 옳고 그름을 쉽게 판단할 수 없는 문제였다. 그녀의 태도는 당연했고, 그건 미숙한 나도 알았다. 그리고 빈센트도 알고 있으리라.

"바이올렛 님. 제가 감히 한 말씀 드리자면, 그건 누군가의 잘못을 따질 문제가 아니라고 생각해요. 주인님과 크리스토퍼 님께서 숨기신 일을 바이올렛 님이 어찌 아실 수 있으셨겠어요? 미리 알아채시고 모른 척해 주셨다면야 고마운 일이지만, 그렇지 않다고 하여 비난받을 일은 아니라고 생각해요. 그리고 전 바이올렛 님의 태도가 당연하다고 생각합니다."

"그럴까요."

"그럼요. 솔직히 작정하고 숨기시는데 알아채시는 게 더 신기한 일이라 생각합니다. 옆에서 지켜본 사람으로서 말씀드리자면 정말 아주 치밀하게 숨기고 계셨습니다. 제가 주인님의 상태를 알지 못했다면 저도 알아채지 못했을 거예요."

고개를 설레설레 저으며 연습까지 했다고 덧붙이자, 그녀가 웃었다. 어떤 연습을 했냐고 묻기에 걷는 것부터 찻잔을 들어 올리고, 대화하는 것까지 준비했다고 하자 그녀가 고생이 많았겠다며 슬프게 웃었다.

난 그녀의 슬픔을 휘휘 날려 보냈다.

"제가 말씀드리고 싶은 건, 바이올렛 님이 자책하지 않으셔도 된다는 거예요. 솔직히 언젠가 부인이 되실 분께 숨기는 게 더 나쁜 일이죠. 그러니 어리광 부리셔도 돼요. 저번에도 말씀드렸지만, 때론 상대의 마음을 무시하는 게 좋은 결과를 불러올 때도 있습니다."

"정말로 그럴까요? 좋은 결과가 올까요?"

난 단호히 고개를 끄덕였다. 물론 모든 결과가 좋은 건 아니지만, 지금 두 사람에겐 서로를 마주할 계기가 필요했다. 그리고 지금이 그 계기였다. 상대를 위한 일이라면, 그 노력은 반드시 좋은 결과로 이어질 거라 믿는다.

"바이올렛 님이 하고 싶으신 대로 하세요."

"내가 하고 싶은 대로……."

낮게 속삭인 그녀가 고개를 젖혀 하늘을 올려다봤다. 보랏빛 눈동자에 생기가 돌았다. 잠시 고민하듯 굳어 있던 얼굴에 단단히 결심을 굳힌 미소가 떠올랐다.

"응. 나 어리광 더 부릴래요. 욕심쟁이라고 해도 좋아. 그렇게라도 해야 빈센트를 만날 수 있다면 그렇게 할래. 그의 곁에 있고 싶은걸."

그녀가 환한 얼굴로 날 돌아봤다. 가는 머리카락이 바람에 살랑살랑 흔들렸다.

"폴라, 날 응원해 줘요."

결심에 찬 눈동자가 반짝반짝 빛났다. 아니, 그녀 자체가 눈부셨다. 자신의 사랑을 불태우려 하는 바이올렛에게서 시선을 뗄 수가 없었다. 예쁘다. 그녀 자체도 예뻤지만, 처음부터 포기하지 않고 상대와 마주하려 했던 그 마음이 너무도 예뻤다.

나도 누군가를 사랑하면 저렇게 될까. 그러다 쓸쓸히 웃었다. 내겐 그런 상대가 영영 오지 않을 테니까.

나와 같은 나이의 귀족 아가씨 손은 앞으로도 반들반들하고 고울 테지만, 내 손은 계속 이렇게 거칠거칠하고 초라하겠지. 내 외모도 달라지지 않겠지. 내 삶에 반짝반짝 눈부신 순간은 영원히 오지 않을 거다.

"네."

하지만 이번엔 기꺼이 대답해 줄 수 있었다.

□ ◆ □

그날부터 그녀는 빈센트의 방문 앞에서 버텼다. 문을 두드려 그를 불렀다.

하지만 그는 문을 열지 않았다. 문이 잠긴 건 아니었다. 그러나 바이올렛은 그가 직접 열어 줄 때까지 기다리겠다며 고집을 부렸다.

에단에게 듣기론 오늘도 식사까지 거르고 빈센트의 방으로 달려가려는 그녀를 달래느라 진땀을 뺐다고 한다. 에단 또한 그날 이후로 빈센트와 대화를 나누며 그를 설득해 보려 했지만 번번이 실패했다. 이번 일은 저번처럼 강압적으로 군다고 해서 해결될 문제가 아니니까.

'시녀님이 한번 말을 꺼내 보면 어떨까요.'

힘없이 웃는 얼굴이 낯설어 차마 거절하지 못했다.

식사를 하는 빈센트를 보며 머뭇대다 천천히 운을 뗐다.

"주인님. 바이올렛 님을 만나 보시는 게 어떠실까요?"

"그만."

그가 곧장 말을 잘랐다. 들고 있던 그릇을 협탁 위에 올려 둔다. 반도 먹지 않은 채다.

"입맛이 없으니 그만 먹지."

그대로 침대에 누우려는 그를 붙잡았다.

"바이올렛 님은 주인님이 어떤 모습이더라도 다 받아들이겠다고 하셨습니다."

"그만해."

"계속 방문 앞에서 버티고 계세요. 저러다 쓰러지실 거예요."

"그만! 더는 말하지 마. 명령이야."

그가 내 손목을 움켜잡았다. 단호한 음성이 이때까지와는 달랐다. 더는 선을 넘지 마. 경고가 들려왔다.

난 머뭇댔다. 이대로 물러서고 외면할까, 말까.

'폴라, 날 응원해 줘요.'

그녀와의 대화가 떠올랐다. 그래서 용기를 내 봤다.

"바이올렛 님은 이해한다고 하셨어요."

"이해? 무슨 이해? 눈먼 약혼자가 불쌍해서 동정이라도 베풀겠다는 건가?"

"왜 그렇게 말하세요."

"그렇게 말할 일이니까."

뾰족뾰족 튀어나왔던 가시가 더 날카롭게 솟구쳤다. 방문만큼이나 단단히 닫혀 있는 그의 마음이 보였다. 난 마른 입술을 혀로 핥고, 더듬더듬 말을 이었다.

"바이올렛 님이 그럴 분이 아니시라는 건 주인님이 더 잘 아시잖아요."

"내가 살면서 배운 게 하나 있는데, 뭔지 알려 줄까? 내가 잘 알고 있다고 생각한 사람이 사실은 그렇지 않다는 거야."

"……"

"겉으론 날 위하는 척해도, 내가 약점을 보이는 순간, 그걸 쥐고 흔들 생각부터 하지. 그러지 않을 거라고 생각했던 사람들도 다 그랬어. 날 찾아와 내 상태부터 살펴. 내 부모가 사고로 떠난 순간에도 저 어린 후계자를 어떻게 이용할지부터 계산했지."

비릿하게 웃는 얼굴에서 그가 겪었던 고통이 보였다.

"네 말처럼 바이올렛은 그러지 않을지도 몰라. 하지만 그녀의 주변은 아니겠지. 적어도 그녀의 가문은 눈먼 약혼자를 받아들이지 못할 거야."

"……그럼 계속 이러고 계실 건가요."

"그럴 순 없겠지."

"……"

고개를 젓는 그를 보며 깨달았다. 그는 바이올렛과 파혼하는 걸 무서워하는 게 아니었다. 지금 당장, 그녀를 만나는 걸 무서워하고 있었다. 눈먼 상태로 그녀와 마주하는 걸 꺼려 하는 거였다.

용기, 지금 그에겐 그게 필요했다.

자신의 상태를 받아들이고, 나아갈 용기가.

나는 살며시 그의 손을 놓았다. 그도 순순히 내 손을 놓아 주었다. 유난히 힘이 없어 보이는 그를 뒤로하고 방을 나왔다. 그리고 바로 옆방인 내 방으로 가 서랍을 열었다. 그 안에 꽉 들어차 있는 것들을 품에 가득 안고 다시 그의 방으로 돌아갔다.

기척을 느꼈는지 침대에 누우려던 그가 날 돌아봤다.

"왜 또 왔어."

"주인님."

난 품 안에 가득 들고 있는 걸 그에게 쏟아 냈다. 우르르 쏟아진 하얀 편지들이 침대 위에 널브러졌다. 그건 지금까지 모아 둔 바이올렛의 편지였다.

"이건 다 바이올렛 님이 보내 주신 편지예요. 이자벨라 님의 명으로 제가 보관하고 있었습니다."

"……."

그는 천천히 제게 쏟아진 편지들을 더듬었다. 그의 주변을 다 둘러쌀 만큼 많은 양이었다. 당연했다. 그녀는 쉬지 않고 답장이 오지 않는 편지를 보냈으니까.

"바이올렛 님은 이틀에 한 번씩 편지를 보내 주셨어요. 주인님께 답장이 오지 않을 거란 걸 알면서도 꼬박꼬박 편지를 보내 주셨죠. 주인님, 저는 말주변이 좋지 않아요. 그래서 지금 주인님께 좋은 조언을 해 드릴 수 없어요. 하지만요, 적어도 전 이 정성은 거짓이 아니라고 생각해요."

답장이 없음에도 매번 편지를 보내는 정성이 놀라웠다. 이틀에 한 번씩 보내면서도 두툼한 편지의 두께가 의아했다. 그래서 몇 번 그녀의 편지를 뜯어본 적이 있었다.

[오늘은 정원 산책을 했어. 꽃이 너무 아름다워. 너에게 보여 주고 싶어]

[오늘은 예쁜 옷을 하나 샀어. 이걸 입고 널 만나고 싶어]

[보고 싶어, 빈센트]

정성스레 쓴 글씨가 종이를 빽빽이 채우고 있었다. 내용은 별게 없었다. 하루 일과를 나열한 편지의 마지막은 항상 보고 싶다는 말로 마무리되었다. 나는 잉크가 번진 마지막 글씨를 보며, 그를 향한 그녀의 그리움을 충분히 느낄 수 있었다.

"주인님 말씀대로 모든 일이 순조롭지만은 않겠지만, 그래도 마주 보셔야죠. 용기를 내세요. 지금이 그럴 때라고 생각합니다."

적어도 당신의 방문을 두드리고 있는 저 사람이 지쳐서 당신을 포기하지는 않았으면 좋겠다. 그 정성을 마주 봐 줬으면 좋겠다. 시간이 흘러 결국 그녀가 당신을 떠날지라도, 그래도 지금은 믿어 봤으면 좋겠다. 그럴지도 모른다, 라는 의심으로 사람과의 관계를 잃지 않았으면 했다.

"원하시면 편지는 제가 읽어 드릴게요."

"……됐어."

그가 편지를 하나 들어 올렸다.

"어떤 내용이 적혀 있을지 알아. 자신의 안부를 전하며 걱정된다고, 보고 싶다고 적어 뒀겠지. 매번 그렇게 보내왔으니까. 내가 편지를 보지 않겠다고 명령한 뒤론 답장을 보내지 않아 안 오는 줄 알았는데, 보내고 있었나 보군."

"네. 벌써 이만큼이나 쌓일 정도로요. 이렇게 걱정하시는 분을 계속 외면하시는 건 예의가 아니라고 생각합니다!"

이때다 싶어 나름 보람차게 소리쳤지만 그는 뚱하기만 했다. 왜 저런 표정인가 의문이 들었는데 이어지는 그의 말에 이번엔 내 말문이 막혔다.

"너, 네가 잘못한 것 때문에 이러는 거지. 바이올렛이 네 말 듣고 남겠다고 해서 내 눈치 살피고 있었잖아."

"……."

이런 쪽은 정말 예민하시다.

일이 터지고 나서부터 마음속 한편이 콕콕 쑤셨던 걸 애써 외면하고, 뻔뻔하게 아니라고 반박했다. 주인님을 걱정하는 그녀의 마음을 모르냐고 물었지만 그는 듣지도 않았다. 대신 침대 위에 널브러진 편지들을 더듬었다. 조심스런 손길에서 그의 마음이 느껴졌다. 그래도 영 위력이 없진 않았나 보다.

"용기가 생기세요?"

"조금?"

여전히 냉정하긴 했지만.

"너한텐 매번 잔소리만 듣는군."

"듣기 싫으시면 잘하시면 됩니다."

"뻔뻔하기도 하지."

"그래야 주인님 시중을 들지요."

그러자 그가 살며시 웃었다.

"고마워."

방금…… 뭐라고?

잘못 들었나 싶어 눈을 껌뻑이는데 그가 다시 내 손을 움켜잡았다. 방금 전처럼 강한 악력이 아니었다. 좀 더 조심스럽고, 간지러운 손길이었다. 그리고 곧 그의 손가락이 내 손가락 마디마디에 얽혀 들어왔다.

"저번에 대화 연습했을 때 고맙다고 했던 말, 너한테 한 말이었어. 보고 싶다는 말을 참 어렵게도 한다는 생각이 들어 웃기도 했고 말이지."

그가 그때를 떠올리는지 다시 짧게 웃었다. 그 웃음이 낯설었다. 낯설면서도…… 익숙했다. 상대를 배려하는 상냥한 얼굴. 그때 봤던 얼굴. 그 얼굴이 날 향하고 있었다.

"고마워. 진심이야."

아니, 사실 날 향했던 거였다.

"바이올렛을 계속 외면할 생각은 아니었어. 원하던 일은 아니지만, 어쨌든 일이 벌어졌으니 수습은 해야지. 하지만 네 말처럼 용기가 부족했던 거 같아. 덕분에 기운이 좀 났어. 고마워."

그가 주춤거리며 고개를 들었다. 탁한 에메랄드빛 눈동자가 내게 꽂혀 왔다. 몇 번 연습한 덕분에, 그는 목소리를 쫓아 시선을 줄 수 있게 되었다. 그리고 그 시선을 마주한 나는, 몇 번이나 입을 달싹이다 끝내 다물고 말았다.

얽혀 든 살결이 뜨거웠고, 다정한 목소리가 귓가를 간질였다. 난 멍하니 그를 바라본 채 아무런 생각도 할 수가 없었다. 경고가 쿵, 쿵 울려 왔다.

□ ◆ □

굳게 닫힌 문이 열린 건 그로부터 하루가 더 지난 날이었다. 빈센트는 바이올렛을 만났다. 그녀는 그를 보자마자 울음을 터트렸다. 하고 싶은 말이 많아 보였지만, 그녀는 그의 가슴을 퍽퍽 때리는 걸로 슬픔을 대신했다. 빈센트는 그녀를 품에 안고 등을 토닥여 주었다. 그녀는 그 안에서 그간의 설움을 풀었다. 에단도 그런 두 사람의 등을 토닥였다.

"파혼은 절대로 안 할 거야. 그리고 네 상태도 아무한테 말 안 할게. 정말이야."

"고마워."

그녀가 침묵한다고 해서 그의 상태를 영원히 숨길 수 있는 건 아니었다. 그럼에도 그녀는 그 약속을 지킬 것이다. 그걸 알기에 빈센트도 마주 웃어 주었다.

세 사람은 그날 하루 종일 대화를 나눴다. 오랜만에 저택 안에 즐거운 웃음소리가 울려 퍼졌다. 보기만 해도 근사한 연인의 모습에 난 괜히 가슴께를 문질렀다.

다음 날 티타임을 가졌다.

참석자는 빈센트와 바이올렛, 에단 그리고 나였다. 내가 낄 자리가 아닌 것 같아 난감해했지만 바이올렛이 적극적으로 날 이끌었다. 내가 멋대로 그럴 수 없다고 하니 이자벨라에게 허락까지 받아 왔다. 결국 한낱 사용인인 내가 귀족들의 티타임에 참석하는 영광을 가졌다.

티타임은 별채 뒤편 정원에서 이뤄졌다. 저번에 그와 티타임을 가졌던 장소였다. 그곳에서 차를 마시며 특별할 것 없는 평범한 대화를 나누었다. 그것만으로도 분위기는 충분히 화기애애했다.

그러다 바이올렛의 편지가 화제에 올랐다.

"시녀님. 편지가 몇 개 구겨져 있지 않았어요?"

"네? 아, 그러고 보니."

아주 간혹 편지가 구겨졌다 펴진 것처럼 주름져 있긴 했다. 단순히 전달되는 과정에서 구겨진 거라 생각하고 대수롭지 않게 여겼었는데.

"바이올렛이 욱하는 성질이 있거든요. 편지를 쓰다가 답장이 안 오는 상황에 화가 나 구겼다가 다시 편 자국일 거예요. 상상되네."

그러면서 에단이 낄낄 웃었다. 바이올렛이 부끄럽다는 얼굴로 그의 옆구리를 퍽퍽 때렸다. 에단은 신음했고, 빈센트는 우아하게 차를 들이켜며 슬쩍 웃었다. 그 사이에서 난 몇 번이나 엉덩이를 들썩였다.

불편했다. 내가 있을 자리가 아닌 거 같았다. 그들은 내가 어색해할까 봐 말을 걸어 주고, 챙겨 주었지만 결국 난 타인이다. 이들과 공유할 추억이 없었다. 그래서 눈치를 살피다가 빈 찻주전자를 들고 자리에서 일어났다. 차를 채워 오겠다는 핑계를 대며 자리를 벗어나려고 했는데, 그런 날 빈센트가 잽싸게 붙잡았다.

"어디 가?"

"아, 차가 비어서요. 더 채워 오려고 해요."

"안 마셔도 돼. 여기 있어."

"네? 아, 그래도……."

한창 이어지고 있던 대화가 그로 인해 뚝 끊겼다. 바이올렛과 에단의 시선이 내게 닿았다. 괜히 즐거운 시간을 방해한 거 같아 당황해 하는데 에단이 끼어들었다.

"이야, 빈센트. 누가 보면 시녀님이 너랑 영원히 헤어지는 줄 알겠다! 애절하구만, 애절해. 아무리 떨어지기 싫어도, 차 가지러 가면서 잠시 혼자만의 시간을 가질 수 있게 눈치껏 놓아줘라. 여기 있는 게 얼마나 불편하겠냐."

"어머. 그랬나요?"

바이올렛이 정말이냐 물었고, 빈센트는 내 대답을 기다렸다. 허를 찌른 말에 당황해 바로 대답을 꺼내지 못했다. 그러자 빈센트가 쥐고 있던 내 옷자락을 슬쩍 놓아 주었다. 이걸 감사하다고 해야 할지 말아야 할지 몰라 그냥 고개를 꾸벅이고 그곳을 빠져나왔다.

세 사람에게서 어느 정도 벗어나자 숨통이 트였다. 불편하긴 했나 보네. 머리를 긁적이고 부엌으로 내려가 차를 새로 우렸다.

요리사에게 부탁해 달콤한 과자도 챙긴 뒤, 일부러 먼 길로 빙 돌아갔다. 혼자 바람을 쐬고 싶었던 건 사실이다. 요 근래 통 혼자만의 시간을 가지지 못했다. 그래서일까. 이 짧은 시간이 꿀처럼 달콤하게 느껴졌다.

그렇게 다시 티타임 장소로 돌아가 보니 새로운 참석자가 한 명 더 생겨났다.

바이올렛 앞에 웬 남자가 서 있었다. 그를 마주하는 바이올렛의 얼굴에선 반가움이 배어 나왔다. 누구지? 고개를 갸웃하며 다가가니 두 사람의 목소리가 들려왔다.

"그동안 어디 갔었던 거야? 방에도 없던데."

"오랜만에 저택 구경 좀 했지."

"같이 와 놓고 혼자 쏙 빠지고."

"구경할 데가 많더라고."

대화에서 살가움이 느껴졌다. 대체 누군가 싶어 갈색 머리통을 살폈지만 상대가 내 쪽으로 얼굴을 돌리지 않아 알 수가 없었다. 내가 그쪽에 다다랐을 땐 남자는 빈센트에게 향하고 있었다.

난 테이블 위에 찻주전자와 과자를 내려놓으며, 빈센트와 대화를 나누고 있는 남자의 뒤통수를 흘끗댔다.

"저 신사분은 누구신가요?"

"에단의 동생이에요."

"크리스토퍼 님 동생이요? 동생이 있으셨어요?"

의아해하며 문자 등 뒤에서 팔이 툭 튀어나왔다. 돌아보니, 어느새 과자 하나를 입에 문 에단이 서 있었다.

"엄청 착한 남동생이 하나 있어요. 시녀님께도 소개해 줄게요. 내 동생 얼굴도 반반하고 성격도 좋고, 인기도 굉장히 많습니다. 그렇다고 반하진 말고요. 감당하기엔 어려운 아이니까."

"안 반합니다."

"다 그렇게 말하고 반하더라고요."

"자신하시네요."

"자랑스런 동생이니까요."

에단이 짓궂게 웃었다. 난 어깨를 으쓱였다. 얼마나 자랑스런 동생인지 그 면상이 보고 싶어졌다. 그래서 다시 남자의 뒤통수를 흘끗대는데, 때마침 그가 내 쪽으로 다가왔다.

그런데 가까이서 본 얼굴이 낯익었다.

"시녀님 인사해요. 내 동생이에요. 너도 인사해. 이쪽은 현재 빈센트의 시중을 들고 있는 사람이야."

"만나서 반갑습니다."

갈색 머리카락이 바람에 흔들렸다. 매끄러운 음성이 듣기 좋았다. 여전히 고급스럽고, 우아한 분위기. 시선이 부딪치자 그가 눈을 휘며 정중히 손을 내밀었다.

"루카스 크리스토퍼입니다."

"크리스토퍼……."

설마 숲속에서 만났던 남자가 에단의 동생이었을 줄이야. 이런 우연이 또 있을까 싶어 멍하니 남자를 살폈다. 그가 고개를 갸웃한다. 그제야 실례를 했다는 걸 깨닫고 고개를 숙였다. 한껏 디밀어진 손을 맞잡으며 나도 인사를 건넸다.

"바, 반갑습니다."

짧은 인사 뒤에 손을 놓으려는데, 그가 그런 내 손을 더 꽉 잡으며 들어 올렸다. 동시에 뜨거운 체온이 손등을 꾹 눌러 왔다.

"루카스라고 불러 주세요."

너무도 우아하고, 예의 바른 인사였다. 그리고 누군가를 연상시킨다. 그는 정말 에단의 동생이 맞았다.

"형들 때문에 고생이 많죠? 누나도. 다들 워낙 특이해서."

"설마. 시녀님은 나 좋아해."

"정말?"

그의 물음에도 대답하지 못할 정도로 머릿속이 멍했다. 난 눈앞의 남자를 훑었다. 그가 내 손을 놓고, 에단과 장난스런 대화를 나눴다. 그런 두 사람 사이에 바이올렛이 끼어들었다.

"다들 너무해. 나한테만 비밀로 하고."

"미안해. 형이 원하지 않아서."

"나도 당사자의 마음을 존중하는 편이라."

"치이—"

바이올렛은 툴툴대면서도 더는 뭐라 하지 않았다. 에단과 루카스가 미안하다는 듯 웃었다. 나는 그들의 대화를 통해 루카스란 남자 또한 빈센트의 상태를 알고 있다는 걸 깨달았다.

동시에 언젠가 빈센트가 했던 말이 머릿속을 둥둥 떠다녔다. 나는 빈센트를 살폈다. 차를 들이켜고 있는 그는 무덤덤해 보였다. 놀란 기색도 아니었고, 공포에 떨지도 않는다.

티타임은 사람이 한 명 더 늘어나면서 더 왁자지껄해졌다. 하지만 그 사이에서 난 웃을 수 없었다.

누가 봐도 다정한 관계. 그런데 뭔가 이질적으로 다가왔다. 내가 감히 이런 판단을 해도 될지 모르겠지만, 뭔가…… 이상해.

새로운 참석자로 인해 다시 비워진 찻주전자를 채우러 간다는 핑계를 대며 또다시 그 자리에서 도망쳤다. 부엌으로 가 차를 채우고, 이번에도 먼 길로 빙빙 돌아갔다. 괜한 생각을 애써 지워 내며 걷고 있는데 반대편에 누군가가 보였다.

루카스였다.

"다들 즐거워 보이네요."

어렴풋이 들리는 목소리에 루카스가 나지막이 속삭였다. 허공을 보던 눈동자가 내 쪽을 향했다. 그는 내가 오는 것을 알고 있었다. 바람이 그의 머리칼을 흐트러뜨렸다.

난 꾸벅 고개를 숙였다.

"왜 여기 나와 계세요?"

"바람 좀 쐴 겸해서. 그러고 보니 이름을 듣지 못했네요."

"아, 폴라입니다."

"폴라. 폴라. 폴라……."

그의 입 안에서 굴려지는 건 분명 내 이름인데, 마치 소중한 걸 부르듯 달콤한 목소리였다. 괜히 간질간질한 기분에 목덜미를 긁었다.

"폴라. 형한테 얘기 많이 들었어요. 재밌는 분이라고요."

"영광입니다."

에단이 나에 대해서 좋은 말만 했을 거라곤 생각되지 않는다. 동생한테 내 욕한 거 아냐? 살짝 인상을 썼다 빠르게 폈다.

"우리 숲에서 본 적 있죠?"

"네."

"그땐 누군가 했는데, 형의 시중을 드는 분이었군요. 편지는 잘 전해 주었나요?"

그제야 잊었던 기억이 떠올랐다. 난 다급히 말을 이었다.

"호, 혹시 편지는 어디서 나셨는지요?"

"저택을 나가다가 문 앞에 떨어져 있는 걸 주웠어요. 전해 줘야 한다고 생각했는데 주변에 아무도 없어서, 일단 가지고 다녔어요. 저택을 구경하다가 때마침 숲속에서 만난 당신이 이곳 사용인인 거 같아 전해 준 거고요. 혹시 중요한 거였나요?"

"……그렇군요. 네. 중요한 거예요. 전해 주셔서 감사합니다."

소중한 편지를 잃어버릴 뻔했다고 생각하니 그의 배려가 너무 고마웠다. 난 다시 허리를 꾸벅 숙였다. 그가 짧게 웃었다.

"빈센트는 어떤가요. 잘 지내고 있나요?"

"네. 잘 지내고 계십니다."

"그래 보이네요. 생각보다 더 잘 지내고 있어서 놀랐어요. 솔직히 방에만 박혀 있을 줄 알았는데 예상외긴 하네요."

네? 눈을 껌뻑이며 되묻자 그가 빙긋 웃었다. 웃으니 에단을 닮긴 했다.

"형이 말 안 해 주던가요?"

"그게 무슨……."

"내가 그를 실명시켰다고."

"……!"

이게…… 대체…… 무슨……?

지금 뭐라고 한 거지. 저 남자가 대체 무슨 말을 하는 거야.

"얼굴을 보니 역시 폴라도 알고 있었군요. 같이 있는 내내 경계의 눈초리를 보냈잖아요. 설마 형이 그것까지 말했을 거라곤 생각 못 했는데, 당신을 많이 의지하고 있나 보네요."

"아, 저, 저는."

"너무 놀라지 말아요."

그가 한 걸음 다가왔다. 난 빠르게 뒤로 물러났다. 심장이 쿵쿵 뛰었다. 충격적인 고백 뒤로 공포가 밀려왔다. 순간, 눈앞의 남자가 무서워졌다. 그의 웃는 얼굴이 섬뜩하게 느껴졌다.

'날 이렇게 만든 게 그 가문이거든.'

지나치게 담담했던 그 목소리가 다시금 내 머릿속을 휘저었다. 난 주춤주춤 뒤로 물러나며 떨리는 심장을 움켜잡았다. 그런 내 반응을 이해한다는 듯 루카스는 연신 웃는 얼굴이었다.

"상상했던 대로라 다행이네요."

그게 무슨 말이냐고 물으려는데, 바스락거리는 소리가 울렸다. 그와 내 시선
이 동시에 소리가 난 쪽으로 향했다. 거기엔 빈센트가 서 있었다. 그도 누군가
의 기척을 느꼈는지 놀란 표정이었다.

난 빠르게 고개를 돌려 루카스를 바라봤다. 그리고 다시 빈센트를 살폈다.
그가 어떻게 여기까지 왔는지는 모르겠지만, 생각보다 행동이 더 빨랐다. 난 루
카스를 지나쳐 빈센트의 팔을 움켜잡았다. 본능적으로 뿌리치려는 그의 팔을
꾹 눌러 잡고, 반대편으로 이끌었다.

"너……."

"이, 일단. 일단 가세요. 가요. 제발 그냥 가요."

뭔가 말하려던 그는 내 재촉에 입을 다물었다. 난 빠르게 반대편으로 그를
이끌면서, 뒤쪽을 흘끗 보았다. 쏴아아 울리는 바람 사이로 그 남자가 보였다.
루카스는 이쪽을 보고 있다. 빈센트를 실명시킨 장본인이라 고백하던 그가.

심장이 다시금 쿵쿵 뛰었다. 빈센트를 잡은 손에 땀이 배어 나왔다. 혹여 땀
에 미끄러져 그를 놓칠까 봐 팔을 단단히 붙잡았다. 등 뒤로 따라붙는 시선이
너무 무서웠다.

그걸 그도 느꼈나 보다.

"왜 그렇게 떨어. 무슨 일인데."

"일단은 여길 벗어나고 나서, 그러고 나서 말씀드리겠습니다."

불현듯 그가 걸음을 멈췄다. 난 재빨리 그를 끌어당겼지만 그가 움직이지 않
고 버텼다. 연신 당겼지만 여전히 움직이지 않자, 결국 내 걸음도 그를 따라 멈
췄다. 돌아보자 그가 먼저 말을 꺼냈다.

"무슨 일인지 말해."

"주인님. 일단 가시면 말씀드릴게요."

"지금, 말해."

그는 말하기 전까진 한 발자국도 움직이지 않겠다는 의지를 보였다. 지금 이 럴 때가 아닌데! 난 그의 뒤쪽을 살폈다. 그 남자가 보이지 않았다. 하지만 금방 이라도 뒤쫓아 올까 무서웠다. 마른침을 꿀꺽 삼켰다.

"저, 저분이, 정말 저분이 그러신 건가요?"

"뭘."

"주인님…… 눈이요."

그게 무슨 소리냐는 의문이 돌아왔다. 난 답답하다는 듯 대꾸했다.

"에단 크리스토퍼 님 동생, 루카스 크리스토퍼 님이 주인님의 눈을 그렇게 만든 거라면서요."

"……루카스가 그래?"

"네."

그는 잠시 침묵했다. 그게 더 무서웠다. 꼭 긍정하는 거 같아서. 하지만 돌아 오는 대답은 내 예상과 달랐다.

"아니야."

"주인님. 숨기지 말아 주세요. 피하셔야 해요."

"정말 아니야."

"그럼 대체 누가 그랬다는 건가요?"

나도 모르게 금기를 물었다. 그러면 안 된다는 경고를 무시했다. 그만큼 혼 란스러웠다. 머릿속이 복잡해 울듯이 묻자 빈센트가 한숨을 쉬며 대답했다.

"제임스 크리스토퍼."

"그게 누구죠?"

"에단의 배다른 형."

쏴아아 강한 바람 소리가 울렸다. 그를 스쳐 온 바람이 내 머리칼을 헝클었 다. 내 복잡한 머릿속은 터지기 직전인데, 그는 너무도 덤덤하여 나는 순간 꿈을 꾸는 기분에 휩싸였다.

"그 사람이 날 이렇게 만든 장본인이야."

빈센트는 말을 번복하지 않았다. 진실. 그는 진실을 말해 주고 있었다. 한낱 시녀인 내게, 비밀로 감추고자 했던 진실을 터트렸다.

그리고 그때, 나는 내가 넘지 말아야 할 선을 넘었다는 걸 훗날 깨달았다. 루카스가 내게 보여 주었던 상냥함의 진실도.

제4장

백작님의 사정

　나는 최근 그의 주변 사람들을 접하게 되면서, 그의 생활이 내가 상상하는 것 이상으로 순탄하지 않았다는 걸 깨달았다. 눈앞에 보이는 것만이 전부가 아니다. 적어도 빈센트의 삶은 그랬다. 눈먼 그의 앞길은 눈이 보인다고 해서 순조로울 수 있는 게 아니었다.

　바이올렛은 그 이후로도 저택에 자주 방문했다. 때론 에단도 동행했다. 비밀을 공유한 관계가 되어서일까. 예전보다 방문하는 데 거리낌이 없었다. 처음엔 그들의 방문이 부담스러웠지만, 어느 순간 익숙해지더니 이제는 내게도 나름의 즐거움이 되었다.

　그리고 그 남자, 루카스. 내게 '자신이 빈센트를 실명시켰다'고 말한 그의 의도를 끝까지 알 수가 없었다. 그는 그 뒤로도 날 볼 때마다 아무 일도 없었던 것처럼 웃어 주었다. 결국 그가 떠나는 순간까지도 그의 말은 수수께끼로 남았다.

　그리고 루카스를 대하는 빈센트의 태도도 언제나처럼 담담하기만 했다. 그렇다면 루카스가 정말 아니란 말인가. 빈센트는 뭘 알고 있는 걸까. 에단은? 그는 어디까지 알고 있는 거지? 미숙한 내 머리로는 그들의 관계를 당최 이해할 수가 없었다.

하긴. 한낱 시녀 따위가 뭘 알 수 있을까. 내가 어찌 그들의 삶에 잣대를 들이댈 수 있겠는가.

사람을 의심하고, 경계하고, 외면하던 빈센트의 태도를 조금은 더 이해할 수 있게 되었을 뿐, 내가 뭔가를 할 수 있을 거라 생각하지 않는다. 그들의 관계에 묘한 위기감을 느꼈다고 해서 내가 참견할 수 있는 문제도 아니었다. 나는 그저 내 일만 잘해 내면 된다.

괜한 호기심은 화만 불러올 뿐이다.

나는 내가 고용된 목적을 다시 한번 되새겼다.

[너무 예뻐서 보냅니다.]

금빛 글씨가 편지 봉투 안에 말린 꽃을 넣어서 보내 주었다. 햇살에 비치면 투명해지는 하얀 꽃송이였다. 그걸 이리저리 흔들어 보다가 즐겨 읽는 책 속에 끼워 두었다. 그리고 맑은 하늘을 보았다.

저택은 오랜만에 고요했다. 시끌벅적했던 날들이 벌써 꿈처럼 느껴졌다.

"조용하네요."

"그래."

오늘은 그간 읽지 못했던 책을 읽기로 했다. 장소는 그의 방 창문 앞. 둘만의 티타임을 가졌던 날에 일이 터진 게 악몽으로 남았는지 그는 다시 방에만 콕 박히고 말았다. 난 그를 끌어내는 대신 활짝 열린 창문 앞에 앉을 자리를 마련했다.

"조용하니까 조금 쓸쓸하기도 해요."

"전혀. 혼자가 편해."

"참 메마르셨네요."

"칭찬으로 듣지."

받아치는 말에 여유가 묻어났다. 평온해 보이는 얼굴이 창밖으로 향한다. 난 그런 빈센트를 바라봤다. 당신은 지금 무슨 생각을 하고 있을까. 근래 들어 불쑥불쑥 튀어나오는 의문이었다. 단순히 눈이 멀어 성질이 더러워진 사람이라고 생각했는데, 사실은 그의 속내를 가장 알지 못했다는 걸 최근에서야 깨달았다.

그에겐 아닌 척했지만 궁금하긴 하다.

당신은 대체 무슨 생각을 가지고 있는지.

"아까부터 단내가 나."

"단내요? 아, 오늘 디저트로 파운드케이크라는 걸 가져왔습니다."

난 잠시 깜빡했던 케이크의 존재를 떠올렸다. 식사를 마친 빈 그릇을 전해 주는데 요리사가 디저트로 파운드케이크라는 걸 내밀었다.

'어릴 적부터 단걸 좋아하셨거든요.'

주름진 얼굴이 기쁨에 물들어 있었다. 난 투명한 덮개 안의 노란빛 빵을 보며 고개를 갸웃했다.

"파운드케이크?"

그가 드물게 관심을 보였다. 빠른 반응에 좀 놀랐다.

"단거 좋아하세요?"

"조금."

그러면서 손으로 재빠르게 주변을 더듬는다. 최근에 연습한 덕분에 움직임이 꽤 자연스러웠지만, 내 눈을 속일 순 없었다. 정말 단걸 좋아하는구나. 소금 같은 얼굴을 하고 설탕 입맛이라니 의외였다.

투명한 덮개를 치우고, 미리 잘라져 있는 케이크 한 조각을 작은 접시에 올려 그에게 내밀었다. 포크까지 쥐여 주자, 그가 접시 끝을 손으로 더듬더니 포크로 케이크를 푹 찍어 들었다.

그러나 어정쩡하게 찍힌 케이크는 포크에서 훅 빠져나갔다. 빈 포크인 줄도 모르고 입에 넣은 빈센트가 의아해하며 입맛을 다셨다. 그리고 다시 포크를 내리며 접시가 아닌 애먼 곳에 헛손질을 했다.

저렇게 먹으면 한나절은 더 걸릴 거 같아서 그냥 케이크를 손에 쥐여 주었다. 살짝 인상을 쓰는 듯했지만 곧장 입 안에 넣는다.

오물오물 씹는 게 진짜 맛있게도 먹는다. 금세 한 조각을 먹어 치운 그가 다시 손을 뻗어 왔다. 새로 한 조각을 쥐여 주자 얌전히 받아먹는다.

먹는 걸 보니 맛이 궁금해졌다. 그래서 나도 슬쩍 한 조각 가져가 입에 넣었다. 단맛이 혀를 확 자극했다. 정말 달았다. 아니, 지나칠 정도로 달았다. 근데 맛있다. 이렇게 맛있는 건 처음 먹어 본다.

세상에 이런 빵도 있구나. 여기 요리사는 솜씨가 참 훌륭하다고 속으로 감탄하며, 빈센트 몰래 파운드케이크 조각을 하나씩 하나씩 가져가 입에 넣었다. 두 사람이 먹으니 파운드케이크가 담긴 접시는 금세 바닥을 보였다.

"파닥거려."

"네?"

마지막 남은 한 조각을 슬쩍 가져가 입에 무는데, 그가 창틀을 톡톡 두드렸다. 아, 난 뒷머리를 매만졌다. 긴 끈이 바람에 날려 창틀을 탁탁 때리고 있었다. 미약한 소리인데 그에겐 선명하게 들렸나 보다.

"머리를 묶은 끈이 좀 길어서 창틀에 부딪쳤나 보네요."

"평소 사용하던 게 아닌가."

"네. 다른 겁니다. 바이올렛 님이 선물로 주셨습니다."

며칠 전에 바이올렛이 선물이라며 리본이 달린 상자를 하나 주었다. 뚜껑을 열어 보니, 가장자리가 동글동글하고 끝에 꽃무늬가 수놓아진 새하얀 머리 끈이 들어 있었다. 질감이 보드라운 게 딱 봐도 비싼 물건이었다. 그래서 이런 건 받을 수 없다고 거절하자, 바이올렛은 사양 말라며 내 손에 머리 끈을 꼭 쥐여 주기까지 했다.

'예전에 폴라가 꽃다발을 만들어 줬을 때, 머리 끈을 사용했던 게 마음에 걸렸어요. 폴라의 조언 덕분에 용기를 낼 수 있었어요. 너무 고마워서 주는 선물이니까 편하게 받

아요.'

그때도 선물로 작은 꽃다발을 받았었는데. 꽃병에 꽂아 방 안에 놓아둔 꽃다발은 아쉽게도 며칠 지나지 않아 시들어 버렸지만 이건 오래도록 간직할 수 있는 선물이었다. 게다가 상냥한 얼굴엔 묘한 강압이 담겨 있었다. 결국 감사 인사를 하고 받으니, 바이올렛은 손수 내 머리를 끈으로 묶어 주기까지 했다. 상자에 넣어 둔 채 보관하려고 했던 내 마음을 알아챈 듯했다.

"좋겠군."

"좋긴 한데, 부담스럽기도 하고. 너무 예쁜 걸 주셔서 제가 해도 될지 모르겠네요."

이렇게 비싸고, 여성스런 물건은 처음이라 손대는 것조차 조심스러웠다. 나랑은 전혀 안 어울리는데. 민망함에 괜히 머리 끈을 만지작거리다가 그마저도 닳아 버릴까 봐 얼른 놓았다.

그러자 바람에 휘날리는 끈을 빈센트가 감싸 쥐었다. 손을 한껏 뻗은 채 끈을 만지작거리는 것이 어떤 모양인지 가늠하는 듯했다.

한창 끈을 만지던 그가 툭 감상을 뱉었다.

"잘 어울리겠네."

"아니……."

나랑은 너무 안 어울릴 정도로 예쁜 거라며 손을 내저으려다가 멈췄다. 그의 머릿속에 있는 건방진 시녀의 얼굴을 떠올리곤 반박을 입 안으로 집어삼켰다.

"미모가 빛을 발하겠군."

"그런 말은 어디서 들으셨어요?"

"바이올렛이 자주 말하던데."

그가 우스갯소리 한번 해 봤다는 듯 말했다. 난 짧게 웃으며 앞치마에 손을 닦아 냈다. 심장이 콕콕 쑤셨다. 이 화제는 오래 끌고 싶지 않았다.

그가 케이크 접시를 손으로 더듬다가 의아한 기색을 띠었다.

"왜 벌써 비었지?"

"책을 마저 읽겠습니다."

난 모르는 척 읽다 만 책을 펼쳐 들었다. 그가 고개를 갸웃하더니, 대신 차를 들이켰다. 난 그를 흘끗대며 책을 읽어 내렸다. 목소리가 제법 매끄럽게 흘러나왔다.

"이제는 제법 잘 읽는군."

"감사합니다."

칭찬은 언제나 기분 좋다. 흐뭇하게 웃으며 남은 내용을 마저 읽었다.

"책을 정말 좋아하나 봐."

"아, 그렇게 보이나요?"

"매번 즐겁게 읽으니까. 즐거워서 어쩔 줄 모르는 거 같아."

"네, 좋아해요. 제가 어릴 적에 책방에서 일했다는 이야기 해 드렸나요?"

"했어. 네가 처음 책을 읽어 주겠다고 한 날."

"참, 그랬죠. 그때 주인님이 저한테 그 책방 주인이 어릴 적에 애를 망상병자로 만들었다고 하셨는데, 기억나세요?"

"글쎄. 네가 네 사리사욕을 채우기 위해 날 위하는 척하면서 강제로 이 짓을 시작했던 건 기억나는군."

"참 좋은 기억력을 가지고 계시네요."

그럼 처음에 나한테 물건 던지고, 나가라며 소리쳤던 건 기억하냐고 비아냥거렸다. 그러자 네가 내 입에 억지로 음식을 처넣었던 건 기억한다고 받아친다. 너무 씻지 않아서 냄새났던 건 기억나냐고 하니까, 네가 날 씻기겠다고 욕조에 던졌던 건 기억한다.

난 하하 웃었다.

"저와의 추억을 이렇게 다 기억해 주시고, 영광이에요."

그도 날 따라 방긋 웃었다.

"나야말로."

잠시 어색한 웃음소리가 메아리쳤다.

"그때 주인님이 책은 더 이상 안 읽는다고 하셨는데. 어떠세요, 역시 읽으니까 좋죠?"

"글쎄. 네가 좀 더 생동감 있게 읽어 준다면 더 좋을 거 같군."

"제 목소리가 하나뿐이라 아쉽네요."

"더 연습해 봐. 네 안에 숨어 있던 또 다른 자아가 나올지도 모르지."

"조언 감사드립니다."

방금 전보다 더 큰 웃음소리가 울려 퍼졌다.

"케이크를 몰래 집어먹는 쥐새끼 같은 짓은 하지 말았으면 더 좋겠고 말이지."

"……."

위로 솟아 있던 내 입꼬리가 아래로 축 처졌다. 개자식. 그건 또 어떻게 알았데.

"얼마나 먹었다고……. 그거 좀 같이 먹을 수도 있지……. 쪼잔해……."

나지막이 툴툴대며, 마지막 장만 남은 책에 얼굴을 처박았다. 그는 내 말을 들은 척도 안 하고 창밖만 바라봤다. 바람이 살랑살랑 불어왔다. 그의 손은 여전히 바람에 흔들리는 내 머리 끈의 가장자리를 만지작대고 있었다.

"너는 이런 생활이 좋은가."

"그게 무슨 말씀이세요?"

난 고개를 슬쩍 들어 책 너머의 그를 보았다. 그는 여전히 창밖을 보고 있었다.

"이렇게 저택에만 박혀, 내 시중을 드는 생활에 만족하냐고 묻는 거야."

"……왜 그런 걸 물으세요?"

"가족에 대해 말하는 걸 듣지 못해서. 이런 낯선 곳에 오면 보통 고향을 그리워하잖아. 향수병이라든지."

가족. 잊었던 감정이 물결쳤다. 그대로 튀어 오르려는 걸 애써 눌렀다.

난 눈을 데굴데굴 굴리다가 책을 내려놓았다. 습관처럼 입꼬리를 올리다가 다시 내렸다. 이럴 필요까진 없지. 그가 눈이 안 보이니 이런 건 좋다. 표정을 숨길 필요가 없으니까.

아무렇지 않은 척하는 건 쉽다. 매번 하던 거니까.

"네. 만족해요."

"집에 돌아가고 싶지 않아?"

"그다지요."

"어째서?"

어째서라니. 가족이라고 해서 꼭 서로를 그리워해야 하는 건 아니다. 밤마다 꿈속에 나타나 날 괴롭히던 악마 새끼가 떠올랐다.

"돌아가야 할 이유가 없으니까요."

"……."

그가 내 쪽으로 고개를 돌렸다. 나는 그의 눈을 피해 시선을 내리며 빵가루만 남은 빈 접시를 만지작댔다. 다음에는 더 많이 달라고 해야지, 그런 생각을 하며 쓸데없는 기억을 지워 냈다.

"자매가 있다고 했었지."

"네."

"몇 명?"

"넷이요. 저까지 다섯."

"넌 거기서 몇 번째지?"

"첫 번째예요."

빈 접시를 빙빙 돌리며 대충 대답했다. 달갑지 않은 화제였기에 깊게 생각하고 싶지 않았다. 빨리 대화를 마무리하고 싶은 마음에 묻는 질문에만 빠르게 대답하고, 주절주절 설명을 덧붙이진 않았다.

"예전에 동생 얘기를 했었지. 둘째라고 했던가?"

"네, 맞습니다. 그런데 왜 이런 걸 물으세요."

민망하게요. 그리 덧붙이며 애써 웃었다. 그가 턱을 괴고 날 바라봤다. 그의 다른 한 손은 여전히 내 머리 끈을 만지작대고 있었다.

"생각해 보니 너에 대해 들은 게 별로 없어서."

"드릴 말씀이 없어서요."

"다른 땐 묻지 않아도 좋알거리더니."

"저는 머리가 나빠서 잘 기억이 나지 않습니다."

빈 접시가 빙글빙글 돌았다. 그 소리가 그와 나 사이를 가득 채웠다.

"둘째가 널 많이 그리워하고 있겠군."

"……."

빙글빙글빙글 돌던 접시가 파르르 소리를 내며 움직임을 뚝 멈췄다. 순간 침묵이 들이닥쳤다. 난 접시에서 뗀 손을 거두어들이지 못했다. 빈 접시에 있던 빵가루가 이리저리 지저분하게 떨어져 탁자가 더러워졌다. 꼭 내 마음처럼.

"아니요. 그리워하지 않을 거예요."

"어째서?"

"좋은 곳으로 갔거든요. 같이 안 살아요."

그러면서 창밖의 하늘을 올려다봤다. 맑고 깨끗한 하늘이 참 예뻤다. 내 동생들은 다 저기에 있다. 악마 새끼가 뒤흔들던 지옥에서 벗어나 저곳에서 행복하게 지내고 있을 것이다.

그리고 날 보며 원망하고 있으리라.

"좋은 곳으로 시집갔나 보군."

아, 그렇게 들렸나. 하지만 굳이 정정하지 않았다.

"네. 좋은 곳이에요."

"다른 동생들도?"

"네. 아, 셋째 빼고요. 아버지가 걜 예뻐해서요."

너무 예뻐해서 문제지만. 그러다 필튼에 있는 집이 떠올랐다. 그곳에서 떠나온 뒤로 소식 따위 나누지 않았다. 찾아가지도 않았다. 내가 없는 그 집에서 그들은 어찌 지내고 있을까. 그런 생각을 해 본 적은 있지만 금세 접었다. 쓸데없는 관심이었다.

"어머니는?"

"없어요."

죽었는지 살았는지 모르니까 없는 거나 다름없다. 거기까지 대답하고 나니 더는 가족에 대한 이야기를 꺼내고 싶지 않았다. 또 묻는다면 자리를 정리할 생각이었는데, 그는 더 이상 묻지 않고 다시 창밖을 보았다.

"하긴. 꼭 그리워할 필요는 없지."

대수롭지 않게 나온 말이 마치 뭔가 알고 있는 거 같았다. 심장이 콕콕 찔리는 듯했다. 그만해. 더는 날 들쑤시지 마. 그리 소리치고 싶어졌다.

"……주인님은 어떠세요. 그리우신가요?"

심술궂은 마음에 반격을 해 봤다. 그의 부모가 불의의 사고로 떠났다는 걸 알면서도 상처를 쑤셔 봤다. 언짢아할지도 모른다고 예상했는데 돌아온 대답은 의외였다.

"아니."

"왜요?"

"필요가 없으니까. 죽으면 만날 텐데 그리워할 것까지야. 슬픔은 짧아야지. 후회도 하고 싶지 않아. 그 감정에 빠져 앞일을 못 볼 바에야 버리는 게 나아. 쓸모없으니까."

"……."

너무도 냉정한 말이었지만 이해할 수 있었다. 내가 그랬으니까.

동생들의 죽음. 그로 인해 쏟아지는 슬픔, 그리움, 후회, 죄책감. 하지만 그 감정에 빠져 허우적댈 여유가 없었다. 당장 하루하루를 살아 내야 했고, 살아 가는 데 그러한 감정들은 전혀 도움이 되지 않았다. 내 삶의 가치는 쓸모가 있는지 없는지에 따라 결정됐다. 그리고 그 감정들은 날 쓸모없는 존재로 만들었다. 그래서 간직하기보단 도려내는 쪽을 택했다. 그러고 나니 오히려 살 만했다.

그의 삶도 그랬던 걸까.

불현듯 생기는 건 동질감이다.

"내가 말했잖아. 여긴 꿈꿀 곳이 못 된다고."

'그럼 생각해 봐. 헛된 꿈을 꾸기엔 적절한 곳이 아니냐며.'

그래, 그런 말을 했었지. 그땐 성질이 지랄맞아 가시 돋친 말만 내뱉는 줄 알고 대수롭지 않게 넘겼는데 지금 돌이켜 보니 경험에서 우러나온 그 나름의 조언이었던 거 같다.

"그래도 한 가지 정도는, 헛된 꿈이라 해도 꾸고 싶은 게 있지 않으세요?"

좀 궁금해졌다. 저렇게 메마른 대답을 건네는 남자의 소원이. 내 물음에 그가 잠시 골똘히 생각하는 듯하더니 힘겨운 답을 토해 냈다.

"눈이 보이는 거."

그 대답에 궁금증이 쏙 들어갔다.

"넌 어때. 헛된 꿈일지라도 꾸고 싶은 게 있나."

"저야 오래오래 사는 거죠. 고생도 좀 덜했으면 좋겠지만 어차피 발길 닿는 대로 빌어먹는 인생, 과분한 꿈까진 꾸지 않아요."

"여기서 계속 지내면 되겠군. 그러면 적어도 바깥에서 고생은 안 하겠지."

"오랫동안 지내게 해 주시려고요?"

그답지 않게 기특한 소리를 하기에 장난스레 대꾸했다. 처음 이곳에 왔을 때만 해도 꺼지라고 소리치며 물건을 내던지기만 하더니, 이젠 이런 말도 해 주네. 좀 감동이다.

"허락하지."

"정말이죠? 나중에 딴말하시면 안 돼요?"

"안 해. 오래도록 있어."

그가 다시 차를 한 모금 마셨다. 난 각서라도 받아야 할까 고민했다.

"내가 지켜 줄게."

달그락 찻잔이 부딪쳤다. 바람이 불어왔다. 그에 머리 끈이 이리저리 팔락이며 그의 손안에서 벗어나기 위해 발버둥을 친다. 그가 검지에 머리 끈을 휘어감았다. 그대로 살짝 들어 올리더니 입술을 눌렀다.

마치 입맞춤을 하듯.

"내 거니까 지켜 주지."

"……."

"약속해."

에메랄드빛 눈동자가 둥글게 휘었다. 살며시 펼쳐진 손안에서 머리 끈이 스륵 흘러내려 주위로 휘날렸다. 그게 내 뺨을 때리고, 내 손을 건드린 뒤 목에 걸려 팔락였다. 내 시선은 빈센트에게서 떨어지지 못했다.

심장이 쿵쿵 뛰었다. 손가락을 말아 쥘 정도로 낯선 감각이 생소하게 튀어나왔다.

"그러니 내 곁에 있어. 오래도록."

단호한 음성이 날 옭아맸다. 그의 체온이 찍힌 하얀 끈이 내 살결을 비비며 화상 자국을 남긴다. 내 앞에 올곧게 앉은 남자가 내 시선마저 앗아 갔다.

"말이 없군. 내가 그 정도로 믿음직스럽지 못한가?"

"아니…… 아니에요. 아닙니다."

"세 번씩이나 부정하는 걸 보면 그렇게 생각했나 보지."

"전혀 아닙니다."

"네 번. 확실하군."

"······."

"그래도 믿어 봐. 나도 널 믿어 보고 있잖아."

입을 벌렸다가 다물었다가, 다시 벌렸다 다물었다. 길게 휘어진 눈동자에 담겨 있는 감정을 마주하자 가슴께가 간질거렸다. 그 안의 무언가가 자꾸 쿵쿵 뛴다. 눈앞의 상대를 향해 뛰고 있다.

"눈이 안 보이게 된 이후로 다른 감각들이 예민해졌어. 그래서 사람을 대할 때 호흡, 목소리의 떨림, 몸짓, 손짓, 소음, 냄새 같은 것들을 만지고 느끼며 추측하지. 매 순간 눈을 가리고 기분 맞추기 놀이를 하는 거 같아. 지금은 너에 대해서 맞추고 있지."

그의 손끝이 내게 향했다. 난 눈을 동그랗게 떴다.

"넌 민망하면 말이 없어져. 아마 지금은 입을 벌리고 있겠지. 감동해서."

"······틀리셨어요. 전혀 아닙니다."

난 벌린 입을 다물었다. 그가 보지 못한다는 걸 알면서도 고개까지 저었다. 내 대답에 그가 작게 웃었다.

"그래? 그럼 궁금하네. 네가 어떤 얼굴을 하고 있을지. 지금 널 볼 수 있다면 좋을 텐데. 그럼 네가 어떤 생각을 하고 있는지 바로 알 수 있었을 테니까."

"보시면 후회하실 거예요."

"너무 예뻐서?"

"눈이 멀어 버리실 정도로요."

그 말에 그가 코웃음을 쳤다. 잘났군. 그리 말하면서도 웃음을 멈추지 않는다. 그가 웃는 모습이 보기 좋았다. 근사하기까지 했다. 규칙적으로 식사한 덕에 이제는 제법 살이 붙어 예전의 안쓰러운 모습이 많이 사라져 있었다.

그는 확실히 달라지고 있다.

그게 뿌듯하면서도 슬펐다. 나는 머물러야 하고, 그는 변화해야 한다. 달라지는 그를 볼 때마다 그 관계를 다시 실감하게 된다. 그래서 마음속 한편에 생겨나고 있는 생소한 감정이 뭔지 생각하지 않기도 했다.

본능적으로 알았으니까.

결코, 내게 좋은 감정이 아니라는 걸.

□ ◆ □

정오가 막 지나던 시간, 이자벨라가 별채로 찾아왔다. 어쩐지 다급해 보이는 표정으로 멀뚱히 서 있는 내 팔을 잡아끌더니 다짜고짜 방으로 데려갔다.

"폴라. 당장 주인님과 외출하세요."

"네?"

"지금 서둘러 채비하세요. 주인님껜 내가 따로 말씀드릴 테니."

그러면서 그녀가 챙겨 온 외투를 내게 건넸다. 그걸 얼결에 받아 들긴 했지만, 당황스러웠다.

"어, 어디로 가란 말씀이세요?"

"어디든 좋습니다. 될 수 있는 한 먼 곳으로 가세요. 그렇다고 또 너무 멀리 가진 말고요. 되도록 안전한 곳으로. 늦게 돌아오는 것도 허락하겠습니다."

그 말을 끝으로 이자벨라는 곧장 빈센트의 방으로 향했다. 난 그녀를 따라가려다 일단 앞치마를 벗었다. 외출복이라고 해 봐야 이곳에 처음 왔을 때 입었던 원피스가 전부였기에 그걸로 갈아입고, 외투를 껴입으며 방을 나섰다.

때마침 옆방에서도 외출복을 갖춰 입은 빈센트가 나왔다. 그도 급하게 옷을 갈아입었는지 옷매무새가 좀 흐트러져 있었다. 그리고 그의 뒤로 초조한 듯한 이자벨라가 보였다.

대체 이게 무슨 상황이냐고 물으려는데, 그가 손에 들고 있던 지팡이를 바닥에 탁탁 치며 내게 말했다.

"산책이나 하러 갈까."

너무도 태연한 말에 나도 모르게 고개를 끄덕였다.

그의 손을 잡고 향한 곳은 저번에 갔던 숲속이었다. 산책이라고 해 봐야 사실 갈 만한 곳도, 갈 곳도 없었다. 이자벨라는 안전한 곳으로 가라고 했고, 내가 아는 안전한 곳은 벨루니타가의 소유지뿐이었다. 그리고 그는 사람이 많은 곳엔 갈 수가 없었다.

숲은 고요했다. 찌르르 울리는 새의 지저귐이 긴장감을 좀 풀어 주었다.

"대체 무슨 일일까요?"

"글쎄."

뒤를 흘끗대니, 그는 나와 달리 너무 평온했다. 조금의 변화도 없는 얼굴로 숲속을 이리저리 둘러본다. 그래 봤자 보이는 것도 없을 텐데 말이다. 그런데 잡고 있는 그의 손끝이 떨리고 있었다. 그는 평온함을 가장하고 있었다.

빈센트는 이 갑작스런 외출의 이유를 알고 있는 거 같았다. 대체 뭐기에. 눈을 가늘게 뜨고 그를 살펴보았지만 최근 빈센트는 속마음을 감추는 데 능숙해졌다. 한껏 예민해져서 지랄맞게 굴던 때와는 확연히 달라졌다.

궁금했지만 굳이 묻지 않기로 했다. 내게 말을 안 하는 이유가 있으리라 생각하면서.

"어디로 가야 할지 모르겠네요. 먼 곳으로 가라고 하시던데."

"가면 되지."

"예전에 외출하셨다가 바이올렛 님을 만난 이후로 외출을 꺼려 하시는 거 아니셨어요? 게다가 어떻게 먼 곳으로 가요? 그러려면 대저택 쪽으로 가야 하는걸요."

"갈 수 있어."

"어떻게요?"

그러자 그가 대뜸 내 손을 이끌고 앞장서 걸어가기 시작했다. 난 그의 뒤를 쫓았다. 그는 길이 아닌, 수풀 쪽으로 향했다. 앞에 뭐가 있는지도 모르면서 걸어가는 데 거침이 없다.

안쪽으로 들어갈수록 풀이 무성하게 자라 있어 걸음을 내딛기가 힘들었다. 관리되지 않은 탓에 나뭇가지가 위험하게 튀어나와 상처가 날 뻔하기도 했다. 중간부터는 내가 앞장서서 수풀을 헤치며 그가 걷는 것을 도왔다. 그는 나무를 하나하나 더듬으며 걸어 나갔다. 꼭 나무에서 뭔가를 찾는 것처럼 주변의 나무들을 꼼꼼히 더듬어 갔다.

그렇게 조금씩, 한참을 걸어 들어간 뒤 수풀을 들추자 어떤 공간이 드러났다. 나무가 주변을 빙 둘러싼 원형의 공간이었다. 거기엔 철문이 하나 있었다. 그 위로 수풀이 자라 문을 뒤덮고 있었기에 직접 들추어 보지 않는 이상 눈에 띄지 않을 위치였다. 그리고 철문 밖에는 길이 나 있었다.

이런 공간이 있을 줄이야. 난 감탄하며 그 주변을 둘러봤다.

"와. 이런 곳에 문이 있었네요. 몰랐어요."

"여기로 나가면 마을로 갈 수 있어."

꼭 모험을 하는 거 같잖아. 정말 신기하다. 나는 좁은 공간을 이리저리 보다가, 문밖으로 보이는 길을 흘깃댔다. 그러다 슬쩍 철문을 밀자 끼익 소리를 내며 열렸다. 문손잡이에 쇠사슬이 묶여 있어 잠긴 줄 알았는데 아니었나 보다.

"무슨 용도로 쓰는 건가요?"

"위급할 때 쓰는 길이라고 하더군."

"문에 녹이 슬었네요."

"오래도록 안 썼으니까."

너무 신기해서 연신 철문 밖의 길을 훑어보았다. 길이긴 한데 삐죽삐죽 자라난 풀 때문에 안쪽이 잘 보이지 않았다. 길을 걷는다기보다는 수풀로 빨려 들어간다는 게 더 맞을 거 같다.

"꼭 비밀의 문 같아요. 여길 나가면 새로운 세상이 나오는 거죠. 신기한 동물과 요정이 있고, 동료를 만들어서 모험도 하고."

"저번부터 생각했는데, 넌 책을 너무 많이 봤어."

그가 고개를 저었다. 난 어깨를 으쓱였다. 뭐 어떠냐. 상상은 자유다.

"여길 사용해 보셨나요?"

"어릴 때 가끔. 저택에만 있기 답답했거든. 그럴 때마다 이 길을 이용해 밖에서 놀다 오곤 했지."

"몰래?"

"몰래."

난 키득 웃었다. 어린 빈센트가 이 문을 여는 모습을 상상하니 웃겼다. 때론 귀찮은 얼굴로, 때론 짜증이 난 얼굴로, 철문을 열고 저 밖의 세상으로 달려 나갔을까.

내가 웃으니 그가 웃지 말라며 이마를 툭 쳤다.

"여긴 가문 사람들만 아는 길이야. 이제는 나만 알고 있고."

"이제 저도 알게 됐네요."

"그래. 이제 너와 나뿐이야. 그 외엔 아무도 몰라. 네 말대로 비밀의 문이니까."

어감이 좋았다. 비밀의 문. 그걸 입 안에 머금으며 철문을 이리저리 만져 댔다.

"이대로 마을에 가 볼까."

"네? 왜요?"

"먼 곳으로 가라고 했다며."

"그래도 마을은 아니죠. 아니, 얼마 전까지만 해도 방을 나서기조차 무서워하셨으면서 왜 갑자기 이런 용기를 내세요."

"언제는 이러고만 있을 수 없다고 하더니."

"그렇긴 한데, 눈에 띄면 안 되는 거 아니셨어요?"

"맞아."

"그럼 더더욱 안 되죠. 그냥 숲속 산책이나 해요."

난 단호히 고개를 저었다. 귀찮은 일은 사양이다. 나갔다가 무슨 일이 생기면 어떡하려고? 거절의 의사를 표한 뒤, 그의 손을 잡고 왔던 길로 다시 몸을 돌렸다.

"근데 여긴 어떻게 알고 오셨어요? 그러니까 눈도 안 보이시면서 성큼성큼 잘도 오셨다 싶어서요."

"나무에 표시가 되어 있어."

그가 걸음을 멈추고, 내 손을 이끌었다. 그러곤 근처 나무를 더듬더니 내 손을 그곳에 대 준다. 거기엔 아주 작은, 인장 같은 게 찍혀 있었다. 보는 것보다 만지는 걸로 알아채기가 더 쉬웠다.

"이게 찍힌 나무를 찾아가면 저 문으로 향하게 돼."

"와아."

진짜 모험 같잖아!

"저 이런 거 너무 좋아요. 설렌다."

"하지만 사용하지 않은 편이 더 좋을 거야."

"어째서요?"

"이 길을 사용한다는 건 위험하다는 거잖아."

그렇긴 하겠다. 고개를 끄덕이며 나무에 찍힌 인장을 더듬었다.

"마을이 궁금하지 않아? 제법 크고 유명해."

"궁금해요. 하지만 위험해지면 안 되니까요."

"눈도 안 보이는 남자를 보고, 설마 벨루니타 백작이라고 생각하진 않을 거야. 너도 곁에 있잖아."

그제야 빈센트를 돌아봤다. 이해할 수가 없었다.

"왜 자꾸 밖에 나가자고 하세요? 정말 가고 싶은 것도 아니시잖아요."

"맞아. 가고 싶지 않아. 그런데…… 용기를 내 보고 싶어서. 네 말대로 영원히 이대로 살 순 없으니까."

"그 용기를 지금이요?"

"원래 계기가 있어야 하는 거니까."

왜 그 계기가 지금인데요? 이해할 수 없는 고집이다. 최근 안 하던 짓을 자주 하더니, 너무 확 달라지니까 어쩐지 걱정스러웠다.

그런데 멍하니 정면을 보는 빈센트의 얼굴이 비장했다. 얼굴엔 싫다는 기색을 내비치면서 말만 아니라고 하지. 저 얼굴을 보니 더는 싫다고 할 수가 없었다. 사실 마을 구경이야, 나도 하고 싶기도 했다.

"알겠어요. 그럼 모자를 챙겨 오겠습니다."

"모자? 그건 왜?"

"그게……."

나갈 땐 모자를 쓰는 편이다. 사람들이 많은 데라면 더더욱 얼굴을 가려야 했다. 앞머리로 가리고 있긴 하지만 그래도 안심이 되지 않았다. 게다가 빈센트도 모자를 쓰고 가는 편이 더 나을 듯했다.

"모자를 쓰면 눈에 더 안 띌 거 같아서요."

"가서 사면 돼."

"그럼 늦어요. 잠시만 기다려 주세요."

"가지 마."

그가 내 손을 더 꽉 움켜잡았다. 혼자 있는 게 무서운지, 무덤덤한 얼굴이 차츰 일그러진다. 난 그의 손등을 토닥이며 달랬다.

"여긴 안전하니까 혼자 계셔도 괜찮을 거예요. 아무도 모르는 곳이라면서요. 아주 잠깐만 기다려 주세요. 금방 가져오겠습니다."

"……."

"정말 잠깐이면 된다니까요? 발이 안 보일 정도로 달려서 갔다 오겠습니다. 네?"

"……."

"음, 그럼 숫자를 백까지 세고 계세요. 그 안에 다녀오겠습니다."

그 말에 빈센트가 황당한 표정을 지었다. 사실 백까지 세는 사이에 다녀오는 건 무리가 있었다. 그러나 걱정 말라고 연신 다독이니 결국 그에게서 빨리 갔다 오라는 허락이 떨어졌다.

"숫자 백까지 세기 전에 다녀와."

"네!"

마지못한 허락이었지만 그래서 더 활기차게 답하고 조심히 손을 놓았다. 다행히 그는 방금 전의 불안에 떨던 표정을 지우고 담담히 섰다. 난 그를 흘긋거리며 빠르게 몸을 돌렸다. 뒤에서 하나, 둘, 셋 하는 소리가 들려왔다. 정말 백까지 세려나 보다.

아니, 정말 백까지 세는 사이에 갔다 올 수 있다고 여기는 건 아니겠지? 그가 열을 세고 있을 때 내 발은 미친 듯이 수풀을 헤치며 밖으로 나가고 있었다.

그렇게 미친 사람처럼 수풀을 빠져나와 숲 밖으로 뛰었다. 그리고 곧장 별채의 뒷문으로 향했다. 그런데 문을 열고 들어가니 평소와 다른 고요함이 날 맞이했다.

왜 이리 조용하지? 물론 별채는 평소에도 기척이 거의 없는 편이었지만 오늘따라 이상하게 묘한 긴장감이 흘렀다. 착각인가, 왠지 모르게 긴장된다. 헐떡이던 숨을 고르다 마른침을 꿀꺽 삼켰다.

뒤꿈치를 들고 살금살금 계단으로 향했다. 최대한 발소리를 내지 않으려고 조심했다. 먼저 그의 방에 들러 모자를 챙기고, 내 방으로 가 모자를 뒤집어쓰고 나왔다.

그런데 어딘가에서 미약한 소리가 들려왔다. 주의를 끈 건 그게 말소리이기 때문이다. 여기서 말소리가 들릴 리 없는데? 게다가 소리가 제법 가깝다.

의아해하며 그쪽으로 걸어갔다. 소리는 아래층에서 들려왔다. 난 뒤편 계단을 내려가 소리가 나는 쪽으로 향했다. 저택으로 들어오는 문과 중앙 계단 사이 현관홀, 그곳에 사람들이 모여 있었다.

가장 먼저 보인 건 장신의 몸집이 큰 남자의 뒷모습이었다. 그 옆에 집사가 보였다. 그리고 그들의 맞은편에 이자벨라가 서 있었다.

머리를 깔끔하게 뒤로 넘긴 검은 뒤통수가 처음 보는 사람 같았다. 빈센트를 만나러 온 손님인가? 의아해하며 남자를 보는데 반대편에 서 있던 이자벨라와 눈이 딱 마주쳤다. 그녀의 눈이 잠시간 커졌다 금세 평온함을 되찾았다.

"벨루니타 백작은 어디 있지?"

"주인님은 외출 중이십니다."

"불러오게."

단호한 명령조. 명령하는 게 익숙한 듯한 무거운 목소리. 대체 누구기에 저런 태도인가 싶어 의문이 증폭되는 순간, 남자가 고개를 돌렸다. 난 빠르게 모퉁이 뒤로 몸을 숨겼다. 본능적으로 숨어야 한다는 생각이 들었기 때문이다.

한 박자 쉬고 다시 그쪽을 슬쩍 보았다. 남자는 중앙 계단 쪽을 보고 있었다. 눈을 가늘게 뜨고 주위를 살핀다. 손에 든 지팡이로 바닥을 탁탁 두드리며 불편한 심기를 내비쳤다. 근엄하고 어쩐지 위험한 분위기를 풍기는 낯선 손님.

마치 뱀 같았다. 그것도 독사. 독이 번들거리는 이빨을 숨기고, 먹잇감을 물어뜯기 위해 주위를 살핀다. 짙은 갈색 눈동자가 노골적인 살기를 담고 번들거렸다. 그는 타인의 저택에서 그걸 숨기려고도 하지 않았다.

"이러시면 곤란합니다."

"난 백작만 만나면 되네. 어디로 꽁무니를 뺐는지 모르겠지만 여기 있는 거 아니 불러와."

"……."

"날 언제까지 기다리게 할 거지?"

그제야 알아챘다. 이자벨라가 빈센트를 외출시킨 이유는 저 남자 때문이다. 만나면 안 되는 상대인 건가. 그의 상태 때문일까? 아니, 그보다 더 중요한 문제가 있는 거 같았다.

설마……?

이자벨라의 시선이 다시 내게 닿았다. 난 빠르게 몸을 돌렸다. 발소리를 죽이고 뒷문으로 뛰듯이 걸었다. 등 뒤로 식은땀이 흘러내리는 기분이 들었다. 심장이 쿵쿵 뛰다 못해 살가죽을 뚫고 나올 것 같았다.

뒷문을 나오자마자 숲 쪽으로 뛰었다. 뒤를 돌아볼 여유조차 없었다. 그대로 숲으로 들어가 수풀을 헤쳤다. 중간에 길을 잃어 고생을 했지만 그가 말해 준 대로 나무에 찍힌 인장을 더듬으며 찾아가니 비밀의 문이 있는 곳에 당도할 수 있었다.

내 기척에 빈센트가 흠칫 놀라더니 고요히 주변 소리에 집중했다. 난 숨을 몰아쉬며 그에게 다가갔다.

"주인님."

"너 백 넘었어."

다가오는 게 나란 걸 알아챈 그가 곧 불퉁한 표정을 지었다. 그러면서도 기다렸다는 듯 다급히 내 쪽으로 걸어온다.

"지, 지금 저택에 오신 분은 누구예요?"

"……"

순간, 그의 걸음이 뚝 멈췄다. 불퉁한 기색은 사라지고, 그의 얼굴이 긴장감으로 물들어 갔다. 난 그런 그를 올려다보며 마음속에 들었던 생각을 확신으로 바꿨다.

"누구……신가요?"

"제임스…… 제임스 크리스토퍼."

에단과 루카스의 형.

빈센트를 실명시킨 장본인.

그 사람이 저택에 왔다. 그래서 빈센트가 도망친 거였다.

"그래, 온 게 맞구나."

그가 몸을 비틀거렸다. 난 빠르게 다가가 빈센트를 부축했다. 낯빛이 창백했다. 잠시 쉴 곳을 찾았지만 주위에 앉을 만한 곳이 없었다. 그래서 외투를 벗어 바닥에 깔고, 그 위에 그를 앉혔다. 이자벨라에게 받은 거라 마음에 걸렸지만, 그를 맨바닥에 앉게 할 순 없었다.

호흡이 거칠어지는 그를 보고 발작인가 싶어 걱정했는데, 다행히 그는 금세 숨을 고르게 쉬었다. 피곤한지 미간 사이를 꾹꾹 누른다.

"그분이 어떤 연유로 찾아오신 건지요?"

"내 상태를 살피러 온 거겠지."

"그전엔 오지 않으셨나요?"

"직접 온 건 이 상태가 되고 처음이야. 그전엔 몇 번 사람을 보내왔었어. 최근에 에단과 바이올렛, 루카스를 만난 걸 전해 들었겠지. 직접 얼굴을 본 건가?"

"아니요. 전 먼 곳에서 보기만 했어요. 왠지 가면 안 될 거 같아서요."

"그래…… 잘했어."

그리 말하는 빈센트는 어쩐지 착잡해 보였다. 색이 탁한 눈동자가 바닥에 머물렀다. 복잡한 감정이 몰아치는 그의 얼굴을 보던 난 조용히 옆자리에 엉덩이를 붙여 앉았다.

"모자도 챙겼으니 마을로 갈까요?"

"안 가. 기운 빠졌어."

그의 눈치를 살피는 내 어깨에 빈센트가 머리를 툭 기대 왔다.

"그럼 다른 곳으로 갈까요?"

"불편한가."

"어떤 걸 말씀이세요?"

"여기가."

난 이 작은 공간을 둘러봤다. 등 뒤에는 비밀의 문이 있었고, 주변은 수풀로 둘러싸여 있었다. 시끌벅적한 소음도, 사람의 시선도 없는 공간은 한적하기만 하다. 여긴 그와 나뿐이다. 그게 위로가 되었다. 간간이 울려오는 새들의 지저 귐이 듣기 좋았다.

"아니요."

"그럼 여기 있어. 이대로."

그가 눈을 감았다. 난 들고 있던 모자를 그에게 씌워 주었다.

"어땠어."

"뭐가요?"

"제임스 크리스토퍼 말이야. 상태가 어땠냐고."

"음. 저도 멀리서 언뜻 본 거라. 주인님을 못 만난다고 하니 심기가 불편해 보였어요. 여기 있는 거 아니까 불러오라고 하시던데요."

먹잇감을 찾는 뱀 같은 눈. 조금 전에 봤던 남자를 떠올리자 소름이 끼쳤다.

세상엔 여러 종류의 사람이 있고, 나 또한 어린 시절부터 다양한 사람들을 겪어 왔다. 그런 내 눈에 그 남자는 위험한 느낌을 풍겼다. 옷깃조차 스치면 안 될 거 같은, 사람이 사람을 잡아먹을 수 있다면 바로 그 남자가 그럴 수 있는 사람 같았다.

"무서워 보이는 분이시긴 했어요. 분위기도 그렇고."

"맞아. 그러니까 너도 가까이 가지 마. 단둘이 마주치지 않도록 조심하고. 만약 마주치게 되면 고개를 들지 말고, 시선을 마주하지도 말고, 말을 걸지도 말고."

"제가 그럴 일이 있을까요?"

"누구에게나 만약이라는 게 있으니까. 네가 내 시중을 들고 있으니 전혀 가능성이 없는 건 아니지."

"왜 그런 분과 연이 닿으셨어요."

"모든 일엔 예외가 있는 법이니까."

한탄인지 모를 듯한 말이 흘러나왔다. 어쩐지 그가 우울해 보여 편히 기댈 수 있도록 어깨를 내렸다. 그가 몸을 뒤척였다.

"예전엔 안 그랬어."

"아. 크리스토퍼, 에단 님과 오랜 친구 사이라고 하셨죠? 그럼 저분도 자주 보셨겠네요."

"자주는 아니고 가끔씩. 매번 바빠 보였거든. 그래도 그땐 무뚝뚝하지만 책임감 강하고 본받을 점이 많은 사람이었지. 어린 우리들과 어울려 놀아 주기도 했고. 그랬던 제임스가 달라진 건 크리스토퍼 백작이 돌아가셨을 때야."

"크리스토퍼 백작이요?"

"에단의 아버지. 살인 사건이었지."

세상에. 난 밝고 경쾌하던 에단을 떠올렸다. 그의 모습 어디에도 그런 수심은 보이지 않았는데. 동시에 그의 동생 루카스를 떠올렸다. 그에겐 확실히 수심이 드리워져 있었다. 웃고 있지만 어딘지 기운 없어 보였다.

"범인은요? 잡혔나요?"

"외부 침입자라고 추측하기만 할 뿐, 잡지는 못했어. 당시 근처에 있던 사용인이 범인으로 지목됐지만 정확한 증거가 없어서 결국 미해결된 채 사건이 종결됐지. 그리고 크리스토퍼 가문은 제임스가 잇게 되었어. 그가 현재 크리스토퍼 백작이야."

명령하는 데 익숙한 건 그 때문인가. 그의 태도는 고압적이기까지 했다. 그 모습을 다시 떠올리자 오싹한 기분이 들어 괜히 팔뚝을 문질렀다.

"가문을 잇게 된 뒤부터는 내가 알던 사람이 아닌 것처럼 달라지더군. 자신의 목적을 위해선 수단과 방법을 가리지 않아. 사람을 이용하고 죽이는 데 서슴없었지. 필요하다면 제 혈육마저도 도륙 낼 정도로. 그래…… 다른 사람이 된 거 같더군."

"설마요. 아무리 그래도 그렇게까지 변할 수 있을까요."

"그게 본모습일지도 모르지."

사람 속은 아무도 모르잖아. 그리 덧붙이며 그가 몸을 웅크렸다. 아직 바람이 차니 추운가 싶어 그의 곁에 더 바짝 다가가 앉았다. 서로의 몸이 맞닿으며 따스한 체온이 전해졌다. 하지만 닿지 않은 부분은 여전히 서늘했다.

"그러니까 만약 제임스를 만난다면 도망쳐. 뒤도 돌아보지 말고 도망가. 누가 널 붙잡아도 뒤돌지 마. 그게 널 위한 거니까."

"주인님은요?"

"난…… 지금 최대한 도망치고 있는 중이야."

그럼 언제까지요? 그리 묻자 그는 잠시 말이 없었다. 고민하는 걸까. 하지만 눈을 감은 얼굴은 어떤 생각도 내비치지 않았다. 겉으로 보기엔 평온해도 그 속은 썩어 문드러지지 않았을까.

그러다 가장 근본적인 의문이 솟구쳤다.

"그럼 그분은 주인님의 눈을 왜……?"

"……"

그 순간 빈센트가 눈을 떴다. 내 몸을 묵직하게 누르고 있던 체중이 떨어져 나가고, 그가 허공을 응시했다. 내가 혹시 그의 심기를 불편하게 만들었나 싶어 걱정됐다.

근데 그게 아니었다. 바람에 그의 모자가 뒤로 젖혀지며, 드러난 금빛 머리카락이 하늘하늘 춤을 춘다. 그는 미동도 없었다. 허공을 향해 있는 눈동자는 마치 과거를 뒤쫓는 듯했다.

"저번에도 말했지만 비밀은 비밀로 둬야 할 때도 있어. 그걸 어기고 훔쳐보면 결국 화를 불러오지. 옳고 그름은 중요하지 않아. 그걸 감당할 수 있느냐의 문제야."

"……."

"제임스가 노린 건 내가 아니었어."

주변에 웅웅 울리는 바람이 그의 목소리를 머금고 퍼졌다. 허나 또 다른 바람이 그걸 먹어 치운다. 비밀은 숨겨지고, 침묵이 주변의 공기마저 집어삼켰다.

숨을 쉴 수가 없었다.

비밀은 비밀로 묻혀야 한다. 그러나 그는 그 비밀의 한 자락을 내게 토로했다.

"끝내야 하는 건 내가 아니야."

그가 뒤로 젖혀진 모자를 다시 깊게 눌러썼다. 자신을 숨기는 것처럼. 그러곤 다시 내 어깨에 기대며 손을 등 뒤로 뻗어 철문을 흔들었다. 끼익끼익 울리는 소리를 들으며 그가 눈을 감았다.

이제는 바람 소리만이 웅웅 울려왔다. 나는 머릿속으로 그의 말을 곱씹었다. 그러다 흠칫 놀라 지워 냈음에도, 다시 떠오르는 생각을 찬찬히 되새겼다.

그럼 대체, 그 남자가 노린 건 누구였을까?

□ ◆ □

내 눈엔 그저 크고 아름답기만 한 곳이었다. 주변을 둘러싼 숲도, 그 안에 만들어진 정원도, 웅장한 저택들도, 화려한 무늬의 저택 내부와 그 안에 놓인 가구들, 장식품, 벽에 걸린 액자 하나까지 눈이 멀어 버릴 만큼 아름다운 공간. 꿈을 꾸기 위해 온 건 아니지만, 이곳에 있다 보면 꿈을 꾸게 해 주었다.

이곳은 달콤한 꿈의 공간이었다. 하지만 실상은 화려한 빛깔 아래 어둠을 감추고 있었다. 손을 대면 끈적끈적하고 온몸을 송두리째 집어삼킬 만큼 시커먼 어둠을.

'그럼 생각해 봐. 헛된 꿈을 꾸기엔 적절한 곳이 아니니까.'

돈이 많으면 행복하지 않을까, 가진 게 많으면 기쁘지 않을까, 그건 너무도 가벼운 생각이었을지 모른다.

해가 지고, 어둠이 주변을 삼키는 시간에 숲을 나왔다. 혹시 몰라 뒷문으로 들어가자 이자벨라가 우리를 맞이했다. 별말이 없는 걸 보니 그 남자는 돌아간 듯했다.

그 뒤로는 별다른 일이 없었다. 언제나처럼 그의 시중을 드는 일상. 잠시 흔들렸던 일상은 금세 평온에 젖어 들었고, 내 마음도 평온을 유지했다.

[하늘을 올려다보면 떠나고 싶어잡니다. 아무도 날 모르는 먼 곳으로요]

언제나처럼 금빛 글씨의 편지를 읽었다. 그런데 화려한 빛깔 속에 슬픔이 엿보였다. 무슨 일 있나? 고개를 갸웃대는데 이자벨라가 다음 편지를 건네주었다. 봉투 겉면에 '폴라에게.' 라고 적혀 있었다. 보낸 사람은 바이올렛이다.

[폴라와 단둘이 이야기를 나누고 싶어 편지를 보내요]

그 아래에는 이번에 새로운 드레스를 주문했는데 끝에 달린 레이스가 촌스러워서 어떻게 해야 할지 고민이라는 내용이 덧붙여져 있었다. 그 뒤로도 드레스에 대한 불만이 몇 줄 더 이어지다, 그녀의 일상을 전하는 것으로 편지는 마무리되었다.

나도 펜을 들고, 바이올렛에게 보낼 답장을 적어 내렸다. 그녀에 비하면 소소하고 별것 없는 일상이지만 종이 한 장을 빽빽하게 채우는 정도는 됐다. 그걸 봉투에 넣고 다시 금빛 글씨의 편지를 들어 올리는데 옆에 있던 이자벨라가 날 저지했다.

"그 편지에는 더 이상 답장을 쓸 필요가 없습니다."

"아."

그녀는 편지를 가져가 벽난로에 던졌다. 편지가 빠르게 타들어 갔다. 처음엔 저래도 되나 싶었지만, 생각해 보니 내가 처음 금빛 글씨의 편지를 발견한 곳도 벽난로 안이었다. 나중에 이자벨라에게 물어보니 저 편지는 따로 보관하지 않고 벽난로에 던져 태운단다. 아마도 흔적을 남기면 안 되는 건가 보다.

그래도 아쉬웠다. 제법 편지를 주고받았는데. 처음엔 답장을 쓰는 게 난감했지만 익숙해지자 나름의 재미가 있었다. 편지가 오는 게 기다려졌고, 도착하면 무슨 내용이 적혀 있을지 궁금하고 설레었다. 기분 좋은 일이 생기면 답장을 보낼 때 써야겠다고 생각할 정도였다.

그래 봤자 고작 몇 줄이지만, 그 몇 줄에도 신중을 가했다. 그래서일까 상대의 짧은 편지 내용에서도 매번 정중함이 묻어 나왔다. 한번은 편지 상대가 누군지 궁금해 빈센트의 주변 사람 중에서 추측해 보기도 했었다. 별 성과는 없었지만.

불에 타 잿더미로 변하는 금빛 글씨의 편지에서 한참 동안 시선을 떼지 못했다. 그 아쉬움을 새로운 대상과 편지를 주고받는 걸로 대신했다.

그러다 그 일상에도 차츰 익숙해지던 어느 날이었다.

늦은 밤 달마저 구름에 가려진 시간, 오후부터 내리던 빗소리만이 맴돌던 저택 안에 갑자기 다급한 문소리가 울려 퍼졌다. 난 잠기운에 눈을 비비며 협탁 위를 더듬었다. 램프의 오일이 떨어져 그 대용으로 놓아둔 초에 불을 붙인 뒤, 촛대를 들고 방을 나섰다. 소리를 들었는지, 빈센트도 마침 방에서 나오던 참이었다.

"제가 갔다 올 테니 들어가 마저 주무세요."

"같이 가."

"괜찮아요. 들어가세요."

"이미 잠 다 깼어."

드물게 고집을 부리는 그와 함께 아래로 내려갔다. 문을 여니 비에 홀딱 젖은 웬 남자가 서 있었다. 그 얼굴을 보자 잠기운이 확 달아났다.

"루카스 님?"

이 밤중에 저 꼴은 뭐야? 그를 위아래로 훑으며 경악하자 루카스가 뭐라 중얼거리는 소리가 들려왔다. 하지만 빗소리에 먹혀 잘 들리지 않았다. '네?' 라고 되물으며 한 걸음 다가가자, 그가 고개를 들어 올렸다.

그 순간 번개가 번쩍 내리쳤다. 곧이어 콰콰쾅 터지는 섬광 사이로 어딘가 초조해 보이는 얼굴이 드러났다 사라졌다. 그 뒤로 두세 번 더 내리친 번개가 멈추자 다시 주변에 어둠이 내려앉았지만 그사이 잠깐 본 낯빛이 눈에 띌 정도로 창백했다.

"루카스 님?"

"빈센트…… 형을 만나러 왔어요."

난 곧장 뒤돌았다. 계단 바로 아래에서 빈센트가 난간을 붙잡은 채 서 있었다. 루카스의 시선이 빈센트에게 닿았다.

"형."

"들어와."

빈센트가 몸을 돌려 계단을 오르자, 루카스가 그 뒤를 따랐다. 그가 지나간 자리마다 물이 뚝뚝 떨어져 길을 만들었다. 나도 서둘러 문을 닫고 잽싸게 그들의 뒤를 쫓아갔다.

빈센트의 방 안으로 들어가자마자 욕실에서 수건을 가져와 루카스에게 건넸다. 그가 감사하다 말하며 얼굴을 닦았다.

그 뒤로 두 사람은 말이 없었다. 할 말이 많아 보이는 얼굴을 하고 있으면서도 루카스는 말을 아꼈고, 빈센트는 그를 기다렸다.

무거운 침묵 속, 빈센트가 내 손을 잡았다.

"네 방으로 돌아가."

"하지만……."

"괜찮으니까, 가 봐."

난 슬쩍 루카스를 바라봤다. 저 남자와 단둘이 둬도 될까? 하지만 빈센트가 다시 내 손을 흔들자 결국 마지못해 내 방으로 돌아갔다. 대신 최대한 벽면에 귀를 대고 누워 눈을 감았다. 벽을 사이에 두고 빈센트의 침대와 내 침대가 붙어 있어 집중하면 옅은 소리가 들린다. 다만 말을 알아들을 수 있는 정돈 아니었다.

곧이어 미약한 말소리가 웅웅 울려왔다. 초가 다 녹아내릴 때까지 그들의 대화는 오래도록 이어졌다.

"루카스 님이요?"

"그래. 한동안 여기서 지낼 테니 그렇게 알아 두고 있어."

그가 벗은 옷을 받고 새 옷을 건네주었다. 요새는 잠옷보다 평상복을 더 자주 입는다. 깨끗하게 씻고, 식사도 잘해서 혈색이 좋아진 얼굴을 보며 가장 먼저 떠오르는 의문을 입에 담았다.

"하나만 여쭤봐도 될까요."

"말해."

"루카스 님은 이 저택에 계셔도 정말 괜찮은 분이신 건가요?"

소매 단추까지 다 채운 그가 날 바라봤다. 난 슬쩍 시선을 내렸다. 잘 입은 듯하지만 셔츠 단추가 한 칸씩 어긋나 있다. 그에게 다가가 단추를 모두 끄르고, 다시 하나씩 새로 채워 주었다.

"오늘은 아쉽게도 단추가 잘못 채워져 있네요."

"……."

빈센트는 단추가 다 채워질 때까지 말이 없었다. 혹시 화난 건가 싶어 흘끗 올려다보았지만 별다른 기색은 없었다. 대신 그의 손이 내 머리통을 꾹꾹 눌렀다. 땅속까지 꺼져 버리게 할 듯한 강한 힘에 비명을 지르며 허우적대니, 그대로 무자비하게 머리카락을 문질러 대기까지 했다.

머리가 다 헝클어지고 나서야 자유를 되찾았다. 이런 접촉은 처음이라 너무 놀랐다. 헝클어진 머리에 손을 올리고 눈을 동그랗게 뜨자, 짓궂게 올라가 있는 그의 입꼬리가 보였다.

"괜찮으니까 걱정 마."

그럼 다행이지만……

아니, 근데 머리는 왜 괴롭혀?

"폴라. 또 보네요."

"네. 또 봅니다."

딱딱한 태도로 허리를 꾸벅 숙이자, 머리통 위에서 웃음소리가 흘렀다.

"나 기억해요?"

"네. 에단 님의 동생분이시잖아요."

"루카스 크리스토퍼예요."

"네."

"루카스 크리스토퍼라니까요."

그래서요? 고개를 갸웃하자 그가 또 웃는다. 그런데 웃음이 미묘하게 어긋나 있다. 꼭 화난 것처럼. 난 눈동자를 데굴데굴 굴렸다. 설마 이름으로 불러 달라는 건가?

"……루카스 님?"

"네. 폴라."

그러자 그가 기쁘게 웃었다. 에단의 동생이라서일까. 확실히 루카스도 자주 웃는 편이다. 고작 이름 한 번 불러 준 게 뭐라고 방긋방긋. 새벽에도 불러 줬는데 그건 기억 못 하나.

"청소하려고요?"

"네."

그러니까 방에서 잠시 나가 달라는 눈빛을 보냈다. 하지만 그는 미동도 없었다. 아, 얼굴이 안 보일 테니 말로 해야 하나.

"전 여기 앉아 있을 테니 편하게 해요."

그러면서 루카스가 한쪽에 마련된 탁자 의자에 앉았다. 그의 손엔 책이 들려 있었다. 태도를 보아하니 나가려는 마음이 없나 보다. 뭐, 그렇다면야. 허락까지 받았으니 편하게 청소하기로 했다.

일단 침대보와 베갯잇, 시트를 갈았다. 그리고 나선 바닥을 비질했다. 고요함 속에 빗자루 소리만 사각사각 울렸다. 방 안 이곳저곳을 돌아다니며 청소하다가, 구석을 좀 더 집중적으로 쓸었다.

그런데…… 이상하다. 아까부터 등이 자꾸 따뜻한데?

뒤돌자 책을 읽는 루카스의 뒤통수가 보였다. 아닌가? 고개를 갸웃하며 다시 청소에 집중하는데, 또다시 뒤가 따뜻해졌다. 꼭 누가 날 보고 있는 거 같아.

'따뜻'이 '따끔'으로 바뀔 때쯤 다시 몸을 돌렸다.

"하실 말씀이 있으신가요?"

"제가요? 아니요."

루카스가 태연히 웃으며 반박했다. 난 눈을 가늘게 떴다. 대답이 빠른데. 꼭 미리 생각해 둔 것처럼.

"그런데 왜 자꾸 보시는지요."

"그럴 리가요."

"정말이신가요?"

"네. 안 봤습니다."

저렇게 단호하니 계속 묻기도 뭐했다. 정말 착각인가. 의심스러웠지만 정말 내가 착각한 거면 민망하니 다시 청소에 집중했다. 그러다 걸레를 들고 주변 가구를 닦으려는데 등 뒤에서 기척이 느껴졌다.

"이거."

순간 내 머리카락을 건드리는 낯선 손길에 너무 놀라 그대로 몸이 굳었다. 손에 들고 있던 걸레가 철퍽 소리를 내며 바닥에 떨어졌다. 삐거덕대며 고개를 돌리자, 루카스가 놀란 얼굴을 하고 있었다.

"미안해요. 놀랐어요?"

"조금……. 어, 어쩐 일로 그러시는지요."

"이거요."

그의 손에 하얀 머리 끈이 들려 있었다.

"고민하더니 결국 이걸 선물해 줬나 보네요."

"네?"

"바이올렛이 선물한 거죠?"

고개를 끄덕였다.

"누나가 폴라에게 선물을 하고 싶다면서 며칠 동안 고민했거든요. 그러다 머리 끈으로 결정했는데, 이번엔 또 어울리는 게 너무 많다고 고민하더군요. 디자인이며 색깔이며 오래도록 고민하더니 결국 이걸로 결정했나 보네요."

그가 머리 끈의 가장자리를 빙글빙글 돌렸다. 내 시선이 그쪽으로 향했다.

"참고로 저도 이게 좋겠다고 의견을 덧붙였습니다."

"아, 네. 그러셨군요."

그거 말하려고 사람을 이렇게 놀라게 했나 싶다. 생색이라도 내고 싶었나.

그의 손에 들린 머리 끈을 도로 가져왔다. 다시 잡아채지 못하도록 길이가 짧아질 때까지 똘똘 감자, 루카스가 그런 내 모습을 보며 웃었다.

"역시 잘 어울리네요."

"감사합니다."

"순백의 색이 폴라와 어울린다고 생각했어요."

하하 웃으며 그의 말을 장난으로 넘겼다. 루카스도 날 따라 웃었다. 뭐가 좋은지 아까부터 싱글벙글이다. 새벽에 죽을상을 하고 있던 것과는 확연히 달랐다. 그러고 보니 저 남자는 왜 오밤중에 빈센트를 만나러 온 거지?

"폴라는 여전히 경계심이 심하네요. 지난번에 한 말 때문에 그래요?"

지난번이라 하면 그가 내게 했던 충격 발언을 말하는 거다. 하지만 이번엔 나도 태연하게 행동할 수 있었다. 그쪽이 한 게 아니라는 거 알거든요?

"오해십니다."

"장난으로 말한 거 아닌데."

방긋방긋 웃으면서 무서운 소리를 한다. 내게 그런 오해를 받으면서까지 뭘 하고 싶은지 모르겠지만, 그렇다고 당신이 거짓말을 했다는 걸 안다고 할 수는 없었다. 빈센트가 내게 그 말을 했던 것 자체가 비밀일 수 있으니까. 한낱 시녀 따위가 알아도 되는 얘기인가 싶기도 하고.

입은 무겁게, 들어도 못 들은 척.

그러나 내가 별다른 반응이 없자, 루카스의 얼굴에서 차츰 웃음기가 사라졌다. 곧이어 진중한 눈빛이 내게 꽂혔다.

"형에게 들었나요?"

"뭘 말씀이세요?"

뻔뻔하게 모른 척 연기해 보았지만 미숙했나 보다. 그의 얼굴이 한층 더 심각해졌다.

"설마 그것까지 말할 줄은……."

아니, 전 아무 말도 안 했는데요?

내 얼굴에 뭐가 붙어 있나. 속마음이라든지. 괜히 얼굴을 더듬었다. 손에 만져지는 건 머리카락뿐이다. 얼굴도 안 보이는데 내 어딜 보고 저런 생각을 하는지 알 수가 없었다. 그는 이미 빈센트가 내게 뭔가를 말해 줬다고 추측하는 듯했다.

"이해해요. 믿을 수 있는 사람이 곁에 있다는 건 좋은 거겠죠."

"아까부터 무슨 말씀이신지요."

"솔직히 놀랍긴 하네요."

아니, 확신하고 있었다.

나는 떨어진 걸레를 집어 들었다. 차라리 청소나 빨리 끝내고 도망가자. 그리 결정하고 몸을 돌리는데 루카스가 대뜸 손을 뻗어 왔다.

"저도 도와줄게요."

"네?"

되묻는 사이에 걸레를 뺏겼다. 그러면서 소매까지 걷어붙인다. 도와준다는 게 청소를 말하는 거였다. 나는 기겁하며 그를 말렸다.

"그러지 마세요. 제가 하겠습니다."

"저도 도울게요. 어차피 할 일도 없고."

"그래도 손님께 이런 일을 시킬 순 없습니다. 제가 혼납니다."

"그땐 제가 억지로 뺏었다고 할게요."

그러면서 루카스가 걸레로 근처 장식품을 닦기 시작했다. 난 빠르게 문 쪽을 살폈다. 다행히 문은 닫혀 있었다. 그래도 괜히 주변을 훑고는, 그에게 그러지 말라고 만류했다. 하지만 그는 괜찮다며 웃고는 걸레질에 집중했다.

이 사람은 또 왜 이러는지 모르겠다.

ㅁ ◆ ㅁ

결국 끝까지 걸레질을 대신해 준 루카스는 내게 묵직한 부담만 안겨 주었다. 그리고 그의 부담스러운 행동은 그 뒤로도 계속 이어졌다. 매번 청소를 하러 갈 때마다 도와주겠다며 나섰고, 완강히 거절하면 뒤통수가 따가웠다. 그러다 내가 뒤돌아보면 바로 고개를 돌리며 딴청을 부린다.

그는 날 도와주고 싶어 안달이 난 사람처럼 굴었다. 그 친절은 고맙지만 이유를 모르니 부담스러울 뿐이었다.

그건 빈센트의 시중을 들 때도 마찬가지였다.

그는 이른 아침을 제외하고는 대부분 빈센트의 방에 있었다. 놀러온 건지, 아니면 다른 일이 있어서인지는 모르겠으나 시중을 들러 갈 때마다 있었다. 곁에서 뭘 하는가 싶었는데 그건 또 아니었다. 그냥 우리를 구경하기만 했다.

때론 식사도 같이한다. 그렇다고 둘이서 뭔가 대화를 나누는 것은 아니다. 그냥 같이 있는 게 전부였다. 그 사이에 낀 나만 눈치를 봐야 했다.

하지만 두 사람만 있을 땐 달랐다. 나와 있을 때의 루카스는 늘 웃는 얼굴이었지만, 간혹 벌어진 문틈으로 방 안을 들여다보면 두 사람은 제법 심각한 표정을 짓고 있었다. 빈센트는 어떨지 몰라도 루카스는 그랬다. 그는 날 대할 때와 달리 웃음을 지우고 진중함을 띠었다. 대화 소리는 조심스러웠고, 나직한 목소리도 무거웠다.

그리고 빈센트의 방에 없을 땐 저택을 돌아다닌다. 복도를 걷기도 하고, 저택 근처를 산책하기도 하고, 서재에서 책을 들고 나오는 모습을 본 적도 있었다. 그러다 우연히 날 만나면 꼭 오랜만에 만난 사람처럼 반갑게 다가왔다.

다른 건 몰라도 한 가진 알겠다. 정말 한가한가 보다.

할 일 없는 남자의 모습을 여실히 보여 주는 루카스의 존재가 점차 익숙해지던 때, 식사를 마친 빈센트가 불쑥 말했다.

"산책이나 갈까."

웬일이래. 하지만 마다할 이유가 없는 제안이었다.

"좋아요!"

"그럼 채비해."

오랜만의 산책에 티타임을 겸하기로 했다. 그래서 찻주전자와 찻잔, 간식을 챙기고, 읽을 책도 챙겼다.

그런데 한 사람이 더 껴들었다.

"즐거울 거 같네요."

루카스가 싱글벙글하면서 빈센트의 곁에 서 있었다. 난 슬쩍 빈센트를 보았다. 그는 루카스의 동행에 별다른 말이 없었다.

결국 셋이서 나란히 산책길에 올랐다. 그래 봤자 갈 수 있는 곳은 별채 뒤편의 정원이나 숲이 전부였다. 나는 빈센트의 손을 잡아 부축했고, 루카스는 그런 내 옆에서 걸었다. 졸지에 성인 남성 두 명의 가운데 끼어 걷는 영광을 가졌다.

일단 티타임부터 갖기로 했다. 정원으로 가는 내내 루카스는 주변을 두리번거리느라 정신이 없었고, 빈센트는 정면만 보았다. 난 빈센트를 부축하며 루카스를 흘끗댔다. 묘한 긴장감이 흘렀다. 물론 나 혼자 느끼는 거겠지만.

그러다 루카스와 시선이 딱 마주쳤다.

"왜 그렇게 봐요?"

"아뇨, 안 봤습니다."

곧장 고개를 젓고 정면을 응시했다.

테이블이 놓인 곳에 도착하자 나란히 의자에 앉았다. 테이블 위에 챙겨 온 깨끗한 테이블보를 깔고, 찻주전자와 찻잔을 내려놓았다. 그런데 잔이 하나 부족했다. 루카스가 동행할 거란 생각을 못 했기에 잔을 두 개만 챙겨 왔다.

어쩔 수 없이 그걸 루카스와 빈센트 앞에 각각 놓아 주었다.

"전 됐어요."

루카스가 잔을 도로 내게 밀었다. 그래도……. 머뭇대자 그가 차를 마시고 싶지 않아서 그렇다고 거절했다. 그렇다면야.

오늘의 디저트는 빈센트가 좋아하는 설탕으로 범벅이 된 달콤한 케이크였다. 케이크를 먹기 좋게 잘라 각 접시에 올렸다. 그리고 가장 먼저 루카스 쪽에 놓아 주었다. 이거라도 먹으라고.

하지만 반응은 빈센트에게서 나왔다. 그는 벌써부터 포크를 쥐고 대기 중이었다. 케이크 접시를 내려놓자, 빈센트가 우아하게 케이크를 잘라 입에 넣었다.

서툴렀던 포크질도 이제는 곧잘 한다. 우물우물 몇 번 씹자마자 다시 케이크를 자른다.

쉬지 않고 입을 움직이는 빈센트와 달리 루카스는 한 입 먹고 인상을 찡그렸다.

"⋯⋯너무 달아."

그는 마치 이렇게 단걸 어떻게 먹느냐는 듯한 얼굴을 했다. 나도 한 입 잘라 먹었다. 평소 먹던 디저트보다 달긴 했지만 못 먹을 정도는 아니었다. 난 케이크에 코를 박고 퍼먹었다. 빈센트도 느긋한 척하면서 빠르게 케이크를 퍼먹었다.

루카스가 그런 우리를 번갈아 보았다.

"둘 다 맛있어요?"

"못 먹을 정도는 아니야."

"맛있어요."

대답은 곧장 나왔다. 그러는 동안에도 먹는 걸 쉬지 않았다. 그와 난 누가누가 더 빨리 먹나 내기를 하는 것처럼 케이크에 집중했다.

최근 부엌에서 만들어 주는 디저트는 양이 많았다. 파운드케이크의 충격은 내게 큰 교훈을 주었다. 그래서 곧장 요리사에게 양을 많이 해 달라고 특별히 부탁했다.

'주인님이 드시기엔 너무 많을 텐데요?'

'혼자 드시는 게 쓸쓸하신지 자꾸 같이 먹자고 권유를 하시네요. 괜찮다고 해도 계속 말씀을 주셔서⋯⋯ 제가 어찌 주인님의 말씀을 거절할 수가 있었어요. 이걸로 주인님의 쓸쓸함이 위로가 된다면야 실례를 무릅쓰고 얼마든지 같이 먹을 생각입니다.'

양손을 가슴께에 올리고 뻔뻔한 거짓말을 뱉었다. 요리사가 감동하며 맛있는 걸로 만들어 오겠다고 다짐했다. 그렇게 얻어 낸 결과물이었다. 덕분에 요샌 그의 디저트를 내가 더 기다리게 되었다. 세상엔 맛있는 게 많다는 걸 여기 와서 가장 뼈저리게 경험했다.

케이크 접시는 금세 바닥을 보였다. 맛있는 건 금방 사라진다. 빈 접시를 바라보며 아쉬움에 입맛을 다셨다.

"이것도 먹어요."

루카스가 딱 한 입 먹고 남긴 케이크를 내게 내밀었다. 천사다! 난 감격하며 그래도 되냐고 물었다. 그러면서 손은 이미 그의 접시를 뺏고 있었다.

빈센트의 시선이 곧장 이쪽에 닿았다. 그의 접시도 비어 있었다. 난 접시를 내 쪽으로 가져오면서 그를 경계했다.

"이, 이건 루카스 님이 제게 주신 겁니다."

"누가 뭐래?"

그가 거만하게 말하며 포크를 내던졌다. 대신 찻잔을 든다. 그러다 인상을 쓰며 입가에서 잔을 떼어 냈다. 그러곤 잔을 거꾸로 뒤집는데 아무것도 없었다. 케이크에 정신이 팔려 차를 따르는 걸 잊었다.

그의 불만스러운 시선이 내게 꽂혔다. 난 흠칫 놀랐다. 루카스가 대신 찻주전자를 들어 그의 잔에 차를 따라 주었다.

"형, 마셔."

"누가 시중을 드는지 모르겠군."

빈센트가 잔을 입가에 댔다. 난 포크를 내려놓았다.

"갑자기 입맛이 없네요. 더 드시겠어요?"

"거짓말하지 말고 마저 먹어."

"더 드시고 싶으신 거 아니셨어요? 제가 더 먹었다고 심술부리시는 줄 알았는데요."

"그 정도로 속이 좁진 않아서."

"설마요."

빈센트는 단걸 좋아하고, 난 이제야 단맛에 눈을 떴다 보니 매번 디저트의 양이 아쉬웠다. 디저트 종류에 따라 맛과 크기가 다르기에 때때로 그러한 마음이 더욱 커졌다.

때문에 그럴 때마다 그와 나 사이에 묘한 신경전이 벌어졌다. 물론 언제나 빈센트가 먼저긴 하지만, 가끔은 내가 더 가져가기도 했다. 아주 살짝, 손가락 한 뼘 정도 더, 그가 모르게.

하지만 시력을 잃고 다른 감각들이 예민해진 그는 경계를 늦추지 않았다. 네가 더 가져가는 거 안다는 눈빛을 보내는데, 솔직히 그럴 때마다 좀 무섭다. 단 걸 얼마나 좋아하는 거야?

그럴수록 뻔뻔해야 한다. 나는 그가 그런 눈빛을 보낼 때마다 더 드시겠냔 식으로 양보를 했다. 물론 그가 거절할 거란 걸 안다. 그의 자존심상 시녀에게 준 걸 다시 내놓으라 하진 않을 테니까.

그래서 이번에도 원한다면 얼마든지 드리겠다고 접시를 디밀었다. 빈센트가 손을 내저었다. 네 침이 묻은 건 안 먹겠다고 거부한다. 아니, 얼마나 묻혔다고. 조금밖에 안 묻혔다고 극구 우기며 내미는데, 불현듯 루카스가 웃음을 터트렸다. 그의 시선은 내 손에 든 접시에 꽂혀 있었다. 사실 접시는 이미 깨끗이 비워진 상태였다.

"보면 볼수록 참 재밌는 분이네요."

루카스가 칭찬인지 아닌지 모를 말을 한다. 난 모르는 척 접시를 내려놓았다. 또 다른 동행자가 있다는 걸 잠시 잊었다. 빈센트가 그게 무슨 소리냐고 눈짓했다. 난 루카스가 입 다물어 주길 간절히 빌었다.

다시 웃던 루카스가 다행히 다른 말을 꺼냈다.

"두 사람 사이가 좋네."

"그럴 리가."

"오해가 있으십니다."

대답이 동시에 나왔다. 우린 동시에 서로를 보았다. 나는 눈을 껌뻑였고, 그는 날 볼 수 없을 테지만 보이는 것처럼 눈을 크게 떴다.

루카스는 이게 사이가 좋은 거라고 덧붙였다. 그에 빈센트는 대꾸 없이 차를 들이켰고, 난 빈 접시를 정리했다. 그사이 루카스의 웃음소리만이 정원에 울려 퍼졌다.

난 조용히 책을 꺼내 들었다. 이상한 소리는 무시하기로 결정했다. 그건 빈센트도 동감하는지 자연스레 화제가 넘어갔다.

내가 자세를 잡고 앉자 루카스가 의아한 눈빛을 보냈다.

"뭐 하려는 거예요?"

"책을 읽어 드리려고 합니다."

"책?"

루카스의 시선이 내 손에 들린 책에 꽂혔다. 난 목을 가다듬었다. 빈센트는 차분히 차를 들이켰다. 루카스의 시선이 빈센트에게 꽂혔다가, 다시 내게 향했다.

"설마 읽어 주는 건가요?"

"네."

딱 봐도 읽어 주려는 거지 뭘 물어. 난 책을 펼치고 능숙하게 문장을 읽기 시작했다. 갑작스런 시작이었지만 빈센트는 익숙하다는 듯 내 목소리를 들었다.

오늘 읽을 책은 중편 분량의 어린이 모험담이었다. 어려운 책은 읽기 힘들다. 내용이 길면 집중력이 흐트러진다. 내용이 짧고 단순해야 읽기도 쉽고, 들려주기에도 더 좋다는 걸 최근 깨달았다.

나름 심혈을 기울여 고른 책이었다. 내 목소리를 타고 들리는 이야기에 루카스가 경악했다. 그는 대놓고 빈센트를 보았지만, 빈센트는 루카스에게 관심도 주지 않았다. 그저 내 목소리에 집중할 뿐이었다. 그래서 나도 더욱 책 읽기에 집중했다. 조금만 해이해져도 지적이 들어오니 집중해야 했다.

그런 우리를 보던 루카스의 경악이 점차 잦아들었다. 그러다 어느 순간부턴 슬쩍 의자를 빈센트 쪽으로 끌어와 앉는다.

"왜 붙어."

"나도 들으려고."

두 남자가 나란히 앉아 내 목소리에 귀 기울였다. 평소엔 빈센트만 있어 몰랐는데 또 다른 누군가에게 책을 읽어 준다고 생각하니 좀 긴장이 됐다. 그게 목소리에도 영향을 주었는지 몇 번 호흡이 끊겼다. 빈센트가 인상을 쓰는 걸 보았지만 잽싸게 다음 내용을 읽어 내리며 모른 척했다.

루카스는 마치 어린아이처럼 눈을 반짝였다. 이 상황이 신기한 건지, 아니면 내가 글을 읽을 수 있다는 게 신기한 건지는 모르겠지만, 그는 머리카락 속 피부가 따끔거릴 정도로 부담스러운 시선을 보내왔다. 꼭 동생들에게 동화책을 읽어 주는 거 같았다.

게다가 참여도 적극적이었다.

"그래서 어떻게 되는데요?"

"네? 아, 그래서 어떻게 되냐면요."

그는 내가 읽어 주는 걸 가만히 듣고만 있지 않았다. 간간이 질문을 던지거나, 내 의견을 물어보기도 했다. 가끔 어디서 주워들은 얘기도 주절주절해 주었다. 시답잖은 대화였지만, 그는 즐겁다는 듯 굴었다. 빈센트는 인상을 쓸 뿐 딱히 제지하진 않았다. 덕분에 그의 대화 상대가 된 나만 얼떨떨해졌다.

"모험을 통해 얻는 동료애와 사랑이라. 좋은 교훈을 주는 이야기네요."

책을 다 읽고 나자, 그는 감상을 덧붙이는 것도 잊지 않았다.

"네. 재밌게 들으셨나요?"

"아주 재밌게 들었습니다. 듣기 편하게 읽어 주셔서 그런지 귀에 쏙쏙 들어오네요."

"과찬이십니다."

누구 덕분에 많이 배웠거든요. 그러면서 빈센트를 응시했다. 뭐 하나라도 마음에 안 들면 한숨을 푹푹 쉬면서 부담을 주던 남자는 느긋이 차만 들이켰다. 차는 이미 다 식었을 텐데 홀짝홀짝 잘도 마신다. 그리고 분명히 내 시선을 느꼈을 텐데도 모른 척하고.

게다가 말은 또 어떻고.

"예전보다는."

"네네."

저럴 줄 알았지. 이쯤 되면 완벽하다, 더는 지적할 게 없다, 하는 칭찬 정도는 해 줘야 하는 거 아냐? 칭찬이 너무 짜다.

하지만 다른 한쪽은 칭찬이 과해도 너무 과했다.

"듣기에도 거부감이 없고, 매끄럽게 잘 읽어 주던데요. 누군가 들려주는 이야기가 이렇게 듣기 좋은 줄 처음 알았어요. 듣고 있는 상대방을 배려하는 마음이 느껴졌어요. 목소리도 너무 좋았고…… 아니, 그냥 다 너무 좋았던 거 같아요."

"그저 읽는 것뿐인데요. 좋은 작품 있으시면 말씀해 주세요."

"정말이죠? 다음엔 제가 골라 올게요."

나는 하하 웃었다. 루카스는 은근슬쩍 다음번 참석의 기회를 얻어 냈다.

"즐겁다, 형. 그렇지?"

"글쎄."

다만 또 다른 참석자가 너무 차가워서 문제였다. 그러나 그의 그런 태도에 익숙한지 루카스는 아랑곳하지 않았다.

"난 형이 단걸 이 정도로 좋아하는지 몰랐어. 그동안 어떻게 숨겼어?"

"안 숨겼어."

"이렇게 먹지 않았잖아."

"이렇게 먹지 않은 거지 안 먹은 건 아닌데."

루카스가 고개를 끄덕였다. 그러네.

"그래도 좋아한다는 걸 미리 알았더라면 케이크라도 몇 판 사 왔을 텐데. 유명한 곳 많이 알고 있는데."

"그럴 필요 없어."

빈센트가 매몰차게 거절했다. 그러곤 널 뭘 믿고 받냐고 덧붙인다. 오해의 소지가 다분한 말이지만, 루카스는 그저 웃기만 할 뿐이었다. 사 오면 맛있게 먹을 거 다 안다고 슬쩍 반박하기도 했다.

순간 둘 사이에 평온한 분위기가 흘렀다.

"참, 나 형이 좋아하는 찻잎 시켰는데. 내일 이곳으로 올 거야. 여전히 즐겨 마시지? 노벨르의 홍차."

"그래."

"그건 받아 줄 거지?"

"정성이 갸륵하니 받아 주지."

안 그래도 금빛 글씨가 보내 준 게 다 떨어져 내오지 못하던 참이었다. 이자벨라에게 구해다 달라고 해야 하나 싶었는데 마침 잘되었다. 노벨르의 홍차가 떨어졌다고 하자 실망하던 그를 똑똑히 기억한다. 그리고 저 무뚝뚝한 태도 속에 숨겨진 기쁨도 알고 있다.

동생이라고 일부러 그러는 건가.

아무것도 모르는 루카스는 그저 즐거워하기만 했다.

"형. 나 솔직히 안심했어."

"무슨 소리야."

"편안해 보여서. 말로만 들었을 땐 혹시나 했거든. 눈으로 확인했을 때도 설마 했고. 그런데 이곳에 지내니까 알겠더라. 진짜 잘 지내고 있었네. 다행이야."

"……."

"나는 형이 단걸 좋아하는지도 몰랐어. 이렇게 산책도 하고, 책도 들고, 평온하게 지내는 것도 몰랐고."

루카스가 짧게 웃었다. 기쁜 듯했지만 그 안에 배어 있는 쓸쓸함을 느낄 수 있었다. 빈센트를 바라보는 그의 눈빛이 절절했다. 살짝만 눈을 껌뻑여도 눈물을 흘릴 것처럼 물기가 번들거렸다.

"정말 안심이야."

목소리에 안도감이 묻어 나왔다.

그러고 보니 루카스는 자신이 빈센트를 실명시켰다고 했다. 그렇다는 건 그는 일찍이 빈센트의 상태를 알고 있었다는 뜻이다. 어쩌면 빈센트가 숨기고 있는 '뭔가'도 이미 알고 있지 않을까.

방 안에서 이야기를 나누던 두 사람의 모습이 떠올랐다. 그 안에 담긴 건 내가 상상하는 것 이상으로 무거울 테지. 그렇기에 지금 빈센트를 향한 루카스의 감정이 뭔지 조금은 알 것 같았다. 걱정하는 마음도 진심일 거다.

순간 저 루카스라는 남자가 다르게 보였다. 바닥에 시선을 두고, 수심에 젖은 모습이 좀, 감동적인데?

그러나 감동은 금세 깨졌다. 애석하게도 그 슬픔은 상대에게 닿지 못했다. 빈센트가 혀를 찼다.

"징그럽긴."

"그런가?"

슬픔이 금세 지워졌다. 빠른 변화였다. 너무 빨라서 환영을 본 건가 싶었다. 아니, 슬픔이 너무 짧은 거 아닙니까?

금세 활짝 웃는 루카스를 보자 당황스러웠다.

"이게 다 그녀 때문이겠지."

이번엔 루카스의 관심이 내게 꽂혔다. 갑작스러운 칭찬에 난 눈을 껌뻑였다. 제가요?

"형의 곁에 있어 줘서 고마워요."

"아, 아닙니다."

"당연한 걸 고마워할 거까지야."

반박이 빠르다. 뭐요? 황당해하며 빈센트를 봤다. 그는 말을 정정하지 않았다. 그래, 솔직히 맞는 말이다. 당연하긴 당연한 건데…… 그래도 조금은 고마워할 수도 있는 거 아닌가요?

흥! 난 대놓고 코웃음을 쳤다. 그래도 빈센트는 들은 척도 안 한다. 개자식. 화가 나 애먼 차만 거칠게 들이켰다. 목이 말랐다.

"하긴. 저렇게 예쁜 분이 곁에 계시는데 기운이 나겠지."

그대로 차를 뿜었다.

콜록콜록 기침을 터트리자 루카스가 괜찮냐며 등을 토닥였다. 겨우 진정시킨 뒤 멍청하게 루카스를 올려다봤다. 지금 뭐라고 하셨어요? 누가 예뻐요? 제가요? ……혹시 눈이 안 좋으신지?

"예뻐……?"

빈센트가 의문을 던졌다. 퍼뜩 정신을 차리고 그를 돌아봤다.

"누가 예뻐?"

"형의 시녀."

루카스가 단호함으로 덤볐다. 정말 한 치의 망설임도 없는 대답이었다. 난 다시 그를 보았다. 혹시 미치셨나요? 속으로 그렇게 물었다.

"……예쁘다고?"

"응."

"진짜로? 정말?"

"응. 정말."

루카스가 날 보며 대답했다. 시선이 마주치자 상큼하게도 웃는다. 난 그가 혹시 날 놀리는 건가 싶었다. 그러나 그의 얼굴에선 한 치의 거짓도 보이지 않았다.

잠시 말이 없던 빈센트가 나직이 중얼거렸다.

"예쁘다라……."

"순백이 너무 잘 어울리시는 분이지."

"예쁘단 말이지."

"아주 많이."

죽이 딱딱 맞는다. 빈센트가 드물게 당황함을 드러냈다.

하지만 가장 당황한 건 나였다.

난 루카스의 말을 이해할 수 없었다. 내 얼굴을 제대로 보긴 했나? 못 봤다면 지금이라도 앞머리를 까서 보여 주고 싶었다. 이 얼굴의 대체 어디가 예쁘다고 하시는 건가요? 네? 혹시 취향이 좀 남다르신지 묻고 싶어졌다.

"그래. 그렇게 예쁘단 말이지."

하지만 빈센트 때문에 묻지 못했다. 그는 어쩐지 멍해 보였다. 하지만 난 그의 상태를 살필 여력이 없었다.

"응. 첫눈에 반해 버릴 정도로."

경악스러운 말에 급기야 내 입이 떡 벌어졌다. 빈센트도 놀랐는지 눈을 키웠다. 루카스만이 여전히 상큼하리만치 멋진 미소를 짓고 있었다.

어떡해, 이 남자 이상해.

"왜 그렇게 보세요?"

"이런 말씀을 드려도 될지 모르겠습니다만."

나는 '미치셨습니까?' 라고 묻는 대신 그를 향해 손을 파닥였다. 루카스가 슬쩍 허리를 숙였다. 한층 가까워진 거리에 난 입가를 손으로 가리고, 그에게만 들리도록 속삭였다.

"혹시 취향이 독특하신지요?"

"딱히 고민해 보진 않았는데, 평범한 편이라 생각해요."

"그런데 왜 그러세요?"

"뭐가요?"

그는 정말 모르겠다는 반응이었다. 난 답답함에 입을 뻐끔댔다. 그러면서 슬쩍 빈센트를 보았다. 그는 아까부터 침묵을 유지하고 있었다. 담담한 얼굴이었지만, 내게는 그 안에 담긴 오만 가지 생각들이 엿보이는 듯했다. 다른 건 몰라도 그의 머릿속에서 내 모습이 정리됐다는 건 알겠다.

"그러시면 오해합니다."

"누가요?"

"주인님이요."

"오해할 게 있나요?"

이 남자는 대체 왜 이러는지 모르겠다. 나는 곧장 반박하려다가 멈칫했다. 아니, 꼭 정정해야 하나? 생각해 보니…… 내겐 나쁠 게 없었다. 나는 빈센트에게 예쁜 얼굴로 기억되고 싶었으니까.

그래, 나쁜 짓을 하는 것도 아니잖아.

놀라긴 했지만 내 생애 다시는 듣지 못할 칭찬이었다. 솔직히 기분 좋았다. 남자에게 반해 버릴 정도로 예쁘다는 말은 처음 들었다. 그게 예의상 한 말이라고 해도, 여자라면 누구나 기뻐할 말이었다.

"어떤 오해일까요?"

"아뇨."

입가를 가린 손을 내리고 몸을 곧게 폈다. 루카스가 고개를 갸웃거렸다. 난 목을 가다듬고 빈센트에게도 들리도록 말했다.

"제가 부끄러움이 많아서요. 좋은 뜻으로 말씀해 주신 건 알지만, 앞으로 그런 말은 저와 단둘이 있을 때만 해 주셨으면 좋겠습니다."

"그럴게요."

"……."

뻔뻔한 나도 웃겼지만 대답하는 루카스도 황당하긴 마찬가지였다. 그 말을 들은 빈센트가 살며시 인상을 찡그렸다. 그래도 이번엔 내가 거짓말한 거 아니다. 난 더 뻔뻔해지기로 했다.

"산책은 어디로 가나요?"

"숲으로 갑니다."

남은 차를 다 마시고 우리는 별채 뒤쪽 숲으로 향했다. 여긴 여전히 고요했다. 그리고 기분 좋았다. 하늘을 메운 나무들과 앙상한 가지에 돋아난 이파리를 구경하는데 루카스가 옆으로 방향을 틀었다.

"루카스 님. 그쪽이 아닙니다."

"거기보단 이쪽이 더 볼만할 거예요."

그가 왼편을 가리켰다. 길이 있는 곳이 아니었다. 어쩌지……. 곧장 빈센트를 올려다보니, 내 시선을 느낀 그가 고개를 끄덕였다. 허락이었다.

그렇게 루카스를 뒤따라 숲 안쪽으로 들어갔다. 길이 있는 곳이 아니니 가는 게 험난했다. 중간중간 앞을 가로막는 나뭇가지를 치우고, 위험한 장애물이 나타나면 그에게 미리 알려 주었다. 빈센트는 내 손을 꽉 잡고 조심히 따라왔다.

그렇게 걸어 도착한 곳은 빽빽한 나무들로 둘러싸인 뻥 뚫린 공간이었다. 난 입을 떡 벌렸다. 세상에. 숲속에 이런 곳이 있을 줄이야.

"와아―!"

"예쁘죠?"

내 반응에 루카스가 물었다. 난 연신 고개를 주억거리며 눈앞의 광경에서 시선을 떼지 못했다.

눈앞엔 꽃의 장관이 펼쳐졌다.

이곳까지 오면서 꽃밭 같은 건 보지 못했었다. 그런데 이 공간엔 큰 꽃밭이 만들어져 있었다. 하얗고 싱그러운 꽃들이 살랑살랑 움직였다. 마치 우리를 환영하는 것처럼. 그 주위엔 나무들이 꽃을 지켜 주듯 둥글게 감싸고 있었다.

화려한 건 아니었다. 화려하기보단 수수했다. 화려함으로 따지자면 저택에서 가꾸는 정원들이 더 훌륭했다. 매 순간 아름다움을 만들어 내기 위해 노력하는 곳이니 오죽할까. 하지만 이곳은 느낌 자체가 확연히 달랐다. 사람의 손길이 닿지 않는, 자연이 만들어 낸 아름다움을 보여 주고 있었다. 보기만 해도 마음이 깨끗해진다.

"이런 곳은 어떻게 아셨어요?"

"예전에 심심해서 돌아다니다가 발견했어요."

"정말 예뻐요. 너무너무."

흥분해 높아진 내 목소리에 루카스가 다행이라며 웃었다. 난 하얀 꽃밭을 눈으로 이리저리 구경했다. 정말 새하얀 꽃들로 빽빽했다. 그게 너무 신기했다.

"주인님, 주인님. 꽃이 너무 예뻐요."

난 내 뒤쪽에 서 있는 빈센트의 손을 흔들었다. 그가 주변을 두리번댔다. 내가 말한 꽃을 찾는 듯했다.

난 활짝 웃으며 그를 꽃밭 안으로 이끌었다. 이곳에 피어 있는 꽃들은 꽃대도 길었다. 작은 내 허리께까지 꽃이 닿았고, 빈센트에겐 허벅지 높이쯤 닿아 흔들렸다.

"지금 꽃밭 안에 있어요."

"많아?"

"네. 아주 많아요. 이 주변을 다 덮었어요."

나는 차근차근 주변 풍경들을 설명해 주었다. 주변을 지키고 있는 나무, 뻥 뚫린 공간을 모조리 채우고 있는 꽃들, 만지면 하얗게 묻어날 것 같은 순백색 꽃잎, 그것들을 건드리고 지나가는 바람, 그리고 그 위로 펼쳐진 푸른 하늘까지.

그 모든 게 절묘하게 이뤄져 완성된 아름다움이었다.

"여기만 이렇게 피어 있으니 신기해요. 여길 오면서 꽃을 몇 송이 보긴 했는데 이렇게 모여 있진 않았거든요."

"그래."

"눈으로 보셨으면 분명히 감탄하셨을 거예요."

"네 반응으로 충분해."

흥분한 나와 달리 그는 너무도 덤덤한 반응이었다. 그래도 기뻐 웃었다. 정말 예쁘다는 말을 수십 번 뱉고서야 그도 고개를 끄덕였다.

난 그의 손에 꽃을 대 주었다. 그는 내가 이끄는 대로 따라오며 어정쩡하게 허리를 굽혔다. 긴 손가락 끝에 하얀 꽃들이 스치며 흔들렸다.

"뛰어들고 싶어져요."

"뛰어들면 되지."

"그러면 꽃들이 다 깔려 죽어요."

"조심히 뛰어들면 되지."

농담하는 건가? 의아해하는데 그의 시선은 꽃에 꽂혀 있었다. 그의 손이 꽃을 다시 툭 건드렸다. 그렇게 또 한 번, 또 한 번, 그러다 꽃잎을 조심히 매만졌다. 마음에 든 듯하다.

난 그 옆에 무릎을 굽히고 앉아 꽃에 얼굴을 묻었다. 좋은 냄새가 났다.

"냄새도 좋아요."

"냄새가 다 똑같지."

"그래도요."

난 계속 꽃 냄새를 맡고 빈센트는 계속 꽃을 건드렸다. 옆에 다가온 루카스가 뿌듯한 얼굴로 그런 우리를 바라봤다.

"마음에 들어요?"

"굉장히요!"

"형은 어때?"

"나쁘지 않아."

긍정적인 말에 루카스의 미소가 한층 짙어졌다.

난 고개를 젖히고 드넓게 펼쳐진 꽃들을 바라봤다. 시원한 광경을 보고 있자니 그 안으로 들어가 마구 걷고 싶어졌다. 그래서 벌떡 일어나 마주 잡은 손을 흔들었다. 빈센트가 의아해하는 시선을 주었다. 난 그의 손을 잡아당기는 시늉을 했다. 내 의사를 알아챈 그가 허리를 폈다.

난 그를 더 안쪽으로 이끌었다. 그런 내 뒤를 빈센트가, 빈센트의 뒤를 루카스가 차례로 따랐다.

"주인님, 손을 펼쳐 보세요."

난 다른 한 손을 마구 휘저었다. 꽃이 내 손끝을 툭툭 친다. 빈센트의 뒤를 따라오던 루카스가 그런 내 모습을 보고 웃었다. 그러다 날 따라 손을 내민다. 그의 손에도 아슬아슬하게 꽃이 닿았다. 나도 그 모습을 보곤 즐겁게 웃었다.

"주인님. 빨리요, 빨리."

"형. 빨리, 빨리."

"……."

우리의 재촉에 빈센트가 주춤거리며 손을 들어 올렸다. 그리고 천천히 손가락을 펼쳤다. 그 안으로 하얀 꽃들이 담겼다 빠져나간다. 그 감각을 느낀 걸까. 빈센트가 손가락을 더 활짝 폈다. 그의 손안에 꽃들이 가득 담겼다.

멍한 그의 얼굴을 보다가 뒤를 돌았다. 그리고 걸음을 빨리했다. 허리에 스치는 꽃의 감각이 간지러웠다. 머리칼을 헝크는 바람이 시원했다. 뛰고 싶어. 뛰어가고 싶어. 등 뒤를 따르는 발소리도 점차 빨라졌다. 아니, 내 발소리가 빨라졌다. 어느 순간 꽃밭 안을 뛰고 있었다.

마치 내가 꽃이 되듯이.

바람이 날 데려가듯이.

그러다 걸음을 멈췄을 때는 어느새 꽃밭의 끝에 다다라 있었다. 눈으로 봤을 땐 몰랐는데 꽤 넓었다. 그래서 살짝 거칠어진 숨을 헐떡이는데 옆에서 루카스가 불쑥 튀어나왔다. 그도 곧장 허리를 굽히고 숨을 헐떡거렸다.

"꽤 빠르네요."

"으아, 죄송해요. 뛰려던 건 아니었는데."

숨을 헐떡이는 루카스를 보고 나서야 내가 뛰었다는 걸 깨달았다. 중간에 그만 흥분하고 말았다. 뒤따라오던 두 사람에겐 갑작스런 봉변이었을 테다.

죄송하다고 거듭 사죄하자 그가 아니라며 손을 내저었다. 그래도 힘든 건 맞는지 하늘을 올려다보며 숨을 후 분다.

그러다 루카스가 와락 웃음을 터트렸다. 어쩐지 기분 좋아 보이는 웃음이었다.

"이렇게 뛴 건 오랜만이야. 기분 좋다, 그렇지 형?"

루카스가 뒤를 돌아봤다. 그제야 나도 빈센트를 살폈다. 우리 뒤쪽에서 빈센트가 숨을 색색 뱉고 있었다. 거친 숨소리, 뛰느라 흐트러진 금빛 머리칼이 이리저리 삐죽 돋아 있었다. 그 아래 상기된 뺨이 눈에 들어왔다.

여전히 맞잡고 있는 손이 땀으로 축축했다. 난 당황하며 그에게 다가갔다. 괘, 괜찮으세요? 내 물음에도 그는 대답 없이 눈만 껌뻑거렸다. 꼭 꿈을 꾸는 듯한 얼굴이었다. 그러다 그가 천천히 제 손을 내려다봤다.

등 뒤에서 루카스가 다시 웃으며 털썩 주저앉았다. 난 놀라 루카스를 돌아봤다. 즐거운 웃음소리가 울려왔다. 그렇지? 그가 다시 물었다. 나도 다시 빈센트를 돌아봤다. 숨을 헐떡이느라 벌어져 있던 빈센트의 입술이 길게 늘어졌다.

"그래."

손안을 보던 에메랄드빛 눈동자가 위로 휘었다.

"기분 좋네."

그 얼굴이 어쩐지 개운해 보였다.

한바탕 뛰놀고 저택에 돌아왔을 땐 다들 상태가 좋지 않았다. 온몸에 흙이며 이파리, 꽃잎 같은 것들이 묻어 더러웠다. 즐길 땐 몰랐는데 정신을 차리고 보니 뺨이 붉어질 정도로 민망한 짓이었다. 두 명의 남자와 한 명의 여자가 꽃밭에서 하하 호호 웃으며 뛰어다니는 모습이 얼마나 이상했을까. 우리밖에 없어서 다행이었다.

씻고 나온 뒤 젖은 머리를 털고 있는데, 침대 위에 놓아둔 얇은 외투가 눈에 들어왔다. 루카스의 것이었다. 원피스를 입고 뛰는 나를 보던 그가 허리께에 둘러 준 거였다.

아랫사람인 내게 직접 허리를 굽히고 친절을 베풀던 모습이 떠올랐다. 외투를 탁탁 털고 곱게 접은 뒤 루카스의 방으로 향했다. 그가 지내는 방은 한 층 아래에 위치해 있었다.

문을 두드려 보았지만 돌아오는 대답이 없었다. 방에 없나? 어쩌면 빈센트의 방에 있을지도 모른다. 그 생각을 하며 몸을 돌린 순간, 문이 벌컥 열렸다.

가장 먼저 툭툭 이상한 소리가 들렸다. 곧이어 옆쪽에서 불쑥 튀어나온 형체에 눈을 큼지막하게 떴다.

루카스가 바지만 걸친 반나체 상태로 날 보고 있었다.

막 씻다 나왔는지 축 늘어진 갈색 머리칼에서 물이 툭툭 떨어졌다. 젖은 머리칼에서 흘러내린 물줄기가 목덜미를 지나 그 아래 가슴께로 미끄러지듯 내려갔다. 내 시선도 그 물줄기를 따라 내려갔다.

성인 남성의 나체를 처음 보는 건 아니었다. 노동을 하다 더우면 남자 일꾼들은 자주 옷을 벗었고, 씻을 땐 나체가 당연했다. 남녀가 헐벗고 엉켜든 것도 봤었다.

이곳에 와서도 빈센트의 시중을 들면서 종종 봤다. 하지만 그건 너무 앙상하고 말라 안쓰럽다는 생각뿐이었다. 최근엔 살이 오르긴 했지만 이제는 그가 직접 옷을 갈아입어서 자세히 보진 못했다.

그런데 눈앞에 선명히 보이는 나체는 골격이 크고, 근육 또한 적당해서…….

"폴라."

"네?"

"그렇게 보면 좀 부끄러운데……."

그가 날 부르는 걸 듣고 나서야 내가 그의 나체를 뚫어져라 보고 있었단 걸 깨달았다.

"어머."

그제야 나는 양손으로 눈가를 가렸다. 그러나 손가락 사이에 틈을 만들어 시야를 확보했다. 그도 민망한지 웃으며 한 팔로 슬쩍 가슴께를 가렸다.

"어쩐 일이에요?"

"이걸 전해 드리려고 왔습니다."

한 손을 내려 품에 든 외투를 건네자, 그걸 받은 그가 안으로 들어오라고 말했다. 그러곤 먼저 쏙 들어가 버려 차마 거절하지 못했다. 바닥에 떨어진 물 자국을 잠시 바라보다가 방 안으로 들어갔을 땐 그가 가운을 걸치고 있었다. 어쩐지 아쉬움이 느껴져 그 뒷모습을 연신 훑었다.

가운의 끈을 여미면서 루카스가 제 옆에 있는 탁자를 눈짓했다.

"와서 앉아요."

"외투만 전해 드리려고 온 거예요."

"같이 차라도 마셔요."

"괜찮습니다."

차야 낮에 많이 마셨고, 오밤중에 젊은 여성이 젊은 남성의 방에 있는 걸 누가 보기라도 하면 오해를 살 수도 있었다. 물론 내 상태가 그런 오해를 불러일으킬 만하진 않지만 일단 나도 여성이니까. 게다가 의외로 종종 그런 오해를 받았었다. 그러니 조심해야 했다.

단호히 거절하자 그가 웃었다. 그러면서 내 쪽으로 다가오는데, 허술하게 여며진 가운 사이로 판판한 가슴이 살짝살짝 드러났다. 내 눈은 빠르게 그걸 훑었다.

"오늘 너무 즐거웠어요. 형도 좋아하고."

"루카스 님 덕분입니다."

"폴라 덕분이죠."

훈훈한 칭찬을 주고받으며 그가 또다시 빙긋 웃었다. 나도 입꼬리를 올려 마주 웃었다. 그의 덕분인 건 사실이니까 좋은 태도를 취하게 된다. 고마운 것도 사실이고.

"갈 수 있는 곳이 한정적이니 불편하겠어요."

"조금요."

"이곳 생활은 어때요. 형 시중드는 거 어렵죠?"

"그것도 조금……."

……까지 말하다 눈을 데굴데굴 굴렸다. 그러다 작은 목소리로 '많이?' 라고 덧붙였다. 컵에 물을 따르던 루카스가 쿡쿡 웃었다.

"형의 상태가 좋아진 이유를 알겠네요. 이렇게 유쾌하신 분이 곁에 있으니 좋아질 수밖에 없죠."

"다 주인님이 열심히 노력하신 덕분이죠."

"겸손하지 않아도 돼요. 시중을 들고 있는 폴라의 노력이 없다고 할 순 없으니까."

형도 알고 있을 거예요. 그는 참 듣기 좋은 말만 한다. 그렇게 말해 준다면야 반박하고 싶진 않았다.

"머리요."

내가 젖은 머리를 가리키자 그가 제 머리를 더듬었다. 의아해하는 표정이기에 숙여 보라고 손을 휘저었다. 루카스가 주춤거리며 허리를 굽혔다. 난 그의 목에 둘러 있던 수건으로 젖은 머리를 닦아 주었다.

"이렇게 계시면 감기 걸리세요."

"……."

"씻고 나서 바로 닦으시는 게 좋습니다."

아까부터 머리에서 뚝뚝 떨어지는 물이 거슬렸다. 아니, 청소하는 건 난데 잘 좀 닦고 나오지. 물때가 끼면 청소할 때 고생한다. 그걸 미리 방지하기 위해 그의 머리를 손수 닦아 주었다. 잠시 미동이 없던 그가 허리를 더 굽혔다. 내가 편하게 닦을 수 있도록 배려한 듯했다. 음, 물기만 살짝 닦아 줄 생각이었는데.

고민하다 그냥 물이 떨어지지 않을 정도로만 닦아 주고 뒤로 물러났다. 루카스가 몸을 폈다.

"이제 혼자 닦으세요. 가 보겠습니다."

볼일이 끝났으니 돌아가려고 고개를 숙여 인사했다. 그러곤 몸을 돌렸다. 등이 이상하게 따끔따끔했다.

막 문손잡이를 잡으려던 때였다.

"폴라. 그거 알아요? 성안엔 숲이 있대요."

성? 숲? 의아한 말에 뒤돌아보자 루카스는 창가 앞에 서 있었다. 나와 마주 보는 위치에서 그가 컵에 든 물을 들이켜며 말을 이었다.

"전왕이 자연을 좋아해서 인공적으로 만들어 둔 건데 직접 가서 보면 자연의 숲과 다를 바 없다고 해요. 깊고 웅장하고 아름답죠. 그 숲에 출입할 수 있는 문은 하나뿐이에요."

처음 들어 본다. 성안에 숲이 있다는 것도 몰랐다. 하긴 가 본 적이 없으니까. 그러냐고 무심히 대답했지만 흥미로운 화제이긴 했다.

"거긴 왕족만이 들어갈 수 있다고 해요. 가끔은 출입을 허락받은 귀족도 드나들긴 하는데 그건 거의 드문 경우죠. 들어간 뒤엔 반드시 문을 닫아야 하고, 누군가 들어가 있는 동안은 절대 문을 열면 안 돼요. 그게 규칙이죠. 다들 그 안에서 뭘 하는지 알아요?"

난 고개를 저었다. 그가 컵을 창가에 내려놓았다.

"비밀을 말해요."

"비밀이요?"

"네. 절대 발설하면 안 되는 비밀을 말해요."

아니, 왜 거기까지 가서 비밀을 말해? 고개를 갸웃하자 그가 내 의문에 답해 주었다.

"보통 벽에도 눈이 있고 귀가 달렸다고 해요. 그만큼 입조심이 필요하죠. 성 안이라면 더더욱. 하지만 어떻게 평생 입을 다물고만 살겠어요? 속앓이도 오래 하면 못 살아요. 그래서 유일하게 비밀을 말할 수 있는 공간을 만들었는데, 그 게 그 숲인 거죠. 거기서는 비밀을 외쳐도 숲을 둘러싼 벽과 문의 두께가 두꺼 워 밖으로 말이 새어 나가지 않고, 작은 구멍조차 뚫을 수 없다고 해요. 그리고 경비병이 문 앞을 지키고 있어 누군가 몰래 들어갈 수도 없고요. 사람들은 그 곳을 비밀의 숲이라 불러요."

"……."

"뭐, 소문일 뿐이지만요."

그가 어깨를 으쓱였다. 저도 직접 본 건 아니라서. 그리 덧붙이는 말에 흥미 롭게 듣던 기분이 푸스스 식었다. 난 또 뭐라고, 진짜인 줄 알았네. 내가 실망 하는 걸 보곤 그가 웃었다.

"형에겐 폴라가 그 비밀의 숲인 거겠죠."

그가 컵을 한 번 돌렸다. 내 시선이 그쪽에 닿았다. 빙글빙글 돌던 컵이 아슬 아슬하게 멈췄다. 그러자 그가 다시 컵을 빙글 돌렸다. 의미 없는 손짓인데도 그는 제법 집중하는 듯했다.

"우리 같은 사람들은 다들 하나씩 비밀을 가지고 있어요. 하지만 그 비밀이 란 걸 어디다 말하지 못하고, 마음속에만 묻어 두어야 하니 속앓이를 하게 되 죠. 가끔은 전부 털어놓고 싶고, 위로받고 싶은데 아무나 붙잡고 그럴 순 없잖 아요? 그러니까 남몰래 그 답답함을 풀어야 해요. 비밀의 숲에 가서 외치는 것처럼. 형에겐 폴라가 그런 존재일 거예요."

"……."

"그리고 내겐 형이 그랬어요."

또다시 컵을 돌린 그가 이번엔 컵이 멈추는 걸 보지 않고 날 바라봤다. 잠시 그렇게 눈을 맞추다, 그가 창가에 기댄 몸을 일으키고 다시 내게 다가왔다.

"아직도 저번에 내가 한 말이 거짓말 같아요?"

"……."

"그거 사실이라니까요. 형이 저렇게 된 건 내 탓이에요."

루카스가 내 앞에 멈춰 섰다. 그러나 그의 말은 계속해서 이어지고 있었다. 내가 혼란스러워하는 걸 알면서도 그는 말을 멈추지 않았다.

"난 너무 나약해서 할 수 있는 게 없었어요. 가문의 힘을 쓸 만큼 대범하지도 않았고, 지위도 없어서 나 스스로를 지킬 수도 없었죠. 그래서 빈센트를 끌어들였어요. 그래야 내가 살 거 같아서. 그 결과가 이거예요. 형은 피해를 받았고, 난 구원을 받았죠. 그러니까…… 이번엔 내 차례예요."

"무, 무슨 말씀이신지 모르겠습니다."

"내 눈을 형에게 줄 생각이에요."

혼란이 경악으로 뒤범벅됐다. 그가 태연히 내뱉은 말에 내 귀를 의심했다. 루카스가 너무 덤덤하여 차라리 잘못 들은 거라 판단하고 싶었다.

난 터져 나오는 숨을 몰아쉬고 급하게 말을 이었다.

"주, 주인님은 실명이 되셨어요."

"눈 자체의 기능을 잃은 게 아니에요. 그 겉면이 손상된 거죠. 수술을 하면 보일 겁니다. 하지만 무척 까다롭고 어려운 수술이라, 여태까지 제대로 할 수 있는 의사가 없었어요. 형도 그걸 알고 포기했을 거예요. 그런데 최근 먼 나라에 비슷한 수술을 성공한 의사가 있다는 얘기를 들었어요. 그 사람을 데려올 생각입니다. 물론 데려온다고 해도 귀족인 그에게 아무 눈이나 이식하게 할 순

278

없겠지만, 저라면…… 괜찮겠죠."

"살아 있는 사람의 눈은 줄 수 없습니다!"

"전 곧 죽을 거예요."

가볍게 말하는 목소리를, 그 웃는 얼굴을 이해할 수 없었다. 자신의 죽음을 말하는 그는 너무도 즐거워 보였다. 그럴 리가 없다고 생각하면서도 정말 그래 보였다.

"그런 말씀하지 마세요."

난 마구 고개를 저었다.

"제가 할 수 있는 게 그거밖에 없는걸요."

"루카스 님!"

"형에게 줄 겁니다. 나의 세상을."

"……"

환하게 웃는 남자에게서 느껴지던 위압감의 정체가 뭔지 깨달았다. 그는 흔들림이 없었다. 이미 마음속으로 결심을 한 거였다. 진심이라는 걸 온몸으로 표현하는 그 모습이 너무도 무서웠다.

난 입을 몇 번이나 달싹였다. 무슨 말을 꺼내야 할지 모르겠다. 머릿속이 혼란스러웠고, 가슴이 쿵쿵 뛰었다.

내 갈라진 머리카락 사이로 드러난 혼란에 물든 눈동자가 그에게도 보였으리라. 루카스가 허리를 숙였다. 얼굴이 맞닿을 듯 가까워졌다. 잠시 동안 그가 내 눈을 들여다보았다. 그러다 다시 눈을 휘어 웃었다.

"농담입니다."

"……네?"

"농담이라고요."

웃음이 짓궂게 변했다. 뭐라고? 난 어리벙벙한 얼굴로 그를 훑었다. 그는 여전히 짓궂은 표정으로 내 뒤의 문손잡이를 당겼다. 끼익 소리와 함께 문이 열렸다.

난 빠르게 열린 문을 돌아보다가 다시 루카스를 봤다. 그가 입가를 한 손으로 가렸다. 한껏 휜 눈이 꽉 접혀 있다. 꼭 웃음을 참고 있는 것마냥.

"놀란 얼굴도 귀엽네요."

"예?"

"잘 자요."

등 뒤의 문이 더 활짝 열었다. 그가 내 어깨를 밀어 방 밖으로 내보냈다. 그러곤 이번엔 참지 못하겠다는 듯 내 멍한 얼굴을 보며 박장대소를 했다. 그 소리는 닫히는 문틈으로 들려오다가 문이 닫히자 뚝 멎었다.

그렇게 한참을 멍하니 서 있다가 그의 '농담입니다.' 라는 말이 머릿속에 들어왔다.

순간 열이 확 올랐다. 달아오른 얼굴로 씩씩거리며 문손잡이를 잡아당겼다. 그런데 문이 잠겨 있었다. 몇 번이나 더 흔들어 보았지만 끝내 문은 열리지 않았다. 달칵달칵달칵하는 소리만이 복도에 울려 퍼졌다.

뒤이어 내 고함이 울려 퍼지기까지는 그리 오랜 시간이 걸리지 않았다.

"밤에 이상한 소리가 들리던데."

"그랬나요? 전 듣지 못했습니다."

태연히 말하며 쉰 목을 가다듬었다. 밤새 고래고래 악을 썼더니 목 상태가 좋지 못했다. 몰래 큼큼거리자 귀가 밝은 빈센트가 곧장 이쪽을 돌아봤다. 난 모르는 척 빈 컵에 물을 따른 뒤 그의 손에 쥐어 주었다.

그가 컵을 쥐면서 얼굴에 의문을 드러냈다. 그 옆으로 루카스가 불쑥 빈 컵을 내밀었다. 아침부터 혼자 먹기 싫다고 쳐들어와 같이 식사 중이었다.

"폴라, 나도 줘요."

"……."

그의 얼굴은 쳐다도 안 보고 물을 따랐다. 고마워요. 그 말에도 들은 척도 안

했다. 루카스가 민망해하며 웃었다.

그 뒤로도 굳은 분위기가 이어졌다. 식기 부딪치는 소리만이 울리는 방 안엔 불편한 공기가 부유했다. 그걸 빈센트도 느꼈는지 미간을 좁혔다.

"무슨 일 있었나?"

"응? 무슨 일?"

"너희 두 사람 말이야."

"아무 일도 없었습니다."

전혀, 절대, 아무 일도요. 한 마디씩 끊어 강조하니 빈센트가 입을 다물었다. 루카스는 조용히 물을 마셨다. 난 달그락 소리가 날 정도로 부산스럽게 빈 그릇들을 정리했다.

방을 나왔을 땐 루카스가 내 뒤를 따랐다. 여전히 난 그를 보지도 않았다.

"화가 많이 났군요."

"……."

"문 잠근 건 미안해요. 저질러 놓고 좀 무서워져서."

"……."

"폴라."

"……."

거듭되는 부름에도 끝끝내 대답해 주지 않자 뒤따라오던 걸음이 멈췄다. 고요한 복도엔 내 발소리만이 울렸다. 난 앞만 노려보며 걸음을 재촉했다. 그만큼 화가 났다.

개자식. 나쁜 자식. 어쩜 그런 말을 농담이라고 던질까. 난 숨이 멎고 머릿속이 하얗게 될 정도로 큰 충격을 받았는데.

그 순간의 그는 정말 진심을 말하는 거 같았다. 그게 너무 무서웠다. 누군가의 진심이 그렇게 무서울 줄 몰랐다. 그래서 농담이라고 했을 땐 머릿속이 멍해졌다. 솔직히 안도하긴 했다. 거짓말이구나, 농담이구나. 하지만 안도한 것과는 별개로 화도 났다.

루카스는 그 뒤로도 내 뒤를 따라다니며 용서를 빌었다. 나는 무시로 일관했다. 그가 내 눈치를 살피며, 어떻게든 마음을 풀어 주고 싶어 하는 걸 알았지만 이번엔 받아 주지 않았다. 그게 내가 할 수 있는 최대한의 표현이었다. 욕을 하고 한 대 때릴 순 없으니까. 마음 같아서는 개자식이라고 소리치며 머리라도 쥐어뜯고 싶었지만.

그러니까 다행인 줄 알라고.

하지만 다시 생각해도.

"정말 너무하잖아."

분노로 손에 힘이 실리자 종이가 구겨졌다. 나는 이를 악물었다.

"아니, 사람을 우습게 봐도 정도가 있지. 뭐? 농담? 그런 농담을 하면 넌 새 있겠냐!"

씩씩거리며 욕지거리까지 뱉다가 정신을 차렸다. 후 숨을 쉬고 눈앞의 글자를 읽었다. 주인공과 같이 여행을 하는 동료가 대화하는 장면이었다.

[그러지 마. 널 희생시킬 순 없어.]

[널 위해 뭐든 다 할 거야.]

"아니, 네가 뭔데 희생을 해!"

네가 그렇게 잘났어? 어? 다시 분노가 치솟았다. 얼마나 그렇게 대단하냐고 소리치다가 이를 악물었다. 글씨를 알아볼 수 없을 정도로 종이가 구겨졌다.

"주인님 생각도 그렇죠? 정말 너무한 거 같죠?"

"아까부터 무슨 소리를 하는 거야."

언제나처럼 내가 읽어 주는 책의 내용을 듣고 있던 빈센트가 인상을 썼다. 난 지지 않았다. 탁자를 쾅 내려치고 이야기 속 주인공 동료의 안일한 태도를 비난했다. 주변 사람은 생각도 안 한다고 말이다. 내 말을 듣던 빈센트가 미친

년을 보는 듯한 얼굴을 했다.

농담? 좋지, 농담! 어디 농담으로 어디까지 가나 보자 개자식아! 에단의 동생이라고 했나? 지금 보니 아주 빼다 박았다. 사람 화나게 하는 것이.

결국 다시 탁자를 내려쳤다. 쿵쿵쿵! 손에서 고통이 느껴졌지만, 화는 가라앉지 않았다.

"그만."

그가 더듬더듬 내 주먹을 감싸며 날 제지했다. 난 씩씩 숨을 몰아쉬었다. 그러다 서서히 제정신이 돌아왔다. 점차 깨끗해지는 머릿속에 민망함이 차올랐다. 슬쩍 손을 빼내려고 하자 빈센트가 오히려 더 꽉 잡아 온다.

"루카스와 무슨 일 있었지."

"아니요."

단호히 대답했지만 그는 이미 의심을 품고 있었다. 날카로운 시선이 내게 꽂히는 듯하다. 난 눈동자를 옆으로 굴리며 그의 시선을 피했다.

"조금 기분 나쁜 일이 있었습니다."

"뭔데?"

"별거 아닙니다."

"말해."

고집스럽게 입을 다물자 빈센트가 한숨을 쉬었다. 그래도 말하고 싶지 않았다. 그건, 입에도 담기조차 싫은 말이었다. 그가 들어서 좋을 말도 아니었다.

'형에게 줄 겁니다. 나의 세상을.'

아무리 농담이었다고 해도 그런 말을 어떻게 해.

"무슨 일인지 모르겠지만 적당히 넘겨 버려."

"명령이시라면야."

"널 생각해서 말하는 거야."

그가 오므리고 있는 내 손을 폈다. 그리고 조심히 매만진다. 유독 한곳을 집중적으로 만지는데 보니까 피부가 벌게져 있었다. 그의 손가락이 그곳을 쓸었다.

"멍들 거 같아."

"그 정도는 아닙니다."

"화를 내도 좋고 때리는 것도 괜찮은데, 자학은 하지 마."

"정말 때려도 되나요?"

"때려도 돼. 허락해 줄게."

솔깃한 제안이었다. 오호, 그래?

"정말이죠?"

"그래. 뭣하면 내 명령이라고 해."

"그렇다면 연장 좀 빌려주세요."

"연장?"

"지팡이요."

내 시선은 언젠가 에단에게 휘둘렀던 그의 지팡이에 꽂혔다. 창문이 깨지긴 했지만 지팡이는 흠집이 조금 난 것 빼고는 멀쩡했다.

아까부터 저게 탐났다. 지팡이를 흘끗대며 말하자 빈센트가 웃었다. 그는 내가 왜 지팡이를 요구했는지 알아챈 듯했다.

"얼마든지."

그렇게 그에게서 지팡이를 빌렸다. 난 그걸 허리에 꽂고 다녔다. 화가 치솟을 때마다 지팡이를 만지작거리거나 몰래 꺼내 휘둘렀다. 지팡이가 허공을 가를 때마다 훅훅 하고 들려오는 소리가 제법 마음에 들었다.

나쁘지 않은데?

좀 더 넓은 공간에 가서 휘둘러 봤다. 오, 감탄하며 또다시 휘둘렀다. 빈센트가 이걸 휘두른 이유를 좀 알 거 같다. 훌륭한 연장 선택에 만족하며, 평소 나를 힘들게 했던 사람들의 얼굴을 차례로 떠올렸다. 그대로 지팡이를 휘둘러 때렸다. 상대가 아야 하며 울상을 짓는다. 상상이지만 기분이 좋아졌다.

어느새 주변을 빙글 돌면서 나도 모르게 집중했다. 그러다 막 옆쪽으로 지팡이를 휘둘렀을 때, 눈앞으로 뭔가가 불쑥 튀어나왔다. 깜짝 놀라 숨을 혁 들이켜며 뒷걸음질 쳤다. 상대도 양손을 들어 올린 채 굳어 있었다. 우리 둘 사이로 뭔가가 팔랑팔랑 바닥에 떨어졌다.

"제발 살려 줘요."

"아, 아니. 죄송합니다."

난 당황하며 곧장 지팡이를 내렸다. 루카스가 주춤주춤 뒤로 물러났다. 그러다 가슴을 부여잡고 안도의 숨을 내쉰다. 그의 눈이 빠르게 내 손에 들린 지팡이를 훑어 내렸다.

"여기서 뭐 하고 있어요. 그건 뭐예요?"

"아무것도 아닙니다."

"설마 그걸로 나 때리려고?"

"……."

침묵하자 루카스가 얼굴을 굳혔다. 그가 진중한 표정으로 차분히 말을 이었다.

"미안해요. 진심이에요. 살려 줘요."

"그걸 아시면서 왜 그런 말씀을 하셨어요."

"……."

"저는 그런 거짓말을 싫어합니다."

잠시 잊고 있던 분노가 치솟았다. 나는 그가 농담을 한 것보다 자신의 죽음을 가볍게 입에 담았다는 데 더욱더 화가 났다.

누군가는 살고 싶어도 살지 못하는 세상이었다. 적어도 내 주변의 삶은 그랬다. 나는 많은 죽음을 보았고, 그 무엇도 가볍게 다루고 싶지 않았다. 귀족의 말장난으로 취급하기에는 도가 지나쳤다. 거기다 그 이유 또한 쉽게 넘길 수 있는 게 아니었다.

물론 진심이길 바란 건 더더욱 아니지만, 그래도 그건 아니었다.

"폴라의 말이 다 맞아요. 변명할 것도 없어요. 내가 잠시 미쳤나 봅니다. 빈센트, 형에게 아주 큰 잘못을 해서, 그 미안함이 너무 커서……. 어떻게 하면 형에게 도움이 될 수 있을까 고민하다 보니 그런 생각까지 하고 말았나 봐요. 폴라에게 할 말은 아니었는데 나도 모르게 생각했던 게 입 밖으로 나와서, 당황해서 얼버무리다 보니 그만……. 정말 미안해요. 실수였어요. 진심으로 사과할게요."

"……."

"용서해 줘요."

그가 대뜸 손을 내밀었다. 사과의 악수라도 나누자는 건가 싶어 고민하는데 어쩐지 그가 더 당황해 했다. 곧이어 빠르게 주변을 훑던 루카스가 허리를 굽혔다. 발치에 꽃다발이 떨어져 있었다. 아까 떨어졌던 게 꽃이었나 보다.

"미안해요."

그가 하얀 꽃다발을 내밀며 허리를 깊게 숙였다. 그건 저번에 갔던 숲속, 신비로웠던 공간에 피어 있던 꽃이었다. 내가 마음에 든다고 몇 번이나 말했던 그 꽃. 방금 전에 가져온 건지 그의 옷에도 꽃잎이 묻어 있었다.

난 바닥을 향해 푹 숙인 머리통을 노려보며 손안에 쥔 지팡이를 만지작댔다. 때려? 말아? 안 받아 줘? 잠시 갈등했지만 결국 한숨으로 마무리했다. 그가 내게 진심으로 사과를 하고 있단 건 이미 알고 있었다.

"죽음을 농담으로 다루지 마세요. 절대."

"그럴게요."

그가 곧장 대답했다.

"그런 말씀도 하지 마시고요."

"용서해 줘서 고마워요."

"용서한 거 아닙니다."

정확히 말하면 일단은 두고 보자는 거지.

지팡이를 그의 손 옆쪽 바닥에 딱 꽂았다. 그가 슬쩍 고개를 들었다. 난 입꼬리를 빙긋 올리고 주인님께 허락받았다고 덧붙였다. 뭘 허락받았는지 말하진 않았지만 위기감을 느꼈는지 루카스가 거듭 고개를 끄덕였다.

그는 내가 꽃다발을 받기 전까진 허리를 펼 거 같지 않았다. 가만히 두면 무릎까지 꿇을 기세였다. 나야 상관없지만 만약 다른 사용인들이 보게 된다면 좋지 않은 소문이 돌지도 모른다.

결국 꽃다발을 받자 그가 고맙다며 허리를 폈다. 난 어깨를 으쓱였다.

"폴라가 날 용서하지 않으면 어쩌나 걱정했어요."

"그러면 계속 이러시려고 하셨어요?"

"네. 계속 따라다니면서 용서를 빌려고 했죠."

그건 좀 무서운데. 이대로 계속 외면했다면 잠자리에 든 날 흔들어 깨우면서까지 용서해 달라고 했을 뻔한 거 아냐?

"그래서 다행이에요. 폴라에겐 잘 보이고 싶거든요."

"저한테요? 왜요?"

"그야 폴라를 좋아하니까요."

그의 말에 아주 잠깐 놀라긴 했지만 금세 평정을 되찾았다. 이젠 안 믿는다. 하하 웃으며 넘겼지만 그는 말을 멈추지 않았다.

"전 폴라를 좋아해요."

"네네."

"이건 진심이에요."

"영광입니다."

대수롭지 않게 대꾸하며 꽃다발을 들여다볼 때였다. 갑자기 어깨가 붙잡히며 몸이 앞으로 당겨지더니 뺨에 뭔가가 닿았다. 정말 닿았다.

말캉한 게.

"으악."

기겁하며 도망갔다. 뺨을 문지르며 뒤돌자 루카스가 날 향해 방긋 웃고 있었
다. 너무 가뿐한 얼굴이었다.

"진심이라고 했잖아요."

정말 끝까지 방심할 수 없는 남자였다.

제5장

백작가에 별이 떨어지던 순간

루카스와의 생활에도 차츰 적응해 가고 있던 어느 평온한 날이었다. 두툼한 짐 가방을 잔뜩 들고 바이올렛이 오랜만에 백작가를 찾아왔다.

"폴라! 보고 싶었어."

그녀는 날 보자마자 와락 껴안으며, 편지로만 이야기를 나누기에는 아쉬웠다고 속삭였다. 그러곤 반갑게 얼굴을 비비는 행동을 해 나를 무척 당황스럽게 만들었다. 이런 건 처음이라 어찌 반응해야 할지 모르겠다. 보통 이렇게 살갑게 인사하나? 내 몸은 딱딱하게 굳고, 갈 길을 잃은 손은 허공을 휘젓기만 했다.

그런 우리를 보던 루카스가 다가왔다.

"누나."

"어머. 루카스?"

그녀가 눈을 끔뻑이며 루카스를 훑었다. 반응을 보니 그가 여기서 지내고 있다는 걸 몰랐던 듯했다.

"세상에. 어디 있나 했더니."

"신세 좀 지고 있었지."

"너무해. 나한테는 안 된다고 하더니."

바이올렛이 고개를 기울여 루카스의 뒤에 서 있는 빈센트를 봤다. 시선을 느낀 빈센트가 모르는 척 고개를 돌렸다. 그러자 바이올렛의 볼이 빵빵하게 부풀어 올랐지만, 더 이상 뭐라 투덜거리진 않았다. 대신 루카스를 노려본다. 루카스도 어깨를 으쓱이며 빈센트에게 돌아갔다.

"에단도 바빠서 요새 얼굴 보기 힘들고. 다들 차가워. 나한텐 폴라뿐이야."

"영광입니다."

그녀가 다시 날 꼬옥 껴안았다. 어깨에 코를 묻고 있자니 달콤한 향기가 났다. 여자의 향기였다. 나와는 너무도 다른 그 향기에 뺨이 달아올랐다.

"흥. 나도 여기서 지낼 거야!"

그녀가 내 어깨 너머에 있는 두 남자를 향해 소리쳤다.

"어째서?"

"누나, 무슨 일 있었어?"

두 남자가 동시에 반응했다. 둘 다 의문이었다. 난 당황하며 그들을 돌아봤다. 왜 그러냐고 손짓했지만 빈센트는 당연히 눈치채지 못했고, 루카스는 눈만 껌뻑였다. 그사이 바이올렛의 볼은 더 빵빵하게 부풀었다.

"누가 너희 보고 싶어서 왔대? 난 폴라 보러 온 거야!"

"네? 저요?"

"응! 가요, 폴라!"

그러곤 대뜸 날 끌고 계단을 올랐다. 마른 몸치곤 힘이 상당했다. 난 당황하며 뒤를 돌아봤지만 두 남자는 날 구해 줄 생각이 없어 보였다. 오히려 엮이지 않겠다는 듯 딴청을 부렸다. 이번엔 내 볼이 부풀어 올랐다.

□ ◆ □

저택에 한 사람이 더 늘었다고 금세 시끌벅적해졌다.

소식을 듣고 찾아온 이자벨라와 인사를 한 바이올렛은 내 옆방에 짐을 풀었다. 이유는 나랑 함께 있고 싶다는 거였다. 밤엔 여자끼리 꼭 같이 자자고 약속까지 받아 냈다. 수다를 떨 생각에 기뻐하는 바이올렛과 달리 난 이자벨라의 눈치만 살폈다. 다행히 그녀는 덤덤한 얼굴로 내게 방에 문제가 없는지 확인하라고 명령했다.

오래 머물 예정인지, 바이올렛의 짐이 꽤 많았다. 지난번에 왔을 때 갈아입을 옷을 가져오지 못했다고 사람을 보내더니 이번엔 작정하고 온 듯했다. 낯선이가 방문할 수 없는 공간이니 그녀의 시중은 당연히 내가 맡게 되었다.

"짠! 폴라 이거 어때요?"

주변을 정돈하던 내게 바이올렛이 분홍빛 드레스 한 벌을 꺼내 보여 줬다. 어깨선과 소매 밑단에 레이스가 여러 겹 달려 너풀거렸고, 치맛자락에도 프릴과 레이스로 모양을 내어 아래로 내려갈수록 풍성한 느낌을 주는 디자인이었다. 그리고 허리 부분엔 분홍색 끈이 달려 있어 허리가 잘록해 보이도록 조일수도 있었다. 가까이서 살펴보니 장미꽃이 줄지어 수놓여 있는, 딱 봐도 재질이 좋은 비싼 드레스였다.

그녀와 잘 어울리겠다.

"예쁘네요."

"그렇죠? 폴라와 아주 잘 어울릴 거 같아요."

뭐라고요? 드레스를 만지던 손에 힘이 빠졌다. 그녀와 시선을 마주하자 싱긋 웃는다. 웃는 얼굴이 왠지 위협적이었다. 불길함이 솟구쳤다. 본능적으로 한걸음 뒤로 물러나며 손을 저었다.

"폴라 주려고 가져온 거예요."

"마음만 받겠습니다."

"그럼 의미가 없잖아요."

그래도 너무 비싼 물건이다. 머리 끈이야 기존에 쓰던 게 마음에 걸려 그럴 수 있다 치더라도 이건 아니었다. 이렇게 비싼 건 받을 수 없다고 거절했지만, 바이올렛은 아무 말이 없었다. 그저 드레스를 꼭 쥔 채로 내게 다가올 뿐이었다.

"바, 바이올렛 님."

"자, 폴라. 뭐 하고 있어요."

"네?"

"벗어요."

이번엔 한 박자 늦게 '네?' 라고 되물었다. 바이올렛은 여전히 싱긋 웃고 있었다. 그러곤 내가 그녀의 말뜻을 헤아리느라 잠시 방심한 틈을 타 내게 달려들었다.

그 뒤로 내 비명 소리가 이어졌다. 그녀의 거침없는 손길이 내 앞치마와 검은 원피스를 벗기려 들었다. 무서움에 버둥거리며 저항했지만 그녀는 아랑곳하지 않고 너무도 쉽게 옷을 벗겨 냈다. 눈 깜짝할 새 속옷만 입은 상태가 되었다.

바닥에 웅크려 앉아 양팔로 몸을 가렸다. 이런 경험은 처음이라 눈물이 찔끔 나왔다. 강도에게 옷을 뺏긴 기분이다.

당황하며 바이올렛을 올려다보니 그녀는 여전히 예쁜 미소를 지은 채 벗긴 앞치마와 원피스를 저 멀리 던져 버렸다. 내 손이 닿을 수 없는 거리였다. 내 시선은 저 멀리 던져진 원피스를 좇았다. 그런 내게 바이올렛이 뭔가를 불쑥 내밀었다. 코르셋이었다.

"이건 왜……?"

"기왕 갖추는 거 완벽하게 하면 더 예쁠 테니까."

"살려 주세요."

빌었지만 통하지 않았다. 결국 코르셋을 입었다. 바이올렛이 등 뒤에서 끈을 조이자 기겁했다. 그걸 단단히 고정시킨 후 그녀는 예쁘다고 칭찬했지만 나는 이런 걸 처음 입어 봐서 갑갑하기만 했다. 그래도 처음 조였을 때의 압박감과는 달리 심하게 답답하지는 않았다. 시간이 지나자 어느 정도 숨통이 트였다.

막상 입고 보니 허리는 쏙 들어가고 없던 가슴이 생겨났다. 와. 신기한데. 감탄하며 가슴 가운데 달린 리본을 만지작거리니 바이올렛이 이번엔 하얀 스타킹을 건넸다. 순순히 갈아 신자 속바지도 새로 준다. 기다렸다는 듯 다음 복장들을 건네는 걸 보니 정말 작정하고 챙겨 온 듯했다.

문제의 드레스도 입고, 구두까지 신고 나자 바이올렛이 내 주변을 돌면서 상태를 살폈다. 시선이 제법 날카로웠다. 그렇게 몇 번 더 내 주변을 돌던 그녀가 만족스럽게 웃으며 손뼉을 쳤다.

"요즘은 아래가 너무 풍성하면 촌스러워. 이 정도가 적당하지. 폴라는 말랐으니까 몸매를 그대로 드러내는 것보단 이렇게 살짝만 보여 주는 게 더 잘 어울릴 거 같았어요. 그런데 역시, 잘 어울리네요!"

"감사합니다."

어색하게 웃으며 치마를 만지작댔다. 처음 껴 보는 장갑의 감촉이 낯설었다. 바이올렛이 감상하듯 날 또다시 훑더니 머리로 손을 뻗었다. 난 기겁하며 손을 올려 막았다.

"왜? 머리도 다듬어야죠. 화장도 하고."

"머리는 괜찮습니다. 화, 화장도 됐습니다."

"아이참, 이렇게 예쁘게 입고 머리를 그대로 두면 어떡해."

바이올렛이 내 쪽으로 다가오자 난 마구 도리질했다. 뒤로 물러나면서 절대 싫다는 의사를 표했다. 다른 건 몰라도 머리는 싫었다. 그녀가 안 된다고 강조했지만 차라리 그럴 바엔 입지 않겠다고 말하면서 드레스를 벗으려 버둥거렸다.

그런 내 태도에 당황한 그녀가 날 저지했다. 난 벗겠다고 했다. 그렇게 벗으려는 나와 저지하려는 그녀의 힘 싸움이 이어졌다. 그러다 한순간 우리 둘 다 몸의 중심을 잃고 옆으로 넘어갔다.

바닥에 쓰러지면서 내 앞머리가 갈라졌다. 몸을 일으키던 그녀가 내 얼굴을 보곤 눈을 동그랗게 떴다. 난 잽싸게 얼굴을 가리고 뒤로 물러났다. 혹여 그녀가 다가올까 싶어 남은 한 손을 들어 막았다.

"폴라."

"오지, 오지 마세요. 죄송합니다."

"뭐가 죄송해요?"

"못생겨서요."

그녀가 눈을 껌뻑거렸다.

"그렇게 못생기지 않았어요."

"좋은 말씀 해 주지 않으셔도 돼요. 괜찮습니다."

"폴라. 난 진심이에요."

"죄송합니다."

도리질하며 엉덩이를 뒤로 움직였다. 바이올렛이 고개를 기울였다.

"수수한 편이긴 하지만 사과할 정도는 아니라고 생각해요."

"죄송합니다."

"폴라."

그녀가 몸을 기울여 내게 다가오려 하자 난 움찔 놀라며 다급히 뒤로 더 물러났다. 드레스가 더러워지는 것도 신경 쓰지 못할 정도였다. 바이올렛이 다가오려다 말고 멈칫했다. 뻗어 오던 손도 허공에 멈췄다.

"죄송합니다."

"폴라."

"죄송합니다. 죄송합니다."

"······."

바이올렛은 더 이상 아무런 말도 하지 않았다. 난 죄송하다는 말만 반복했다. 고개를 들 수가 없었다. 실망과 경멸이 뒤섞인 그녀의 얼굴을 보는 게 두려웠다. 귓가로 사람들의 비난이 들려왔다. 넌 못생겼다고, 쓸모가 없다고, 추하다고, 그런 얼굴을 어떻게 들고 다니냐고 말하던 비난들이 다시금 내 숨통을 조여 왔다.

이러지 마. 이러지 마. 나도 이렇게 태어나고 싶지 않았어. 고개를 도리질하며 그 비난을 털어 내려 했다. 하지만 그건 더 끈질기게 날 옭아매어 왔다.

'넌 너무 끔찍해.'

언젠가 또래 남자아이가 내게 말했다. 그는 다른 애들과 달리 내게 다정했고, 상냥했고, 함께 어울려 놀아 주었다. 놀림을 받았을 텐데도 아랑곳하지 않았다. 그런 그가 고마웠다. 마음속 한편으론 남몰래 좋아했던 것도 같다.

하지만 알고 보니 그 아인 앨리샤를 짝사랑하고 있었다. 그래서 나와 어울려 주던 거였다. 그는 날 이용했음에도 도리어 내게 비난을 쏟아부었다. 얼굴이 추해서, 나라는 사람의 가치는 외모로만 판단되고 말았다. 누군가는 내게 그렇게 생긴 걸 다행으로 여기라고 했다. 내가 못생겨서 아비가 날 팔지 않았다고.

하지만 정말 그럴까? 이게 다행스러운 일인 걸까? 내가 누군가보다 심한 일을 당하지 않았다고 해서 그 삶을 감사해야 하는 걸까? 잘 모르겠다.

"죄송합니다. 정말 죄송······."

"폴라. 날 봐요."

차분한 목소리가 들려왔다. 난 고개를 저었다. 다시금 그녀가 날 불렀다. 폴라. 나긋한 목소리가 따뜻했다. 난 용서를 구하던 것을 멈추고 숨을 골랐다. 그러곤 머뭇거리며 고개를 들어 올리자 올곧게 앉아 날 마주 보고 있는 바이올렛이 보였다.

"폴라, 들어 봐요. 나는 폴라가 어떤 외모를 가졌어도 상관없어요. 예쁘면 어떻고 못생기면 어때요. 폴라는 폴라인걸. 나는 지금의 폴라가 좋아요. 내게 친절히 대해 주고, 진심으로 조언해 주고, 날 응원해 주고, 내가 고집부려도 이해해 주는 다정한 폴라가 좋아요. 내게 보여 주었던 그 모습들이 진짜 폴라라고 생각해요. 거기에 외모는 중요하지 않아요."

그녀가 다정히 웃었다. 흔들림 없는 보랏빛 눈동자엔 따스함이 가득했다. 단호한 목소리, 나긋한 말투 속에 담긴 진심이 전해져 왔다.

"나는 폴라가 어떤 외모라도 다 좋은걸."

"……."

"사과하지 마요. 사과할 게 뭐 있어요? 잘못한 것도 아닌데."

"하지만……."

"아이참. 폴라는 내가 예뻐서 좋아요? 내가 못생겼으면 싫어했을 거야?"

난 곧장 고개를 저었다. 그녀가 거보라며 웃었다. 맑은 웃음소리가 방 안에 울려 퍼졌다. 환하게 웃는 얼굴에서 시선을 뗄 수가 없었다.

"놀라게 해서 미안해요. 폴라가 예뻐지는 게 너무 행복해서 내가 폴라의 마음을 미처 신경 쓰지 못했네요."

"아니, 아닙니다. 사과하지 않으셔도 돼요."

"그럼 폴라도 다시는 그런 말 안 하기. 알겠죠?"

그녀가 다시 까르륵 웃으며 손을 뻗어 왔다. 난 그 고운 손끝을 바라봤다. 그녀가 손을 까딱였다. 난 머뭇대며 손을 내밀었다. 그녀가 내 손을 꽉 잡고 일어났다. 나도 그녀를 따라 자리에서 일어났다. 기쁘게 웃는 고운 얼굴이 눈앞에 가득 찼다.

난 고개를 숙였다. 목구멍으로 울컥 치솟는 걸 억눌렀다. 눈가가 시렸다. 맞
잡은 손이 너무 따뜻해서 그런 거 같았다.

"음, 그럼 뒷머리만 손질하면 어때요? 앞머리는 안 건들고 화장도 하지 말
고, 그냥 뒷머리만 만질게요. 이렇게 예쁘게 입고 아깝잖아. 응?"

"그, 그럼 뒷머리만……."

"응, 뒷머리만! 앞은 절대 안 건드릴게. 약속해요."

바이올렛은 몇 번이나 다짐하고 나서야 살금살금 내 뒤로 움직였다. 그러곤
조심히 뒷머리를 만졌다. 내 몸은 본능적으로 딱딱하게 굳었다. 혹여 그녀가 앞
머리를 건들까 봐 신경이 곤두섰다. 조금이라도 이상한 낌새가 보이면 바로 도
망칠 심산이었다.

다행히 그녀는 약속대로 뒷머리만 만졌다.

"폴라도 머리가 곱슬곱슬하네. 나도 그래요."

자, 봐. 그러면서 그녀가 제 머리카락을 보여 줬다. 그녀의 말대로 끝이 굽어
있다. 전체적으로 봤을 때도 구불거리는 편이었다.

"너무 심해서 가끔은 머리카락이 곧은 사람이 부러워. 근데 또 그런 머리카
락을 가진 사람들은 머리를 손질해도 풍성한 느낌이 없어서 나 같은 머리가 부
럽대. 뭐든 적당한 게 좋은가 봐. 그래도 폴라는 나보단 덜하네."

"죄송합니다."

"아이참. 사과할 거 없다니까."

등 뒤에서 즐거운 웃음소리가 들렸다. 귓가가 간질렸다. 괜히 양 손가락만
꼼지락댔다.

바이올렛이 내 뒷머리를 땋아서 둥글게 틀어 올렸다. 그러곤 머리를 고정할
장식을 찾기에 하얀 끈을 내밀었다. 그녀에게 선물받은 뒤로 애용하고 있는 머
리 끈이었다.

"내가 새로운 거 가져왔어요."

"이게 좋아요."

"아주 예쁜 것들을 많이 가져왔는데? 그걸로 꾸며 줄게요."

난 고개를 저었다.

"이 머리 끈으로 꾸며 주셨으면 해요. 지금 복장과도 많이 어색하지 않고, 전 이게 너무 마음에 들어요. 제겐 가장 소중한 물건이에요. 이 소중한 물건으로 절 꾸며 주시면 정말 기쁠 거 같아요."

내 말에 그녀가 더 기쁘게 웃으며 머리 끈을 건네받아 뒷머리를 고정시켰다.

머리 손질을 마치자, 그녀가 멀찍이 서서 날 살펴보았다. 그 시선에 괜히 몸에 힘이 들어갔다. 뺏뻣하게 서 있는 날 한참 보던 그녀가 여전히 밋밋하다며 불만을 터트렸다. 그러곤 잠시 고민하는 듯하더니 손뼉을 치며 가방에서 네모난 상자 여러 개를 꺼내 왔다.

뚜껑을 열자 한가운데 둥근 보석이 박힌 진주 목걸이가 들어 있었다. 아니, 목걸이뿐만이 아니다. 반지도 있었다. 또 다른 상자에선 팔찌가 나왔다. 나도 모르게 그것들에 시선을 꽂다가 정신을 차리곤 바로 양손을 휘저었다. 그녀가 내게 그 장식품들을 채우려고 한다는 걸 알아챘기 때문이다.

하지만 바이올렛이 이건 절대 양보할 수 없다고 일갈했다.

목걸이를 목에 걸자 마른침이 삼켜졌다. 이거 잃어버리면 어쩌지. 부담감에 목이 무거웠다. 팔엔 팔찌, 손엔 반지가 끼워졌다. 침이 꼴딱꼴딱 넘어갔다. 내겐 너무 과분하다고 몇 번이나 호소했지만 날 꾸미는 데 심취한 바이올렛에겐 전해지지 않았다.

다시 날 살펴던 바이올렛이 만족스레 웃었다. 드디어 끝난 건가. 난 몰래 한숨을 쉬었다. 빨리 벗었으면 좋겠는데 그녀는 그런 날 거울 앞으로 이끌었다.

"어때요?"

"……."

거울 속에 웬 낯선 여자가 서 있었다. 얼굴을 가린 앞머리가 없었다면 몰라볼 뻔했다. 난 거울 속 내 모습을 보며 입을 벌렸다.

거울 속 여자는 내가 아니었다.

땋아서 위로 둥글게 틀어 올린 뒷머리를 머리 끈으로 고정한 후, 매듭을 짓고 남은 끈은 자연스레 아래로 늘어뜨렸다. 분홍빛 드레스도 내 몸에 잘 맞았다. 코르셋 효과로 허리가 잘록했다. 허리에 둘린 분홍빛 끈도 한몫했다. 아래가 풍성해서 더더욱 늘씬해 보였다.

손에 낀 장갑도, 살짝살짝 드러나는 하얀 스타킹도, 한가운데 작은 리본이 달린 드레스와 똑같은 분홍빛 구두도 모두 조화로웠다. 거기에 자칫 밋밋할 수 있는 부분을 목걸이와 팔찌, 반지가 채워 주었다.

나는 멍하니 거울 속을 보다가 손을 들어 올렸다. 거울 속 여자도 손을 들어 올린다. 다른 손으로는 치맛단을 들어 올렸다가 어깨선의 레이스를 더듬었다. 소매 밑단에 달린 레이스가 아래로 풍성하게 퍼졌다. 그 모습을 바라보다가 목걸이를 쓸고, 틀어 올린 뒷머리를 매만졌다. 거울 속 여자도 똑같은 행동을 하고 있었다.

정말 '내' 가 맞았다.

"예쁘죠?"

"……네. 아, 아니. 드레스가요."

내 대답에 바이올렛이 짓궂게 웃었다. 난 진심이라고 말했다. 그녀는 알겠다면서도 웃음을 멈추지 않았다.

이 상황이 어색하면서도 신기했다. 이런 옷은 처음 입어 본다. 분홍빛이라 어려 보이는 느낌이 들 거라 생각했는데 오히려 성숙한 느낌을 주었다. 이게 정말 날까? 바이올렛이 왜 앞머리가 아쉽다고 말했는지 알겠다. 확실히 앞머리

쪽이 튀었다. 괜히 앞머리를 만지작거리다 생각을 털어 냈다.

너무 신기해서 자꾸 거울 속 모습에 정신이 팔렸다. 그때, 누군가 문을 톡톡 두드렸다. 바이올렛이 들어오라 허락하자 곧이어 문이 열리고, 루카스가 들어왔다.

그가 네모난 상자를 들고 바이올렛에게 다가오다가 우뚝 걸음을 멈췄다. 큼지막하게 뜬 눈동자가 내게 꽂혔다. 멍한 얼굴이 빠르게 날 위아래로 훑었다.

"……폴라?"

"네."

그대로 루카스가 굳어 버렸다.

의아해하며 바이올렛을 바라보자 그녀는 묘한 얼굴로 루카스를 주시하고 있었다. 난 그녀 대신 루카스에게 다가가 그의 손에 들린 상자를 건네받았다. 그걸 바이올렛에게 전해 주자 그녀가 갑자기 싱글벙글 웃으며 그와 날 번갈아 본다.

그러다 나를 다시 루카스 쪽으로 돌려세우며, 내 양어깨를 짚었다.

"어때? 예쁘지?"

"……."

돌아오는 대답은 없었지만 그의 시선은 오롯이 내게 꽂혀 있었다. 부끄러움에 드레스 자락만 매만졌다. 침묵이 길어지자 더욱더 민망해졌다. 그렇게 별로인가 싶어 옷을 갈아입기 위해 몸을 돌리려는데, 그 순간 나직한 목소리가 들려왔다.

"예뻐요."

멍한 얼굴이 차츰 환한 빛을 머금었다. 갈색 눈동자가 다정함으로 물들었다. 마치 꿀이 떨어질 것 같은 눈빛이었다.

"아주 많이."

"······."

왠지 더 부끄러운데.

괜히 드러난 목덜미를 긁적이며 시선을 옆으로 돌렸다. 그러자 바이올렛이 입꼬리가 귀에 걸릴 정도로 웃고 있었다. 훈훈한 시선이 부담스러워 고개를 바닥으로 떨구었다.

"이제 벗어도 될까요?"

"벌써? 좀 더 입고 있어요."

"청소하러 가야 해서요."

"아이참, 아까워라. 파티라도 가면 좋을 텐데."

솔직히 그 정도까진 아니다. 난 바이올렛의 말을 웃음으로 넘겼다. 하지만 그녀는 진지하게 어디 파티라도 참석하면 어떠냐고 물었다. 난 곧장 고개를 저었다. 말도 안 되는 소리. 그러자 바이올렛이 여기서 파티를 열면 어떠냐고 묻는다. 기겁할 말에 난 이번에도 마구 도리질했다. 갑자기 파티를 열면서 발생하는 여러 문제를 떠나, 초대할 만한 사람도 없었다.

거듭된 거절에 그녀의 어깨가 축 처졌다. 진심으로 실망한 듯했다. 어쩐지 미안해졌다. 하지만 이건 내가 뭐라 말할 수 없는 문제였다.

몸을 돌려 그녀에게 빼앗겼던 원피스를 찾으러 떠났다. 그녀는 연신 아깝다고 중얼거렸다. 그때까지 말이 없던 루카스가 불현듯 한 가지 의견을 내밀었다.

"우리끼리 하면 어떨까? 파티."

그렇게 갑작스런 파티가 결정됐다.

아주 소규모로, 참석자는 나와 바이올렛, 루카스, 빈센트가 전부였다. 사실 파티라고 말하기도 뭐했다. 그럼에도 바이올렛과 루카스는 신이 나 이자벨라에게 바로 파티 준비를 요청했다. 빠른 행동력이었다. 이자벨라는 갑작스런 요구에도 차분히 반응했다. 뒤늦게 소식을 들은 빈센트만 어이없어했다.

'누가 보면 너희들 저택인 줄 알겠어.'

'왜에— 즐겁잖아.'

'좋은 게 좋은 거지.'

'……'

이미 작정한 두 남녀를 말릴 수 있는 사람은 아무도 없었다.

별채 중앙 홀이 파티 장소로 정해졌다. 이자벨라는 하녀들을 데려와 홀을 꾸미고 요리사에겐 음식 준비를 시켰다. 파티가 시작되면 그 누구도 홀에 들어오지 못하도록 미리 언질 해 두었다. 이후 준비되는 음식들은 이자벨라나 별채 요리사가 가져다주기로 했고, 그 외의 시중은 모두 이자벨라가 담당하기로 했다.

파티 준비를 돕겠다는 내 의견은 묵살당했다. 바이올렛이 드레스가 망가진다며 날 억지로 방에 두었다. 신경도 쓰지 말란다. 대신 그녀가 파티를 지휘하기 위해 홀로 내려갔고, 거기에 루카스도 합세했다. 빈센트가 갈 수 없기에 대신할 사람이 필요하다는 이유였다.

그래서 결국 방 안엔 나와 빈센트만 남았다. 난 손가락을 꼼지락댔다. 몸에 걸친 드레스가 불편했다. 괜히 엉덩이를 들썩였다. 밖은 소란스러운데 이렇게 아무것도 안 하고 있으려니 가시방석에 앉은 기분이었다.

반대편 끄트머리에 앉아 있는 빈센트를 흘끗대니, 그는 소파 팔걸이에 팔꿈치를 얹은 채 턱을 괴고 있었다. 광이 나도록 반짝이는 검은 구두코가 허공에서 까딱까딱 움직였다. 루카스가 강제로 갈아입힌 연미복 차림에 금빛 머리칼을 뒤로 넘겨 평소보다 더 깔끔한 모습이었다.

전에도 생각했지만, 저렇게 차려입은 빈센트는 꼭 다른 사람 같다. 번듯한 외양이 귀품 있는 귀족 자제 같기도 하고, 뻐딱한 자세가 파티에 오기 싫은데 억지로 끌려온 망나니 귀족 같기도 했다. 조화롭지 못한 모습에 푸스스 긴장이 풀렸다. 괜히 웃음도 나왔다.

확실히 시선을 끌 만한 외모긴 했다. 저렇게 미간을 좁히고 있지만 않다면 말이지.

"매번 올 때마다 이러는군."

"……죄송합니다."

"왜 네가 사과해?"

"제가 부추긴 거 같아서요."

"이번에도 응원을 해 줬나 보지."

"그건 아니고요."

내 말에 빈센트가 한숨을 내쉬고 소파에 더 깊이 몸을 묻었다. 고개를 뒤로 젖혀 손질된 머리를 쓸어 넘기기도 했다.

"어쩔 수 없지."

탄식같이 나온 말에 포기가 담겨 있다. 그러나 그렇게 심기가 불편해 보이는 건 아니었다. 나는 속으로 제발 아무 일이 없기를 빌고 또 빌었다.

"왜 자꾸 들썩거려."

내가 자꾸 엉덩이를 들썩이니 그의 귀에 거슬렸나 보다.

"드레스가 불편해서요. 죄송합니다."

"드레스?"

"파티에 어울리는 의상을 갖춰야 한다며 바이올렛 님이 입자고 하셔서요."

정확히는 내가 이걸 입으면서 이 사달이 벌어진 거지만. 그러면서 치맛단이 최대한 구겨지지 않도록 매만졌다. 비싼 걸 몸에 걸치니 괜히 신경만 곤두섰다.

빈센트가 날 돌아봤다. 뻐딱한 표정으로 지긋이 바라보기에 왜 저러나 싶어 나도 그를 마주 봤다.

"무슨 색?"

"네? 아, 분홍색이요. 치마가 풍성해서 자꾸 신경 쓰이네요. 걸을 때마다 발이 꼬이기도 하고. 어깨선과 소매, 드레스 밑단에 레이스가 달려 있어서 자꾸 너풀거려요. 아, 허리춤엔 띠가 있어요. 그것도 분홍색이에요."

내 말을 곰곰이 되씹던 그가 인상을 찡그렸다.

"드레스 디자인은 잘 모르겠어."

"굉장히 예쁜 드레스예요. 원단도 좋고."

너무 부드러워서 조금만 힘을 줘도 망가질까 봐 걱정이 될 정도다. 예쁘긴 한데 솔직히 나와 어울리는지는 잘 모르겠다. 바이올렛은 잘 어울린다고 했지만 거울 속에 비친 내 모습은 어색하기만 했다.

잠시 말이 없던 빈센트가 자신의 옆을 툭툭 쳤다.

"이리 와 봐."

"네?"

"가까이 앉아 보라고."

왜 그러는지 의아했지만 일단 명령이니 그의 옆으로 엉덩이를 움직였다. 그러자 빈센트가 손을 뻗었다. 훅 다가온 손끝이 내 목덜미를 스쳤다. 순간 몸이 뻣뻣하게 굳었다.

그가 손가락 끝에 닿는 머리 끈을 매만졌다.

"이건 뭐야."

"머, 머리 끈이요. 예전에 바이올렛 님이 주신."

"그렇군."

그러곤 감촉을 느끼듯 끈을 만지작댔다. 그러다 끈을 놓고 이번엔 어깨를 살짝 짚었다. 손끝에 레이스가 닿자 그걸 더듬는다. 천천히, 그의 손끝이 어깨선을 따라 움직였다.

손끝에 닿는 것들을 더듬어 보는 손길이 조심스러웠다. 그의 얼굴이 내 쪽으로 기울어졌다. 훅 들어온 숨결을 타고, 혹시 이상한 데를 만지면 말해 달라는 나직한 속삭임이 들려왔다. 그에 난 뭐라 대답할 여유가 없었다. 그의 손이 어깨선을 타고 내려와 소매 밑단의 레이스를 만진 다음, 더 아래로 움직여 내 손목에 다다랐다. 손목 안쪽에 둥글게 원을 그리자 간지러움에 움찔 떨었다.

"아래도 만져 봐도 돼?"

"네, 네?"

"치맛단 말이야."

그가 아래쪽을 손가락질했다. 아아, 짧게 탄식하고 치맛단을 들어 그의 손에 쥐여 주었다. 그러자 그가 그걸 만지작댔다. 허공을 보던 얼굴이 아래로 살짝 기울어지며 치맛단을 만지는 손길이 더욱 적극적으로 변했다.

그는 내 드레스 디자인을 상상하기 위해 만지는 거였다. 그건 나도 알고 있다. 그런데도, 그의 손이 닿은 곳이 화끈거렸다. 그가 만지는 건 치맛단인데 꼭 날 만지는 거 같았다. 이상해. 온몸에 열이 오를 정도로 왠지 부끄러웠다.

"만져도 잘 모르겠어."

"……"

그의 말을 듣고도 난 입을 꾹 다물었다. 몸이 자꾸 움찔움찔 떨려 와 그에게 들키지 않기 위해 꾹 눌러 참느라 정신이 없었다. 온몸이 배배 꼬이는 듯했고, 자꾸 치솟는 낯선 감각이 기분 나빴다. 그래서 더는 참지 못하고 그를 저지하려던 순간, 문이 열리고 바이올렛이 들어왔다.

우리의 모습을 본 바이올렛이 뚝 멈춰 섰다. 보랏빛 눈동자를 껌뻑이며 지금 이게 무슨 상황인지 파악하려 하는 듯했다. 난 당황하며 빈센트의 손에서 치맛단을 뺏었다. 그러곤 벌떡 일어났다.

"준비는 끝나셨나요?"

"……응. 그런데 뭐 하고 있었어요?"

"주인님이 제가 드레스를 입었다고 하니까 신기해하셔서요. 어떤 드레스를 입었는지 알려 드리고 있었습니다."

"아아."

고개를 끄덕인 바이올렛이 가볍게 웃으며 이쪽으로 다가왔다.

"파티 준비가 다 끝났어요. 이제 내려가도 될 거 같아."

바이올렛이 나와 빈센트에게 번갈아 말했다. 난 고개를 끄덕이고 빈센트를 부축하기 위해 몸을 돌렸다. 그런 내 등 뒤로 바이올렛이 바싹 다가와 양어깨를 짚었다.

"폴라 어때? 예쁘지?"

"내가 어떻게 알아. 보이지도 않는데."

"그래도 뭘 입었는지 들었다며. 굉장히 예뻐! 빈센트도 봤으면 놀랐을걸! 루카스는 폴라의 매력에 푹 빠져 버렸더라고."

바이올렛이 웃으면서 하는 말에 난 당황스러웠다.

누가 뭐요? 그럴 리 없다고 고개를 저었지만 그에게 보일 리 없었다.

"빈센트도 보면 좋았을 텐데. 지금 눈이 안 보이는 게 아쉬울 정도야."

"그 정도야?"

"응. 그 정도야."

바이올렛이 내 어깨를 짚은 채 빈센트 쪽으로 들이밀었다. 난 얼결에 빈센트에게 한 걸음 다가갔다. 그의 시선이 소리를 따라 내게 꽂혔다. 그러곤 마치 내 모습을 살피듯 고개를 위아래로 움직였다. 그가 보지 못한다는 걸 알면서도 부끄러워 고개를 푹 숙였다. 이 순간만큼은 그의 눈이 안 보여서 다행이다. 바이올렛이 말한 것처럼 예쁘지는 않았으니까.

그런데 한참 동안 날 위아래로 훑던 빈센트가 웃음을 터트렸다. 손으로 입가를 가리긴 했지만 누가 봐도 명백한 비웃음이었다.

"글쎄. 눈으로 직접 봤어도 별로였을 거 같은데."

이번엔 다른 의미로 얼굴에 열이 올랐다. 아무리 그래도 저렇게 대놓고 비웃다니!

"정말 너무하시네요."

"왜."

"물론 잘 어울린다고 할 순 없지만, 그렇다고 그렇게 대놓고 비웃으실 필요는 없잖아요. 게다가 별로라는 말씀까지 하시고. 이럴 땐 그냥 예쁘다고 해 주시면 안 되나요?"

"거짓말은 못하는 성격이라."

그가 얼굴을 굳히고 단호히 고개를 저었다. 난 헛웃음을 흘렸다. 매번 저러지. 암튼 야박한 사람이다.

그를 노려보다가 고개를 돌리는데, 굳어 있는 바이올렛의 얼굴이 보였다. 방금 전까지만 해도 웃음 짓고 있었는데, 지금은 온데간데없이 사라졌다.

"바이올렛 님? 어디 편찮으세요?"

"아⋯⋯. 아니에요. 나도 준비하러 가야겠다. 루카스가 올라올 거야. 먼저들 내려가 있어. 폴라, 나 좀 도와줄래요?"

"네."

바이올렛이 웃으며 먼저 문으로 향했다. 난 빈센트에게 꾸며도 별로인 사람은 먼저 가 보겠다고 말한 뒤, 구두 굽으로 바닥을 두 번 쿵쿵 내려찍었다. 빈센트가 빨리 꺼지라는 듯 손을 내저었다.

그렇게 바이올렛과 함께 그녀의 방으로 돌아갔다. 방 안의 침대 위에는 여러 벌의 드레스가 줄지어 놓여 있었다. 하나같이 예뻐서 전부 그녀와 잘 어울릴 것 같았다.

어떤 걸 입을지 묻기 위해 바이올렛을 돌아보는데, 그녀는 문 앞에 서서 움직이지 않았다. 내 시선을 느끼지 못했는지, 멍한 표정으로 허공만 바라볼 뿐이었다. 상태가 이상했다. 바이올렛 님? 그리 부르자 그제야 그녀의 눈에 초점이 돌아왔다.

"……처음 봤어."

"네?"

"저렇게 퉁명스럽게 구는 거."

"누가, 설마 주인님이요?"

"응. 저런 모습은 처음 봐."

그녀의 말에 난 놀라지 않을 수 없었다. 원래 저런 성격 아닌가? 나한텐 매번 퉁명스럽고 성질만 부렸던지라 원래 저런 줄 알았는데. 다른 사람한테 안저러나?

"폴라에겐 저러는구나."

"……네?"

당황스러웠지만 다시 초점을 잃은 보랏빛 눈동자를 보니 더 뭐라 답할 수가 없었다. 충격을 받았나? 그러고 보니 에단도 그가 물건을 던지는 걸 보고 경악했었지. 원래는 저런 성격이 아니었거나, 아니면 숨기고 있었던 건지도.

그럼 나한테만 저런다는 건가?

개자식.

바이올렛은 하얀 드레스를 선택했다. 몸매 라인이 드러나도록 어깨부터 무릎까지는 몸에 딱 달라붙고, 그 아래로는 옷단이 풍성하게 펼쳐진 디자인이었다. 그녀의 긴 머리칼은 나와 같이 땋아서 위로 틀어 올린 뒤, 꽃 장식으로 고정시켰다.

한껏 꾸민 바이올렛은 너무 예뻤다. 그녀는 나보고 예쁘다고 했지만 진정 빛나는 건 그녀였다. 난간을 짚고 계단을 내려가는 바이올렛의 모습은 우아함 그 자체였다. 내가 남자였다면 필시 그녀에게 반했으리라.

중앙 홀엔 조금 빠른 박자의 클래식이 울려 퍼지고 있었다. 그 음악이 고요한 실내 분위기를 한껏 들뜨게 만들었다.

그런데 중앙 홀에 빈센트와 루카스 말고도 사람이 한 명 더 있었다. 파티가 시작되면 다른 사람들은 들어오지 못하게 하라고 했는데. 누구지?

그때 남자가 이쪽을 향해 손을 흔들었다. 에단이었다.

"에단!"

바이올렛이 반갑게 소리쳤다. 에단이 방긋 웃으며 그녀를 반겼다.

"여긴 어쩐 일이야? 바쁘다며."

"그런 나한테 초대장을 보내 놓고 모른 척은."

에단이 편지를 흔들었다. 바이올렛이 짓궂은 표정으로 한 명이라도 더 있으면 파티가 더 재미있지 않겠느냐고 말했다. 바이올렛과 루카스를 제외하고 빈센트의 상태를 알고 있는 외부인은 에단뿐이다. 파티라고 하기 무색하게 텅텅 비었던 홀 안은 에단이 등장함으로써 시끌벅적해졌다.

바이올렛은 자연스럽게 빈센트의 팔짱을 꼈다. 빈센트도 그녀의 행동이 익숙한 것 같았다. 두 사람은 누가 봐도 너무 잘 어울리는 연인이었다.

멍하니 두 사람을 보고 있는데 루카스가 내 오른편에 다가와 팔을 내민다.

"폴라는 제가 에스코트할게요."

"전 괜찮습니다."

"그럼 난 어때요?"

왼편엔 에단이 섰다. 난 더 단호히 고개를 저었다. 이쪽은 더 사양이다.

"파티인데 춤이라도 춰야죠."

"저 그런 거 못 합니다. 그냥 저기서 맛있는 거 먹고 있을게요."

난 몸을 돌려 음식이 차려진 테이블로 향했다. 그런 내 뒤를 에단과 루카스가 따랐다. 결국 짝이 없는 세 남녀는 슬픈 만찬을 즐기기로 했다. 오늘 파티 시중을 담당하기로 한 이자벨라도 한쪽에서 대기하고 있었다.

홀 가운데 바이올렛과 빈센트가 마주 보고 섰다.

"춤을 출 수 있으려나."

"누나가 끌어 주겠지."

"……."

챙. 잔을 부딪친 에단과 루카스의 시선이 두 사람에게 닿았다. 강제로 같이 부딪쳐야 했던 나도 그쪽에 시선을 주면서 와인을 꼴깍꼴깍 들이켰다.

"잘 마시네요."

"못 마시진 않습니다."

좋은 술이라 그런지 목 넘김이 부드러웠다.

잠시 후, 이자벨라가 음악을 바꿨다. 은은한 클래식이 홀을 메웠다. 바이올 렛과 빈센트가 자세를 취한 다음 음악에 맞춰 나긋이 몸을 움직이기 시작했 다.

휘황찬란한 샹들리에 아래 바이올렛과 빈센트의 모습은 너무도 아름다웠다. 그냥 아름답다는 말밖에 할 수가 없었다. 음악에 맞춰 움직이는 그녀는 우아했 고, 하얀 치맛자락이 갓 피어난 꽃봉오리처럼 활짝 펴지며 시선을 끌었다. 환한 얼굴이 웃음을 머금었다. 그녀는 반짝반짝 빛이 났다. 그녀에게 맞춰 발을 내딛 는 빈센트도 어색함이 없었다.

"넘어지지도 않네."

"자주 춰 봤으니까."

"아름답네요."

정말 아름답다. 너무 잘 어울리잖아. 난 쓰게 웃으며 와인을 들이켰다. 루카 스가 천천히 마시라고 당부했다.

음악은 금세 끝났다. 두 사람이 서로를 향해 인사했다. 마주 웃는 얼굴이 너 무 고왔다. 즐거움을 담은 말소리가 들려왔다. 난 빵을 뜯어 먹으며 그쪽에서 시선을 떼지 못했다.

그때 내 옆으로 손이 쑥 내밀어졌다.

"뭡니까."

"춤 신청하는 겁니다."

"예?"

분명 아까 춤을 못 춘다고 했는데, 진심인가 싶어 멀뚱히 올려다보자 루카스가 손을 더 내밀었다. 심지어 얼른 잡아 달라고 손을 흔들며 재촉한다. 당황하며 손을 내젓자, 저렇게 부탁하는데 한 번쯤은 춰 줘도 괜찮지 않겠냐고 에단이 덧붙였다.

게다가 루카스까지 어깨를 축 늘어뜨리며 그렇게 싫으냐고 묻자, 결국 그의 손을 맞잡을 수밖에 없었다.

주춤거리며 홀 가운데 서니 긴장감에 몸이 굳어 버렸다. 루카스가 손으로 내 허리를 감싸며 자신 쪽으로 끌어당겼다. 거리가 가까워지자 놀라는 내게 그가 웃어 주며, 다른 한 손으론 내 오른손을 잡아 올렸다. 당황한 내 고개가 양옆으로 흔들렸다.

"고개 들어요."

"네? 아, 네."

고개를 끄덕이니 루카스가 또 웃는다.

"몸에 힘 풀고 날 따라와요."

"네."

곧 새로운 클래식이 울려 퍼졌다.

내 몸은 더 경직됐다. 그가 긴장을 풀라고 속삭이며, 천천히 발을 내디뎠다. 그가 이끄는 대로 나도 주춤주춤 발을 내디뎠다. 그렇게 조금씩 그를 따르기 시작했다.

그는 내 속도에 맞춰 천천히 발을 옮겼고, 한 박자 느리긴 했지만 나도 열심히 그를 따라갔다. 몇 번 그를 따라 움직이다 보니, 춤을 추는 게 생각보다 어렵지 않았다.

내 몸짓에 맞춰 치맛단이 퍼졌다가 오므라졌다. 오른편으로 갔다 왼편으로 갔다, 그러다 한 바퀴 돌고. 내가 곧잘 따라가자 루카스가 잘했다며 눈을 휘었다. 나도 입꼬리를 당겨 웃으며 그의 움직임에 맞춰 발을 내디뎠다.

그런데 순간, 바닥이 말캉했다.

"윽."

"헉."

그만 그의 발등을 밟아 버렸다.

"죄, 죄송해요."

"괜찮아요."

난 곧장 구두를 치웠다. 눈을 찡그린 루카스가 애써 웃으며 다시 자세를 잡았다. 잠시 흔들렸던 몸짓이 안정을 되찾으며 다시 자연스럽게 움직이기 시작했다.

그런데 이번엔 발이 꼬여 그의 종아리를 걷어찼다.

"윽!"

루카스가 고통을 숨기지 못하고 신음을 뱉어 냈다.

"……."

난 눈을 질끈 감았다. 다른 건 몰라도 제대로 걷어찼다는 건 알았다. 살을 파고든 감촉이 제법 깊었다.

루카스가 잠시 몸을 비틀거리다가 다시 빠르게 자세를 잡았다.

"죄송합니다. 제가 익숙하지 않아서……."

"괘, 괜찮아요."

하지만 얼굴은 괜찮지 않아 보였다. 걷어차인 종아리를 다른 쪽 다리에 슬쩍 비비는 걸 보니 정말 아픈 듯했다. 난 면목이 없어 고개를 푹 숙였다. 방금 전의 여파로 발짓이 조심스러워졌다.

그 뒤로도 몇 번 더 그의 발을 밟았다. 그때마다 내 고개는 더 아래쪽으로 내려갔다. 엎친 데 덮친 격으로 음악까지 꽤 길었다. 지금 이 순간만큼은 저 나긋한 클래식이 원망스러웠다.

"폴라. 정말 잘하고 있어요."

"……빨리 끝났으면 합니다."

그러자 귓가로 '그럼 끝낼까요?' 라고 그가 속삭였다. 재빨리 고개를 끄덕이자 웃음소리가 들려왔다.

그 순간.

"으악!"

그가 내 허리를 뒤로 확 꺾었다. 동시에 내 한쪽 다리가 들어 올려졌다. 뒤로 넘어질까 봐 그의 어깨를 쥐어 잡는데 시야가 더 확 뒤집혔다. 다행히 넘어진 건 아니었다. 루카스가 한 팔로 내 몸을 지탱하고, 다른 한 손으론 허공에 떠 있는 다리를 움켜잡고 있었다.

이게 무슨 상황이래. 몸이 거의 드러눕듯 뒤로 젖혀지고, 오른 다리도 들어 올려진 채였다. 잠시 내가 무슨 자세를 취한 건지 인지하지 못했다. 그저 눈을 껌뻑이며 천장의 아름다운 샹들리에를 바라보고 있는데, 그 사이로 루카스가 불쑥 튀어나왔다. 당황한 나와 달리 태연한 얼굴로 언제나처럼 웃는다.

"이러면 제법 그럴싸하게 끝났죠?"

"……."

그건 모르겠고 이쪽은 심장 떨어지는 줄 알았다.

쿵쿵 뛰는 심장을 겨우 진정시켰다. 미리 말 좀 해 주면 안 되냐고 인상을 쓰는 게 벌어진 머리카락 사이로 그에게도 보였으리라. 루카스가 짓궂게 웃었다. 이거 일부러 그런 거다. 발 밟고 종아리 걷어찬 것에 대한 복수가 분명했다.

때마침 음악도 끝이 났다. 고요해진 실내에 박수 소리가 울려 퍼졌다. 소리가 난 쪽으로 고개를 돌리니 에단이 벌떡 일어나 박수를 치고 있었다. 입에 고기를 매달지 않았다면 더 좋았을 텐데.

몸을 버둥거리자 루카스가 날 놓아줬다. 양발이 무사히 바닥에 안착하자 바이올렛도 박수를 보내왔다.

"너무 예뻤어요, 폴라."

"감사합니다."

난 머쓱하게 웃으며 빈센트를 보았다. 그는 딴 곳을 보고 있었다.

갑자기 튀어나온 손바닥이 내 시야를 가로막았다. 위아래로 흔들리는 손짓에 고개를 돌리자, 어쩐지 굳은 얼굴의 루카스가 보였다. 시선이 부딪치자 그의 얼굴이 언제 그랬냐는 듯 다정한 기색으로 물들었다. 그러곤 다시 손을 내민다.

"또 출까요?"

"거절하겠습니다."

이번엔 단호히 고개를 저어 거절했다. 발이 퉁퉁 붓고 싶으신가 보다. 원하신다면 춰 드릴 수는 있지만, 발을 밟지 않으려고 신경을 곤두세웠더니 벌써 지쳤다.

내 눈은 다시 앞으로 향했다. 빈센트가 바이올렛과 이야기를 주고받고 있었다. 마치 밀어를 속삭이는 연인들의 모습 같았다.

너무 예쁜 모습에 시선을 빼앗기고 있는데, 루카스가 내게만 들릴 정도의 작은 목소리로 말했다.

"폴라."

"네."

"이번엔 폴라가 추고 싶은 사람과 춤을 추도록 해요."

예상치 못한 말에 루카스를 바라보자, 그가 손으로 앞쪽을 가리켰다. 난 다시 앞으로 고개를 돌려 다정한 두 사람을 보다가, 루카스를 돌아봤다. 그는 여전히 웃고 있었지만, 그 모습이 어쩐지 씁쓸해 보였다. 다시 춤을 추지 않는 게 그렇게 상처받을 일인가.

"그래도 됩니까?"

"그럼요. 어차피 우리뿐인걸요. 상대도 우리뿐이고요. 누구와 춰도 이상할 게 없어요."

그렇다면야. 난 고개를 끄덕이고 앞으로 걸어갔다. 사락사락 드레스 자락이 스치고 또박또박 구두가 바닥을 찧으며 소음을 만들었다. 두 사람이 소리를 따라 내 쪽으로 시선을 돌렸다. 난 눈앞의 두 얼굴을 하나씩 훑으며 가장 고마운 사람의 곁에 섰다.

상대가 눈을 동그랗게 떴다. 난 한 손을 등 뒤에 두고, 다른 한 손을 앞으로 내밀며 상체를 살짝 숙였다. 루카스가 내게 춤을 청했을 때의 모습을 떠올리며 흉내 냈다. 처음 해 보는 동작이었지만 치맛단을 올리고 인사하는 것보단 훨씬 편했다.

"바이올렛 님."

"응?"

"저와 춤을 추시겠습니까?"

그녀가 눈을 껌뻑였다. 난 손을 까닥이며 그녀의 대답을 기다렸다. 잠시간의 침묵 후, 등 뒤에서 커다란 웃음소리가 터져 나왔다. 바로 옆에서 대화를 듣던 빈센트도 입가를 가리고 슬쩍 고개를 돌렸다. 그러나 잇새를 비집고 나오는 웃음을 숨길 순 없었다.

아니, 꼭 남녀가 춤을 춰야 한다는 법이라도 있나? 혹시 있을지도 모르지만, 이왕 내뱉은 거 뻔뻔해지기로 했다. 루카스의 말대로 우리뿐이지 않은가. 굳이 격식을 차리고 형식을 따질 필요가 없었다.

잠시 뒤, 시끌벅적한 웃음소리가 들리는 가운데 바이올렛이 환하게 웃으며 내 손을 맞잡았다. 그렇게 우리는 홀 가운데 마주 보고 섰다. 조금은 빠른 박자의 음악이 홀 안을 가득 메웠다.

"후후, 그래서 말이죠."

"네."

밤새 속삭이고도 지치지 않은 발랄한 목소리가 이어졌다. 어둠 속을 유일하게 밝히는 램프의 불빛이 바이올렛을 비췄다.

같이 자자는 게 빈말이 아니었는지 밤이 되자마자 바이올렛이 베개를 들고 내 방으로 들이닥쳤다. 당황하는 날 아랑곳하지 않고 침대로 올라오기에 막자, 그녀가 약속하지 않았냐고 울상을 짓는 통에 결국 나란히 눕고 말았다. 내가 지내는 방이 사용인들이 사용하는 곳이 아닌, 손님도 지낼 수 있는 방이라서 다행이 아닐 수 없었다.

즐겁게 웃는 그녀와 쉬지 않고 이야기를 나눴다. 때론 소소한 일상을, 때론 과거의 추억을 회상하며 서로의 경험을 공유했다.

그렇게 한창 이야기를 하던 바이올렛이 눈을 비볐다. 난 주무시는 게 좋겠다고 말하며 시트를 더 끌어와 그녀에게 덮어 주었다. 바이올렛이 아쉽다고 칭얼거렸지만 쏟아지는 잠기운을 이길 순 없었다.

고요한 침묵 속에 달만이 존재를 드러냈다. 난 램프의 불을 끄고 침대에 누웠다. 잠든 바이올렛을 보다가 눈을 감았다.

어둠 속에서 한 줄기 빛이 뻗어 나왔다. 그 불빛이 점차 퍼지더니 반짝이는 샹들리에가 매달린 화려한 홀이 펼쳐졌다. 홀 안에는 빠른 템포의 클래식과 박자를 맞춰 치는 박수 소리가 울려 퍼지며 분위기를 띄우고 있었다. 즐거운 웃음소리, 환하게 웃는 얼굴들, 치마가 펄럭이고 연미복이 구겨지는 것도 신경 쓰지 않고 춤을 추는 우리들. 뻣뻣하게 굴던 이자벨라마저 함께 웃던 순간.

격식도 형식도 예의도 계급도 다 던져 버리고 오롯이 즐거움만을 추구하며 우리는 그렇게 즐겁게 웃었다.

눈을 뜨자 어둠이 들이닥쳤다. 시끌벅적한 웃음소리도 음악도 모두 사라지고, 고요함이 주변을 메웠다. 오후의 일들이 꿈처럼 아득했다. 먹먹하다. 내 가슴속엔 아직도 들뜬 감정이 부글거렸다.

결국 잠들 수가 없었다.

조금만 더, 이 감정을 기억하고 싶어.

몸을 일으켰다. 잠든 바이올렛이 깨지 않도록 조심스럽게 움직였다. 침대에서 내려와 최대한 발소리를 죽이며 걸었다. 어둠 속을 더듬어 숄을 찾아 걸쳤다. 이 기분을 곱씹으며 간단한 산책이라도 할 생각이었다.

램프를 들고 방에서 나왔다. 문을 닫는 것조차 조심스러웠다. 복도 창밖으로 환하게 떠오른 달을 보다가 램프를 창틀에 올려놓았다. 불을 붙이고 있는데 갑자기 벌컥 문 열리는 소리가 들려왔다. 놀라 뒤돌자 빈센트가 서 있었다.

"주인님?"

창백한 낯빛이 먼저 눈에 들어왔다. 이마엔 땀방울이 맺혀 있었다. 그의 상태가 좋지 않아 보여, 가까이 다가가니 멀건 눈동자가 내게 꽂혔다.

"……너야?"

그는 가끔 내게 저런 식으로 물어봤다. 그리고 난 그가 어떤 순간에 저리 묻는지 안다.

난 그에게 다가가며 답했다.

"네. 저예요."

"너 맞아?"

"네. 맞아요."

그의 손이 뻗어 와 내 손을 붙잡았다. 손목을 매만지는 손끝이 떨리고 있었다. 그러다 그가 날 끌어당겨 내 어깨에 얼굴을 묻었다. 색색 뱉는 숨소리가 들린다.

"악몽을 꾸셨어요?"

그가 고개를 끄덕였다. 금빛 머리칼이 내 뺨을 비벼 간지러웠다.

"그런데 왜 나오셨어요?"

"소리가 들려서."

"제가 아니면 어쩌시려고 그러셨어요."

"너일 거 같았어."

너일 거 같아서 나왔어.

난 더 이상 묻지 않고 입을 다물었다. 거칠었던 숨소리가 점차 안정을 되찾아 갔다. 손목을 매만지던 손이 내려와 내 손가락에 깍지를 꼈다. 맞잡은 손으로 전해지는 떨림이 점차 잦아들었다.

나는 그와 맞잡은 손가락을 접었다 폈다 했다.

"좀 걸으실래요?"

그가 다시 고개를 끄덕였다.

그의 손을 잡은 채, 다른 한 손으론 불 붙인 램프를 들고 복도를 걸어갔다. 고요한 복도에 두 개의 발소리가 울려 퍼졌다.

"바람을 쐬고 싶어."

"그럼 밖으로 나갈까요?"

고개를 끄덕이는 그를 데리고 저택 밖으로 나왔다. 밤기운이 제법 찼다. 밖은 당연히 고요했고 아무런 기척도 느껴지지 않았다. 멀리 나가기엔 너무 늦은 시간이라 정원 쪽으로 걸어갔다. 다들 잠들어 있을 테니 누군가를 마주칠 걱정은 없었다.

시커먼 하늘엔 별이 총총 박혀 있었다. 오늘은 하늘이 맑아 더 잘 보였다. 예쁘다. 난 두 눈동자에 반짝이는 별을 담았다. 별이 하늘을 그으며 떨어졌다. 그 모습을 구경하면서 한참 걸어가다 보니 분수가 나타났다. 밤인데도 분수에선 여전히 물이 뿜어져 나오고 있었다.

"앞에 분수가 있어요. 여기 앉을까요?"

"그래."

딱히 앉을 만한 곳이 없어 분수 가장자리에 그를 앉혔다. 그리고 그 옆에 나란히 앉자 등 뒤로 분수 물이 튀었다.

제법 춥다. 몸을 웅크리고 그를 돌아보았다. 둘 다 잠옷 차림이라 따뜻함은 기대할 수 없었다. 난 걸치고 있는 숄을 그에게 둘러 줘야 할까 고민했다. 그러다 둘러 주니 그가 고개를 저어 거절했다.

"됐어."

"얇게 입으셨잖아요. 추우니까 걸치세요."

"필요 없으니까 너나 걸쳐."

"……몸도 약하시면서."

걱정스레 투덜대자 그의 표정이 단번에 험악해졌다. 기어코 숄을 벗어 내 품에 던지듯 건네는 기세가 신경질적이다. 성질부리는 걸 보니 진정이 좀 된 듯하다.

"진정이 되셨어요?"

"그래."

"오늘은 또 어떤 악몽을 꾸셨어요?"

"시력을 잃었던 날의 꿈을 꿨어."

너무도 확실한 악몽이구나. 더는 물을 수 없어 입을 다물었다. 대화가 끊기자, 분수 물 떨어지는 소리만이 어둠을 메웠다. 난 괜히 양다리를 흔들었고 그는 허공을 응시했다.

"저는 파티에서 있었던 일들이 자꾸 떠올라서 잠들 수가 없었어요."

"왜?"

"너무 즐거워서요. 그때의 들뜬 기분이 아직도 남아 있어요."

지금도 눈을 감으면 눈앞에 홀이 펼쳐지고 클래식이 들려왔다. 아니, 이제는 눈을 뜨고 있어도 펼쳐지고 들려온다. 난 살며시 입꼬리를 당겨 웃었다.

"저 그런 드레스는 처음 입어 봤어요. 아니, 그렇게 예쁜 드레스는 처음 봐요. 바이올렛 님이 선물로 주겠다고 하셨는데 거절했어요. 저랑 어울리지 않는 거 같기도 하고, 너무 비싼 물건이라 부담스럽기도 했고요."

"바이올렛이 가지고 있는 드레스는 셀 수 없을 정도로 많아. 네가 한 벌 정도 받는다고 해서 뭐라고 할 사람은 아무도 없어."

"그래도 제가 입기엔 아까우니까요."

분명 예쁜 드레스였다. 여자라면 누구나 한 번쯤 입고 싶은 드레스. 그걸 내가 입었기에 그 예쁨이 닳아 없어지는 거 같았다. 바이올렛이 입었다면 분명 드레스가 더 빛났으리라.

"전 입어 본 거로 만족해요."

"옷에는 욕심이 없군."

"없는 건 아닌데, 이왕이면 어울리는 사람이 입는 편이 더 좋으니까요."

그리고 내가 가져 봤자 입고 갈 만한 곳도 없었다. 보여 줄 사람도 없고. 그러니 바이올렛이 입는 편이 더 가치가 있을 것이다. 난 입어 봤다는 것만으로도 정말 만족했다.

"춤을 추는 것도 너무 어려웠어요. 이렇게 이렇게 스텝을 밟아야 하더라고요."

낮에 루카스가 가르쳐 준 동작을 더듬으며 발짓했다. 손도 이렇게 해야 한다며 자세를 취했다. 바이올렛도 곧잘 추고, 루카스와 에단은 말할 것도 없고, 눈이 안 보이는 빈센트마저 매끄럽게 췄는데 내겐 마냥 어렵기만 했다.

"으, 전 영원히 못 출 거 같아요."

바닥에 내려와 파티에서 추었던 춤을 다시 더듬어 봤다. 바로 발이 꼬인다. 난 고개를 절레절레 저었다. 아무렇게나 추는 춤이라면 잘 출 수 있는데. 바이올렛과 춤을 췄을 땐 격식을 차리지 않아서 마냥 즐거웠다.

"그런데 루카스 님은 굉장히 잘 추시더라고요!"

서툰 나오는 달리 매끄러웠던 그의 발동작이 떠올랐다. 그는 날 이끄는 데도 거침이 없었다. 그의 춤을 따라 추다 보면, 나도 춤을 잘 춘다는 착각에 빠졌다. 물론 정말 착각일 뿐이지만. 그의 발등을 밟은 횟수를 떠올리자 들뜬 감정이 부스스 사그라졌다.

아니, 뭐 나도 열심히 추긴 췄는데. 나직이 투덜거리고 있는데 빈센트가 일어났다. 그러곤 불쑥 손을 내밀었다. 내 동그래진 눈이 그의 손끝에 닿았다.

"뭐예요?"

"손 내밀어."

"네?"

"춤추자고."

저, 저, 저랑요? 나도 모르게 말을 더듬었다. 빈센트가 고개를 끄덕였다.

"왜요?"

"추고 싶으니까."

"그러니까 왜요."

"싫어?"

싫은 건 아니지만…… 그렇지만…….

난 그의 손을 바라보며 머뭇댔다. 춤이란 건 배운 적도 배울 기회도 없었다. 루카스와 춤을 추는 동안에도 몇 번이나 그의 발을 밟았는지 모른다. 아마 밤새 퉁퉁 부을 테지. 루카스는 내색하지 않으려 했지만 시간이 지날수록 괴로워하는 게 내 눈엔 보였다.

나는 머뭇거리며 쉽게 그의 손을 잡지 못했다. 그런 날 기다리던 빈센트가 한 손을 뒤에 두고 상체를 살짝 숙였다.

"저와 춤을 추시겠습니까?"

"……."

흔들림 없는 에메랄드빛 눈동자가 지긋이 날 바라봤다. 난 양 손가락을 꼼지락댔다.

"제, 제가 잘못해서 주인님 발이라도 밟으면 어떡해요."

"한 번은 용서해 주지."

"두 번 밟으면요."

"생각해 볼게. 어떻게 할지."

"서로의 평화를 위해 추지 않기로 해요. 제 목숨도 소중해서요."

"농담이야. 밟아도 돼."

그가 손을 더 내밀었다. 빨리 잡으라고 까닥인다.

"제가 어디서 춤출 일이 있는 것도 아니고, 그냥 좋은 추억으로 남길게요."

"얼마나 못 추면 이래. 그렇게 자신 없나?"

"네. 저 정말 못 춥니다."

이쯤 되니 그냥 솔직히 대답했다. 그래도 그는 물러서지 않았다.

"그냥 내 동작에 맞추면 돼."

"정말정말 못 춰요."

"알겠어. 난 네가 따라올 수 있도록 천천히 출 테니 넌 주변을 봐 줘. 난 볼 수 없으니까 네가 도와줘야 해."

그가 다시 손을 까닥였다. 물러설 기미가 없었다. 어서, 눈으로 재촉한다. 난 마른침을 삼키고 그런 그를 보았다. 고민은 짧으면서도 길었다. 오후에 느꼈던 들뜬 감정이 다시 날 옭아맸다.

난 부푼 가슴을 움켜잡고 그의 손을 맞잡았다. 그리고 분수 반대쪽으로 그를 이끌었다.

마주 서자 긴장에 침이 꼴깍꼴깍 넘어갔다. 그가 한 손으로 내 등을 짚고 다른 한 손으론 내 손을 잡아 올린다. 그와의 거리가 가까워졌다. 스치듯 닿은 몸을 살짝 뒤로 물리며 나도 그의 어깨에 손을 올렸다. 이미 한번 춤을 춰 봤기에 자세를 잡는 게 어렵지 않았다.

그가 옆으로 발을 내디뎠다. 내 발도 서툴게 그를 따랐다. 그게 시작이었다. 우리의 몸은 합을 맞춰 빙글빙글 돌았다. 그러다 그가 반대쪽으로 몸을 움직이면 나도 그를 따라 몸을 움직였다. 서툴게나마 그와 박자를 맞췄다. 그는 내게 말한 것처럼 정말 천천히 날 이끌었다.

루카스는 내가 헤맬 때마다 방향을 알려 주었다. 하지만 빈센트는 이렇게 해야 한다, 저렇게 해야 한다 알려 주지 않았다. 대신 내가 스스로 따라올 수 있도록 차분히 이끌어 줬다. 나는 한 박자 늦긴 했지만, 어렵지 않게 그를 따라갈 수 있었다.

그래도 오후에 춰 봤다고 발동작이 조금은 매끄러워졌다. 그러나 여전히 잘 춘다고 할 순 없었다. 게다가 지금은 예쁜 드레스도 입지 않았고, 아름다운 구두도 신지 않았다. 하얀 네글리제와 추위를 막기 위해 걸친 숄, 나와 닮은 싸구려 구두가 전부였다. 그 또한 연미복이 아닌 잠옷에 가운을 걸친 차림이었다.

누군가 우리의 모습을 본다면 유령이라고 오해하고 비명을 지를지도 모른다. 그 상상에 내가 푸흐 웃자 빈센트가 눈썹을 휘었다. 왜 웃냐고 묻는 듯했다.

"누군가 주인님과 절 본다면 비명을 지를 거 같아서요."

"유령이라 생각하겠군."

"네, 푸흐흐."

그도 같은 걸 떠올리는지 미소를 그렸다.

몸이 빙글 돌자 네글리제가 펄럭이며 살결을 스쳤다. 내 시선은 별이 떨어지고 있는 하늘로 향했다.

세상이 반짝 빛났다. 저택가에 떨어지는 별들은 샹들리에가 되고, 분수 소리는 클래식으로 변했다. 이곳은 홀이며 우리는 춤을 추고 있다. 여긴 오후의 홀과 다를 바 없었다.

지금 이 순간의 감각이 다시금 나를 들뜨게 했다.

하늘에서 떨어지는 별들이 그와 나를 감싸는 거 같았다. 그러자 살결을 스치는 옷감의 감촉이, 맞잡은 손의 체온이, 머리칼을 스치는 시원한 바람과 내 앞에 서 있는 남자가 평소와는 다르게 다가왔다.

주변이 반짝거린다.

즐겁다.

황홀할 정도로 즐거웠다.

"잘 추는군."

"잘 가르쳐 주시네요."

"선생이 좋아서였군."

"학생이 뛰어나서죠."

난 어깨를 으쓱였다. 그러나 사람은 방심하면 실수를 하기 마련이다. 내 발이 그의 발등을 꾹 밟았다.

"죄송합니다."

그가 대번에 인상을 썼다. 난 슬쩍 발을 치웠다. 하지만 그의 입은 잊지 않고 불만을 토로한다.

"발이 너무 느려."

"칭찬을 하시든지 비난을 하시든지 하나만 해 주세요."

"칭찬 좀 해 주려고 하면 이렇게 방심하지."

"실수할 수도 있죠. 정말 못되셨습니다."

투덜거리자 그가 어깨를 으쓱였다. 그러는 동안에도 우리는 여전히 주변을 빙글빙글 돌고 있었다.

"못된 게 아니라 솔직한 거지."

"너무 솔직해도 매력 없습니다."

"내 매력은 그 솔직함에서 나오는 거야."

"무슨 그런 무서운 소리를 다 하세요. 그러고 보니 바이올렛 님은 주인님이 투덜거리시는 모습을 처음 본다고 놀라시더라고요. 아니, 대체 얼마나 내숭을 부리셨으면 다들 주인님 성격이 고약하다는 걸 모르세요?"

"건방지군."

"건방진 게 제 매력이라서요."

"하긴. 그러니 감히 내 앞에서 주둥이를 나불거리지."

"주인님의 큰 배려로 감히 그러고 있습니다."

난 한마디도 지지 않고 받아쳤다. 그러면서 그도, 나도 웃고 있었다. 가벼운 웃음소리가 주변에 울려 퍼졌다. 이 또한 누가 듣는다면 기겁하고 도망칠지도 모른다. 달빛 아래에서 웬 남녀가 서로 실실 웃으며 빙글빙글 돌고 있으니 말이다.

좀 더 강한 바람이 불어왔다. 상쾌한 감각에 고개를 젖혔다. 기분 좋아. 그 감각을 느끼며 난 눈을 감았다.

그때 갑자기 몸이 기우뚱했다.

"음?"

"엇?"

그의 몸이 뒤로 넘어갔다. 동시에 나도 따라 넘어갔다. 한 사람이 중심을 잃자 무너지는 건 순식간이었다. 눈 깜짝할 사이에 우리는 분수로 빨려 들어갔다.

콧구멍으로 물이 들어찼다. 난 팔다리를 휘젓다가 겨우 바닥에 발을 디뎠다. 막혔던 숨을 내쉬자 기침이 터졌다. 연달아 기침하며 눈물 콧물을 흘리고 나서야 정신을 차렸다.

주변을 둘러보자 황당해졌다. 정말 분수에 빠진 거였다. 아니, 춤추는 데 얼마나 정신이 팔렸으면 분수로 뛰어드는 것도 몰랐을까. 빈센트를 바라보니 그도 황당한 얼굴이었다.

"너."

"죄송합니다. 에췌!"

"……."

난 재채기를 터트리며 몸을 웅크렸다. 옷이 물에 젖어 무거웠다. 아까까지는 시원하던 바람이 이제 춥게 느껴졌다. 또다시 연거푸 재채기를 터트렸다.

그런데 몇 개는 내가 한 게 아니었다. 빈센트도 재채기를 하고 있었다. 그리고 나처럼 몸을 웅크린다. 곧이어 나도 다시 재채기를 터트렸다.

나란히 재채기를 하다가 서로를 바라봤다. 우리 둘 다 물에 젖은 생쥐 꼴이나 다름없었다.

순간 웃음이 터져 나왔다.

먼저 웃음을 터트린 건 나였다. 곧이어 그도 웃었다. 어쩐지 웃음을 참을 수가 없었다.

춤이 뭐라고 거기에 정신이 팔려 분수에 고꾸라진단 말인가. 그것도 다 큰 성인 남녀가 말이지. 그 상황을 떠올리자 너무 웃겼다. 빙글빙글 도는 게 신나 분수로 다가가는 줄도 몰랐다. 누가 봤다면 '뭐야, 저 멍청이들은?' 했을지도 모른다.

나는 고개를 젖히고 웃었다. 분명 온몸이 젖어 찝찝했는데 신기하게도 머릿속은 상쾌했다. 분수에 빠져서 그런가. 그렇게 생각하자 다시 웃음이 터져 나왔다. 우리의 꼴이 웃긴 건지, 지금의 상황이 웃긴 건지 판단이 되지 않을 정도로 그저 지금 이 순간이 너무도 웃기고 즐거웠다.

그도 나도 한참 동안 웃음을 멈추지 못했다.

즐겁게 웃다가 이가 딱딱 부딪치는 서늘함에 정신을 차렸다. 등 뒤에선 여전히 분수 물이 쏟아져 내리고 있었다. 이대로 있다가는 아침에 앓아누울지도 모른다.

우선 주저앉아 있는 빈센트를 일으켜 세웠다. 그의 온몸이 흥건히 젖어 있었다. 그건 나도 마찬가지였다. 온몸이 젖어 축축했다. 네글리제 끝을 쥐어짜자 물이 주르륵 떨어졌다. 머리카락도 한데 모아 짜니 물이 한 그릇은 나오는 듯하다.

어느 정도 물기를 짜낸 뒤, 자꾸 얼굴에 달라붙는 앞머리를 옆으로 넘겼다. 그 순간 빈센트가 날 돌아봤다. 시선을 주니, 그가 한 손을 가슴께에 올리고 다른 한 손은 뒷짐을 진다. 그리고 한 발을 뒤에 둔 채로 허리를 숙였다.

갑작스러운 행동에 잠시 놀랐지만, 그가 뭘 하는지 금세 알아챘다. 난 푸흐흐 웃고는 양손으로 네글리제의 끝을 살짝 들어 올리며 허리를 숙였다.

그렇게 우리는 함께 춤을 춰 준 상대에게 인사를 건넸다.

"어때. 어렵지 않았지?"

빈센트가 살짝 얼굴을 들었다.

"조금은요."

나도 그를 따라 얼굴을 들었다.

다시금 웃음이 터졌다.

둘 다 홀딱 젖은 채로 분수에서 나왔다. 불어오는 찬 바람에 몸이 부르르 떨렸다. 더는 밖에 있을 수 없었다. 우리는 몸을 웅크린 채 서둘러 저택으로 돌아갔다.

그의 방으로 들어가자마자 수건을 꺼내 물기를 닦아 준 뒤, 새 잠옷을 건네주었다. 그가 옷을 갈아입는 동안 나도 수건으로 떨어지는 물을 털어 냈다.

옷을 갈아입은 그가 침대에 누웠다. 얼굴이 한결 편해 보였다.

"잠드실 때까지 곁에 있어 드릴까요?"

"필요 없으니까 나가."

"괜히 참다가 울지 마시고요. 다시 오지 않을 기회예요."

"직접 내쫓아 줄까?"

아무튼 성질은.

"이번엔 좋은 꿈 꾸세요."

"너도."

그가 눈을 감았다. 난 그의 목 끝까지 시트를 덮어 주고 방에서 나왔다. 그리고 내 방으로 조심히 들어갔다. 바이올렛을 깨우지 않기 위해서였다.

그런데 램프의 불빛으로 환해진 공간에 누군가 앉아 있었다. 깜짝 놀라 비명을 지를 뻔했다. 그대로 경직되어 눈만 껌뻑이는데 점차 선명히 보이는 누군가의 모습에 정신이 돌아왔다.

"바이올렛 님?"

"어디 갔다 와요?"

불빛이 채 닿지 못한 어둠이 그녀의 얼굴을 가렸다. 난 문을 닫고 그녀 쪽으로 다가가 협탁 위에 램프를 올려놓았다. 그런데 램프의 불빛이 은은한 탓일까. 어쩐지 그녀의 얼굴이 침울하게 보였다.

"산책을 다녀왔습니다."

"그러고?"

바이올렛이 날 위아래로 훑었다. 그녀의 시선을 따라 나도 내 몰골을 다시 확인했다. 난 머쓱하게 웃으며 수건으로 얼굴을 문질렀다. 발을 헛디뎌 물에 빠졌다고 답한 뒤 옷을 갈아입기 위해 몸을 돌렸다.

"폴라."

"네."

"혼자 갔었어요?"

잠시 고민했다. 그러다 아니라고 대답하려는데.

"아니면 둘이?"

"……."

"빈센트랑 갔다 온 거예요?"

궁금해서 묻는 것 같지 않았다. 그녀의 목소리가 가라앉아 있었다. 뒤돌아보자, 불빛에 비친 바이올렛의 차분한 얼굴이 보였다. 방금 전까지 즐겁게 웃어주던 얼굴이 아니었다. 차갑다. 저런 얼굴을 한 그녀는 처음 본다.

왜 그런 걸 물어볼까. 의아했지만 쉽사리 대답을 꺼낼 수 없었다. 그녀의 분위기가 평소와 다르기 때문이었다. 왠지 긴장이 되었다. 그래서 바로 답하지 못하고 머뭇대니 바이올렛이 살며시 웃었다. 그 웃음 또한 평소와 달랐다.

"그렇구나."

"……."

"폴라, 나는."

그러다 그녀가 말을 멈추고 가만히 날 바라봤다. 시선을 마주했는데, 차분한 눈동자에 여러 감정이 스치는 게 보였다. 어쩐지 날카로운 공기가 피부를 찔렀다.

그녀는 꼭 화가 난 것 같았다. 착각일까?

"바이올렛 님?"

"……아니, 아니에요. 어서 옷 갈아입고 자요."

바이올렛이 다시 침대에 누웠다. 대화가 갑자기 마무리되자 어쩐지 찝찝한 기분이 들었다. 난 뒤돌아 웅크리는 등을 보다가 일단 젖은 네글리제를 갈아입었다. 벗은 옷은 한쪽에 정리해 두고, 램프의 불을 껐다. 그리고 그녀 옆에 몸을 누였다.

바이올렛은 나를 등진 채 누워 있었고, 난 어두운 천장만 멀뚱히 바라보았다. 방 안이 고요했다. 방금 전까지 시끄럽게 떠들던 일이 꿈이었던 것처럼 우리는 아무 말도 하지 않았다.

그렇게 불편한 침묵이 흘렀다.

"폴라."

그녀가 나지막이 날 불렀다.

"네."

난 잽싸게 대답했다.

"있잖아요."

"네."

"내가…… 많이 못난 사람인 거 같아."

의아한 말에 그녀를 돌아봤다. 바이올렛은 여전히 등을 보인 채였다. 그게 꼭 단단한 벽 같았다.

"정말 많이 못났어."

"왜 그렇게 생각하세요?"

"그냥, 그런 거 같아서."

"아니에요. 예쁜 분이세요."

난 단호히 말했다. 진심이었다. 그녀만큼 예쁜 사람은 본 적이 없었다. 얼굴이 예쁜 사람은 많지만 마음까지 예쁜 사람은 드물다. 그녀는 얼굴도 마음도 모두 예뻤다.

내 말을 들은 바이올렛이 옅은 웃음을 터트렸다. 하지만 그 웃음은 어쩐지 힘이 없었다.

"폴라는 참 좋은 사람이야."

"바이올렛 님 덕분이에요."

"내가?"

"네. 제게 다정히 대해 주셨잖아요. 한낱 사용인일 뿐인 저와 눈을 마주하며 동등하게 대해 주시고, 친절을 베풀어 주셨죠. 바이올렛 님 덕분에 예쁜 드레스도 입고 파티도 참석해 보고, 춤도 춰 봤어요. 정말 즐겁고 기쁘고 행복했어요. 그리고…… 보잘것없는 절 좋아한다고 해 주셔서 정말 감사했어요. 진심으로요. 사실, 그런 말은 처음 들어 보거든요. 그러니 제게 바이올렛 님은 정말 예쁘고 좋으신 분입니다."

"……."

"아, 얼굴만 말씀드리는 건 아닙니다. 물론 얼굴도 예쁘시지만요."

혹여 내 말의 의미가 제대로 전달되지 않을까 봐, 얼굴만 말하는 게 아니라고 강조했다. 그러나 그녀에게서 돌아오는 말은 없었다. 혹시 정말 화난 건가? 침묵이 길어지자 추측은 확신으로 바뀌었다. 왜 화가 났는지 그 이유를 알 수가 없어 당황해 하며 그녀 쪽으로 몸을 움직였다.

"바이올렛 님?"

"……응."

"혹시 화나셨어요?"

"아니에요."

"아닌가요?"

"응. 화난 거 아니에요."

드디어 그녀가 몸을 돌렸다. 서로 부딪친 시선 속 의문과 슬픔이 마주했다. 슬퍼? 왜 저렇게 슬픈 눈으로 날 보실까.

그녀가 눈을 살짝 휘었다. 그럼에도 여전히 슬픔이 일렁였다.

"제가 잘못했습니다."

"아이참. 정말 화난 거 아니래도."

"그러면요?"

"자다 깨어났더니 기분이 좀 가라앉았나 봐."

그녀가 입꼬리를 올렸다. 웃는 얼굴엔 여전히 힘이 없었다.

"폴라. 부탁 하나 해도 돼요?"

"네. 뭐든 말씀하세요."

"빈센트를 사랑하지 말아요."

예상치 못한 말에 난 눈을 커다랗게 떴다. 그게 무슨……. 말도 안 된다고 생각하면서도 숨이 멎어 버렸다. 혼란으로 뒤범벅된 마음을 그녀에게 내비쳤다.

웃음을 지운 얼굴로 바이올렛이 다시금 말을 이었다.

"그를 사랑하지 마. 만약 그럴 거 같으면…… 차라리 도망쳐요. 멀리멀리 도망쳐서 살아요. 난 폴라가 정말 행복했으면 좋겠어요. 당신의 행복을 빌어 주고 싶어."

"……."

"하지만 빈센트는 아니에요."

차분한 목소리가 부탁을 했다. 진중한 얼굴이 내게 협박을 한다. 더는 그와 자신의 사이에 끼어들지 말라는, 일종의 경고처럼.

"그는 안 돼요."

나는 입을 달싹였다. 뭐라 말을 해야 하는데…… 그래야 하는데…… 오해라고 말씀드려야 하는데……. 하지만 쉽사리 말이 나오지 않았다. 이상하게 목구멍이 턱 막혀 버린 것처럼 목소리가 나오지 않았다.

그런 날 보던 바이올렛이 슬프게 웃었다. 그리고 눈을 감았다. 난 그때까지 아무런 말도 하지 못했다. 머릿속으론 이러면 안 된다고 생각하면서도 쉽사리 뭔가 내뱉을 수 없었다.

잠시 후, 고른 숨소리가 들려오고 나서야 겨우 입을 벌렸다.

"그럴게요."

"……."

고른 숨소리는 미동이 없었다.

나는 한동안 잠든 바이올렛을 보다가 눈을 감았다. 반짝이는 샹들리에 아래에서 서로를 마주 보며 즐겁게 춤추던 기억이 어둠 속으로 사라졌다. 떨어지는 별들 속에서 흐트러지던 금빛 머리칼과 날 바라보던 다정한 얼굴도 어둠에 묻혀 지워졌다. 기쁘게 웃던 웃음소리가 더는 귓가에 들려오지 않았다.

가슴속에 피어오른 감정도 애써 지워 냈다. 차가워진 몸을 한껏 웅크렸다.

누군가와 함께 있는데도 이상하게 추운 밤이었다.

□ ◆ □

'넌 언제나 그렇게 있으면 돼.'

앨리샤가 물결치는 머리카락을 뒤로 넘기며 말했다. 고개를 한껏 젖힌 채, 마치 딱한 상대를 동정하듯 날 바라봤다.

'아무것도 하지 마.'

노골적인 비웃음이 더 그렇게 느껴지게 했다.

'그게 언니가 해야 할 일이야.'

그 말에 대꾸조차 하지 않은 건, 그 사실을 누구보다 내가 가장 잘 알고 있기 때문이다. 내가 할 수 있는 건 없었다. 나는 힘이 없고, 능력도 없고, 가진 것도 없었다. 그나마 품 안에 담았던 것들조차 모래처럼 빠져나가 텅텅 비어 버렸다.

아무것도 없다.

그렇다고 뭔가를 욕심내어 가지고 싶어 한 적은 없었다. 그것보단 당장 목숨을 부지하는 게 더 중요했다. 하루라도 더 살고 싶다, 되도록 오래도록 살고 싶다. 그게 내가 가진 바람의 전부였다.

그러니 바이올렛의 말을 들어주는 건 어렵지 않다. 사실 그건 들어줄지 말지, 생각해 볼 여지조차 없는 문제였으니까.

"시녀님."

멍하니 하늘을 보는데 에단이 날 불렀다. 그에게 다가가니 빈센트의 행선지를 묻는다.

333

"빈센트는 어디 갔나요? 방에 없던데."

"바이올렛 님과 뒤쪽 숲으로 산책을 가셨습니다."

아침 일찍 산책을 가자며 바이올렛이 빈센트의 방으로 찾아왔다. 빈센트는 내게 동행하자고 했지만, 난 거절했다. 두 사람 사이에 끼어들고 싶지 않기도 했고, 산책 가고 싶은 마음도 없었다.

"언제 올까요?"

"저도 잘 모르겠습니다."

"음. 오래 있다가 오면 좋을 텐데."

"왜요?"

"그게 말이죠."

그때 바깥쪽에서 시끌벅적한 소리가 들려왔다. 에단과 창밖을 내다보니 이곳으로 오고 있는 다섯 명의 사람이 보였다.

남자 네 명과 여자 한 명, 그중에는 집사도 있었다. 집사는 다른 이들에게 뭐라 말을 하며 걸어오고 있었는데 정중한 태도였지만, 어쩐지 다급하고 꼭 무언가를 말리는 것처럼 보였다. 그럼에도 다른 사람들은 이곳으로 걸어오는 데 거침이 없었다. 오히려 걸음걸이가 제법 빨랐다.

"이런."

에단이 혀를 찼다. 난 그들을 주시했다. 어쩐지 분위기가 이상했다.

그들이 다가올수록, 주변이 한층 더 소란스러워졌다. 무리 중 한 명의 목소리에는 노기가 가득했다. 대체 무슨 일인가 싶어 에단을 바라보는데, 그가 계단 쪽으로 몸을 돌렸다. 빠르게 멀어지는 그를 따라 나도 아래층으로 내려갔다.

중앙 홀로 내려가자 이자벨라도 와 있었다. 그녀가 다급히 에단을 올려다보자, 그가 고개를 저었다. 이자벨라의 얼굴에 안도감이 퍼졌다.

문 앞 가까이 소란이 들려왔다. 금방이라도 문이 열릴 기세였다.

"어떻게 할까요?"

"일단 제가 시간을 끌어 보도록 하죠."

에단이 문 쪽으로 걸어갔다. 이자벨라도 두 걸음 정도 간격을 두고, 그의 뒤를 따랐다. 난 의아해하며 두 사람의 뒷모습을 바라봤다.

그때, 누군가 내 손을 붙잡았다. 돌아보니 루카스가 서 있었다.

"루카스 님?"

그런데 낯빛이 창백했다.

"어디 편찮으세요?"

"폴라."

"네."

"이쪽으로."

그가 내 손을 잡아당겼다. 왜 그러냐고 물어봤지만, 그는 답하지 않았다. 초조한 기색을 내보이며 나를 문 반대편으로 이끌 뿐이었다.

그런데 그의 걸음이 빨랐다. 걷는다기보단 뛴다는 표현이 더 어울렸다. 다급히 뛰는 걸음에 맞춰 나도 뛰었다.

잠시 후, 뒤쪽에서 시끄러운 웅성거림이 들려왔다. 뒤돌아보니 에단이 두 명의 남자와 대치하고 있었다. 조금 젊은 신사와 노신사. 그런데 젊은 신사의 얼굴이 낯익었다.

제임스 크리스토퍼.

다시 루카스를 보니 그는 오롯이 정면만 응시했다. 그 뒷모습이 절대 돌아보지 않겠다는 의사를 내비치는 것 같았다. 맞잡은 그의 손이 떨리고 있었다.

루카스는 무작정 계단을 올랐다. 다급한 발걸음으로 계단 끝까지 올라가더니 갑자기 허둥지둥 아래로 내려갔다. 그러다 다시 한두 계단 오르더니 곧 멍하니 멈춰 섰다. 마치 방으로 가는 길조차 잊어버린 듯한 그의 모습에 결국 내가 앞장서 그를 이끌어 주었다.

방으로 들어가자마자 그가 문을 잠그고 창가의 커튼을 모조리 쳤다.

방 안으로 햇빛 한 줄기조차 들어오지 않게 되어서야 루카스는 무너졌다. 한 손으로 창틀을 짚은 채로 주저앉은 루카스에게 난 다급히 다가갔다.

"안색이 좋지 않으세요."

"좀 놀랐거든요."

루카스가 애써 웃었다. 그러나 웃음은 금세 지워졌다. 굳은 얼굴을 물들인 건 공포였다. 그가 깊은 탄식을 흘리며 양손으로 얼굴을 문질렀다.

그가 진정될 때까지 난 조용히 기다렸다.

"폴라."

"네."

"형제자매가 있나요?"

갑자기 왜 그런 걸 묻는지 모르겠지만 일단 대답해 주었다.

"네, 네 명의 여동생들이 있었습니다."

"많군요. 화목한 가정이었나 보네요."

그 말에 나는 굳이 부정하지 않았다. 딸이 다섯이나 된다고 하면 대부분 부부 금실이 좋다고 생각하겠지만, 실상은 달랐다. 태어난 이유를 알았을 때 느꼈던 감정은 비참함뿐이었다. 우리 가족을 지켜봐 온 마을 사람들조차 혀를 내두를 지경이었다.

"보통 형제자매끼리는 사이가 좋겠죠? 서로 퉁명스럽게 굴다가도 함께 있으면 즐겁고, 눈앞에 없으면 걱정되고 말이죠."

"그렇겠죠."

보통의 형제자매라면.

"서로가 서로를 무서워하지도 않고."

"아마도. 근데 그건 왜 물어보세요?"

"폴라. 난 제임스가 무서워요."

그에게서 '제임스 크리스토퍼'에 대해 듣는 건 처음이었다. 역시 방금 전에 내가 본 사람이 제임스 크리스토퍼가 맞았구나. 그렇다면 다른 한 명은 누구지? 그들이 왜 이 저택에 찾아왔는지 알 수는 없었지만, 노신사는 무척 화가 나 보였다.

"제임스는 내 큰형이에요. 차분하고 똑똑하고 훌륭한 사람이라서, 어린 내 눈에도 존경스럽고, 멋있는 형이었죠. 그런데 지금은…… 그 큰형이 무서워요. 아주 많이."

"어째서요?"

"무서운 사람이니까."

지난번에 빈센트도 그런 말을 했었다. 지금 루카스의 반응을 보아하니 정말 무서운 사람인가 보다. 스스로 어떻게 해야 할지 모를 정도로 루카스는 공포에 떨고 있었다.

"올 거라 생각했지만, 역시 무섭네요. 괜찮다고, 할 수 있다고 다짐하면서도 막상 대면한다고 생각하니 참을 수가 없어서, 그래서 지금 도망친 거예요. 혼자 도망치는 것도 무서워서 폴라를 끌고 온 거고."

"……."

"꼴사납죠?"

루카스가 힘없이 웃었다. 난 고개를 저었다.

"그런 걸로 꼴사납다고 한다면, 저희 주인님은 지금 얼굴 들고 못 다니세요."

이쪽 주인님도 한 겁쟁이 하신다. 아닌 척할 뿐이지.

내 말에 루카스가 웃음을 터트렸다. 그러나 여전히 웃음엔 힘이 없었고, 이마를 짚는 한 손은 덜덜 떨리고 있었다.

"가끔은, 모든 걸 다 던져 버리고 도망치고 싶어요. 아무도 날 모르는 먼 곳으로요."

"그거 좋네요. 경치도 좋은 곳으로 가세요."

"폴라도 같이 갈래요?"

갑작스런 제안에 잠시 눈을 껌뻑였다. 솔직히 솔깃하다. 그거 나쁘지 않은데?

"영광이죠."

"그럼 같이 가요."

"네. 나중에 꼭 데려가 주세요."

"지금 같이 가요."

루카스가 내 팔을 움켜잡았다. 원한다면 당장 데려가겠다는 강한 의지였다. 난 말만으로도 영광이라며 웃었다.

"지금 같이 가요."

그가 다시 한번 말했다.

"지금 말고 나중에 데려가 주세요."

"왜 지금은 안 되죠?"

"지금은 제가 할 일이 있어서요."

"폴라는 빈센트를 좋아해요?"

심장이 쿵 떨어졌다. 너무 놀라 숨을 집어삼켰다. 살짝 풀어졌던 분위기가 순식간에 굳었다.

루카스가 내 쪽으로 상체를 들이밀었다.

"만약 그렇다면 포기해요."

"왜, 왜 그런 말씀을 하세요."

"폴라만 상처 입을 뿐이에요."

"전 대체 무슨 말씀을 하시는지 모르겠습니다. 놓아 주세요."

왜 갑자기 이런 말을 하는지 알 수 없어 당황스러웠고, 대체 뭘 알고 말하는지 몰라 무서웠다. 어느 쪽이든 달가운 화제는 아니었다. 고개를 도리질하며 붙잡힌 손을 뿌리치려 했지만 그럴수록 그는 더 힘을 주고 버텼다.

"숨기지 말아요. 적어도 끌리곤 있겠죠."

"루카스 님."

"그러지 말고 우리 도망갈래요?"

도망가 버려요, 우리. 다 버리고 떠나요. 아주 먼 곳으로. 아무도 없는 곳으로. 그가 나머지 한쪽 팔마저 붙잡으며 속삭였다. 마주한 그의 갈색 눈동자 안에는 애절함이 일렁였다. 내 혼란은 점차 거세졌다.

"가, 갑자기 왜 이러세요."

"폴라가 같이 가 줬으면 해서요."

"루카스 님."

"나랑 도망쳐 줄래요? 힘없이 떨기만 하는 내 손을 잡고, 함께."

그는 대체 왜 내게 이런 말들을 하는 걸까. 날 놀리고 싶은 걸까.

"폴라를 좋아한다고 했던 말, 진심이에요."

"마, 말도 안 돼요. 왜 저 같은 걸 좋아한다고 하세요? 이유가 뭐예요? 이해가 안 돼……."

난 곧장 반박했다. 코웃음이 나오려는 걸 애써 참았다. 하지만 그는 슬프게 웃으며 자신의 진심을 고백했다.

"좋아하는 데 큰 이유 같은 건 없어요. 그냥 어느 순간부터 궁금하고 보고 싶고, 함께하니 즐겁고 기쁘고 행복하고, 또 앞으로도 계속 내 곁에 있어 주었으면 하고 바라게 됐어요. 그런 마음으로 폴라를 좋아해요."

"……."

"사랑해요."

루카스가 날 품에 안았다. 귓가에 뺨을 비비고, 다시금 제 마음을 속삭인다. 물기 어린 목소리가 가슴속으로 스며들었다. 난 그 안에 담겨 있는 진심을 온몸으로 느꼈다.

"저, 저는……."

"대답은."

그가 날 더 바싹 끌어안았다.

"나중에 해 줄래요?"

"……."

"지금 말고 나중에…… 나중에 해 줘요……."

웅얼거리며 내 어깨에 얼굴을 묻던 그가 불현듯 날 밀어 냈다. 나를 향해 애써 미소 짓는 얼굴을 보자, 더는 말을 이을 수가 없었다.

잠시 후, 침묵을 깨는 노크 소리가 들려왔다.

"루카스."

에단이었다. 루카스가 쓰게 웃으며 붙잡힌 팔을 놓아 주었다. 그리고 일어나 문 쪽으로 걸어갔다.

문을 열고 에단과 잠시 이야기를 나누던 루카스가 날 돌아봤다. 시선이 부딪치고, 결의를 다진 얼굴이 곧 문이 닫히며 사라졌다.

그때까지 난 멍하니 방문만 바라봐야 했다.

정신을 차리고 다시 중앙 홀로 내려가자, 열린 문밖에 서 있는 에단과 루카스가 보였다. 그리고 그들과 마주 서 있는 남자도.

에단은 제임스와 대화를 나누고 있었다. 두 사람은 평범한 형제처럼 웃었다. 내가 상상했던 것과 다른 평온한 모습이었다.

간혹 제임스의 시선이 루카스에게 닿았는데, 그때마다 루카스는 그에게 마주 웃어 주었다. 그리고 이따끔 뭐라 말을 하기도 한다. 하지만 웃음은 짧고, 대화는 오래 이어지지 못했다.

제임스가 에단의 어깨를 토닥였다. 그러곤 품에 안는다. 에단이 머쓱하게 웃으며 받아 주었다. 누가 봐도 다정한 형제의 모습. 하지만 내 눈은 자꾸 루카스

쪽으로 향했다. 제임스의 시선에서 벗어난 루카스의 얼굴은 딱딱하게 굳어 있었다.

그들 곁으로 노신사가 걸어왔다. 잠시 이야기를 나누던 그들은 별채 응접실로 자리를 옮겼다. 제임스는 상황을 지켜보듯 말을 아꼈고, 노신사는 대놓고 불편한 기색을 드러내며 침묵했다. 그리고 둘 다 돌아가지 않겠다는 의사를 내비쳤다. 상황이 좋지 않은 쪽으로 흘러가는 듯했다.

응접실에서 먼저 나온 나는 빈센트와 바이올렛이 오랫동안 산책하기를 기도하며 연신 문밖을 살폈다. 그런 내 곁으로 루카스가 다가왔고 그 뒤로 에단도 함께했다.

사달이 난 건 제법 지루한 시간이 흘렀을 때였다.

산책을 갔던 빈센트와 바이올렛이 돌아왔다. 중앙 홀에서 서성이고 있는 우리를 발견한 바이올렛이 손을 흔들었다. 환하게 웃는 얼굴이 보기 좋았다.

"다들 왜 여기서 이러고 있어?"

그녀의 의문에 루카스가 말을 망설였다. 나도 머뭇대자 에단이 나섰다.

"마거리트 후작님이 오셨어."

"아버지가?"

나는 그제야 노신사의 정체를 알아챘다. 반가운 듯 활짝 웃던 바이올렛이 의아한 기색을 내비쳤다.

"여기 왜 오셨지?"

"일단, 올라가 봐. 응접실에 계셔. 그리고 빈센트 넌 나 좀 보자."

에단이 빈센트의 팔을 붙잡으며 내게 눈짓했다. 난 재빨리 바이올렛의 곁에 섰다. 그녀와 시선을 마주하자 어젯밤의 일이 떠올랐다. 잠시 굳어 있던 나와 달리 그녀는 평소와 다름없이 다정히 웃어 주었다.

"아버지가 여기에 무슨 일로 오셨을까. 그것도 이렇게 아무 말씀도 없이 불쑥 찾아오시다니. 폴라는 뭐 알아요?"

"저도 자세한 상황은 듣지 못했습니다."

"음. 이상하네."

고개를 갸웃거리는 그녀를 보며 난 애써 웃었다.

계단을 반쯤 올라갔을 때, 위쪽에서 누군가 내려왔다. 바이올렛의 아버지라는 노신사였다. 그리고 그의 등 뒤로 나이 든 여성이 서 있었다.

그녀가 노신사의 눈치를 살폈다. 노신사는 바이올렛을 보곤 인상을 썼다. 불길하다. 내가 경계를 세우는 사이 바이올렛도 노신사와 중년 여성을 발견했다. 활짝 웃으며 총총 뛰어 올라간다.

"아버지— 어, 유모? 왜 유모가 여기 있어?"

맑은 그녀의 얼굴을 내려다보는 노신사의 눈빛이 차가웠다. 노신사의 뒤에 서 있는 유모라는 여성 또한 말없이 그의 눈치를 살피며 안절부절못했다. 그 반응에 이상함을 느꼈는지 바이올렛이 걸음을 멈췄다. 그제야 노신사가 입을 벌렸다.

"데려가."

"네."

노신사의 말에 유모가 계단을 내려와 곧장 바이올렛을 붙잡아 끌었다.

"가요, 아가씨."

"갑자기 왜 그래?"

바이올렛이 자신을 붙잡은 유모와 노신사를 번갈아 보았다. 이게 대체 무슨 상황인지 몰라 당황한 듯했다. 그런 바이올렛을 지켜보던 노신사가 버럭 소리쳤다.

"저택으로 돌아가면 당분간 외출 금지다!"

"아, 아버지."

불현듯 노신사의 눈빛이 날카롭게 변했다. 그의 두 눈에 시퍼런 노기가 번뜩였다. 노신사가 성큼 아래로 내려왔다. 빠른 걸음으로 계단을 내려간 그가 밑에 다다랐을 땐 그 앞에 빈센트가 서 있었다. 에단이 불안한 얼굴로 빈센트를 부축했다.

잠시 빈센트를 노려보던 노신사가 곧 손을 들어 올렸다. 눈 깜짝할 새 그의 손이 빈센트의 얼굴을 후려쳤다. 퍽! 소리가 울려 퍼지고, 빈센트가 비틀거리며 쓰러졌다. 에단이 당황하며 빈센트를 붙잡았다. 그 모습을 지켜보던 우리는 경악하며 숨을 삼켰다.

바이올렛이 비명을 지르며 빠르게 계단을 내려갔다. 뒤늦게 유모가 허겁지겁 그녀를 따라 내려갔다. 나도 그녀를 따라 내려가다가 루카스에게 붙잡혔다. 그가 내려가지 못하도록 나를 말렸다. 하지만! 난 혼란스러운 얼굴로 그를 돌아보았지만, 그가 고개를 저었다.

결국 난 초조해하며 상황을 지켜봐야 했다.

빈센트에게 달려간 바이올렛은 괜찮냐고 물으며 그의 상태를 살폈다. 그러다 노신사를 돌아봤다.

"아버지, 대체 왜 이러세요!"

"감히 날 속이고 내 딸을 만나!"

"그게 무슨 말씀이세요? 속이다뇨."

"우리 가문을 얼마나 우습게 봤으면 앞이 안 보이는 걸 숨겨! 그런 몸으로 어떻게 감히 내 딸을 넘보나!"

벼락같은 고함이 터졌다. 바이올렛이 숨을 들이켜며 놀란 기색을 숨기지 못했다. 그건 나도 마찬가지였다. 이곳에 도착했을 때부터 노기를 띠고 있던 게 저 이유 때문이었나 보다. 에단도 결국 올 것이 왔다는 듯 참담한 표정이었다.

그사이 빈센트는 비틀린 상체를 일으켜 앉았다. 노신사에게 맞은 부분이 붉게 달아올라 있었다. 그러나 그의 얼굴은 여기 있는 어느 누구보다 차분했다.

"아, 아버지. 이러지 마세요."

바이올렛이 떨리는 손으로 노신사의 팔을 붙잡았다. 아버지, 그리 부르는 목소리도 떨리고 있었다. 하지만 노신사가 그 손을 뿌리쳤다. 중심을 잃은 바이올렛이 넘어지자, 유모가 달려와 그녀를 부축했다.

"당장 데려가! 그리고 돌아가면 파혼인 줄 알아!"

"아버지!"

바이올렛이 소리치자 노신사가 매서운 눈초리를 보냈다. 그녀가 움찔 놀라 시선을 내렸다. 공포에 떨고 있는 여린 몸이 한껏 움츠러들었다. 하지만 그녀는 용기를 내어 더듬더듬 말을 꺼냈다.

"저는, 저는 파혼하기 싫어요."

"네가 뭐가 아쉬워서 저놈의 뒤치다꺼리를 한다는 거냐! 앞도 못 보는 남편을 곁에 둬서 대체 무슨 소리를 들으려고! 아니면 남자한테 정신이 팔려 가문을 욕보일 생각인 게야!"

"아니에요! 아니에요, 아버지. 가문을 욕보일 생각은 절대 없어요. 저는, 저는 그저…… 빈센트를 사랑해요."

"못난 것."

"……."

노신사가 혀를 찼다. 바이올렛이 다시 움찔거렸다.

"네가 이렇게 못나게 구니 저놈이 기고만장해져서 파혼하지 않고 버틴 거겠지."

"하, 하지만."

"듣기 싫다! 입 다물어!"

커다란 고함 소리가 그녀의 말을 집어삼켰다.

바이올렛이 입을 꾹 다물었다. 일그러진 얼굴이 금방이라도 울음을 터트릴 듯했다. 유모가 그녀를 품에 안아 다독였다.

그때였다.

"파혼하겠습니다."

불현듯 터져 나온 말이 긴장감을 깨뜨렸다. 나를 포함한 모두의 시선이 몸을 추스르고 일어난 빈센트에게로 향했다. 그의 곁에 서 있던 에단이 한 손으로 얼굴을 가리며 눈을 꾹 감았다. 이 상황을 더는 지켜보지 못하겠다는 얼굴이다.

빈센트는 여전히 차분한 얼굴로 입을 달싹였다.

"말씀하신 대로 하겠습니다."

"빈센트!"

바이올렛의 절박한 부름에도 그는 말을 번복하지 않았다. 바이올렛이 당황하며 빈센트에게 다가왔다. 왜 그러냐고, 그러지 말라고 몸을 흔들어도 아무런 답이 없자, 그녀는 그의 품에 얼굴을 묻고 울음을 터트렸다.

"이제 충분해. 그만 돌아가."

"그러지 마. 파혼하지 않겠다고 했잖아."

"그럼 넌 가문을 등져야 해. 그럴 수 있어?"

"할 수 있어."

"바이올렛."

빈센트가 양손을 들어 그녀의 얼굴을 더듬었다. 눈물에 흠뻑 젖은 얼굴로 그가 시선을 내렸다.

"가문의 도움도 없이, 네가 좋아하는 유모도 없이, 앞이 안 보이는 남편의 곁에 있어야 하는 거야. 한평생 내 곁에서, 내 시중을 들며, 다른 사람들과도 교류가 없는 생활을 하게 될 테지. 날 위해 네가 좋아하는 것들도 포기해야 할 테고. 어딜 가든 사람들의 시선도 따라붙겠지. 그로 인해 네가 상처를 입어도 난 알아챌 수 없고, 널 지켜 줄 수도 없어. 멍청하게 양손으로 주변을 더듬고만 있겠지."

"……."

"나와 함께하는 생활은 그런 거야. 그런 생활을 정말 할 수 있겠어?"

바이올렛이 입을 벌렸다. 그러나 이번엔 쉽게 대답을 꺼내지 못한다. 보랏빛 눈동자가 흔들렸다. 그 안에 담겨 있는 망설임이 그녀의 목소리를 빼앗아 갔다. 여린 뺨 위로 눈물이 흘러내렸다.

빈센트가 이해한다는 듯 웃으며 그녀의 머리를 쓰다듬었다.

"난 네가 그러길 원하지 않아. 그러니 돌아가."

눈물을 뚝뚝 떨어뜨리며 바이올렛이 고개를 저었다. 두 사람을 지켜보던 노신사가 바깥을 향해 눈짓을 보냈다. 곧이어 장정의 남자가 들어와 바이올렛의 팔을 붙잡고 끌어당겼다. 바이올렛이 발버둥 치며 빈센트를 놓지 않으려 했지만 여린 몸은 속절없이 끌려갔다.

그녀의 손이 미끄러지며 빈센트에게서 떨어졌다.

"빈센트!"

"……."

결국 그녀는 시종에게 붙잡힌 채 저택 밖으로 끌려 나갔다. 유모가 그들의 뒤를 따랐다. 울음 섞인 고함 소리가 점점 작아지더니 툭 끊겼다.

노신사가 빈센트에게 시선을 주었다. 매서운 두 눈엔 여전히 노기가 가득했고, 꾹 다문 입매는 불편함을 숨기지 않았다.

"그 대답 잘 지키길 바라네."

"……."

"날 속인 건 용서할 수 없는 일이지만, 자네 부모와의 연을 생각해서 이번엔 이쯤에서 넘어가지. 더는 내 딸을 넘보지 말게나."

말을 마친 노신사가 몸을 돌리고 단호한 걸음으로 빠르게 멀어졌다.

노신사가 떠나고 고요해진 홀 안에 뚜벅뚜벅 발소리가 울렸다. 소란한 틈을 타 제임스도 나와 있었는지, 그가 계단참에 멈춰 섰다. 그리고 침묵이 맴도는 주변을 빙 둘러봤다. 빈센트를 제외한 모두의 시선이 그에게 닿았다.

빈센트의 상태는 비밀에 부쳐지던 일이었다. 완전한 비밀이란 없겠지만 하루라도 더 숨길 수 있도록 철저히 입단속을 했다. 그리고 그 비밀을 아는 사람은 여기 있는 우리들과 저기 저 남자, 제임스 크리스토퍼가 유일했다. 우리는 본능적으로 이 소란을 일으킨 장본인이 누군지 알았다.

제임스는 태연히 옷매무새를 다듬고, 걸음을 다시 내디뎠다. 나와 루카스의 곁을 스칠 때 그의 날카로운 시선이 루카스에게 닿았다. 루카스가 몸을 움찔 떨며 날 붙잡고 있는 손에 힘을 주었다. 다행히 제임스는 별다른 말 없이 아래로 내려갔다.

홀로 내려서자 그는 곧장 빈센트 쪽으로 향했다. 그에 당황한 순간, 에단이 다가와 제임스의 앞을 막아섰다.

무거운 분위기를 환기시키려는 듯 에단이 애써 웃으며 말했다.

"돌아가려고?"

"그래. 더 있을 필요도 없고."

에단에게 답하면서도 제임스의 시선은 빈센트를 향했다. 에단이 몸을 움직여 제임스의 시선을 슬쩍 막았다.

난 그들을 흘끗 쳐다본 뒤, 루카스를 이끌고 빈센트에게 달려갔다. 그는 아까부터 미동도 없이 문 쪽만 바라보고 있었다. 가까이 다가가자, 숨마저 멎은 듯 고요한 얼굴이 보였다.

난 잠시 머뭇거리다가 살며시 빈센트의 팔을 붙잡았다. 그럼에도 그는 여전히 미동이 없었다. 루카스가 그를 불러도 마찬가지였다.

"주인님. 방으로 가요."

"······그래."

대답을 듣자마자 난 빈센트를 부축했다. 그도 순순히 내게 몸을 의지했다.

함께 몸을 돌리던 그때, 에단과 대화를 끝낸 제임스가 이쪽으로 다가와 빈센트의 앞에 멈춰 섰다. 그러곤 대놓고 우리를 훑는다. 그의 눈빛엔 조롱이 담겨 있었다.

"좋은 구경 했군."

"……."

나는 눈을 부릅뜨고, 눈앞의 나쁜 놈을 지지 않고 노려봐 주었다. 전에 이곳에 왔을 때 보였던 태도하며, 이런 일을 벌인 의도가 너무도 분명해 화가 났다.

물론 나도 제임스가 무서웠다. 무서운 사람은 조심해야 한다는 경계심이 머릿속을 강타했다. 그러나 지금 이 순간은 그 경계심마저 무시할 정도로 화가 치솟았다.

내가 무례하게 시선을 받아치자, 제임스가 미간을 좁혔다. 한낱 사용인 따위가 자신을 똑바로 바라보니 기분이 상한 듯했다. 점차 험악해지는 얼굴로 제임스가 막 입을 달싹이려던 순간, 에단이 다가왔다.

"제임스."

불만스런 시선이 내게서 떨어졌다.

"차는 어디에 뒀어?"

"밖에."

"배웅할게. 가자."

"그래."

제임스가 다시 이쪽에 시선을 주었다. 그제야 난 고개를 숙였다. 정수리가 따끔거렸지만 곧, 제임스의 발걸음 소리가 문밖으로 사라졌다. 고개를 들자, 안도의 한숨을 내쉬는 에단이 보였다.

"내가 시녀님 때문에 제명에 못 살 거 같네요."

"죄송합니다."

"이해해요. 하지만 다음부턴 그러지 말아요."

가볍게 웃고 있지만 목소리가 제법 진중했다. 그가 잠시 빈센트를 살펴보더니, 내 뒤에 서 있는 루카스에게 시선을 주었다. 그러곤 다시 날 보며 입을 벙긋거렸다.

　'두 사람을 부탁해요.'

　곧이어 에단도 밖으로 나갔다.

제6장

백작가의 비밀스런 시녀님

한바탕 소란이 일어났던 날로부터 꽤 시간이 흘렀다. 왁자지껄했던 게 꿈인 것처럼, 저택 안엔 사람의 기척도 말소리도 무엇 하나 들리지 않았다. 마치 처음 이곳에 왔을 때처럼 모든 시간이 멈춘 듯 을씨년스러웠다.

나는 고요한 복도를 걸었다. 긴 복도엔 내 발소리만이 울려 퍼졌다.

그날 이후로 빈센트는 다시 방에 처박혔다. 그리고 밤마다 악몽을 꾼다. 최근 들어 악몽을 꾸는 간격이 길었는데, 요새는 매일 밤 신음 소리가 들려왔다. 나는 그 소리를 들으며, 그가 날 부르면 곧장 달려갈 준비를 했다. 그러나 그는 날 부르지 않았고, 홀로 버텼다.

제임스가 다녀간 그날, 나는 그가 혹여 나쁜 생각을 하지 않을까 걱정했지만, 다음 날도 그다음 날도 그는 평소와 다름없는 생활을 했다. 식사도 곧잘 하고, 씻기도 하고, 읽어 주는 책도 얌전히 듣는다. 다만 방에서는 나오지 않았다.

그가 생각보다 멀쩡히 생활해 다행스러우면서도, 한편으론 그래서 더 무서왔다. 아무렇지 않다는 얼굴을 하고 있어 더 그랬다.

'그만 봐.'

'네?'

'얼굴이 따끔거려.'

책을 읽는 중간중간 그의 상태를 살폈다. 아니, 매 순간 그의 상태를 살폈다. 그도 그걸 알아챘는지 눈살을 찌푸렸다.

'걱정 마. 죽지는 않을 테니까.'

'……'

'괜찮아.'

정말 괜찮아. 그가 차분한 음성으로 단호히 말했다. 그렇다면 다행이라고 생각하면서도 마음 한편에 자리한 불안은 나날이 커져만 갔다.

창밖으로 향해 있는 옆얼굴이 체념한 듯하면서도 어딘가 편안해 보였다. 그는 오래전부터 이런 상황이 벌어질 거라는 걸 알고 있었는지도 모른다.

난 그날 그렇게 떠난 바이올렛이 걱정됐다. 이틀에 한 번꼴로 오던 편지도 뚝 끊긴 상태였다. 에단에게 물으니 다행히 잘 돌아갔다고 한다. 하지만 매일 밤 방에서 운다는 소식을 듣고 마음이 착잡해졌다. 홀로 얼마나 힘들까. 편지라도 써 볼까 했지만 괜한 사달을 일으킬까 봐 그러지도 못했다.

걱정하는 내 어깨를 두드려 주며 에단이 위로했다.

'바이올렛은 강해요. 우리들 중 가장 강한 사람이니까 걱정 말아요. 금방 기운을 차릴 거예요.'

'네.'

그 순간만큼은 그의 말이 진실이길 간절히 바랐다. 하지만 쉬운 문제는 아니었다. 바이올렛에게 더는 큰 상처가 없기를, 이들에게 더는 상처받는 일이 생기지 않기를 기도하는 것이 내가 할 수 있는 전부였다.

언제나처럼 레니카에게 빨랫감을 전해 주고, 새것을 받아 오던 길이었다.

"폴라."

갑작스런 부름에 뒤돌아보자 루카스가 서 있었다. 그는 외출복 차림이었다.

그 소란이 있은 뒤로 루카스를 거의 보지 못했다. 빈센트가 방에 처박히자, 루카스도 방에서 잘 나오지 않았다.

에단은 바빠 보이더니 며칠 전에 저택을 떠났다. 그는 떠나기 전에 빈센트를 만났다. 그리고 방에서 나와 내게 인사를 건넸다.

'빈센트를 부탁해요.'

목소리엔 기운이 없었고, 얼굴에도 미안한 기색이 가득했다. 그답지 않은 모습에 이번엔 내가 그의 팔을 툭툭 쳤다. 힘내라는 위로가 닿았는지 에단이 활짝 웃었다.

그렇게 에단마저 떠나고 이 저택엔 루카스만이 남았다.

그러니까 이건 오랜만의 대화였다.

"루카스 님. 어디 가시나요?"

"저 내일 돌아가려고 해요."

"내일이요?"

"네, 그러기로 했어요. 형은 일이 바빠서 먼저 돌아간 거고요."

잠시 놀라긴 했지만, 이내 고개를 끄덕였다.

"괜찮으시겠어요?"

제임스를 보자 공포에 떨던 루카스가 생각났다. 그건 단순히 두려워하던 상대를 만나서 떠는 게 아니었다. 그보다 더 오래된 감정이었다. 그리고 그가 했던 말도…… 아!

너무 큰 사건을 겪은 뒤라 잠시 잊고 있었다. 잊으면 안 되는 말이었는데. 미안한 마음에 당황했지만, 루카스는 그런 내 상태를 알아채지 못한 듯 차분히 말을 이었다.

"괜찮아요. 걱정해 줘서 고마워요."

"······돌아가신다니 아쉽네요."

"정말요?"

루카스가 짓궂게 웃으며 물었지만 난 바로 고개를 끄덕였다. 사실이었다. 그의 존재가 이 적막한 저택을 제법 채워 주었었다.

그가 더 짙게 웃었다.

"그럼, 오늘 나랑 놀아 줄래요?"

"오늘요?"

"네."

내 눈이 휘둥그레졌다. 루카스가 내게 손을 내밀었다.

"오늘 폴라의 시간을 내게 줘요."

'마지막이니까요.'

그리 말하니 차마 거절할 수가 없었다. 이자벨라에게 허락을 받은 뒤, 서둘러 준비를 마치고 그를 따라 향한 곳은 저택 아래 마을이었다. 매번 가 보고 싶다고 생각하면서도 엄두를 내지 못했는데, 얼결에 그와 함께 오게 됐다.

입구에 들어서자 활기찬 소리가 터져 나왔다. 마을 안은 끝을 알 수 없을 정도로 넓었고, 건물도 크고 화려했다. 똑같은 색감인데도 건물 모양이 다 달랐다. 마을이라기보단 큰 도시를 연상케 했다.

마을 안에는 사람들이 바글바글했다. 각자의 일을 하느라 분주한 사람들과, 여기저기 모여 수다를 떠는 아낙네들이 보였다. 어린아이들은 길거리를 뛰어다니며 신나게 놀고 있었다.

좀 더 안으로 들어가자 상점가가 나왔다. 상인들은 저마다 손님을 끌어들이기 위해 목청을 높였다.

내가 살았던 마을과는 확연히 달랐다. 이렇게 큰 곳은 난생처음이라 너무 신기했다. 고개를 양옆으로 돌리며 구경하느라 정신이 없었다. 그런 내 손을 루카스가 맞잡았다. 깜짝 놀라 그를 올려다보자, 그가 태연히 웃으며 더 꽉 잡는다.

"길 잃어버리면 안 되니까요."

낯간지러운 접촉이지만 굳이 뿌리치지 않았다. 그의 말대로 사람이 많아 길을 잃어버릴 가능성이 컸고, 오늘이 마지막이니까.

"폴라, 이쪽으로."

그가 날 노점상으로 끌고 갔다. 그곳엔 이미 젊은 여자 몇 명이 쭈그려 앉아 물건을 구경하고 있었다. 바닥에 깔린 천 위에 놓인 알록달록한 색의 화려한 장식품들이 눈을 사로잡았다. 하나같이 다 예뻤다.

감탄하며 구경하고 있는데 루카스가 그중 하나를 집었다. 큰 꽃송이 양옆으로 작은 꽃송이가 두 개가 둥글게 달려 있고, 그 주변을 넝쿨이 둘러싸고 있는 모양의 머리 장식이었다. 그가 그걸 내 머리에 꽂았다.

"예쁘네요."

"아, 감사합니다."

난 머리에 꽂은 장식을 더듬었다. 판매상이 좋은 걸 골랐다며 싸게 주겠다고 하자, 루카스가 바로 재킷 안을 뒤적였다. 난 재빨리 그를 말렸다.

"선물로 줄게요."

"보는 것만으로도 충분해요."

"내가 주고 싶어서 그래요."

"정말 괜찮습니다. 그것보다 배고프지 않으세요?"

슬쩍 말을 돌리자 루카스가 눈을 가늘게 떴다. 불만스러운 눈초리였지만 애써 무시하고 근처에 있는 식당을 손가락질했다. 배고프니까 빨리 식사하러 가자고 재촉하자 그가 한숨을 쉬고, 재킷 안에서 손을 꺼냈다.

"거기보단 저쪽이 더 맛있어요."

"그럼 그곳으로 가요."

머리에 꽂은 장식을 잽싸게 내려놓고 그의 등을 밀었다.

루카스를 따라간 식당은 건물이 크고 사람이 많았다. 유명한 곳인가 보다. 그는 능숙하게 자리를 잡고 앉아 음식을 시켰다.

잠시 후, 탁자를 가득 채울 정도로 많은 양의 음식이 나왔다. 아니, 이걸 누가 다 먹어? 게다가 다 생전 처음 보는 것투성이였다.

가장 가까이에 있는 생선 요리를 집어 먹었다. 입 안에서 사르르 녹는 맛에 눈을 동그랗게 떴다. 세상에. 다시 한 점 집어 입에 넣고, 그 옆에 놓인 고기 요리를 뜯어 먹었다. 이것 또한 혀가 녹을 만큼 맛있었다.

그렇게 허겁지겁 모든 요리를 집어 먹다 보니 금세 배가 찼다. 과장을 조금 보태 배가 터질 정도로 먹었다. 그럼에도 음식이 너무 많이 남아서 아까웠다. 남은 것들을 전부 저택으로 가져가고 싶을 정도였다.

"맛있었어요?"

"네. 굉장히요."

덕분에 너무 많이 먹어서 걷기조차 힘들었다.

"어디 가고 싶은 곳 있어요?"

"음. 그냥 마을 이곳저곳을 구경하고 싶어요."

"좋아요. 그럼 구경해 볼까요."

루카스가 다시 내 손을 잡았다. 이번엔 나도 꽉 맞잡아 주었다. 그가 기쁘게 웃으며 날 이끌었다.

우리는 그렇게 손을 마주 잡고 마을 안을 구경했다. 마을은 내가 생각했던 것 이상으로 컸고, 그만큼 신기한 곳들이 많았다. 난 주변을 구경하다가 그를 놓치기도 했고, 길거리에서 파는 음식들을 사 먹기도 했다. 한번은 중간에 이상한 곳으로 잘못 들어가 허겁지겁 빠져나오기도 했다. 그러다 길을 잃고 헤매느라 다리가 아파 길바닥에 쭈그려 앉아 쉬기도 했다.

하지만 그러는 동안에도 우리는 계속 웃고 있었다. 고생도 즐거웠다. 이 순간만큼은 복잡한 생각을 잠시 잊기로 했다. 억지로라도 그래야 했다. 그렇지 않으면, 어찌할 수 없는 슬픔이 그와 날 괴롭힐 테니까. 지금은 그러고 싶지 않았다.

짧은 순간이었다.

정신없이 구경하다 보니 금세 해가 떨어졌다. 잠자고 있을 빈센트가 걱정되기도 했고, 곧 그의 저녁 식사를 챙겨야 하는 시간이었다. 이제 저택으로 돌아가야 했다.

노을이 지는 하늘을 올려다보다가 루카스를 바라봤다. 그도 노을을 보고 있었다. 주홍빛 노을이 그의 얼굴을 물들였다. 시선을 느낀 그가 날 돌아보더니 언제나처럼 웃어 주었다. 하지만 노을 때문일까. 그의 미소에서 쓸쓸함이 묻어나왔다.

우리는 해가 다 떨어지기 전에 다시 저택으로 돌아왔다.

"폴라. 오늘 즐거웠어요."

"저도요."

입꼬리를 위로 길게 올렸다. 정말 즐거웠다. 최근 너무 우울했는데, 오늘 하루가 큰 위로가 되었다. 이제 루카스마저 떠나면, 저택엔 정말 적막만이 맴돌 테니 한편으론 아쉽기도 했다.

"주인님의 저녁을 챙겨야 해서, 저 먼저 들어가 보겠습니다."

그리 말하곤 저택 안으로 향하는 걸음을 빨리했다. 혹시라도 빈센트가 기다리고 있을까 싶어서였다.

"폴라."

그때, 루카스가 날 불렀다. 몸을 돌리자 루카스가 못 박힌 듯이 서서 날 보고 있었다. 그의 등 뒤로 해가 내려앉았다. 그늘이 진 얼굴이 잘 보이지 않는다.

"루카스 님?"

"폴라, 있잖아요."

"네."

그가 잠시 말을 끊었다. 머뭇거리는 거 같았다. 무슨 말을 하려고 저럴까. 차분히 기다리자, 그가 다시 말을 이었다.

"지금 이 순간을 영원히 잊지 못할 거예요."

목소리에 웃음기가 맴돌았다. 얼굴은 잘 보이지 않지만 웃고 있는 그를 상상할 수 있었다. 저 말을 하려고 그렇게 뜸을 들였나. 별것도 아닌데. 나중에 또 기회가 된다면 이렇게 놀러 나가고 싶다. 그땐 빈센트도 에단도 바이올렛도 다 같이 함께하면 좋을 거 같았다. 그날을 상상하며 나도 마주 웃었다.

"저도요."

그리고 다시 몸을 돌려 저택으로 향했다.

안으로 들어가자마자 곧장 빈센트의 식사부터 챙겼다. 옷도 갈아입지 못하고 서둘러 가져갔는데, 빈센트는 입맛이 없다는 이유로 식사를 거절했다.

"한 입만요."

"정말 입맛이 없어."

"그래도……."

"자고 싶으니까 나가."

하루 종일 잤으면서. 어떻게 해서든 한술이라도 뜨게 하려 했지만 그는 단호했다. 벽 쪽으로 몸을 돌리고 한껏 웅크린 채 눈을 감는다. 마을에 갔을 때 맛있는 음식 좀 챙겨 올걸, 후회가 되었다.

지금 그의 상태를 이해하기에 억지로 먹이진 않았다. 대신 나중에 배고프면 먹으라고 하며 식사를 침대 옆 협탁 위에 두고 방에서 나왔다.

한숨을 쉬고 방으로 가 외출복을 갈아입었다. 흐트러진 머리도 정리하고 다시 복도로 나왔을 땐 어둠이 내려앉아 있었다.

창밖을 내다보니 루카스는 없었다. 방으로 돌아간 거겠지? 그렇게 생각하면서도 괜히 창밖 풍경을 쭉 훑었다. 그러다 그의 식사도 걱정됐다. 홀로 식사를 하고 있을 거 같아 그의 방으로 내려갔다.

문을 두드렸지만 반응이 없었다. 다시 똑똑 두드렸다. 그래도 조용했다. '루카스 님? 문 열겠습니다.' 그리 말해도 마찬가지였다.

문을 열자 방 안엔 아무도 없었다. 그가 들어온 흔적 또한 찾을 수 없었다. 의아해하며 다시 복도 창밖을 살폈다. 그가 방금 전까지 서 있었던 곳엔 여전히 아무도 없었다. 혹시 식당에 갔나 싶어 내려가 보았지만 그곳에도 그는 없었다.

벌써 돌아간 건가? 하지만 방 안에 짐이 그대로였는데. 혹시 몰라 그가 갈 만한 곳들을 살펴보았다. 그러나 어디에도 루카스는 보이지 않았다.

저택을 나와 방금 전까지 그가 서 있던 곳으로 갔다. 손에 든 램프로 주변을 비추는데 강한 바람이 불어왔다. 마른 낙엽이 바닥에 굴러다니고, 램프가 끼익 끼익 움직이며 이리저리 불빛을 비추었다.

그러다 무언가 눈에 띄었다. 바닥에 물방울이 떨어진 흔적 같은 게 보였다. 게다가 한두 방울이 아니라, 길처럼 어딘가로 이어져 있었다.

"이게 뭐지?"

의아해하며 가까이 다가가 살펴보니 물은 아니었다. 색이 검다. 어둠 때문이 아니었다. 허리를 굽히고 만지니 손끝에 묻었다. 그걸 불빛에 비추며 무엇인지 확인한 순간 난 경악했다.

피였다. 이건 핏자국이었다.

경악에 찬 내 시선이 눈앞에 이어진 핏자국으로 향했다. 그게 별채 뒤편 모퉁이 쪽으로 향하고 있었다. 난 마른침을 삼키고 허리를 폈다. 떨리는 가슴을 진정시키기 위해 노력했다. 불길했다. 사람을 불러와야 할까?

그러다 방금 전에 헤어진 루카스가 떠올랐다. 그는 저택 어디에도 없었다. 설마. 혼란스러운 생각에 잠시 고민하다 결심을 굳히고 천천히 걸음을 내디뎠다.

램프로 핏자국이 떨어져 있는 바닥을 비췄다. 모퉁이에 가까워질수록 핏자국도 많아졌다.

불어오는 바람에 머리 끈이 날리며 얼굴을 때렸다. 머리 끈을 짧게 고정시킨 뒤, 모퉁이 쪽으로 신경을 곤두세웠다. 바람 소리에 낯선 소음이 섞여 들려왔다. 말소리 같은데……

그 생각을 할 때쯤 모퉁이에 다다랐다. 난 마른침을 삼키고 조용히 한 걸음을 내디뎠다. 그대로 몸을 돌려 램프의 불을 비췄다.

그 순간, 강한 바람이 불어닥쳐 눈이 감겼다. 바람에 옷이 나부끼고, 램프가 흔들려 정신이 없었다.

손을 들어 바람을 막고, 겨우 실눈을 떴다. 어둠 속에서 램프의 불빛이 이리저리 일렁였다. 흔들리는 불빛이 바닥을 비추고, 벽을 비추고, 눈앞에 서 있는 형체를 비추고, 그 아래 쓰러진 형체를 비추었다.

그리고 강한 힘이 램프를 후려쳤다.

"으악!"

난 본능적으로 비명을 내질렀다. 몸이 뒤로 넘어가면서, 손에 쥔 램프가 바닥으로 떨어지며 산산조각이 났다. 눈앞이 어둠에 집어삼켜졌다.

난 빠르게 주변을 더듬으며 램프를 찾았다. 그러나 손에 닿는 건 깨진 램프 조각뿐이었다. 하지만 그거라도 붙잡았다. 그러면서도 비명을 지르는 걸 멈추지 않았다. 내 비명을 듣고 누군가 올 수 있도록 힘껏 내질렀다.

그때, 누군가 내 발목을 확 낚아챘다. 몸이 벌러덩 눕혀졌다. 난 발버둥을 치며 그 손을 떨쳐 내려 했다. 정신없이 내지르던 비명에 울음기가 섞였다. 손에 쥔 조각을 허공에 마구 휘둘렀다.

"악! 악! 저리 가!"

"……라, 폴……."

"악! 아악!"

살려 주세요! 이러지 마! 저리 가! 소리를 내지르며 다리를 마구 흔들었다.

살기 위해 발버둥을 쳤다. 그러다 반대편으로 엉금엉금 기어가려는 내 귓가로 귀에 익은 목소리가 들려왔다.

"폴라."

힘겹게 토해진 목소리에 정신이 번쩍 들었다. 난 곧장 고개를 돌렸다. 공포에 차오른 눈물이 아래로 뚝 떨어졌다.

고함을 내지르는 것을 멈추자 귓가로 바람 소리가 웅웅 들려왔다. 그 안에 담긴 희미한 부름도 들렸다.

똑똑히 들었다.

"루카스 님?"

점차 어둠에 익숙해지자, 둥근 형체가 보였다. 이름을 불러 보았지만 돌아오는 대답은 없었다. 대신 색색거리는 숨소리가 더 선명히 들려왔다. 그걸 유심히 듣다가 천천히 손을 뻗어 내 발목을 잡고 있는 손을 더듬었다. 축축한 뭔가가 내 손을 적셨다.

"루카스 님? 정말 루카스 님이세요?"

"포…… 폴라……."

"세상에. 루카스 님!"

난 엉금엉금 기어 그에게 다가갔다. 루카스는 바닥에 쓰러져 있었다. 몸을 웅크린 채 힘겹게 손을 뻗어 날 붙잡은 거였다.

그의 얼굴을 살피려 했지만 주변이 어두워 잘 보이지 않았다. 나는 당황해 떨리는 손으로 그의 얼굴을 더듬다가 몸을 만졌다. 그러다 어느 한쪽에 손이 닿았을 때 축축한 것이 잔뜩 묻어났다. 그게 뭔지 확인하려 했지만 주변이 어두운 탓에 뭐가 뭔지 알 수가 없었다.

쓰러진 그를 일으켜 세우려 했지만 축 늘어진 몸이 너무 무거웠다. 루카스를 품에 안은 채 겨우 상체만 일으켰다. 하지만 힘없는 몸은 중심을 잡지 못하고 미끄러졌고, 결국 그를 내게 거의 기대시피 해서 앉혀야 했다.

그러는 동안에도 손안은 더 축축하게 젖어 들었다. 그리고 그가 손으로 짚고 있는 배 쪽을 더듬었을 때 뭔가가 울컥거리며 흐르고 있다는 걸 깨달았다.

천천히 젖은 손을 들어 올렸다. 여전히 잘 보이지 않았다. 하지만 본능적으로 그게 뭔지 알 거 같았다. 바닥에 떨어져 있던 핏자국, 자꾸 흘러내리는 축축한 것. 피, 피다. 내 손을 적시는 건 그의 피였다. 그의 배 쪽에서 피가 흐르고 있었다.

난 기겁하며 그곳을 손으로 눌렀다. 그러나 피는 속절없이 손가락 틈새로 흘러내렸다.

"이, 이게 대체. 이게 대체 무슨."

"포, 하아. 폴라."

"네. 루카스 님. 저예요. 제가 왔어요. 이게 대체 무슨 일이에요."

"하아. 하아."

거친 숨결이 귓가에 닿았다. 내 어깨에 얼굴을 기댄 채 그가 힘겨운 숨을 토해 냈다. 그러나 그 숨은 금방이라도 끊어질 듯 아슬아슬하고 불안했다. 그의 상태가 너무 안 좋았다.

누가 이런 걸까. 대체 누가…….

"루, 루카스 님. 정신 차리세요."

그의 어깨를 흔들었다. 루카스가 반응하듯 천천히 눈을 굴렸다. 날 보는 눈동자엔 초점이 없었다. 난 그 모습을 보고 눈물을 터트렸다.

"흐윽. 정신 차리세요. 자면 안 돼요."

"왜…… 하아, 왜 안 보내, 줬…… 하아, 줬어요."

"흐윽. 흑."

"기다……렸는데…….."

그가 웅얼거렸다. 금방이라도 꺼질 듯이 작은 목소리였다. 난 그의 뺨을 때렸다. 제발 정신 차리라고 소리쳤다. 나는 그가 잠들까 봐 겁이 났다.

"자면 안 돼요. 잠들지 말아요."

"매일…… 기다렸는데……. 대신, 형 대신…… 보내 주는 거…… 하아…… 기다렸는데……. 하아, 윽, 기다, 흐윽!"

그가 신음하며 몸을 뒤틀었다. 난 품 안에서 빠져나가려는 그를 꽉 붙잡았다. 귓가에 들려오는 그의 숨소리가 너무 거칠었다. 피가 멎지 않고 계속 흘러내렸다.

난 주변을 둘러봤다. 누구 없냐고 소리쳐 보았지만 평소에도 인적이 드문 곳이라 주변엔 아무도 없었다.

눈물이 자꾸 앞을 가로막았다. 난 눈가를 연신 훔치며 혹여 그를 구해 줄 사람이 지나갈까 주변을 두리번댔다.

"자면 안 돼요. 자면 안 돼. 제발. 자지 마."

"정말…… 좋았…… 나 정말……."

"루카스 님. 자면 안 돼요."

뭔가를 웅얼거리는 그의 목소리가 힘없이 사그라들었다. 나는 그가 잠들지 못하도록 뺨을 짝짝 때렸다. 손안에 만져지는 체온이 차가웠다. 사람인데 차가웠다. 그게 무서웠다.

빨리 그를 치료해야 한다.

이러고 있을 시간이 없었다.

난 그의 팔을 어깨에 두르고, 있는 힘을 다해 그의 몸을 일으켜 세웠다. 하지만 몸에 힘이 빠진 그를 끌고 가기란 쉽지 않았다. 그는 한 걸음조차 제대로 걷지 못하고 고꾸라졌다.

나는 그를 등에 업고 걸음을 내디뎠다. 축 늘어진 몸은 여전히 너무 무거웠다. 결국 몇 걸음 가지 못하고 앞으로 고꾸라졌다. 찌릿한 고통이 느껴졌지만 벌떡 일어나 그를 다시 등에 업고 끌었다. 하지만 이번에도 얼마 가지 못하고 다시 넘어졌다.

마음이 초조했다. 불안감에 심장이 쿵쿵 뛰었다. 빨리 그를 도와줄 사람이 있는 곳으로 가야 한다는 생각뿐이었다. 몇 번 더 그를 업고 가려다 포기하고, 대신 그의 등 뒤에서 팔을 뻗어 상체를 붙잡고 끌었다. 그의 몸이 바닥에 질질 끌려왔다.

"죽으면 안 돼. 죽으면 안 돼. 제발. 안 돼."

온 힘을 다해 그를 끌면서 걸음을 내디뎠다. 눈물로 뒤범벅된 얼굴에 땀이 떨어져 내렸다. 그래도 포기하지 않았다. 미친 사람처럼 중얼거리며 한 걸음, 한 걸음 앞으로 걸어갔다. 하지만 그는 너무 무거웠고, 장정의 남자를 끌고 가기엔 나는 너무 나약했다. 그런 내 자신이 원망스러웠다.

제발, 빨리!

"빨리 가야 해. 죽으면 안 돼. 자면 안 돼. 가야. 해."

"……라."

"가야 해. 빨리. 빨리."

"라……."

후들후들 떨리는 내 손을 그가 감싸 쥐었다. 그 감촉을 알아채고 걸음을 멈췄다.

우리는 어둠에서 빠져나와 달빛 아래에 당도했고, 내가 끌고 온 길을 따라 그의 핏자국이 이어져 있었다.

난 곧장 그의 상태를 살폈다. 창백한 얼굴이 보였다. 너무 창백해 꼭 죽은 사람 같았다. 난 덜덜 떨리는 손끝을 그의 코 아래에 대 보았다. 미약하지만 숨결이 느껴졌다.

흐윽 울음이 터져 나오려는 걸 양손으로 막았다. 내 두 손은 피범벅이었다. 어쩌면 죽을 수도 있을 만큼 많은 양이었다.

"루카스 님. 루카스 님."

울면서 그를 불렀다. 제발 잠들지 말라고 빌었다. 언제나처럼 날 불러 주길

363

바랐다. 그러나 그는 날 부르는 대신 작게 입술을 오물거렸다. 무언가 말하려는 것처럼. 그걸 알아챈 난 그를 조심히 눕히고, 오물거리는 입술 위로 귀를 바싹 가져다 댔다.

색색— 탁한 숨결 사이사이로 힘겨운 말이 끊겨 나왔다.

"도망, 도망, 가. 어서. 도망, 형을. 포, 폴라."

"루카스 님. 저 여기 있어요."

살짝 들어 올려진 손을 맞잡았다. 그도 내 손을 더듬어 잡았다. 힘없이 껌뻑 거리던 눈이 겨우 초점을 맞추고 내게 향했다. 시선을 마주하자 그가 눈을 한 번 껌뻑였다. 그 반응에 난 안도의 울음을 터뜨렸다.

그 순간이었다. 어둠 속에서 기척이 느껴졌다.

발소리. 그 소리를 듣자마자 내 얼굴이 딱딱하게 굳었다. 무거운 고개를 돌려 소리 난 쪽을 보자, 어둠 속에서 뭔가가 번쩍였다. 그게 점차 선명히 일렁였다.

루카스가 내 손을 꾹 눌렀다. 내 시선이 다시 그에게 닿았다.

"가요. 도망, 어서. 가요."

"……."

그가 간절히 말했지만, 내 몸은 움직여지지 않았다. 다리가 무거웠다. 몸이 굳어 버려 손가락 하나 까딱일 수 없었다. 공포가 날 짓눌렀다. 무서워. 너무 무서워. 누가 좀 구해 줘.

그런 날 보던 루카스가 갑자기 몸을 뒤틀었다. 그에게서 신음이 터졌다. 고통스러워 보였다. 그럼에도 그는 한 손으로 바닥을 짚고, 다른 한 손으론 배를 움켜잡은 채 힘겹게 상체를 일으켰다.

그가 떨리는 손으로 내 손을 꽉 움켜잡았다. 내 멍한 눈이 흔들리는 갈색 눈동자와 부딪쳤다. 그 안에 든 간절함이 내게 쏟아졌다.

그의 눈꼬리로 가느다란 눈물이 흘러내렸다.

"가요."

"……."

"어서, 가요. 가. 가—"

날 붙잡은 손이 끝내 날 밀었다.

"도망가!"

울듯이 일그러지는 그의 얼굴을 본 순간, 내 몸은 본능적으로 움직였다. 무거운 다리에 힘을 주고 일어나 그대로 몸을 돌렸다. 점차 가까워지는 발소리를 뒤로하고, 그가 바라던 대로 온 힘을 다해서 오직 앞만 보며 그렇게 뛰어갔다.

'지금 이 순간을 영원히 잊지 못할 거예요.'

다시 드리워지는 어둠에 삼켜지는 순간, 저택 앞에 서서 날 보던 루카스가 떠올랐다. 다정함을 담고 둥글게 휘던 눈과, 덩달아 위로 올라간 입꼬리. 상대를 배려하는 웃음. 그는 언제나 날 향해 그렇게 웃어 주었다.

그는 그때도 그렇게 웃어 주었을까. 그리고 지금도 멀어지는 날 향해 웃고 있을까.

눈물이 흘러내렸다.

뛰어가는 내내 나는 루카스가 잠들지 않기만을 간절히 바랐다.

달빛이 내려앉은 밤, 저택은 혼란에 빠졌다.

한밤중의 고요함을 깨뜨린 건 비명 소리였다. 날카롭고 눈물에 얼룩진 비명은 별채와 저 멀리 대저택의 사용인들에게까지 닿았다. 곧이어 소란의 근원지에 가장 먼저 도착한 하녀가 고함을 내지르면서 다른 사용인들도 빠르게 몰려들었다.

'세상에!'

'크리스토퍼 님? 크리스토퍼 님 맞아?'

'꺄악! 여기 누가 좀 도와줘요!'

경악에 찬 비명과 다급한 발소리가 그곳에 가득 찼다. 아무도 없는 어두운 밤이었다. 별채 뒤편 바닥엔 핏자국이 흥건했고, 자잘한 핏방울이 벽에까지 튀어 있었다. 보기만 해도 참혹한 상황을 상상케 하는 붉은 핏물은 모퉁이를 지나 건물 앞쪽으로 길게 이어졌다. 그리고 그 길의 끄트머리엔 크리스토퍼가의 막내아들이 피를 흘린 채 쓰러져 있었다. 누가 봐도 명백히 타인에게 해를 당한 모습. 그걸 알아챈 사용인들은 혼란에 빠졌다. 감히 누가 그를 이렇게 만들었는가.

집사가 곧장 조치를 취했다. 이자벨라는 몇몇의 사용인만 남고 모두 물러가라 명했다. 사용인들은 죽은 듯 누워 있는 루카스를 흘끗대며 본인의 자리로 돌아갔다. 다들 누가 그를 저리 만들었는지 수군거리느라 정신이 없었다.

그렇게 소란이 한창이던 때, 난 방에 처박혀 있었다.

눈물범벅이 된 얼굴을 다리 사이에 숨기고, 몸을 한껏 웅크렸다. 신경을 곤두세운 채로 굳게 닫힌 문을 노려봤다. 누군가 저 문을 열고 들어와 내게 칼을 휘두를 것만 같았다. 문을 잠갔는데도 그런 상상이 머릿속을 지배했다.

무서워.

그렇게 밤새 홀로 떨다가 까무룩 잠들었다.

내 몸이 하늘을 부유했다. 붕 뜬 감각이 기분 좋았다. 다시 아래로 내려가고 싶지 않았다. 이렇게 정처 없이 흘러가다 보면 어딘가에 다다르지 않을까. 다다르지 않아도 상관없다. 이대로 사라져 버리고 싶었다.

'언니 괜찮아. 나 괜찮아.'

고운 얼굴이 다정히 웃었다. 그 모습을 눈 안에 담고 싶은데, 눈앞이 자꾸 흐릿해져 쉽지 않았다. 내가 할 수 있는 건 그것뿐이었는데, 그마저도 해 주지 못했다.

'아무것도 하지 마. 그게 언니가 해야 할 일이야.'

노골적인 비웃음이 내게 꽂혔다. 그 말에 침묵한 건 나 또한 그렇다고 생각했기 때문이었다.

'그럼 생각해 봐. 헛된 꿈을 꾸기엔 적절한 곳이 아니니까.'

나도 알아. 그건 나도 잘 알아. 그만해. 이러지 마. 너희들이 그렇게 말하지 않아도 난 아무것도 하지 못해. 제발 날 내버려 둬.

'지금 이 순간을 영원히 잊지 못할 거예요.'

다정한 목소리가 들려왔다. 루카스가 떠올랐다. 어둠 속에서 날 보던 그 남자가, 날 좋아한다고 고백하던 그 남자가. 그는 언제나 다정히 웃어 준다. 그때도 내게 웃어 주었다. 아니, 아니다. 나는 그때 그 남자의 얼굴을 보지 못했다. 마지막일지도 모를 그 순간을 내가 먼저 외면했다.

어둠이 거두어지고, 완연히 드러난 얼굴은 고통에 일그러졌다. 그는 힘없이 뜬 눈으로 날 담으려 노력했다. 그의 눈꼬리로 눈물 한 줄기가 흘러내렸다. 거칠고 마른 입술이 다급히 벌어졌다.

'도망가!'

그 순간 눈이 번쩍 떠졌다.

난 빠르게 주변을 훑었다. 고요했다. 신경을 곤두세우며 귀 기울여 보았지만, 어떤 기척도 느껴지지 않았다. 여긴 괜찮아. 나밖에 없어. 아무도 없어. 그제야 숨을 내쉬며 어깨를 늘어뜨렸다.

똑똑.

그때, 문을 두드리는 소리가 들려왔다.

난 움찔 떨었다. 시트를 뒤집어쓴 채 바싹 웅크리며, 최대한 구석으로 몸을 숨겼다. 그리고 문 쪽을 경계하듯 주시했다.

대답을 하지 않자 문고리가 덜컥거렸다. 문이 잠긴 걸 알아챈 듯 곧 소리가 뚝 멎었다.

그러나 잠시 후, 달칵 소리와 함께 문이 열렸다. 끼익 열리는 문틈으로 누군가 들어왔다. 난 한시도 눈을 떼지 않고 그쪽을 주시했다.

문이 탁 닫혔다. 주변을 더듬으며, 천천히 내게 다가오는 사람은 빈센트였다. 빈센트가 날 찾듯이 주변을 더듬었다.

빈센트의 얼굴을 보자마자 난 침대 아래에서 기어 나와 그에게 뛰어갔다.

허공을 더듬거리던 팔을 붙잡고 매달렸다. 다른 한 손으론 그의 가슴께를 잡아 돌렸다. 놀란 에메랄드빛 눈동자가 내게 꽂혔다.

"루, 루카스 님은, 루카스 님은!"

채 완성되지 못한 말을 더듬더듬 뱉어 냈다. 그의 놀란 기색이 차츰 가라앉았다. 난 초조하게 그의 입술을 훑었다.

"살아 있어."

그 말을 듣자마자 다리에 힘이 풀렸다. 풀썩 주저앉는 날 따라 빈센트도 허리를 굽혔다. 그가 괜찮냐고 물었지만, 대답조차 하지 못할 만큼 내 머릿속은 한 가지 생각으로만 가득 찼다.

살아 있다. 살아 있어. 루카스가 살아 있어……. 애써 억누르고 있던 울음이 다시금 터져 나왔다. 그의 옷깃을 꽉 붙잡고 흐느꼈다.

빈센트의 손이 내 얼굴을 더듬었다. 손을 적시는 물기를 느꼈는지, 그가 날 껴안았다.

"울지 마."

그러곤 내 등을 토닥여 주었다.

"괜찮을 거야."

"주, 죽을 줄 알았어요. 그대로 죽을 줄, 흐윽. 상처가, 상처가 너무 심해서. 피를, 피, 피를 많이 흘려서. 흑."

내 등을 토닥이던 손길이 뚝 멎었다. 그가 다급히 날 품에서 떼어 냈다.

"그게 무슨 소리야. 설마…… 비명을 지른 게 너야?"

"네."

난 흘러내리는 눈물을 닦으며 대답했다. 어젯밤의 일이 떠올랐다. 너무 무서워서, 겁이 나서, 그리고 루카스가 걱정돼서 기어코 비명을 질렀다. 내 비명을 듣고 누군가 그를 구하러 와 주길 간절히 바랐었다.

"뭐?"

에메랄드빛 눈동자가 큼지막해졌다. 눈빛이 잠시 흔들리더니 그가 내 양팔을 덥석 붙잡았다.

"상대는? 봤어?"

"아니요. 못 봤어요. 보기 전에 도망쳐서……."

"그쪽은 널 봤고?"

"자, 잘 모르겠어요. 달빛 아래 있었으니까 봤을 수도 있고……."

머뭇거리며 말하자, 그의 얼굴이 한층 심각해졌다. 내 팔을 붙잡고 있는 손에 힘이 실렸다. 아프게 조여 오는 악력에 인상을 찡그리는데, 그가 고개를 푹 숙였다.

뭐라 중얼거리는 그의 말을 주의 깊게 들으려던 순간, 문이 벌컥 열렸다. 난 깜짝 놀라며 그쪽을 바라보았다.

에단이었다.

방 안을 둘러보던 에단이 우리를 발견하곤 다급히 걸어왔다. 빈센트의 시선이 에단에게로 향했다. 에단이 빈센트의 옷깃을 잡아당기며 거칠게 일으켜 세웠다.

나는 자리에서 벌떡 일어나 두 사람을 초조하게 살폈다.

"빈센트. 이제 말해 줘."

"……."

"사실을 말해 줘."

에단의 얼굴이 일그러졌다. 짓궂고 가볍게 행동하던 평소의 모습과 너무도 달랐다. 뛰어왔는지 옷차림이 흐트러져 있고, 숨소리 또한 거칠었다.

그는 불안에 떨고 있었다. 낯빛이 창백하고 눈 밑이 붉었다.

그런데 그의 갑작스런 행동에도 빈센트는 당황하지 않았다. 차분한 얼굴로 에단을 바라봤다.

"제임스가, 형이 널 이렇게 만든 거야?"

에단의 물음에 빈센트가 한 박자 늦게 대답했다.

"……그래."

"처음부터 널 노린 거였어?"

"아니. 그가 노린 건 루카스였어."

"뭐?"

"루카스가 제임스의 비밀을 알아 버렸으니까. 그건 알아선 안 되는 비밀이었어. 그래서 루카스를 협박했지. 하지만 그래도 불안했을 거야. 입 다물고 있겠다고 해도 눈에 거슬렸겠지."

"그럼 루카스를 그렇게 만든 게 제임스 짓이란 말이야?"

나는 놀라 에단에게 시선을 주었다가, 다시 빈센트를 보았다. 그는 이 모든 걸 오래전부터 예감했다는 듯 착잡한 표정으로 입을 달싹였다.

"그래."

에단이 이를 악물었다. 빈센트의 옷깃을 잡고 있는 손이 부들부들 떨렸다. 그러다 손을 떼어 내고 얼굴을 묻었다. 슬픔과 혼란으로 뒤범벅된 얼굴이 양손에 가려졌다.

"……내 아버지를 죽인 것도?"

먹먹한 물음이 다시 한번 흘러나왔다. 이번엔 침묵이 길었다. 곧 빈센트가 눈을 내리감고, 무거운 대답을 꺼내 놓았다.

"그래. 루카스가 목격했어."

"……"

"그게 제임스가 숨기려 했던 비밀이야."

에단이 곧장 몸을 돌렸다. 그걸 알아챈 빈센트가 손을 뻗었다. 아슬아슬하게 그를 붙잡아 세운 빈센트가 다급히 말을 이었다.

"에단! 루카스의 마음을 이해해 줘."

에단은 뒤돌지 않았다. 아무 말도 없었다.

"루카스는 널 걱정해서 말하지 못했어."

"왜."

"둘 다 소중한 형이니까. 너도 제임스도."

"너는."

"네가 네 형을 죽이지 않길 바랐어."

"……."

"루카스도 나도 그걸 걱정했어. 너는 아버지를 많이 사랑했으니까."

하, 헛숨을 내쉰 에단이 빈센트의 손을 뿌리쳤다. 그대로 방을 빠져나가는 에단을 다급히 따라가던 빈센트가 탁자에 부딪혀 넘어졌다. 나는 곧장 빈센트에게 달려가 괜찮냐고 물었다. 그의 시선은 허망하게 떠난 제 친우의 소리를 좇고 있었다.

그가 자신을 붙잡은 내 손등을 손으로 더듬었다.

"따라가. 가서 말려 줘. 하지 말라고 해."

"무엇을요."

"모든 걸. 모든 걸 다."

빈센트가 날 재촉했다. 난 다급히 방을 빠져나와 복도를 두리번거렸다. 에단은 벌써 복도 끝을 걸어가고 있었다.

달려가 그를 붙잡았다. 혼란으로 물든 얼굴이 날 돌아봤다.

"하지 마세요."

"……."

"하지 말아 주세요."

"무엇을요."

"모든 걸요. 모든 걸 다."

"무리예요."

에단이 쓰게 웃었다. 갈색 눈동자가 물기에 젖어 있었다.

"시녀님. 난 허락을 받으러 온 게 아니에요. 확신을 얻고 싶었을 뿐이지. 하지만 사실, 이미 알고 있었어요. 그런데도 그럴 리 없다고 외면했던 거죠. 그 결과가 이거예요."

"그래도 하지 마세요."

"루카스를 죽이려 했어요. 제 혈육을."

"……."

"다음은 나겠죠. 아니면 빈센트거나."

그 말에 그를 붙잡은 손이 스르륵 내려갔다. 에단이 슬픔을 지웠다. 흔들림이 사라진 얼굴은 무서우리만치 차분했다.

"빈센트에게 전해 주세요. 미안했다고."

"……."

에단이 몸을 돌렸다. 이번엔 그를 잡지 못했다. 자신이 망설이는 동안 벌어진 일을 자책하는 에단이 어떤 생각을 하고 있을지, 그 결심이 얼마나 굳건할지, 그건 굳이 입에 담아 볼 필요도 없었다.

멀어지는 그의 뒷모습을 보며 난 고개를 떨구었다.

방으로 돌아가자 내 기척을 느낀 빈센트가 곧장 고개를 돌렸다. 어떻게 됐냐고 묻는 눈빛에 난 허탈한 웃음으로 대답을 대신했다.

"죄송해요."

"괜찮아. 사과할 필요 없어."

빈센트가 고개를 저었다. 하지만 기운이 빠진 건 숨길 수 없었다.

주변을 더듬는 그에게 다가가 부축했다. 그런 내 손을 빈센트가 붙잡았다.

"당장 짐을 싸."

"네?"

"널 다른 곳으로 보낼 생각이야."

난 눈을 크게 떴다.

"왜, 왜요? 제가 뭘 잘못했나요? 혹시 에단 님을 말리지 못해서 그러시는 건 가요?"

"아니."

"그런데 어째서……."

"네가 위험하니까."

내 손을 잡은 채로 그가 몸을 돌렸다. 나와 마주 보고 선 그가 차분히 말을 꺼냈다.

"루카스가 사고를 당한 장소에 네가 있었다는 걸 알았을 거야. 당장은 괜찮을지 모르나 결국은 제임스가 네 존재를 알아채겠지. 가만두지 않을 거야. 유일한 목격자니까."

"……."

"노벨르에 우리 가문의 소유지인 별장이 있어. 널 그곳으로 보낼 거야. 가서, 잠깐 쉬고 있어. 상황이 정리된 뒤에 안전하다고 생각되면 널 다시 불러올게."

"싫어요."

"……."

"싫습니다."

고개를 젓고 한 걸음 뒤로 물러났다. 손을 빼내려 하자 그가 더 꽉 붙잡았다. 거리는 멀어졌지만, 붙잡힌 손만은 여전히 그와 닿아 있었다.

"절 버리지 말아 주세요."

"버리는 게 아니야. 잠시 안전한 곳에 두려는 거지."

"그게 버리는 거예요."

"버리지 않아."

도리질했다. 믿을 수 없다. 그래 놓고 잊어버리면 어떡해? 귀찮은 걸 치워 냈다고 속 시원해하면 어떡하냐고.

확신이 들지 않았다. 그의 말을 믿을 수 없었다. 처음부터 날 내쫓고 싶어 하던 사람이었다. 이번 일을 기회 삼아 날 보내 버리려는 걸 수도 있다. 윗사람들에게 사용인의 가치란 그만큼 하찮은 거니까.

그가 내게 명령하면 난 거부할 수 없다. 그걸 알지만, 알면서도 싫은 건 싫은 거였다. 혼자 있고 싶지 않았다. 고개를 흔들며 잡힌 손을 뿌리치려고 했다. 더는 듣기 싫었다.

빠져나가려는 내 손을 그가 꽉 붙잡았다. 그리고 손을 당겨 날 끌어안았다. 멀어졌던 거리가 성큼 가까워지고, 내 몸은 그의 품 안으로 안겨 들었다. 내 등 뒤로 팔을 감싼 그가 날 힘껏 껴안았다.

난 그의 가슴께에 얼굴을 묻었다. 귓가로 쿵쿵 뛰는 심장 소리가 들려왔다. 불안에 떨고 있었다. 나도, 그도.

"날 믿어. 널 버리지 않아."

그가 내 귓가에 나직이 속삭였다.

"더는 아무도 다치게 하고 싶지 않아. 하지만 어렵겠지. 그래서 적어도 너만큼은 휘말리지 않도록 하려는 거야. 내 곁에 있으면 널 지켜 줄 수가 없어. 그러니까…… 안전한 곳으로 보내려고 해."

"……"

"널 내 곁으로 데려올 거야. 반드시."

"……"

"약속해."

탁한 목소리가 떨려 왔다. 날 달래듯 그가 다짐했다.

빈센트의 말이 맞다. 루카스를 찌른 사람이 날 봤다면, 내가 위험한 건 사실이다. 죽는 것보단 사는 게 먼저다. 그는 날 지키려고 하는 거다. 그걸 알고 있기에, 그의 진심을 잘 알기에 더는 싫다고 할 수가 없었다.

"내 곁에 있으라는 말 기억하나?"

"……네."

"너도 지켜."

그 말에 얼굴이 일그러졌지만, 애써 입꼬리를 올렸다. 힘 빠진 웃음이 흘러나왔다. 양손을 들어 그의 등을 움켜잡았다. 그리고 힘차게 끌어안았다.

"정말로 저 잊으시면 안 돼요."

"응."

"만약 잊으시면 유령이 되어서도 평생 따라다닐 거예요."

"그래."

귓가에 웃음소리가 울렸다. 장난으로 받아들일까 봐 다시 한번 강조했다.

"저 진심이에요."

"알고 있어."

그리 말하며 빈센트가 고개를 돌렸다. 창밖 너머에서 불어온 바람이 그의 머리칼을 흩트렸다. 난 다시 그의 가슴에 얼굴을 기댔다. 내 눈물이 그의 가슴께를 적실까 봐 눈도 잘 껌뻑이지 못했다.

우리는 한참 동안 그렇게 있었다. 한편으로 예감했다. 정말 이별이라고.

□ ◆ □

준비는 빠르게 진행됐다. 빈센트는 최대한 빠르게 내가 노벨르의 별장으로 갈 수 있도록 이자벨라에게 지시했다.

그동안 내가 할 일은 없었다. 그저 평소처럼 그의 시중을 들거나, 방 안에 처박혀 있는 게 전부였다. 그날 이후로 에단은 오지 않았고, 루카스마저 없는 저택은 죽은 듯 공허하기만 했다.

그래서일까 자꾸 정신이 멍해졌다. 바닥을 닦던 대걸레 자루를 쥐고, 멍하니 창밖을 보고 있는데 빈센트가 대뜸 말했다.

"산책이나 할까."

갑작스러운 제안이었다. 어리둥절해하는 내 시선을 느꼈는지 빈센트는 날씨가 좋아서, 라는 이유를 덧붙였다. 저런 말을 할 정도로 그는 최근 건강한 생활을 되찾아 가고 있었다.

"싫어?"

"아니요. 가요."

바닥을 마저 닦고 청소 도구를 정리했다. 그의 외출 채비를 도와준 후 지팡이를 가지고 왔다. 최근 들어 그는 지팡이를 짚고 홀로 걷는 연습을 했다. 지팡이는 끝으로 주변을 더듬으며 뭐가 있는지 미리 알아채는 용도로 사용됐다. 그래서 이번에도 지팡이를 손에 쥐여 주었는데, 그가 그걸 옆에 세워 놓더니 대뜸 손을 내밀었다.

"손은 왜요?"

"네가 부축해 줘야지."

"제가요?"

"그래, 네가."

그가 손을 한 번 쥐었다 폈다. 그게 꼭 빨리 잡으라고 재촉하는 거 같아, 난 기쁘게 그의 손을 맞잡았다.

손을 잡고 이끄니 예전에 산책하던 때가 떠올랐다. 요 근래 상황이 상황인만큼 산책은커녕 책 읽기조차 하지 못하고 있었다. 당연히 티타임도 즐기지 못했다.

"매번 숲이군."

"갈 만한 곳이 여기밖에 없어서요."

"그렇긴 하지."

그가 멀뚱히 앞쪽에 시선을 주었다. 비록 볼 수는 없지만, 그는 산책하는 동안 느껴지는 바깥의 기운과 촉감, 소음을 듣고 만지면서 즐기는 듯했다.

숲 안쪽으로 쭉 이어진 길을 따라 걸으며 물었다.

"이 길 끝엔 뭐가 나와요?"

"벽이 나오겠지."

"벽뿐인가요?"

"벽뿐이야."

"벽뿐이구나……."

이렇게 걸어가도 볼 수 있는 건 벽뿐이구나. 중얼거리듯 나온 말에 입 속이 텁텁했다. 앞을 못 보는 그가 용기를 내고, 고생고생하면서 함께 걸어가는 길의 끝은 결국 꽉 막힌 벽이었다. 그게 마치 내 앞날 같았다.

괜히 우울해져 고개를 푹 숙였다. 잠시 동안 그와 나 사이에 오가는 말이 없었다. 그러다 불현듯 그가 내 손을 쭉 당겼다.

"저번에 거길 다시 갈까."

"어디요?"

"네가 뛰어들고 싶을 정도로 예쁘다고 했던 곳."

뛰어들고 싶을 정도로 예쁜 곳이라면…….

"하얀 꽃이 무성히 피어 있던 그 꽃밭이요?"

빈센트가 고개를 끄덕였다.

"어딘지 기억나?"

"대충은요."

"그럼 가지."

그는 흔쾌히 말했지만 난 조금 망설여졌다. 그 꽃밭으로 우리를 이끌던 루카스가 떠오른 탓이다. 그곳을 보여 주려는 기대감에 부풀어 있던 얼굴이 아직도 선명히 기억났다. 그리고 그 얼굴이 일그러지던 그 순간도.

숨이 멎을 듯한 공포가 다시 샘솟았다. 아무 대답도 하지 않자, 그가 내 손을 꽉 움켜잡았다.

"진정해."

"하, 하지만."

"그 녀석은 네가 기뻐해 주길 바라는 마음으로 그곳에 데려갔을 거야. 자신이 떠난 뒤에도, 이 저택에서 지낼 네가 언제라도 그곳에 가서 마음을 달랠 수 있도록. 그 마음에 부응해 줘."

"그걸 어떻게 아세요?"

"그런 녀석이니까."

빈센트가 애써 웃었다. 하지만 다정한 웃음이었다. 이제는 살이 제법 붙은 얼굴이 보기 좋았다.

"가자. 가고 싶어졌어."

"네, 그래요."

결국 그의 말에 설득당했다. 난 그의 손을 단단히 붙잡고 몸을 돌렸다. 무거운 발걸음을 느릿하게 내디뎠다. 그저 숲속 깊은 곳에 있는 꽃밭을 보러 가는 건데도 이상하게 무서웠다. 그래서 점점 더 걸음이 느려졌지만, 그는 아무 불평 없이 내 뒤를 따랐다.

길이 없는 숲속으로 한참을 들어갔다. 나뭇가지를 젖히고 울퉁불퉁한 바닥을 걸어 나갔다. 길이 나 있지 않은 곳이라 기억을 더듬어 가야 했다.

그렇게 숲 깊숙이 들어가자, 하얀 꽃밭이 보였다. 꽃밭은 시간이 멈춘 듯 여전히 싱그럽고 아름다웠다.

"도착했어요."

"알아. 풀 냄새가 지독해졌어."

"보통은 좋은 냄새가 난다고 하지 않나요."

그는 내 말에 그저 어깨를 으쓱였다. 내가 그렇게 생각하는데 누가 뭐라 할 거냐는 듯한 거만함을 내비쳤다. 익숙한 그의 태도에 도리어 마음이 놓였다. 난 짧게 웃곤 그를 이끌며 꽃밭 안으로 들어갔다.

바람에 꽃잎이 하늘하늘 휘날렸다. 마치 눈이 내리는 것처럼 예뻤다. 고개를 젖히자 바람을 타고 솟아올랐던 꽃잎이 눈처럼 쏟아져 내렸다.

"뭐가 떨어졌어."

"꽃잎이에요. 눈처럼 떨어지고 있어요."

빈센트가 제 어깨와 머리 위로 떨어진 꽃잎을 툭툭 털어 냈다. 뚱한 얼굴엔 어떤 감흥도 없었다. 참 감정이 메마른 분이시다.

"이럴 땐 예쁠 거라고 해 주셔야죠."

"예쁜가?"

"네. 굉장히 예뻐요."

"네가 그렇다면 됐어."

난 의아해하며 그를 바라봤다. 여전히 뚱한 표정이었다. 숲속 길을 걸을 때처럼 주변을 둘러보거나 느껴지는 감각을 즐기지도 않았다. 그래서…… 그제야 깨달았다. 그가 정말 이곳에 오고 싶었던 게 아니라는 걸.

"설마 절 위해서 온 거란 말씀을 하시려는 건 아니죠?"

"너 그날 이후로 기분 나쁠 정도로 기운이 없어 보였어."

"왜요?"

왜 그렇게 생각하냐고 묻는 게 아니었다. 왜 갑자기 다정하게 구냐고 묻는 거였다. 왜 그걸 당신이 신경 써 주는 거지? 당신답지 않잖아.

빈센트가 천천히 맞잡은 손을 놓아 주었다. 그리고 나와 마주했다. 그는 날 보지 못할 텐데도 내게 정확히 시선을 주었다. 그의 에메랄드빛 눈동자에 담긴 내가 보였다. 마치 한 걸음 간격을 두고 서 있는 내가 보인다는 듯 그의 눈동자는 흔들림이 없었다.

눈앞을 답답하게 가리고 있던 앞머리가 바람에 날리며 갈라졌다. 혼란스러워하는 내 두 눈이 드러났다. 하얀 꽃잎이 하늘하늘 떨어져 그와 내 사이를 가로질렀다.

"무서워?"

그가 물었다. 평소라면 무슨 말씀이냐고 되물었을 것이다.

하지만 난 그가 뭘 묻는지 알았다.

"무서워요."

"나도 그래."

내 눈이 휘둥그레졌다. 겁쟁이라고 비웃을 줄 알았는데 의외의 대답이 돌아왔다.

당황스러워하는 내 반응을 알고 있다는 듯 그가 짧게 웃었다.

"넌 당황해도 말이 없어지거든."

"……."

그의 말대로 난 더욱더 당황해서 말문이 막혀 버렸다.

내가 어버버하는 사이 그가 웃음을 그치고 손을 내밀었다. 그의 손바닥으로 하얀 꽃잎이 떨어졌다. 그가 손을 오므려 꽃잎을 더듬더니 다시 펼쳐 바람에 날렸다. 그에게서 날아온 꽃잎이 내 손에 부딪치며 살갗을 간질였다.

"이제 곧 내 상태를 공표해야 할지도 몰라. 누군가 내게 칼을 휘두르거나 총을 쏜다고 해도 익숙해져야 할 때가 온다는 뜻이지. 오히려 그게 나을지도 모르겠군. 말로 사람을 더 잔인하게 죽일 때도 있으니까."

"……."

"영원히 이렇게 살 수 없다는 건 알고 있었어. 난 백작이야. 방 안에서만 지내는 생활을 지속할 수는 없어. 내가 책임져야 할 사람들이 많으니까. 하지만, 받아들이기가 쉽지 않더군. 무서운 것도 사실이야. 지금도 사람들 앞에 나서야 한다고 생각하면 손발이 벌벌 떨려. 꼴사납냐?"

"······그렇지 않아요."

"꼴사나워도 어쩔 수 없어. 그게 나라는 사람이니까."

덤덤하게 들려왔지만, 그 말속에 담긴 뜻은 전혀 가볍지 않았다. 너무 무거워서 가슴을 짓누를 정도였다. 그가 짊어진 책임감을 나는 감히 짐작조차 할수 없을 거다. 그는 사실 내가 고개를 젖혀 올려다봐야 할 만큼 큰 사람이다. 그걸 증명하듯, 이전보다 살이 오른 그의 몸이 듬직해 보였다.

루카스가 일을 당한 뒤로 제대로 된 생활을 못 하던 나와 달리 빈센트는 여상했다. 오히려 기다린 일이 벌어졌다는 듯 굴었다. 나는 그가 최근 방 밖으로 나갈 준비를 하고 있다는 걸 알고 있었다. 홀로 식사를 하고, 씻고, 옷을 갈아입고, 스스로 바닥에 발을 딛고 서서 걸음을 내디딘다.

그는 홀로 생활하는 연습을 하고 있었다.

물론 그때도 내가, 만약 내가 없더라도 다른 시녀나 시종이 그의 시중을 들겠지만 때론 직접 나서야 할 때가 있을 거다. 보이지 않는 상대를 대면하고, 그들의 속내를 파악해야 한다. 그는 그때를 준비하고 있었다.

무서운 건 나 혼자만이 아니겠지. 그도 무서울 테지. 무서우면서도, 그는 마냥 물러날 수 있는 위치의 사람이 아니었다. 그렇기에 지금 이 순간 가장 절실히 노력하고, 준비하고 있는 거다.

"너무 힘드시면, 하나쯤은 놓아 버리셔도 괜찮아요."

"무슨 소리야."

"절 위해 노력하지 않으셔도 된다고요."

"누가 널 위해 노력한다고 했나?"

못 들은 말을 들었다는 듯 그가 고개를 갸웃했다. 미미하지만 얼굴도 구긴다. 아니, 잘 나가다가 왜 갑자기 분위기를 깨시지.

"아, 제가 착각했네요. 주인님이 책임지셔야 하는 사람들에 저도 포함되어 있는 줄 알았습니다."

"자신감이 과하군."

"예, 제가 너무 과했습니다."

내가 툴툴대니 그가 다시 웃었다. 지금 웃는 건 얄미웠다.

"혹시나 하고 말씀드렸습니다. 주인님이 책임지셔야 할 대상에 저도 포함된다면, 그러실 필요 없다고요."

"어째서?"

"전 혼자서도 잘하니까요."

"이번에도 너무 과했어."

"사실인걸요. 전 이곳에 오기 전에도 혼자서 잘했어요. 다른 건 몰라도 일은 정말 잘합니다, 제가. 그러니 걱정 마시고 덜어 내세요."

"너무 자만하는 거 아닌가? 그렇게 쉬운 문제가 아니야."

"정 안 되면 죽으면 그만이죠."

"죽음을 너무 쉽게 생각하는군."

"쉬운 문제니까요."

"왜지?"

"어차피 살아야 할 이유는 없었어요. 자격도 없었고요. 그냥, 숨이 쉬어지고 아침이 밝아 오니까 살았을 뿐이에요. 그렇게 거창한 삶도 아니었고요."

내가 죽어서 슬퍼할 사람도 없었다. 이곳에 오기 전까진 죽음이 더 익숙한 삶이었다. 포근하고 따뜻한 이곳에도 결국 금화에 팔려 온 거다. 여전히 내 삶엔 가치 같은 건 존재하지 않았다.

"살아가는 데 자격 따윈 필요 없어. 그냥 살면 되는 거지."

빈센트가 인상을 찡그리고 반박했다.

"살면 안 되는 사람도 있어요."

"그립지도 않은 가족들 때문에 이곳에 와서, 죽을지도 모르는 행동을 하는 사람이 다정한 보살핌을 받으며 자랐다고 생각하지는 않아. 목숨도 서슴없이 걸어야 할 만큼, 고생스러운 삶이었겠지."

"……."

"설사 그런 게 있다고 해도 넌 아니야."

그는 어쩐지 못마땅한 표정이었다. 목소리에도 짜증이 묻어 나왔다. 그런데도 이상하게 그 얼굴에서 시선을 뗄 수가 없었다.

"넌 살 자격이 있어."

"……그런 말은 처음 들어 봐요."

"매번 생각하는데, 메마른 건 내가 아니라 너인 거 같아."

"그러게요."

말끝이 떨려 왔다. 그 떨림을 애써 억누르며 웃었다. 그가 날 보지 못한다는 걸 알면서도 웃어 주고 싶었다. 난 괜찮다고, 지금도 괜찮다고. 지금까지 그래 왔던 것처럼 앞으로도 무너지지 않을 거라고. 하지만 그는 그런 내 결심을 산산이 조각낸다.

"그래도 살아."

그가 툭 내뱉은 말에 애써 당긴 입꼬리가 일그러졌다. 날 보지 못할 텐데도 유달리 올곧은 눈동자가 내 두 눈과 마주했다.

"행복한 삶을 살아."

목소리는 여전히 퉁명스러웠지만, 그 안에 담긴 진심을 알기에 눈물이 나올 거 같았다. 난 눈물을 참기 위해 입술을 꾹 깨물다가 겨우 떼어 냈다.

"그래도 돼요?"

"그래도 돼."

"행복하게요?"

"그래. 아주 행복하게."

자꾸만 거칠어지는 숨결 사이로 차분히 말을 토해 냈다.

"그럴게요."

그러곤 고개를 떨구었다. 자꾸 눈앞이 뿌옇게 흐려져 난감했다. 눈물이 흘러내릴 것 같아 눈을 껌뻑이지 않으려 했는데, 그렁그렁 차오른 눈물은 속절없이 토옥토옥 떨어져 내렸다.

"꼭 그럴게요."

그래서 울먹임을 숨길 수가 없었다.

위로라는 게 별거 있나. 그저 단순한 말 한마디일지라도, 위로받았다면 그걸로 된 거 아닐까.

그 누구도 내게 살 자격이 있다고 말해 주지 않았다. 나는 내가 욕심을 부린다고 생각했다. 혈육의 희생을 외면하고 살아남았으니까. 마음 한편에는 하루라도 더 살고 싶다는 욕심이 싹텄지만, 행복을 바라진 않았다. 만약 살아야 된다면 그 이유는 나의 행복 때문이 아니었다.

하지만 그는 내게 아니라고 말해 주었다. 그게 날 위한 말이란 걸 알기에, 그의 진심이 내게 와닿았기에 이 감정을 멈출 수가 없었다.

"감사합니다."

"……"

이런 감정을 느낄 수 있게 해 준 빈센트가 정말 고마웠다.

난 양손으로 얼굴을 가렸다. 그동안 참아 왔던 것을 모두 쏟아 내려는 듯, 한번 울음이 터지자 쉽사리 멈출 수가 없었다. 대신 이를 악물고 최대한 숨죽여 울었다. 그러나 미약한 흐느낌까진 막을 수 없었다.

청각이 예민한 그는 내가 우는 걸 알아채고 반대편으로 고개를 돌렸다. 보이지 않을 텐데도 못 본 척, 못 들은 척 해 주는 그의 배려에 웃음이 나왔다. 그동안 나도 눈물을 닦으며 마음을 추슬렀다.

바람이 쏴아아 불어오자 꽃들이 춤을 췄다. 그 사이에 서 있는 빈센트의 금빛 머리카락도 바람에 휘날렸다. 부서지는 햇빛을 받은 금빛 머리칼이 찬란하게 빛나며 내 시선을 빼앗았다. 고고하게 서 있는 그는 스스로 빛을 낼 수 있는 사람 같았다.

나도 저럴 수 있을까. 스스로 빛을 내는 사람이 될 수 있을까. 그처럼 지옥 속에서도 홀로 걸어갈 수 있을까.

"살아 있어서 다행이란 생각이 드는 순간이 올까요?"

"올 거야."

"정말요?"

애써 웃음을 머금고 묻자, 그가 잠시 고민하는 듯하더니 날 돌아봤다. 어쩐지 결의에 찬 표정이라 의아해하는데, 그가 대뜸 몸을 돌린다. 갑자기 빈센트가 성큼성큼 멀어졌다. 난 당황하며 멀뚱히 그를 바라봤다. 눈이 보이지 않아, 무언가에 의지하지 않고는 걷는 걸 두려워하던 그였는데, 실로 놀라운 변화였다. 그가 걸음을 옮길 때마다 양옆의 꽃이 흔들거렸다.

"주인님, 어디 가세요!"

"거기 있어."

그가 일갈하곤 내게서 더 멀어졌다. 덕분에 그와의 거리가 꽤 벌어졌다.

꽃밭 끄트머리에 다다르자 그가 멈춰 섰다. 여전히 영문을 알 수 없어 멀뚱히 바라보고만 있자, 그런 내 의문에 화답하듯 그가 몸을 돌리고 천천히 걸음을 옮겼다.

그가 걸어왔다.

정말 '걸어오고' 있었다.

지팡이로 주변을 더듬지도 않고, 누군가의 부축도 없이 그가 제 발로 직접 내게 걸어오고 있었다.

난 너무 놀라 눈을 부릅떴다. 눈으로 보고도 믿기지 않았다. 살아오면서 간혹 눈으로 보고도 믿을 수 없는 순간들이 있었지만, 지금이 가장 강력했다.

"세상에."

충격에 입을 헤벌렸다. 숨 쉬는 것조차 잊어버릴 정도였다. 빈센트는 조금의 망설임도 없이 성큼성큼 내게 다가왔다. 제법 멀었던 거리가 순식간에 좁혀지고, 그가 내게 손을 뻗어 오는 걸 눈도 깜빡이지 않고 지켜봤다.

곧이어 그가 내 손을 덥석 붙잡았다. 난 바로 앞에 서 있는 그를 멍하니 올려다봤다. 그런 내 표정이 보인다는 듯 빈센트가 살며시 웃었다.

"어때?"

"사실 눈 보이시는 거죠?"

너무 흥분해서 버럭 소리쳤다. 빈센트의 입꼬리가 더 위로 올라갔다.

"연습 많이 했거든. 알고 있었잖아."

"알고는 있었지만, 지팡이를 짚고 걷는 연습을 하시는 줄 알았어요. 설마 혼자 걷는 연습도 하셨을 줄이야. 넘어질까 봐 무섭진 않으셨어요?"

"무서웠지. 하지만 극복하는 방법을 알았거든."

"그게 뭔데요?"

"넘어져도 다시 일어나면 된다고 생각했어."

고작 그것뿐? 방법이라 부를 만한 것도 아니었다. 그러나 그 당연한 사실을 그가 받아들이기까지 결코 쉽지 않았다는 걸 알고 있다.

"예전에 네가 그랬잖아. 지금 암흑 속을 모험하고 있는 거라고 생각하라고. 그러니 용기를 내야 한다고. 터무니없는 말이었지만 나쁘지 않더군. 생각을 다르게 하면 되는 거잖아? 비록 혼자 걷다 넘어진다고 해도, 다시 일어나 아무렇지 않게 걸어가면 된다고 말이지. 중요한 건 끝까지 걸었다는 거니까. 맞아?"

"맞아요."

"나도 네 말대로 할 테니 너도 그러도록 해."

"……."

"내 곁에 계속 있겠다며. 내가 아무리 내쫓아도 계속, 다른 사람을 구하겠다고 하면 구해질 때까지 쭉, 만약 구해지지 않는다면 영원히 함께할 거라고."

갑자기 그가 웃음을 지우고 미간을 좁혔다. 그 말을 들었던 때를 떠올랐나 보다. 이번엔 내가 웃음을 터트리고 말았다.

"생각해 보면, 넌 그때나 지금이나 변함없이 건방져."

"어쩔 수 없어요. 그게 저라는 사람인걸요."

활짝 웃으며 그를 올려다봤다. 내 대답에 그가 미간을 펴고 픽 웃었다. 이제 정말 더는 방 안에만 박혀 공포에 떨던 남자는 없구나. 이제 그는 몸도 마음도 더 건강해질 거다. 그의 그런 변화가 보기 좋았다.

"어때, 잠깐이지만 살아 있어서 다행이지 않았나?"

"네?"

"좋은 구경도 하고."

불현듯 그가 물었다. 스스로를 좋은 구경이라 말하는 배려에 몸 둘 바를 모르겠다. 하지만 빈센트의 말처럼 아주 잠깐, 홀로 걷는 그의 모습을 보면서 정말 다행이란 생각이 들었다. 포기하지 않아서 다행이라고. 그 순간 정말 진심으로 기뻐했다.

그래서 이번엔 반박할 수가 없었다. 난 자꾸만 처지려는 입꼬리를 애써 당겨 웃으며, 힘차게 소리쳤다.

"네!"

□ ◆ □

비록 짧은 시간이었지만, 빈센트와 많은 대화를 나눴다. 사소한 이야기를 시작으로 지나간 일들을 회상하고 불만을 터트리며, 우리는 그렇게 서로의 시간에 집중했다. 시간이 지날수록 아쉬움이 커져만 갔다.

이별이 아쉽긴 처음이었다.

낯선 감각이 쑥스러워 괜히 발끝으로 땅을 콕콕 찌르며, 평소처럼 빨랫감을 주기 위해 레니카를 기다렸다.

그런데 잠시 후 도착한 레니카를 보고 깜짝 놀랐다. 그녀의 눈가가 붉게 달아올라 있었고, 코도 시뻘겋다.

"무슨 일 있었어요?"

"아니요. 아무 일도 없었어요."

아무 일도 없는 얼굴이 아니었다. 무슨 일이냐고 되묻자 그녀는 계속 고개만 저었다. 금방이라도 눈물을 터뜨릴 거 같은 얼굴에 난 그녀의 손을 이끌고 별채와 수풀 사이 구석진 곳으로 향했다. 아무래도 뻥 뚫린 공간에서 할 얘기는 아닌 듯했다.

그곳에 나란히 쭈그려 앉았다. 레니카의 얼굴에 깊은 수심이 차올랐다. 평소 쾌활했던 그녀를 떠올린다면 정말 심각한 일이 있었나 보다. 그녀는 내가 이 저택에서 지내는 동안 알게 모르게 많은 조언을 해 준 사람이었다. 그렇기에 도와줄 수 있는 일이라면 돕고 싶었고, 도와줄 수 없다면 말이라도 들어 주고 싶었다.

"무슨 일인지 말해 줄 순 없나요? 제가 큰 도움은 못 줘도, 이야기를 들어 줄 순 있어요. 누군가에게 털어놓으면 마음이 가벼워질 수도 있잖아요."

"……."

"괜찮아요. 지금 하는 이야기의 비밀은 지킬게요."

그러곤 차분히 기다리자, 그 이후로도 한참 머뭇대던 레니카가 천천히 입을 달싹였다.

"……며칠 전에 하녀 한 명과 하인 한 명이 사라졌어요."

"사라져요?"

"네."

그녀가 무겁게 고개를 한 번 끄덕였다.

"두 사람은 연인 사이였거든요. 아무도 모르게 몰래 교제하고 있었어요."

"그런데요?"

"그런데…… 두 사람이 교제하는 걸 들켰어요."

"어떻게요?"

"한밤중에 방을 빠져나와 자주 만났나 봐요. 지난번에도 밤중에 몰래 나왔다가, 이자벨라 님께 발각됐어요. 그런데 하필이면, 그때 집사님도 같이 계셨대요."

난 눈을 휘둥그레 떴다. 남녀가 한밤중에 만났다고 해서 무조건 이상하게 여길 순 없지만, 그 횟수가 잦았다면 순수한 만남만 이어진 건 아니었을 거다. 내 생각이 맞았는지 레니카가 우울한 얼굴로 다시 고개를 끄덕였다.

"맞아요. 들켜서는 안 되는 상황이었죠."

"……"

"두 사람은 처벌을 받았어요. 거기에 더해 둘 중 한 사람은 이 저택에서 떠나야 하는 상황에 이르렀죠."

그래서 야반도주라도 했다는 건가? 내 의문을 읽었는지 그녀가 고개를 저으며 반박했다.

"아니요. 두 사람은 사라졌지만, 원해서 사라진 게 아니에요."

"그게 무슨 소리예요?"

당최 이해할 수 없는 말에 인상을 찌푸리는데, 레니카가 날 돌아봤다. 여전히 눈가가 부어 있었고, 코끝도 벌겋다. 지금 보니 뺨도 붉었다. 그런데 날 보는 그녀의 표정이 굳어 있다.

"당신, 곧 떠난다고 들었는데 맞나요?"

"네. 잠시 동안이요."

"정말 잠시 동안인가요?"

그게 무슨 말이냐고 묻듯이 시선을 주자 레니카가 코를 훌쩍였다.

"폴라. 난 당신과 오래 본 사이는 아니지만, 당신이 좋은 사람이란 건 알아요. 적어도 자기 일에 성실히 임하고, 응석 부리는 사람이 아니란 건 알겠어요."

"왜 그런 말을……."

"내가 하고 싶은 말은, 이곳의 그 누구도 믿지 말라는 거예요."

단호한 목소리가 귓가에 웅웅 울려 퍼졌다. 굳은 눈동자를 물들인 건 진실이었다. 난 그녀의 말을 이해할 수 없으면서도, 가슴속 한편에선 묘한 두려움이 일었다. 순간 온몸이 오싹해졌다. 양팔을 움켜잡았다.

"아시다시피 이곳은 백작가의 저택, 사용인 관리가 엄격한 곳이에요. 원래 남성 사용인과 여성 사용인이 개인적으로 접촉을 하면 안 돼요. 그게 이곳에서 일하면서 지켜야 하는 규칙 중 하나예요. 접촉이 잦아지면 문란한 마음을 품을 수도 있다는 이유에서죠. 실제로 그런 일이 많았고, 이번에도 역시나 그랬고요."

"……."

"알겠나요?"

뭐를요? 목소리를 내지 못하고 입만 벙긋댔다. 그녀가 내 의문을 알아채고 울 것처럼 얼굴을 일그러뜨렸다.

"우리 사용인들의 일거수일투족이 모두 관리하에 있다는 걸."

"……."

"정해진 규율에 어긋나게 행동하고, 그로 인해 주어진 유예 기간 동안 원래대로 돌아갈 여지가 보이지 않는다면, 그걸로 끝이에요. 방금 두 사람이 원해서 사라진 게 아니라고 했죠? 왜냐면 집사님이 주신 유예 기간에 두 사람이 몰래 다시 만났거든요. 그것도 별채에서요."

마지막 말을 듣자마자 난 눈을 큼지막하게 떴다.

그건 나도 몰랐던 사실이었다. 별채에는 지정된 시간에, 지정된 사용인들만 출입한다고 저번에 들었었다. 설마 밤중에 몰래 드나들고 있는 사용인이 있었을 줄이야. 밤중에 방 밖으로 나갈 이유가 없고, 들어올 사람도 없다고 생각해 당연히 알아채지 못했다. 어쩌면 그렇기 때문에 더 밀회를 가지기 적합한 장소였을지도 모른다.

레니카는 그들이 별채에서 종종 만남을 가졌다고도 알려 주었다. 또한, 두 사람이 몰래 만난 사실을 고발한 게 같은 방을 쓰는 하인이라고 했다. 유예 기간 중인 사람에 대해 고발을 하면, 고발한 자는 포상을 받는다. 그렇다면 고발당한 사람은?

"두 사람은 갑자기 실종되었어요."

"……!"

"그리고 어제 같은 방을 쓰는 하녀가 말하기를, 하인 중 한 명이 집사님의 심부름으로 잠시 바깥 외출을 하고 돌아오는 길에 저택 근처에서 수상한 사람들을 봤대요. 얼굴을 가리고 있어 누군지는 알 수 없었지만 장정 무리 같았대요. 그 사람들이 뭔가를 들고 있었는데 그게 꼭…… 사람 같았다고 하더군요."

레니카가 잠시 말을 멈추고 숨을 골랐다. 그게 무슨 소리냐고 더 물어볼 필요도 없었다.

별채에 드나들 수 있는 사용인과 출입 가능한 시간이 엄격하게 관리되고 있는 것은 비밀을 감추기 위해서였다. 빈센트의 비밀을. 하지만 그곳을 남모르게 드나들고 있던 남녀가 있었다. 그 장면을 들켰다면, 결과는 하나뿐이다. 곧이어 터진 그녀의 울음이 그 답을 대신해 주었다.

"사라진 하녀는 날 많이 도와주던 애였어요. 착한 사람이었죠. 그녀는 집안의 빚을 갚기 위해 이 저택의 사용인으로 왔다고 했어요. 늘 어머니가 만들어 줬다는 실로 짜서 만든 팔찌를 차고 다녔는데, 모양이 특이해서 다들 알고 있었죠. 그런데 그게, 그 사람들이 서 있던 곳에 굴러다니고 있었대요."

"……."

"누가 그들을 그렇게 만들었을까, 그건 굳이 말하지 않아도 알겠죠."

그녀의 말이 맞다. 한밤중에 몰래 별채에서 사랑을 키웠던 하녀와 하인, 그들의 마지막을 듣자 머릿속에 스치는 인물이 몇 있었다. 빈센트는 아니다. 알았다면 내가 모르지 않았거니와, 그는 아랫사람들의 관리까지 신경 쓰지 않는다.

"폴라, 내 말 잘 들어요. 절대 눈에 띄지 말아요. 특별해지지 말아요. 다른 사용인들과 다름없이, 규율을 지키며 숨죽이고 살아요. 그게 우리들이 이 저택에서 무사히 살아갈 수 있는 길이에요. 우린 가장 아래 계급, 죽어 없어져도 아무도 모를 존재니까요."

그녀는 앞치마를 들어 얼굴을 닦았다. 하지만 아무리 닦아도 다시 흘러내리는 눈물이 그녀의 얼굴을 덮었다.

"잊지 말아요. 우리 같은 아랫사람이 저택의 높으신 분들의 눈 밖에 나게 되면, 더 이상의 안식은 없다는 걸. 주인님을 말하는 게 아니에요. 오히려 주인님은 우리 같은 사용인에게 관심이 없으시죠. 그보다 더 아래, 그러나 주인님과 대등한 권력을 휘두를 수 있는 사람을 조심해요."

눈물이 얼룩진 얼굴로 레니카가 내게 경고했다. 그런 그녀를 보며 난 어떤 말도 할 수 없었다.

□ ◆ □

당초 계획했던 날보다 더 빨리 벨루니타 저택을 떠나게 되었다. 저택에 낯선 자가 침입했기 때문이다. 모두 잠든 늦은 밤이긴 했지만 최근 경비를 더욱더 강화했는데 대체 어디로 들어왔는지 알 수가 없었다.

모두 잠든 늦은 밤, 나는 유달리 잠들지 못하고 밤새 뒤척였다. 결국 잠자는 걸 포기하고 물이라도 마시기 위해 몸을 일으키다가 화들짝 놀랐다. 투명한 커튼에 검은 그림자가 일렁였다.

처음엔 잘못 본 줄 알았다. 꿈이라도 꾸는 거라 믿고 싶었다. 오늘 밤은 답답해서 창문을 열어 두었는데 설마 발코니로 누군가 들어올 줄은 생각도 못 했다. 펄럭이는 커튼 사이로 시커먼 사람의 형체가 선명히 보인 순간, 협탁 위를 더듬던 손으로 컵을 건드렸다.

와장창! 파열음이 방 안에 울려 퍼졌다. 그 소리를 신호 삼아 난 곧장 침대에서 뛰어내려와 문 쪽으로 달렸다. 하지만 몇 걸음 가지 못하고 시커먼 사람에게 어깨를 붙잡혔다. 발버둥 쳤지만 소용없었다.

강한 힘에 이끌려 벽으로 밀쳐졌다. 침입자가 내 목을 졸랐다. 그리고 바로 다음 순간 눈앞에 뭔가 번쩍였다. 어둠 속이었지만 그게 칼이라는 걸 알아챘다. 저게 내 살갗을 찌르고 핏물을 터트릴 거다. 눈물이 핑 돌 정도로 무서웠다.

이렇게 죽는구나.

절망감에 울음이 터지려던 순간이었다.

갑자기 방문이 벌컥 열렸다. 나도 상대도 문 쪽을 바라봤다. 주변을 손으로 더듬으며 빈센트가 방 안으로 들어섰다. 그러곤 곧장 이쪽을 향해 손을 들어 올렸다. 그의 손엔 총이 들려 있었다.

그걸 알아채는 순간 눈이 안 보이는데 어떻게 쏠지, 정확히 맞출 수 있을지 따위는 생각하지도 못했다. 그저 상대의 손아귀에서 빠져나와야 한다는 생각뿐이었다. 그래서 목을 옥죄는 손가락을 잡아 비틀었다. 상대가 신음을 흘리며 손아귀 힘을 풀었다. 난 그 틈을 놓치지 않고 빠져나와 바닥에 몸을 웅크렸다.

'끄아악!'

곧이어 총소리가 울렸다. 한 번이 아니라 연달아 터졌다. 난 양손으로 머리를 감싸 쥔 채 오들오들 떨었다.

섬뜩한 총소리와 뭔가 부딪치는 소리가 연이어 들려왔다. 그렇게 한동안 시끌벅적한 소음이 이어지더니 돌연 뚝 멈췄다.

난 차마 상황을 살펴볼 용기가 없었다. 몸을 웅크린 채 벌벌 떠는 게 내가 할 수 있는 전부였다. 잠시 후, 터벅터벅 걸어오는 발소리가 가까워지더니 내 앞에서 멈췄다. 곧이어 뭔가가 내 머리를 툭 건드렸다. 난 움찔거렸다.

'괜찮아.'

'으으!'

빈센트의 목소리를 듣자, 그제야 참았던 울음을 터트렸다. 두려움과 안도감이 동시에 가슴속을 휘저었다. 난 몸을 일으킬 생각도 못 하고 웅크린 채 흐느꼈다. 그가 달래듯 내 머리를 쓸어 주었다.

총소리를 들은 경비들이 내 방으로 달려왔다. 무슨 일이냐고 묻는 소리에 울음을 멈추고 고개를 들었다. 경비들이 빈센트의 상태를 알아채면 안 되는데……. 다행히 방 안은 어두웠고, 빈센트는 능숙하게 낯선 자의 침입을 알렸다.

총소리를 들은 다른 사용인들이 더 올 수도 있었다. 난 애써 마음을 추스르고 빈센트와 함께 그의 방으로 향했다.

방 안으로 들어가자마자 침대에 털썩 주저앉았다. 혼란스러웠던 방금 전과 달리 머릿속이 새하얘졌다. 내게 벌어졌던 일이 마냥 꿈 같았다. 그러나 꿈이 아니라는 듯 졸렸던 목에서 저릿한 통증이 느껴졌다.

목을 더듬으며 멍하니 앉아 있는데, 옆에서 부산스러운 움직임이 느껴졌다. 흘긋 보니 그가 컵에 물을 따르고 있었다. 그런데 방향을 잃어 컵이 아니라 손에 물을 따랐다. 콸콸 쏟아지는 물이 그의 손과 팔을 흠뻑 적시는 걸 보자 정신이 돌아왔다.

'제가 할게요.'

'됐어.'

손으로 더듬으며 기어코 물을 따른 그가 컵을 건네며 내 옆에 앉았다. 난 컵 끝까지 차올라 아슬아슬하게 넘실거리는 물을 허겁지겁 들이켰다. 시원한 물을 마시자, 마음이 좀 달래지는 것 같았다.

남은 물을 홀짝이면서 총을 더듬고 있는 빈센트를 흘끗댔다. 익숙한 물건이었다. 빈센트와 한창 힘 싸움을 할 때 그가 내게 들이밀었던 거였다.

방금 전의 상황을 떠올리자, 그가 한 행동이 내게도 무척 위험했다는 걸 깨달았다. 앞도 안 보이는 사람이 총을 쏘다니. 날 맞추면 어떡하려고? 비명을 질러 내 위치를 알리긴 했지만 다시 생각해 봐도 너무 위험했다.

하지만 빈센트는 조금의 흔들림도 없이 총을 쐈다. 사격은 자신 있다더니 빈말이 아니었나 보다.

난 그런 그를 바라보며 코를 훌쩍였다.

'어떻게 알고 오셨어요?'

'소리가 들렸어.'

'총알이 없다고 하지 않으셨어요?'

'그런 말 한 적 없어.'

'그럼 예전엔 왜 안 쏘셨어요?'

'기분 나쁘다고 쏴 버리면 진짜 미친 거 같잖아.'

너무 정상적인 말에 이번엔 다른 의미로 깜짝 놀랐다.

잠시 후, 이자벨라가 방 안으로 들어왔다. 그녀는 다급한 얼굴로 빈센트의 상태를 살폈다.

'괜찮으십니까?'

'난 괜찮아. 바람이 느껴지는 걸 보니 열린 창문 너머 발코니를 타고 들어온 거 같더군. 주위에 경비가 있었을 텐데 말이지.'

'지금 경비들이 방 안을 살펴보고 있는 중입니다. 이 주위를 지키는 경비들에게도 상황을 바로 알아보겠습니다.'

하지만 그 경비들은 이미 살해당한 뒤였다. 빈센트가 머무는 별채 주위를 지키는 경비들은 백작가에서 가장 실력이 출중한 자들로 배치되었다고 한다. 그런 실력자를 처치하고 들어온 걸 보니, 암살자는 보통 실력자가 아닐 거라는 생각이 들었다.

빈센트의 총을 맞고 도망친 암살자는 별채에서 멀지 않은 숲속에서 발견되었다. 암살에 실패하자 독을 먹고 자살한 듯했다. 결국 누가 사주한 건지 알아낼 수 없었다. 하지만 한낱 시녀인 나를 암살자까지 고용해 죽이려는 게 누군지는 굳이 찾을 필요도 없었다.

결국 오늘 아침이 밝아 오자마자 빈센트는 당장 저택을 떠나라고 지시했다. 나는 오전 시간 동안 언제나처럼 그의 방 안을 정리하고, 시중을 든 뒤 떠날 채비를 했다. 그러고 나서 그나마 안면이 있던 사용인들과 작별 인사를 나눴다. 마차가 도착했을 때는 정오가 조금 지난 시간이었다.

빈센트는 날 배웅하지 않았다. 다시 만날 건데 영원히 이별하는 사람처럼 굴기 싫다고 했다. 나도 그의 말에 동감했다.

대신 이자벨라가 동행했다. 먼저 마차에 올라타 앉자, 뒤따라 올라온 이자벨라가 맞은편에 자리했다. 그녀를 보자 며칠 전 레니카가 했던 말이 떠올랐다.

애써 울음을 참고 말하던 레니카는 큰 충격을 받았음에도, 이성을 잃지 않으려 노력했다. 그 모습을 보고, 난 이와 같은 충격적인 일이 일어난 게 처음이 아니라는 것을 깨달았다. 결국 그날 난 그녀에게 심심찮은 위로조차 해 주지 못했었다.

아침에 작별 인사를 하기 위해 만난 레니카는 며칠 전과 달리 쾌활한 모습이었다. 하지만 난 그 속에 억지로 숨긴 슬픔을 알고 있다.

'내가 하고 싶은 말은, 이곳의 그 누구도 믿지 말라는 거예요.'

무엇도 믿지 말라, 그럼 빈센트도 믿지 말아야 하는 걸까? 그러다 고개를 저었다. 그는 나와 약속했다. 날 다시 이 저택에 데려오겠다고, 꼭 찾아 준다고, 말하던 그의 얼굴에 거짓은 없었다.

마차가 움직이기 시작했다. 난 창문 너머로 멀어지는 저택을 바라봤다. 이곳에 처음 왔을 때 호화로운 저택은 신기하면서도 낯설었고, 주인님이란 남자는 성질이 지랄맞아 고생도 많이 했다. 매 순간 목숨 걸고 시중드느라 진이 빠지기도 했다. 그러다 그의 손님도 만나고, 귀족들의 틈에 어울려 보기도 하고……

많은 일이 있었구나. 지금은 그 모든 게 소중한 추억으로 남았다. 동시에 저택에 홀로 남은 빈센트가 걱정됐다.

"절 대신할 새로운 시녀가 오나요?"

창문에서 시선을 떼고 맞은편에 앉은 이자벨라를 바라봤다. 그녀가 준비해 온 차를 컵에 따라 내게 내밀었다. 그걸 받으니 따뜻했다.

"제가 대신하기로 했습니다."

"이자벨라 님이요?"

"네. 주인님께서 더는 시중들 사람을 구하지 말라고 명하셨습니다."

'널 내 곁으로 데려올 거야. 반드시.'

그가 한 말은 정말 진심이었구나. 진짜로 날 다시 데려오려는 거구나. 솔직히 반쯤 의심했는데, 괜히 코끝이 찡해졌다. 동시에 아쉬움이 밀어닥쳤다. 벌써부터 저택이 그리워졌다.

창에 얼굴을 기댔다. 마차가 덜컹덜컹 흔들렸다. 숲길로 가다 보니 길이 좋지 않았다. 난 차를 홀짝이며 울적해지는 마음을 달랬다.

그러다 눈꺼풀이 점점 무거워졌다. 앞에서 이자벨라가 뭐라 말을 했는데 목소리가 웅웅 울리며 들려왔다. 정신이 아득해지며, 껌뻑껌뻑하던 눈꺼풀이 어느새 굳게 닫혔다.

그러다 정신이 번쩍 들었다.

창문에 기대 있던 몸을 똑바로 세우고 빠르게 주변을 두리번거렸다. 마차는 어느새 멈춰 서 있었다.

벌써 도착한 건가? 잠깐 잠든 거 같은데 기억이 잘 나지 않는다. 발밑엔 빈 컵이 뒹굴고 있었다. 컵을 떨어뜨린 것도 모른 채 잠들었나 보다.

그때 문이 열렸다. 이자벨라가 날 바라봤다.

"내리세요."

그 말에 가방을 들고 마차에서 내렸다. 어느새 주변이 어두컴컴해져 있었다. 출발할 땐 해가 밝았는데 벌써 밤이 되었다. 내가 그렇게 오랫동안 잠들어 있던 건가?

그런데 주변을 둘러보니 여전히 숲이었다.

"여기가 어디죠?"

"벨루니타 저택에서 멀리 떨어지지 않은 숲입니다."

"네?"

그녀의 말대로 멀지 않은 곳에 저택의 모습이 보였다. 어둠이 내려앉는 동안 마차가 거의 이동하지 않았다는 뜻이었다.

왜? 그리 묻듯 바라보자 이자벨라가 차분히 말을 이었다.

"폴라. 잘 들으세요. 저쪽에 길이 하나 있습니다. 그 길을 따라 걷다 보면 마을이 하나 나올 겁니다. 일단 오늘은 마을의 여관에서 하루 묵고, 날이 밝으면 안전한 곳으로 이동하세요. 사람이 많은 곳일수록, 넓은 도시일수록 좋습니다."

"무, 무슨 소리를 하시는 겁니까."

"곧 당신을 치우기 위해 사람이 올 겁니다."

치운다는 게 뭘 의미하는지 이자벨라의 표정으로 알 수 있었다. 무뚝뚝한 태도였지만, 그녀의 얼굴엔 긴장한 기색이 역력했다.

'내가 하고 싶은 말은, 이곳의 그 누구도 믿지 말라는 거예요.'

레니카에게 들었던 그 말이 지금 이 순간 귓가에 선명히 울려 왔다. 난 마른침을 삼키고 차분히 입을 열었다.

"설마 주인님이……."

이자벨라가 곧장 고개를 저었다.

"우리는 주인님 명령에 절대적으로 복종하고 따르지만, 때론 주인님을 위해 우리 선에서 일을 처리하기도 합니다. 특히 사용인 관리는 전적으로 우리 쪽 권한이죠. 폴라. 왜 당신이 별채에만 있어야 했는지 아나요? 왜 당신 주변에 최소한의 사용인 외에 아무도 없었는지 그 이유를 알고 있나요?"

"……"

"바로 이럴 때를 위해서입니다."

이자벨라는 마치 오래전부터 연습한 대사를 내뱉듯 내게 믿기지 않는 말을 꺼내고 있었다. 그리고 애석하게도 난 바로 이해했다. 이미 전해 들은 얘기가 있지 않은가.

"처음부터 절 치울 생각이셨군요."

"만약을 대비한 겁니다."

"이때까지 주인님의 시중을 들던 다른 사용인들에게도 이렇게 했나요?"

"필요하다면. 하지만 해고된 모든 사용인들에게 그랬던 건 아닙니다."

"그런데 저한테는 왜 이러시는 거죠? 대체 왜요!"

나도 모르게 버럭 소리쳤다. 억울하고, 이해하기 힘들었다. 난 누구보다 열심히 일했고, 백작가에서의 생활에도 잘 적응해 나갔다. 나와 함께하는 동안 빈센트는 변화했다. 아주 큰 변화였다. 거기엔 분명 내 노력도 있었다. 그 사실을 이자벨라도 모르지 않았다.

게다가 난 지금 해고된 게 아니라 주인의 명령으로 잠시 몸을 숨기는 중이었다. 그런데 어째서 내가 이런 상황을 맞이해야 하는가.

"주인님이 당신을 위해 움직였기 때문입니다."

이자벨라가 내 반박을 단칼에 받아쳤다. 날카로운 눈이 날 쏘아본다.

"주인님이 한낱 시녀 따위에게 흔들리시고, 그 시녀를 위해 움직이셨죠. 그건 좋은 징조가 아닙니다. 집사님은 당신의 존재가 후에 어떤 영향을 끼칠 거라 판단하고 움직이신 겁니다. 그게 좋은 것일지, 나쁜 것일지는 중요하지 않습니다."

"어째서…… 그 또한 결국 사용인인데……."

"그는 주인님을 대신해 일을 처리할 수 있는 유일한 사람입니다. 벨루니타 가문을 위해 오랫동안 헌신한 사람이기도 하죠. 답이 되었나요?"

주인님보다는 아랫사람이지만, 우리에겐 높고 주인님과 동등한 권력을 휘두를 수 있는 사람. 집사, 이자벨라. 레니카가 이미 경고하지 않았는가.

집사는 처음부터 이런 순간을 대비하고 날 데려왔던 게 아닐까. 부유해 보이는 노신사가 작은 마을까지 와서 별 볼 일 없는 여자를 사용인으로 데려간 건, 언제든 쉽게 처리할 수 있기 때문일지도 모른다. 그가 건넨 꾸러미에 두둑이 담겨져 있던 금화는 나의 목숨값이었다.

"……절 죽이실 건가요?"

"그럴 계획이었죠."

"그럴 계획이었다니…… 그럼 죽이지 않으시는 건가요?"

이자벨라가 숨을 골랐다. 그제야 그녀의 등 뒤에 쓰러져 있는 형체가 눈에 들어왔다. 마부가 입을 쩝쩝 다시며 바닥에 잠들어 있었다. 그의 손에도 나와 같은 컵이 아슬아슬하게 매달려 있었다.

내 시선은 다시 이자벨라에게 꽂혔다.

"폴라. 난 당신에게 감사하고 있어요. 주인님은 당신에게 위로받으셨어요. 잃었던 웃음을 되찾으시고, 방 밖으로 나오시고, 친우들을 만나셨죠. 조용하기만 하던 저택이 오랜만에 시끌벅적해졌어요. 그곳의 사용인으로서 그런 변화를 불러온 당신에게 감사의 마음을 전합니다."

말을 마친 이자벨라가 품에서 뭔가를 꺼내 내게 내밀었다. 작은 주머니였다. 내가 받지 않고 가만히 있자, 그녀가 혼란스러워하는 내 목에 그걸 걸어 주곤 옷 안쪽으로 숨겼다.

"이걸로 당분간은 먹고살 수 있을 겁니다."

"무슨 말씀을 하고 싶으신 건가요."

"도망치세요."

내 눈이 커다래졌다. 지금 뭐라고?

"내가 해 줄 수 있는 건 이것뿐입니다."

이자벨라가 단호히 말했다. 난 다시 잠든 마부를 보았다. 이 모든 게 그녀가 독단으로 벌인 일이라는 걸 자각했다. 난 당황해 하며 말을 이었다.

"어, 어째서, 이러시면 안 되는 거 아니에요?"

"맞아요. 걸린다면 목숨을 보장할 수 없겠죠."

"그런데 왜……."

이자벨라가 눈을 내리깔았다. 잠시 불어온 바람이 그녀와 나 사이의 침묵을 흩뜨렸다.

"폴라. 우리 같은 여성 사용인들은 일하면서 차별도 많이 당하고, 때론 치욕도 감수해야 하죠. 남성보다 못한 대우를 받는 경우도 허다하고요. 하지만 그렇다고 해서 우리마저 그 대우를 당연하게 받아들여서는 안 된다고 생각합니다. 당신은 충분히 해 주었어요. 이건 내가 당신에게 해 주는 보답이에요."

"……."

"가능한 한 멀리 도망치세요. 그리고 다시는 돌아오지 마세요."

이자벨라가 주변을 훑었다. 더는 시간이 없다고 했다. 날 재촉하는 시선에서 그녀의 진심을 느꼈다. 눈가가 시렸다. 손안에 든 가방 손잡이를 꽉 움켜잡고, 허리를 깊숙하게 굽혔다. 이 저택에 왔을 때 처음으로 날 이끌어 준 사람이었다. 그리고 지금 날 도와주는 유일한 사람이기도 했다.

"감사합니다."

그렇기에 나 또한 진심을 전했다.

그리고 그대로 몸을 돌렸다.

사락사락 소리가 들렸다. 걸음을 내디딜 때마다 이파리가 내 발등을 스치고,

허벅지를 스치고 허리를 스치고 팔을 스치고 뺨을 간질였다. 쉬지 않고 뛰고 또 뛰었음에도 수풀은 끝없이 이어졌다.

나는 이자벨라가 알려 준 길을 따라 무작정 뛰었다. 내가 제대로 가고 있는지도 알 수 없었지만, 그래도 계속 뛰었다. 뛰다 보니까 더 확실히 느껴졌다. 자꾸만 귀에 거슬리는 소음이 내게서만 나는 게 아니라는 걸.

어디선가 사락사락 소리가 들렸다. 바로 등 뒤에서 들리는 것 같아 섬뜩했다. 아니면 내 왼편이거나 오른편일 수도 있다. 그 불길한 소리들이 사방에서 환청처럼 들려왔다. 무서웠다. 사락사락 소리가 서서히 날 조여 왔다.

'곧 당신을 치우기 위해 사람이 올 겁니다.'

이자벨라가 말한 그 사람일까.

'루카스가 사고를 당한 장소에 네가 있었다는 걸 알았을 거야. 당장은 괜찮을지 모르나 결국은 제임스가 네 존재를 알아챘겠지. 가만두지 않을 거야. 유일한 목격자니까.'

빈센트가 말한 제임스가 보낸 사람일지도.

의심되는 건 많았다. 사실 모든 게 의심되었다. 어쩌다 이렇게 되었지? 왜 난 이러고 있는 거지? 하루라도 더 살고자 노력했던 나날들이 한순간에 날 위험에 빠뜨렸다. 그럼에도 내가 할 수 있는 건 무작정 뛰는 것뿐이었다.

그래서 뛰었다. 울컥 치솟는 감정을 꾹 눌러 삼켰다.

"하아! 하아!"

숨이 턱 끝까지 차올랐다. 손에 쥔 가방의 무게가 버겁게 느껴졌다. 게다가 손바닥에 땀이 밴 탓일까 가방 손잡이가 자꾸만 미끄러졌다. 미끄러지는 손잡이를 계속 고쳐 잡다가 그만 커다란 돌부리에 걸려 넘어졌다. 고통이 느껴졌지만, 아파할 새도 없이 벌떡 일어나 다시 뛰었다. 바닥에 찧었던 무릎이 뒤늦게 욱신거렸다. 축축한 느낌이 드는 게 피가 흐르는 것 같다.

살려 줘.

누가 나 좀 도와줘.

끝없이 치솟는 불안감을 어찌해야 할지 모르겠다. 마음 같아선 나무라도 붙잡고 살려 달라고 소리치고 싶을 정도였다. 두렵다. 공포는 증식되기만 했다. 기어코 눈물이 핑 돌았을 때 숲의 끝이 보였다. 난 그곳을 향해 뛰어갔다.

막 수풀에서 빠져나오던 순간이었다. 갑자기 들이닥친 커다란 무언가가 내 시야를 앗아 갔다.

끼이익—!

난 비명을 지르며 뒤로 넘어졌다.

잠시 정신을 잃었다. 다시 눈을 떴을 땐 심장이 귀에 있는 것처럼 쿵쿵 뛰었다. 정신을 추스르고 몸을 일으키자 온몸이 욱신욱신 아팠다.

바닥엔 둥근 빛 덩이가 어른거렸다. 잠시 멍하니 바라보는데 말소리가 들려왔다.

곧이어 빛 덩이를 뚫고 누군가 내게 다가왔다. 고개를 들어 가까이 다가온 상대를 확인하고 난 두 눈을 커다랗게 떴다. 상대도 마찬가지였다.

"왜 여기에······."

에단이 놀란 얼굴로 날 내려다보고 있었다.

나도 놀라서 그를 바라보다가 다시 빠르게 주변을 훑었다. 갑자기 튀어나온 것의 정체는 자동차였다. 에단의 뒤에 있는 낯선 남자가 당황하며 내 쪽을 살폈다. 거기까지 확인하고 주변을 더듬었다. 넘어지느라 놓쳤던 가방 손잡이를 잡고 몸을 일으켰다.

그대로 몸을 돌리려는데 에단이 내 팔을 붙잡았다.

"괜찮아요?"

"놔!"

곧장 그 손을 뿌리쳤다. 한 걸음 뒤로 물러나자, 에단의 얼굴이 경직됐다. 난 당황해 하며 급하게 변명을 내놓았다.

"······죄송합니다. 제가 지금 급해서. 가던 길 가세요."

"어디에 가려는 거예요?"

난 입을 꾹 다물었다. 긴장한 내 얼굴을 살피던 에단이 한 걸음 다가왔다. 난 또다시 빠르게 한 걸음 뒤로 물러났다.

"시녀님."

"다가오지 마세요!"

"……."

절대 오지 말라고 소리치며 뒷걸음질 쳤다. 에단이 우뚝 멈춰 섰다. 난 가방 손잡이를 꽉 움켜잡았다. 더 다가온다면 가방으로 그를 후려치고 도망갈 생각이었다.

"제발, 제발 오지 마세요."

"……그게 무슨. 아니, 대체 무슨 일이 있었던 거예요. 왜 여기에 있는 거죠?"

"그러는 크리스토퍼 님이야말로 이 밤중에 왜 여기 계시나요?"

"빈센트를 만나러 가던 길이었습니다. 급한 볼일이 있어서."

"그럼 가던 길 가세요."

"왜 그렇게 겁먹고 있어요?"

여기서 이러고 있을 시간이 없었다. 여긴 저택으로 향하는 길인 거 같다. 그렇게 뛰었는데도 아직도 저택에서 멀어지지 못했나 보다.

에단이 자꾸 무슨 일이냐고 물었다. 난 말없이 도망칠 길을 찾았다.

"시녀님."

이상한 낌새를 느꼈는지, 에단이 손을 뻗어 왔다. 그가 다시 내게 다가오려던 순간이었다. 갑자기 부스럭부스럭하는 소리가 들려왔다.

소리는 점점 가까워졌다. 에단과 내 시선이 곧장 그쪽에 닿았다.

눈앞이 핑 돌았다.

어, 어쩌지. 벌써 날 따라온 건가.

저 멀리서 이파리들이 흔들렸다. 그 모습을 불안하게 주시하다가, 에단 쪽으로 고개를 돌렸다. 그는 날 지켜보고 있었다.

불안에 떠는 내 얼굴을 살펴보던 그가 눈가를 좁혔다. 대체 무슨 일이냐고 묻는 시선에 난 가장 간절히 바라는 것을 입에 담았다.

"살려 주세요."

에단의 눈이 커다래졌다가 다시 날카롭게 변했다. 그가 소리가 나는 쪽으로 고개를 돌렸다. 그러다 다시 날 보더니 성큼 다가와 내 팔을 잡아챘다. 화들짝 놀란 날 향해 그가 차분히 말했다.

"괜찮아요. 날 믿어요."

"……."

진중한 눈빛에 결국 고개를 끄덕였다.

날 차 안에 태운 에단이 곧장 문을 닫고 내 옆자리에 올라탔다. 우리를 지켜보던 남자가 잽싸게 운전석에 앉자 에단이 출발하라 명령했다.

곧이어 차가 출발했다.

난 창밖을 살폈다. 차는 왔던 방향으로 다시 되돌아가고 있었다. 어느 정도 거리가 멀어지자 우리가 떠난 곳에서 한 무리의 사람들이 수풀을 헤치며 나오는 게 보였다. 조금만 늦었어도 맞닥뜨렸으리라.

정말 누군가 쫓아오고 있었다. 착각이 아니었다. 등줄기에 식은땀이 흘렀다. 동시에 안도의 숨도 새어 나왔다.

그런 내 모습을 보던 에단이 말을 이었다.

"대체 무슨 일이 있었던 겁니까. 방금 전의 행동은 뭐고, 밤중에 어딜 가던 길이었죠?"

"……."

"행색은 또 어떻고. 마치 도망가는 사람 같네요."

"……."

"정말?"

대답하지 못하자, 눈치 빠른 에단이 내가 숨기고 있는 걸 끄집어냈다. 딱히 반박할 마음이 들지 않아 계속 침묵을 유지했다. 그런 내 반응에 자신의 생각이 맞는다는 걸 깨달은 에단이 당황하며 말을 이었다.

"어째서요? 갑자기 왜?"

"사정이 있었습니다."

"무슨 사정이기에 이 밤중에 몰래 도망을 쳐요. 빈센트랑 무슨 일 있었어요? 혹시 쫓겨난 건가요?"

"아니에요."

고개를 젓자 에단이 눈가를 좁혔다. 거짓말하지 말라고 추궁하는 듯했다. 난 정말 아니라고 말하며 손까지 내저었다.

"그럼 대체 무슨 일인데요. 말해 봐요."

"그냥 아무것도 묻지 마시고 가다가 내려 주세요. 부탁드립니다."

"시녀님."

"제발 부탁드려요."

"제임스 때문인가요?"

그게 무슨 말이냐고 눈짓하자 에단이 착잡한 얼굴을 했다.

"빈센트에게 얘기 들었어요. 폴라가 그 현장에 있었다고."

"……."

난 빠르게 운전석 쪽을 살폈다. 차 안엔 그와 나뿐만이 아니라 다른 사람도 있었다. 여기서 할 말한 얘깃거리는 아니었다.

"괜찮아요."

내가 운전석을 흘끗거리자 에단이 눈치채고 날 안심시켰다.

"하지만……."

"믿을 만한 사람이거든요. 신경 쓰지 않아도 돼요."

에단이 저렇게 말할 정도면 정말 믿을 만한 사람인가 보다. 그럼 다행이지만, 그렇다고 쉽사리 무거운 대화를 이어 갈 용기는 들지 않았다.

"미안해요."

갑작스러운 사과에 난 눈을 동그랗게 떴다. 에단이 쓰게 웃는다.

"이제 와 이런 말 하면 웃기겠지만, 사실 알고 있었어요. 제임스가, 형이 내 아버지의 죽음에 연루되어 있다는 걸. 그걸 알면서도 의심하고 싶지 않았어요."

"어째서······."

"소중한 가족이니까. 그럴 리 없다고 믿고 싶었어요. 설마 형이 그런 끔찍한 일을 저질렀을까, 사고일 거다, 형은 아니야. 그런 생각들로 나 자신을 속였죠. 형이 점점 변하기 시작하고, 날 경계하고 있단 걸 알면서도 그렇게 믿었어요. 난 그를 존경하고 사랑했으니까. 비록 피가 섞인 사이가 아니라고 해도."

충격적인 말은 생각지도 못한 순간에 흘러나왔다. 경악에 찬 나와 달리 당사자는 너무도 차분했다.

"제임스는 아버지의 둘째 부인이 데려온 자식이었어요. 세간엔 아버지의 혼외 자식으로 알려졌지만 사실은 아니에요. 그는 아버지의 둘째 부인이 전 약혼자와의 사이에서 낳은 자식이었죠. 그녀가 우리 가문에 들어오면서 제임스를 데려왔어요. 그 뒤로 아버지와 둘째 부인 사이에서 태어난 게 루카스고요."

"······."

"아버지는 혈통에 연연하시는 분이 아니셔서, 형을 진심으로 사랑하셨어요. 그가 살면서 차별받지 않도록 혼외 자식으로 둔갑시키셨죠. 그리고 제임스가 가문을 이어받는 것도 허락하셨어요."

"······."

"하지만 형은 불안해했어요. 아버지의 진짜 핏줄이 아니니까, 후에 백작이 된다고 해도 완전하지 못할 테니까요. 아버지는 신경 쓰지 않으셨지만, 주변 사람들이 아버지를 닦달했죠. 순수 혈통이 가문을 이어야 한다고. 그래서 형은 적통 핏줄인 날 경계했어요. 난 형의 자리를 뺏을 생각조차 없었는데 말이에요."

에단의 얼굴에 슬픔이 드리웠다. 웃고 있음에도 슬픔을 감추지 못했다. 그의 시선은 과거를 좇고 있었다. 난 조용히 그의 말을 경청했다.

"하지만 설마 아버지를 그렇게 만들 줄은……. 루카스도, 빈센트도……. 아니길 바랐어요. 진심으로."

탄식 같은 말 뒤로 그가 깍지 낀 손에 이마를 기댔다. 푹 숙인 몸이 웅크려 들었다. 어깨가 가늘게 떨리고 있었다. 힘겹게 숨을 토한다.

슬픔은 후회를 만든다. 에단이 그랬다. 그를 이해하지 못하는 건 아니었다. 하지만 마냥 위로하기엔 너무 많은 사람이 피해를 봤다.

그의 소중한 아버지는 죽었고, 그의 자랑스런 동생은 화를 당했고, 그의 소중한 친구는 시력을 잃고 고여 있어야 했다. 그리고 에단 자신 또한 괴로움에 떨고 있었다. 그를 비난할 마음은 없지만 그가 외면하지 않았다면 벌어지지 않았을지도 모를 일들이었다.

난 창밖을 내다봤다. 기다랗게 자란 수풀이 창에 부딪쳤다. 그 의미 없는 모습을 멍하니 응시하다 다시 에단 쪽으로 고개를 돌렸다.

"크리스토퍼 님."

"네."

"왜 제게 이런 얘기를 해 주시나요?"

한낱 시녀인 내게. 왜 당신은 지금 이런 말을 꺼낼까.

그 의도가 알고 싶었다.

내 물음에 그가 얼굴을 들어 올렸다. 슬픔을 애써 지운 얼굴이 희미한 웃음을 띠며 창밖을 내다봤다.

"그거 알아요? 성안에 숲이 있대요. 인공적으로 만들어 둔 건데, 거긴 왕족과 허락을 받은 일부 귀족만 출입이 가능해요. 그들은 거기서 어디에서도 말하지 못할 비밀을 토로한다고 해요. 그래서 다들 거길 비밀의 숲이라고 불러요."

언젠가 루카스에게 들은 적이 있었다. 성안에 그런 숲이 있다고 했었다. 소문일 뿐이라고도 했었고.

"시녀님, 당신은 우리에게 그런 존재예요."

그가 다시 날 돌아봤다. 희미하게 남아 있던 웃음이 사라지고, 어떤 감정도 담지 않은 얼굴이 그답지 않아 낯설었다.

"당신은 차분하고 다정하고, 그리고 입이 무거우니까 더 쉽게 비밀을 털어놓게 돼요. 지금도 당신에게 어느 누구에게도 말하지 않은 비밀을 털어놓았잖아요. 그게 무슨 의미인 줄 알아요?"

"모르겠습니다."

"잘 생각해 봐요. 우리가 왜 시녀 따위에게 그런 중대한 비밀을 털어놓겠어요."

"······."

"언제든 치워 버릴 수 있기 때문이죠."

그가 입꼬리를 당겨 웃었다. 그의 얼굴에서 슬픔은 지워지고 비릿함이 차올랐다. 갈색 눈동자가 날카로운 빛을 띠었다. 그게 금방이라도 내 목을 내려칠 듯 섬뜩했다.

난 가방 손잡이를 꽉 잡고 그 시선을 받아쳤다. 본능적으로 피하면 안 된다는 생각이 들었다. 덜덜 떨리는 손끝을 안쪽으로 말아 숨겼다. 그제야 난 그 또한 귀족이란 걸 뼈저리게 깨달았다.

"냉정하다고 말할 수도 있겠지만 사실이에요. 처음부터 그런 의도는 아니었겠지만, 빈센트가 시녀님께 비밀을 털어놓은 건 한편으론 발설하면 죽이면 그만이라 생각해서겠죠. 다른 사람들도 같은 마음이었을 테고. 순진한 바이올렛이야 별생각 없었겠지마는, 적어도 난 그랬어요."

"······."

"실망했나요?"

"아닙니다."

갑작스러웠지만 그다지 놀라운 얘기는 아니었다. 한편으론 이미 알고 있었는지도 모른다. 처음부터 금화에 팔려 왔다. 매 순간 죽음과 대면하는 삶을 살았던 내가, 호화로운 저택에서 생활하게 되었다고 해서 안전할 거라 기대하지 않았다.

비밀은 비밀로 묻혀야 한다.

보고도 못 본 척, 듣고도 못 들은 척, 그 어떤 것도 발설하지 말 것.

괜한 호기심은 화만 불러올 뿐.

나는 몇 번이나 그걸 되새겼다. 입이 무거워야 하루라도 더 살 수 있는 기회가 생긴다. 입을 잘못 놀려 사라진 사람들을 많이 봐 왔다. 그래서 난 입을 다물었고, 때론 진심을 보이며 목숨을 건 도박을 해야 했다. 내가 그들에게 했던 모든 말과 행동은 목숨을 걸고 자행한 거였다.

그리고 그건 지금도 마찬가지였다.

"절 죽이실 건가요?"

"어떻게 할 거 같아요?"

"죽이실 거 같습니다."

차분히 솔직한 대답을 꺼냈다. 그 말에 에단은 그저 웃었다.

차 안엔 침묵이 맴돌았다. 시선을 마주하고 있었지만, 그도 나도 쉽사리 말을 꺼내지 못했다. 상황이 상황이라서일까, 아니면 그가 드러낸 노골적인 진심 때문일까, 우리는 서로를 살피며 말을 아꼈다.

그러다 에단이 먼저 시선을 비꼈다. 그가 고개를 기울이더니 고민하듯 신음을 흘렸다.

"말할까 말까 고민 많이 했는데, 마지막이라고 하니 역시 알려 주는 게 좋을 거 같아요. 계속 전해지지 않으면 불쌍하기도 하고. 걔가 좀 순진해서 요령이 없거든요. 사실 제가 답답해서."

"네?"

갑작스러운 말이 긴장된 분위기를 환기시켰다. 난 의아한 표정으로 에단을 바라봤고, 그는 즐거운 웃음을 머금더니 고개를 저었다.

"루카스는 어릴 때부터 몸이 안 좋았어요. 자주 발작을 일으켜서 밖에 나가는 건 꿈도 못 꿨죠. 주로 방에서만 지내야 했는데 그런 루카스가 불쌍해서 우리는 자주 편지를 써 줬어요. 루카스는 그 편지에 답장을 쓰는 걸로 지루함을 달랬죠."

"……."

"그러다 어느 날엔가 아버지가 루카스를 위해 색을 첨가할 수 있는 잉크란 걸 사다 주셨죠. 루카스는 그걸로 답장을 써서 보내 주더군요. 바이올렛에겐 보랏빛을, 내겐 붉은빛을, 빈센트에겐 금빛을요."

그의 말을 듣는 난 떨리는 심정을 감출 수가 없었다. 오랫동안 마음속에 남아 있었던 궁금증이 이제야 비로소 진실을 드러내는 듯했다. 그 진실이 에단의 입에서 흘러나오자 내 시선이 점차 흔들렸다. 그런 내 반응을 살피는 에단의 웃음이 짓궂게 변했다.

"소식이 끊긴 빈센트를 만나고 다시 저택으로 돌아온 날, 루카스가 시녀님에 대해 묻더군요. 그때 시녀님이 제게 어떤 잉크를 쓰냐고 물었잖아요? 그게 떠올라 혹시나 해서 물었더니 루카스가 그곳에 편지를 보내고 있었다고 하더군요. 그래서 왜 말을 안 해 줬냐고 물었더니 다른 사람이 대신 답장을 보내 주고 있다고 했어요."

"……."

"그 대상이 누군지는 바로 알았죠."

벨루니타 저택엔 편지가 자주 온다. 그중 내 눈길을 끌었던 금빛 글씨의 편지, 이자벨라의 명령에 내가 직접 답장을 써 내렸던 그 편지의 주인공이……

"루카스에게 종종 시녀님에 대해 말해 줬어요. 별것 아닌 이야기인데도 루카스는 즐겁게 들어 주더군요. 지금은…… 그 마음을 알 거 같아요. 빈센트마저 저택에 숨고, 홀로 남아 불안했겠죠. 그런 루카스에게 그 답장은 큰 위로가 되었을 거예요."

금빛 글씨가 신기했다. 하지만 편지엔 큰 의미가 없었다. 그가 보낸 내용에 맞춰 형식적으로 답장을 쓴 게 전부였다. 잘 지내고 있어요, 날씨가 좋네요, 감사합니다, 그 짧은 말들을 그는 즐겁게 읽어 주었던 거야.

당신은 처음부터 날 알고 있었던 거구나.

"루카스는 시녀님을 좋아했어요."

"알아요."

"……."

"잘 알고 있어요."

양손을 얼굴에 묻었다. 꾹 다문 입술이 떨려 왔다.

이제는 다 이해되었다. 처음 본 순간부터 호의를 베풀며 살갑게 대하던 그의 태도가. 날 따라다니며 말을 붙이고자 했던 의도와 불안에 떨면서 내게 매달렸던 이유, 다 버리고 떠나자고 했던 그 말의 진심을 이제는 정말 알겠다.

'그러지 말고 우리 도망갈래요?'

그 말에 담겨 있던 용기를 이제야 알았다.

눈물이 하염없이 흘러내렸다. 슬픔을 주체할 수 없었다. 단 한 줌의 기억도 떠올릴 수가 없었다. 그날을 떠올리면 너무 무서워서 떨기만 했으니까. 그래서 빈센트에게 차마 물어볼 수 없었던 말을 에단에게 내뱉었다.

"루, 루카스, 루카스 님은…… 루카스 님은 어떻게……."

"마음의 준비를 해야 한다고 하더군요."

기어코 울음이 터졌다.

그때 루카스와 도망쳤더라면 뭔가가 달라졌을까. 불안에 떠는 손을 맞잡고,

함께 도망쳤다면 지금의 상황이 달라졌을까. 피를 흘리는 그를 두고 홀로 도망치지 않았어도 되었을까. 그러나 나는 결국 그가 했던 어떤 말에도 대답해 주지 못했다.

그 뒤로 이어지는 말은 없었다. 침묵이 아팠다. 심장을 부여잡고, 눈물조차 흘리지 못하는 에단을 대신해 슬픔을 토해 냈다.

잠시 후, 차가 멈췄다. 에단이 차 문을 열고 내 어깨를 토닥였다. 난 눈물을 닦아 낸 뒤, 가방을 챙겨 들고 차에서 내렸다.

그런데.

"여긴?"

저택이 아니었다. 여전히 숲속이기는 했지만, 아래쪽으로 마을의 모습이 보였다. 지난번 루카스와 함께 갔던 벨루니타 저택 아래에 있던 마을은 아니었다. 낯선 곳이었다.

에단을 돌아봤다.

"저를 죽이시려는 게 아니었나요."

우느라 붉어진 얼굴로 사납게 말했다. 그런 내 모습에 에단이 픽 웃었다. 둥글게 휜 눈동자가 다정함을 드러냈다.

"설마요. 전 정말 빈센트를 만나러 가는 길이었어요."

"저 도망치려는 거 맞아요."

"……."

"제가 그 현장에 있었다는 걸 범인이 알게 되면 위험해진다고, 주인님께서 절 노벨르의 별장으로 보내겠다고 하셨어요. 엊그제도 낯선 사람에게 습격당해 죽을 뻔했어요. 그래서 오늘 급하게 그 별장으로 가던 길이었는데 집사님이 절 처리하려고 사람을 보냈다는 얘기를 들었어요. 한낱 시녀 따위 때문에 주인님이 움직이시는 게 걱정되셨나 봐요. 그래서 도망치던 길이었어요. 전 살고 싶으니까요."

413

차분히 지금의 상황을 설명했다. 방금 전까지 날 위협하듯 굴던 에단이 갑자기 이런 호의를 보이는 게 이해되지 않았다. 다른 의도가 있는 건 아닐까. 경계하며 바라보았지만, 내 말을 경청하던 에단은 웃음도 지우지 않고, 다정함도 숨기지 않는다.

"시녀님. 당신은 그저 이 오래된 이야기의 한 페이지에 등장했을 뿐이에요. 그런 당신이 이 일에 끼어들어야 할 이유는 없다고 생각해요. 희생할 필요도 없고요. 여기 일은 다 잊고, 당신의 길을 가도록 해요."

"……."

"여긴 걱정하지 말아요. 오래전부터 예감했던 일이었어요. 나도 빈센트도 준비를 많이 했으니 이제 마무리만 하면 돼요."

에단이 마치 날 달래듯 말했다. 며칠 전에 봤던 혼란스런 얼굴과는 달리, 지금의 그는 어쩐지 홀가분해 보였다. 그렇게 간단한 일이 아닐 텐데도 가볍게 받아들이는 것이 그다웠다.

"괜찮으시겠어요? 제가 많은 걸 알고 있는 건데요."

"음. 어디 가서 말할 생각이었나요?"

난 곧장 고개를 저었다. 에단이 그럴 줄 알았다는 듯 웃으며 내게 다가왔다. 그리고 손을 내민다.

"시녀님, 당신은 제 친구를 구해 준 사람입니다. 움츠러들기만 했던 제 동생을 위로해 주었고, 우리가 다시 함께할 수 있도록 도와주었죠. 그 은혜를 잊지 않을 겁니다. 영원히."

내가 머뭇대며 망설이자, 그가 내 손을 끌어다 맞잡았다.

"한 번도 제대로 부르지 못했네요. 알면서도 못 불렀어요."

"……."

"폴라."

갈색 눈동자가 날 똑바로 바라봤다.

"당신의 행복을 빌어요."

난 맞잡은 손을 훑었다. 에단이 그걸 위아래로 크게 흔들었다. 다시 그를 올려다보자 다정히 웃어 준다. 앞으로 그가 겪을 일들이, 아니 그들이 겪을 일들이 얼마나 힘들지 안다. 그 이야기에 끼어들지 못한 나조차 잘 알고 있었다.

그럼에도 그는 날 위로해 주었다. 다 잊고 살아가라는 말도 아끼지 않았다.

"크리스토퍼 님."

"이제 에단이라고 불러 줄래요?"

짓궂은 웃음에 나도 애써 울음을 삼키고 활짝 웃었다.

"에단 님."

"네."

"저도 빌어요."

"……."

"모두 행복하시기를요."

그 말에 에단도 활짝 웃어 주었다. 서로 꽉 움켜잡은 손이 떨어져 나가고, 난 몸을 돌렸다. 가방을 양손으로 꽉 움켜잡았다. 숨을 고르고 앞으로 뛰어 나갔다. 이번에도 온 힘을 다해 뛰었다.

나의 세상은 아름답지 않았다. 가난에 찌들고, 돈에 자식을 팔고, 사람으로서 갖춰야 할 최소한의 양심조차 잃어버린 삶이었다. 그 틈에서 피어나는 건 슬픔뿐이었다. 무엇 하나 지독하지 않은 것이 없었다.

하지만 이곳에 와서 처음으로 깨달았다.

삶이, 아름다울 수 있다는 걸.

타인과 함께하는 순간이 즐거울 수 있다는 걸.

이런 내게도 행복을 빌어 주는 사람이 있다는 걸.

살아도 된다는 걸.

이제 정말 끝이 다가왔다는 걸 느꼈다. 이곳을 빠져나가면, 더는 저 세계에

속할 수 없을 것이다. 다시는 그들을 만날 수 없겠지.

내가 좋아했던 책의 마지막을 생각했다.

모든 걸 놓고 홀로 떠나는 주인공의 마지막을.

"아아. 이제 끝이야."

그 순간 빈센트가 떠올랐다. 내가 잘 떠났으리라 믿고 있을 그가, 홀로 남아 다시 만날 날을 기다리고 있을 남자가.

'널 내 곁으로 데려올 거야. 반드시.'

눈앞이 뿌예졌다. 흐르는 눈물을 막지 않았다. 다시는 만나지 못하겠지. 길을 걷다 우연히 마주칠 일도 없겠지. 날 찾을까. 찾으러 와 줄까. 마지막 인사도 못 했는데. 하지만 괜찮았다. 이별의 인사는 하고 싶지 않았으니까.

나는 모두의 행복을 빌었다. 하지만 그중에서 그의 행복을 가장 간절히 빌었다. 빈센트의 삶이 행복만으로 가득 차길, 홀로 남은 그가 다시 방에 숨지 않기를, 앞으로 나아가기를, 위험에 처하지 않기를, 다시 세상을 사랑할 수 있기를.

그리고 먼 훗날 멀리서라도 다시 한번 볼 수 있기를.

그렇게 간절히 빌었다.

어둠이 작은 몸을 집어삼켰다.

비밀은 비밀로 남기고.

그렇게 백작가의 비밀스러웠던 시녀님은 어둠에 삼켜져 영원히 사라졌다.

〈2권에서 계속〉

—